回家

顧玉玲

越南地圖

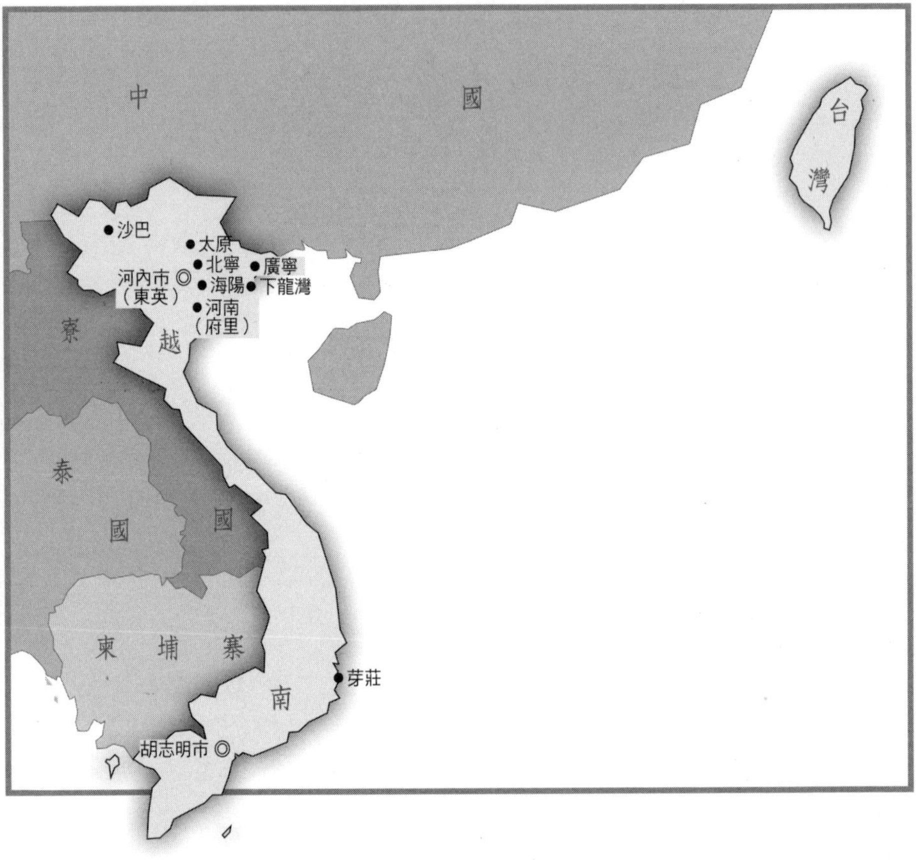

【推薦序】

細沙

郭明珠

為什麼要去越南追蹤移工返鄉之後的情況，走一遍他們回家的路？

如果不是這本書，我應該不會打開越南地圖，搞清楚河內和北寧、廣寧，還有下龍灣是在哪個相對位置；還有我們以為是越南門面的胡志明市和這些處在北越的城市有多麼遙遠的距離。沒錯，越南是我們生活中最近身的陌生人。GOOGLE 地圖裡可以簡單的設定河內東英到海陽的路線規畫，電腦世界裡開車一個半小時就可以抵達，但是現實世界中顧玉玲和阿海騎機車飛馳四個小時，撲天風沙中才得以抵達，只為了要參加從台灣返回越南家鄉的「失敗者聯盟」工人聚會。

這些在台灣人眼中的移工是為淘金逐夢來台：他們在台灣賺了錢回家蓋樓翻身，甚至可以請幫傭自己換當少奶奶……，在這種簡單制式化的描述裡可以省略和合理化了：「對，我們台灣人真的苛刻了他們」的事實，因為來台灣打工讓他們有了機會翻身致富。顧玉玲的前一本書以「我們」來描繪因為移動而牽引交織、跨越國籍的自身認同眼界，出版至今已有六年，但是移動中他鄉和返鄉是線的兩端，另外一端的世界又是如何？跟移工一起回家變成一個必須要完成的任務。探究因為在台灣的勞動造成與家人兩地隔離，被迫中斷家庭生活三年、五年甚至九年的，返鄉後的家還是可以回得去的家嗎？帶著在台灣的傷害回到越南的生命難道可以自然癒合無縫接軌？不能說出祕密的阿蓮、手掌截肢的阿海、永遠失去文遠的阿清，他們的生命因為在台灣的工作而有了巨大的轉變，後來呢？身為運動者、書寫者的雙重角色，顧玉玲若沒有再追回去越南，實地延續這些生命回家種種，實際情況永遠不會出土，屁股坐在台灣電腦前的我們更不會知道。

我好奇書寫《我們》和《回家》有什麼差別？這兩本書的敘事都非常豐富流暢，似乎沒有任何阻滯閣澀。沒想到顧玉玲卻回應，《我們》是現在進行式，在工作中找零碎時間書寫，幾乎可以一落筆就寫，打開電腦就能開始編織這些內容，但是《回家》則完全不能，落筆艱難，刪修改寫多次。當她離開台灣踏上越南成為異地來的外來者，越南對移工而言是故鄉，對她而言卻是異鄉，時空身分完全易地而處，當然她在越南的不安比移工在台灣的處境好太多了。但是面對全然不同的越南社會，眼見的是什麼？眼見就是真的嗎？怎麼樣寫才不致誤解或是扭曲？讓她在當地拚命的做筆記希望自己能夠盡量保留現場的紀錄，回到台灣反反覆覆的思索如何重新整理才能下筆成書。這讓我聯想到自己拍攝勞工紀錄片的經驗，同樣的一個罷工行動，相同的反外包抗爭解雇案件，同在其中的勞工也會有完全不一樣的感受和記憶，甚至是矛盾的訊息和關係，而這些矛盾和差異應該是真相的一部分才是真實；而我們永遠都踩在這個不安和一再的思辨中完成我們在運動中的創作／紀錄。

這個書寫計畫，顧玉玲分別在二〇〇九年底至二〇一〇年赴北越停留兩個月，以及二〇一三年九月到十月再度回訪，其中包括到北寧替阿蓮盡孝道彌補她無法參與父親喪禮以及撿骨儀式的遺憾，包括回到台灣幫忙討回文遠已然作廢的護照，全數提領逃跑廠工阿勝的強迫儲蓄金，以及小雪存摺裡的血汗錢，幫忙送給有情無緣人的草藥……，最後，用二十萬字要寫下這一代越南來台移工的面貌。但是，這些書裡的移工如同十粒、二十粒、三十粒遙遠越南的紅河細沙，淘洗漂流在浪潮中的生命故事，能夠留住台灣人目光嗎？他們的愁悵悲歡能夠成為我們心中的小波折嗎？這些比台灣工人更無名的無名英雄，二十萬字的書寫卻是顧玉玲一減再減不能割捨的，因為，如果沒有為移工留下這些故事，應該就不會再有其他人為他／她記言記行記情，立書留傳。而刻意從第一批來自北寧鄉村的阿草和五姊妹寫起，這六位比較年長的女性越勞，到後來年齡愈來愈輕，學歷、能力和主動性愈來愈強的工人樣貌，見微知著的反應了近十五年越籍移工的改變，他們不同時期的生命利害選擇的思考，還有近年來越南社會的改變，從半套的衛浴設備、只有電腦不能上網未完成的數位化，全村只有兩線電話，在四年後跨入全套設備和人人都有手機的轉變，似乎經濟的步伐變得快，但是回到越南的工人仍然在命運和機會中拚搏。回家之後仍是一個經濟戰爭在等著他們。

這本書留下移工在遷移與返鄉的人生中的片刻瞬息，記錄這一代從越南到台灣再返回越南的工人拚搏甚至殞落的樣子，如果因為此書在台灣人心裡留下一個印象，這已經不是掛零的空白。

本文作者為「人民火大行動聯盟」成員，紀錄片導演

海內存知己，天涯共比鄰

阮文雄

從事移工服務已將近三十年，在這個過程裡，我見到台灣社會最不堪的一面，同時也看到了這社會存有真、善、美、聖的人情風景。若你曾經關懷來自東南亞國家藍領移工的生活處境，便能夠體會何謂不堪的面貌，面對這些不堪的現實，你可能會懷疑這是否真的是台灣的一部分？然而，若你有幸在理解底層社會的旅程裡尋獲知己，你就會體認到自己是個多麼幸運的人，畢竟在這孤獨而清醒的旅程中，有那三兩人們，與自己有著一樣的心情。進而你將在過程裡產生自我衝突、陷入無邊際的懷疑、然後在不遠的轉角處，愕然發現一種全新的人生體認，那更真實、良善、美好、並且神聖的價值。顧玉玲小姐便是我這段路上難得知遇的伙伴，我們一同歷經最惡劣的環境，並且分享著這段旅程的美好。

我在很年輕的時候，便因為不願成為越南政權下不自由的奴隸，而離開掛念的故鄉，選擇流亡。在那段逃亡的日子裡，我亦曾經是玉玲筆下，某一段艱辛故事裡的主人翁。因此，我當然深刻的了解身為一個越南人、海外難民、流離移工的風險與困境。二十餘年的旅台生涯裡，因為我了解越南人隻身在外出賣勞力的辛苦及需求，因此我在聖高隆會、天主教會新竹教區的支持下，成立了「越南外勞配偶辦公室」（VMWBO），以協助移工、新移民為宗旨的專業非政府組織。辦公室自二〇〇四年成立至今，從沒時間去細算我與辦公室的伙伴們服務過多少個案，從每日接應不暇的申訴案件來看，二十多年來台灣境內移工的遭遇雖然各不相同，但共同的困境是未曾褪去的。

越南移工的共同困境是什麼？它來自於貧窮的農村子弟，受到越南當地的企業主與越南政府聯手剝削的厄運。貧窮的農村子弟本不具備足夠的社會資本，為了脫離貧窮必須選擇涉險，離鄉到台灣工作，接受最低的勞動條件，賺取當國最基本的報酬，再透過兩國貨幣的匯差，以相對富有的態勢返回母國。而在這一整個過程裡，越南當地的企業主化身為仲介的角色，藉由國家政策覬覦這些農村子弟的勞動報酬，巧立名目在規費、服務費上大肆收刮，他們坐享其成吸吮著農村子弟的血。身為移工接收國的台灣政府並非不知越南移工處境的惡劣，卻屢以外交弱勢、司法管轄權等理由，放任這種剝削存在。再加上台灣政府重視大型企業而輕忽中小企業的勞動環境，使得台灣國內勞資爭議、職業災害、以及不當對待的事件層出不窮。你可曾看過某個勞資爭議協調會的場景：企業主每小時短缺給付二十五塊錢工資，還一再強調自己是如何善待移工……那種無俚頭的肥皂劇情。這不是刻意的諷刺，而是我辦公室的伙伴們每天都在面對的問題，這是深刻的台灣問題。

這幾年我偶爾聽見玉玲請長假遊歷越南，說要探視一些曾經一起經歷過坎坷故事的移工，想看看他們回家後的情況，試圖理解他們的想法，記錄他們的境遇，並捎回許多相片與我們分享。令我訝異的是，許久未見後的某一天，她告訴我說，這些片段旅程與種種經歷已經撰寫成冊。

它是一個寶貴的文化紀錄，讓我們感到非常的溫暖。我看到這些曾經經歷過台灣移工生活的孩子返國後，過著各式的生活悲喜，情緒總激昂久久不能平靜。若不是現有越南政權對社會的撕裂，我也應該回到越南與兄弟姊妹們共築夢想啊！

我推薦這本書，因為它深刻的刻劃這一代越南移工的真實命運。

本文作者為越裔澳籍神父，來台傳教後創辦 VMWBO

尋找一株開花的樹

羅漪文

小時候，我家住在胡志明市的一條小巷子裡，有幾戶潮州人、廣東人、福建人、客家人，很多越南人，有一些有孩子卻沒有丈夫的越南女人。那時是一九七五年之後，越南結束最後一場對抗殖民戰爭，實現了共產黨統一全國。然而，飢餓並沒有隨著和平降臨而消失，即使在一九八六改革開放後的好些年，人們仍得拚力度過每個物質匱乏的日子。

細瘦、黝黑的鄰居女人們，清晨四五點鐘去菜市場採買食材，紅豆、白豆、花生、蛤蜊、血螺、毛貝等等，七八點鐘蹲在自家廚房門口仔細整治，吃過粗淡的午餐後，一肩挑起鍋碗瓢盆及各色食物，步行至一處空地擺賣午後點心，直到黃昏才收攤回家。日復一日，她們辛勤養家餬口，不時打罵孩子。她們之外，還有無數婦女在炙熱的陽光下挑著扁擔或側手抱著大竹簍沿街叫賣，偶爾看到幾位大姊在臉上塗抹白白的面霜，出門至夜晚才回家，她們做什麼，鄰居皆心照不宣。

這些女人忙碌的身影深深印在我的腦海裡，啟蒙了我關於生存、命運以及母性的感受。

越南中小學的文學課常常講授《金雲翹》，那是一篇十八世紀的敘事長詩，講述女子割捨青春愛情、賣身救父的孝順事蹟。越南還有許許多多優美且帶著淡淡傷感的歌謠，感激媽媽、姊姊的忘我付出。

我被教導，也衷心尊敬，女人的無私奉獻。

後來，我移居到台灣，漸漸發現，台灣女人能做的事情很多，她們當教授、律師、心理醫師等等，學養豐富且聰慧美麗，在講堂裡或電視上侃侃而談。甚至，有些女人投入社會工作，為環境安全、為勞工、為外籍配偶等等爭取權益，能量強大，其中有顧玉玲。

二〇〇八年，《我們：移動與勞動的生命記事》出版，顧玉玲以細膩的筆觸書寫她陪著菲律賓勞工在台灣社會掙扎奮鬥的過程，故事說得節制，但深沉地扣問何為「他者」而誰又是「我們」。那年讀完新書，我念念不忘怎麼會有人，一方面能夠向政府和淡漠的主流社會強悍抗議著，另一方面卻擁有柔軟的文心及動人文采。顧玉玲觸動了我去思考關於女人的社會成就。

六年後，顧玉玲更進一步地踏進移動勞工們的原鄉，記錄越南勞工結束了海外打工之後的返鄉生活，寫成《回家》。在幾趟探訪北越的旅途中，作者幾乎張開所有感官去捕捉當地的種種情貌，貼近再貼近，而書中關於越南女工的描寫，勾起我無限回憶。

改革開放至今將近三十年，越南女人們的生命情境和我童年所看見的相差未遠，她們依舊努力為貧困的家人精打細算、謀求出路，只是方法從下田耕作、沿街叫賣改為飛往異國當女工、幫傭或看護。然而，四處告貸出國的她們，有多少人衣錦還鄉且真的改善家庭生活了呢？數年遠行在她們的生命裡會烙下哪些印記？書中以北寧鄉村的阿蓮為起點，步步捲纏展開多位曾經在台灣打工的女人故事。阿蓮先是合法工作，後因故逃跑，差點被同鄉騙入色情場所，好不容易找到各種零工度日，捱到自首返鄉之時，不幸被警察當局叫去指認人口販運疑犯，她被迫多滯留八個月而錯過了父親的撿骨儀式。幾番折騰後，總算回得了家，阿蓮卻陷入懷疑丈夫外遇的精神折磨裡，她四處向鄰里哭訴，多次高調自殺，起伏不定的情緒牢牢地將她和家人綑綁近乎窒息。如此戲劇化的阿蓮卻是我相當熟悉的一種越南女人類型，她們承擔太多苦難，又驚恐自己的犧牲終將付諸流水，故而常常失控。

有時候，我會想，付出可以是一種選擇，但女人的忘我付出不應該是社會集體的唯一選擇，什麼時候越南女人才能出現其他新的可能？在第一屆台灣移民工文學獎決審會場裡，顧玉玲認為，移工的結構處境固然悲慘，然而她們（及他們）個別的勇氣是值得珍視的。書中的阮金燕正代表著這份難以言喻的勇氣，力求突圍。金燕有主見且堅定，年紀輕輕為愛結婚生子又果斷離婚，恢復單身的她千里迢迢來台灣打工，經歷過逃跑、車禍重傷、輾轉來到天主教庇護中心、被醫院追討醫療費用等等，她的中文變得很流利，也協助庇護中心援助其他個案。金燕在庇護中心學到了組織運動的方法，回越南之後，她積極串聯返鄉勞工彼此互助，又陪伴被當局冷落的工殤家屬爭取賠償，甚至也幫助農民反抗蠻橫的欺壓等等。充滿膽識與活力的金燕讓越南政府感到焦躁，可是她很勇敢，她以行動顛覆了越南長久以來加諸在婦女身上的固定角色意象，她不再是歌謠中溫柔而苦情的媽媽或姊姊，她是現代的社會實踐者，豐富了越南女人的生命類型。

除了阿蓮、金燕及其他女人之外，《回家》連帶記錄這些女人的丈夫及家庭情況。當太太們出國工作之後，無論順利與否，她們畢竟都開了眼界，而留在故鄉的先生們是怎麼樣去面對傳統的家庭分工模式被裂解或顛覆？

二〇〇七年初，我去參加兒時朋友的婚禮，其中一部分儀式在鄉下舉行，按照習俗，父親要親自為女兒選一株芭蕉樹立在于歸之門邊，朋友的父親拎著陳舊鐵刀砍下一株碧葉亭亭，慢條斯理的整理著。圍觀的小伙子七嘴八舌好奇探問：「老伯，你怎麼不挑有蕉串的那棵，好讓姊姊多子多孫？」伯父突然斥喝：「什麼多子多孫，你要苦死我女兒啊？」酒席在自家庭院擺設，請來廚師只負責燒菜，其餘雜務全由女人包辦，輩分最小的幾個女孩蹲在屋外刷洗堆積如山的碗盤，晚宴過後，男人們又要求下酒聊天的小菜。第二天是迎親日，女人們大清早就出門化妝盤髮去了，男人們醒來發現廚房冷清、爐灶空空，紛紛抱怨沒有早餐，朋友的媽媽終於忍不住爆怒：「我們每天從早到晚伺候你們還不夠嗎？我們這輩子能有幾次好好打扮漂亮？你們還好意思開口要早飯？」素來溫柔的伯母情緒狂飆，痛快數落著家中小叔、姪兒、外甥們，伯父靜靜在一旁任由妻子發洩，最後吆喝男人們自己去煮飯，那是他支持妻子的隱諱方式。

然而，伯父的體貼有很大程度是因為他和伯母鶼鰈情深。在越南的農村裡，無論南方或北方，傳統男尊女卑觀念根深柢固，一旦雙方的關系被突如其來的全球化經濟所擾動，我們看到在《回家》的描寫中，男人們的反應各有不同，有的男人發現女人轉變了，願意諒解配合，雙方一起為將來打拚，有人不甘心或恐慌，紛紛墜入酒癮、毒癮及外遇，還有人反過來被妻子嫌棄……

《回家》詳實的田野記錄，企圖立體地呈現個別返鄉勞工的真實處境，而這樣的筆法早已深入文學範疇去了。於是，透過閱讀，我不只能看到越南女人現在好些了嗎，還能看到越南男人現在怎麼了。事實上，女性遭遇只是我因為兒時啟蒙而產生的閱讀偏向，顧玉玲想要呈現得更多，更多關於卑微人們的掙扎、拚博，因此也提供了男性勞工情況，例如阿海、阿山、阿勝等等。

眾多勞工的返鄉生活是主線，其間鑲嵌著顧玉玲慣有的敏銳反思，她住進勞工朋友家裡，用心聆聽，誠心融入，又屢屢參照台灣和越南社會之同與不同，直指結構性的壓迫與不平等。另一方面，顧玉玲是好奇且勇於嘗試的，北越鄉間的紅磚矮房、稻田、溝渠、糯米糰、野生茶、如咖哩粉的木屑、鮮辣的木材氣味、風沙撲面的道路、馬路邊的彩券攤、熱帶豔陽和午後暴雨等等，都一一寫進書裡，這些細筆描繪讓《回家》變得層次豐富且更有味道，倘若不是作者先釋放了感性去體會去同理，又怎麼能夠翻轉出理性的了解和批判？《回家》的筆調收斂而情感至深，與先前的《我們》風格保持一致，只是《回家》的文字更為輕盈好讀。

生存不容易，當全球化趨勢看來無法逆轉之際，保持樂觀是有必要的。即使前途未卜，即使必須浪跡天涯打工賺錢，借用唐諾的一句話——「仍然相信幸福是可能的」，因為相信，故而心心念念尋找一株開花的樹。

本文作者為越南華裔，十三歲定居台灣，現為清華大學中文系兼任助理教授

目錄

第一章　阿草與五姊妹

新屋與新墳

北越傳統土角厝的住屋線條簡單，黑瓦為頂紅磚為壁，格局落落大方。外牆多是混砌乾稻草的黃泥土，溫厚清芳，撫之尚有日照餘溫。巷弄狹長一如台灣眷村的無盡蜿蜒，有狗貓小雞小豬和小孩奔跑穿梭，還有耕作或放牧後搖擺歸來的牛隻漫行。

入秋的北寧農村，我與自台灣工作返鄉的陳氏蓮在巷弄間行走，家家戶戶全是她的舊識親友，學齡前幼童不時推擠著自我們身邊呼嘯而過，那身量稍高、膽子稍大的便轉身盯著我倒退走，嗟呼試探著哈囉嗨你好等拼湊外語。我搶在阿蓮開口前大聲用越南語說我來自台灣，那孩子驚駭莫名地咧嘴笑了，如獲授權般揚聲對那些尚徘徊巷口的孩童介紹我的身分。

孩子們高分貝譁然大笑，像是取得通關密碼般蜂擁而出，或直面或掩臉狂喊：「你好，台灣人！哈囉，台灣人！」爾後心滿意足長揚而去。

「你看，」阿蓮認得他們每一個，她遙指那個落在最後、頭戴棕黃混織新毛帽的小男生：「他媽媽現在也在台灣工作。」

長巷深處，轉入村子的主要道路，沿途不時可見新屋興建，砂石、混凝土、紅磚塊、長木條、板模與綁鐵，還有花布蒙面戴斗笠的工人勞作。老舊的黑瓦農舍間，參差豎立起改建或新修的樓房，三、四層樓高的外牆普遍覆以粉黃、粉藍、粉紅、粉綠的水泥漆，頗有幾分童話趣味。屋前門廊多半會註記新屋落成的年號：一九九八、二〇〇一、二〇〇五、二〇〇九、二〇一三……看是那一年建的，就大抵知道這戶人家何時轉富，存了錢來整修房舍，除舊布新。

阿蓮倏忽加快腳步，拖拽著我的臂膀疾走，直著眼向前，快速揚起下巴朝向左側，恨聲悄聲說了什麼我沒來得及聽懂。

「啊？」我停了步，左顧右盼。

「那個女人住那裡！」阿蓮攢著我的手逕自往前，頭也不回：「我家都沒蓋新房子，她一個女人蓋到二樓了。錢從哪裡來？」

日近黃昏，農務尚未結束，學童尚未歸來，房舍悄然。我忍耐著直至臂膀痠疼了才默默掙出她僵直的手握，反身挽著她慢下步調。

「她有很多男朋友，是不好的女人。」阿蓮又說，不願隱藏的恨意：「我老公只是其中一個！」

阿蓮回越南三年多了，頭一年我在台灣還常接到她的電話，說近況說想念說工作難找說子女孝順，每每在收線前總說我老公祝你快樂，重申她與他夫妻恩愛如常，要我無需掛念。天涯海角，我們的生活沒有交集，語言終有距離，久了也就生疏了，音訊漸減。二〇一三年秋天，我到河內探視舊友並進行返鄉越勞的訪談，阿蓮特地央請大兒子週末回家前繞到旅館接我同行。

從河內到北寧車行整整兩小時，風沙吹得頭痛欲裂。才踏進阿蓮家門，阿蓮立時攬著我控訴丈夫文進的外遇。此後天天說，子女們橫豎聽不懂中文，她像是積壓多時才找到出口，洪水漫溢般四下奔流，又顧忌著不讓孩子們瞎猜，於是她不時佯作無事說著文進的壞話，臉上是親暱吐露心事的女兒態，口中卻吐出最尖銳惡毒的字眼。我被收編進入阿蓮的雙面諜陣營，言行分裂，聽著文進的惡劣事跡，看著他的子女兒媳孫子在眼前殷勤問候，經常拿不準要做出什麼表情回應才好。

文進在廣寧省打工，一、二個月才返家一次。我停留北寧期間，他日日來電，問家裡好嗎？問秋收忙得過來嗎？問台灣來的朋友好嗎？我們語言不通，所有的交流都透過阿蓮，阿蓮如今生他的氣，回應什麼都意有所指，轉譯我的話語去罵文進。

「他要回來嗎？」我問，想起四年前我到北寧初識文進，他靦腆和善的莊稼人模樣。

「哼！他回來做什麼？他說的話能相信嗎？」

全盤否定，往事全作廢。我只能嚥下我的問候。

阿蓮的情緒總往極端走，卻不是不顧現實的人，她肯吃苦，也費心思。從台灣返回越南後，她在一個韓資工廠的宿舍裡打掃，薪水不錯，老闆也很友善，有時工人送洗的衣服，她拿回家自己洗自己熨燙，又可以額外賺到不少外快。薪水高了，文進反倒有話說，疑心她與老闆另有私情，一回他親眼目睹老闆巡視宿舍並當場給了阿蓮二百元小費，便一口咬定她必然提供老闆什麼見不得人的服務，不然沒事幹嘛給小費？

最戲劇性的一回，兩人在家起了口角，文進竟暴力相向，拿手勒住她脖子，直接脫掉木鞋敲破她的頭，摔門而去。當時，阿蓮正趕著上班，強忍頭疼還是戴上安全帽一路騎到工廠，同事見她安全帽沿下從前額湧出的鮮血已流到肩頭，才趕緊載她回家清洗傷口。

阿蓮當然也不是省油的燈，她哭鬧不休，在子女回家前一刻喝了摻老鼠藥的牛奶，被緊急送醫急救挽回一命，以自殺明志站穩了清白立場，同時坐實了文進的無賴家暴。

是她，受了莫大冤屈！

她嫁給文進二十年，當初是雙方家長屬意撮合，阿蓮不肯，她愛著同學校畢業另一個正在當兵的男生（如今這男人生財有道，際遇不凡！），但文進日日來她家見她（那時候看起來可老實了，誰知道！）。文進家境不算好，但個性溫和、老實可靠，對阿蓮的父母親也照顧有加，最終阿蓮還是嫁他了。

「我原本不愛，但後來他對我好，對我的家人好，我就愈來愈愛，就很愛了。」兩人未鬧翻前，阿蓮總愛說往事，既顯示自己身價不凡，又展演了夫妻恩愛互信之情。

返鄉一段時間後，阿蓮開始懷疑文進有外遇。文進否認，子女也說沒有，但她信誓旦旦，半夜裡伴睡親耳聽見文進接了女人來電，白日裡跟蹤親眼看見文進到鎮上旅舍赴約。這個應當要珍惜她愛護她的文進，竟在她出國期間和一名遠房親戚的寡婦搞上了，且那女人年長阿蓮三歲，有五個孩子，村子裡早已傳言她先後與數名男人有染。

壞名聲的女人竟也染指文進，那個人人誇說老實牢靠的文進。憑什麼！阿蓮忿恨難消。

吵吵鬧鬧多時，阿蓮哭天搶地，特地央請住隔壁的公公過來主持公道，那女人是文進姊夫的妹妹，也被找來家中對質。阿蓮當場怒斥姦情，文進回嗆她無事生非，女人不承認不道歉不羞慚，公公說起家和萬事興的勸世文。那阿蓮眼見冤屈不得昭雪，竟爾返身從神龕上拔出香爐裡的一大束已燃沉香，直接就拿著冒煙的香頭往女人臉上刺，殺得她臉頸全是灼傷。

「……嚇死人了你！」我瞠目結舌。

「村子裡有人外遇，整棟房子都被大老婆放火燒了！」阿蓮不慌不忙，甚至帶著笑：「我這樣做已經很客氣了。這女人本來就不是什麼正經的女人。」

這些年的拉扯張力，阿蓮說來顛三倒四，時序錯亂，但每一個橋段都情緒飽滿，活靈活現。文進何以從一個好男人變得疑神疑鬼，暴力相向？什麼理由都不必說，就因為外面有女人了！阿蓮指著自己脖子上早已不見的勒痕及髮縫間殘留的傷疤，舉證歷歷，這個男人變壞了！

我看著她泛著潮紅的臉頰，熠熠生輝的目光，這個亢奮太不尋常，令人擔憂。我起身熄了燈，放下蚊帳，勸她保重身體，早點睡，莫再失眠了。

心事掏盡的阿蓮，倒是一反常態，乏極也放心極了倒身即沉沉入眠。

秋收期間，很多人都從外地返回農村忙碌。不知是不是因為連續幾天清算文進罪狀帶來的興奮神迷，阿蓮似是上了癮般決心另闢戰場。她帶著我在村子裡炫耀般介紹我來自台灣，後來這幾乎成為她與人搭訕的話頭，一旦來人與我招呼示意後進入寒暄閒聊，阿蓮立即不浪費時間地直入正題，逕自數落老公外遇，唱作俱佳。

看來村子裡很多人都不是第一次聽說，但未必盡信她的片面指控，我從那些隱忍的、為難的表情看出一絲端倪。話鋒一旦轉入這些鄰家阿姨、舅媽、表妹、大伯母開始試圖婉意勸說，阿蓮就以右手勒住自己的脖子，潮紅著臉訴說文進曾對她動粗，導致她頭破血流、差點被掐死。

勒脖子的橋段太好用！每次都毫無例外地引發高度關注與追問細節，愈追問，她愈篤定，控訴不忠，掌握話題。人們不分親疏咸受邀進入她的私密是非，話題勁爆又是當事人現身說法，總能博得眾人的專注凝神，頻頻搖頭皺眉，鼓舞阿蓮一次較一次展演更細膩的互動情節，直至女人們撥開她的髮線撫觸疤痕，嘖嘖嘆息。

文進名聲一掃塗地，不忠不義不配的男人。這是阿蓮返家三年後的復仇巡迴演出，逢人就說，無限擴大戰績。

●

二〇〇九年冬天，我第一次見到文進，他膚色黝黑，臉上的刻痕是農夫的操勞與日曬；他腰桿挺拔，右眼可能受過傷而灰黯無神、焦距不準；他友善禮貌，穿著一件仿耐吉的深藍外套，不多話。

相較之下，陪同文進開廂型車來為我接機的表弟福昌，就活潑自信多了。越南自一九八六年實施經濟改革，遂步朝向自由市場，舊有的保障一一瓦解，新生的機會紛紛出籠。不分城鄉，四處都在蓋新房、修舊屋，福昌很早就揚棄農作、投身裝潢業生意。他事業有成，開了村子裡第一輛私人轎車，做生意載貨，也擺派頭載人。

福昌見多識廣，能言善道，一見面就急著展示博學，無需我的回應就自問自答口若懸河：你支持民進黨嗎？他們是不錯但當總統還不行啦，陳水扁被關了是不是？這麼快就學國民黨會貪污，被捉活該。你說美國到底支持哪一黨？他們一定是兩黨都押寶，要台灣乖乖聽美國的話。中國也一樣，都想控制台灣啦！越南早就看穿這些大國的伎倆，我們以前聯合中國打美國，又聯合蘇聯打中國，這樣才能獨立嘛。你們台灣人太軟弱了！

然後他話鋒一轉，聊起台灣偶像劇，才剛轉譯越南語上檔播放，他家裡已有成套DVD。「是原版的。」福昌說。話語間有新富之人的自尊自豪，能閒聊時尚，也關注國際政治，忍不住的炫耀也是應該的。

車抵北寧，沿途是稻田、水牛、戴斗笠的農婦、騎腳踏車著制服的青少年，還有部分的摩托車叭叭作響。很多年前我初到越南時，無論是河內還是胡志明市，滿街喇叭聲最讓我印象深刻，接近一種「前文明」的嘈雜無章。這次坐著福昌的車子入村，他不時按喇叭引人側目，偶有機車在巷弄間前進，亦唱和般叭聲不止。現在我看出來了，這種引擎車畢竟陌生、危險、尚未普及，騎車開車的人每見轉角、人形、車影，必然適時以數聲尖銳喇叭響示警，提醒對方自己的方位，相對的速度也緩了下來。

喇叭聲響原來是示意，是好意。文明人輕皺眉頭的不適，卻是帶著未諳脈絡的評價。聲響車至，偶有牛隻回頭，緩緩踱至路邊以免相撞。

福昌的家就蓋在村子外的第一間。三樓高的裝潢全部採大理石及原木材，院子裡有水泥糊的假山水，矮牆上浮貼中國神話故事瓷雕，正門及客廳要走上一整層樓的階梯才隆重抵達，迎面而來華麗氣派的客廳全是實木製成，繁複的做工與雕花，燙金華文對聯，以及佛龕上的觀音像、胡志明像、關公木雕、裱框的祖母肖像畫，整個屋子金碧輝煌像間廟宇。

在越南，多數人家的客廳裡都成日泡著茶，各式花草茶葉，不甚講究，客人來了就以熱水壺注水加熱，玻璃杯或馬克杯倒了就喝。唯茶具好壞，還是看出貧富差距。福昌特意拿出一套中國瓷的深藍茶具組，重新沏了一壺熱水，打開櫃子拿出一盒珍藏的天仁紅茶，以便利的茶包替代原有的茶葉，邀我嘗鮮：「你看，台灣來的。」

靠牆的液晶螢幕很是顯眼，遙控器一開，立時可以透過衛星看直播的英國足球賽。鄰近農家多是未滿二十吋的映像管小型電視機，福昌早已先一步以現代化電器品展示他的財力了。

就在體育台英語播報員的激動聲響中，我們坐在四壁全是雕龍厚木的中國風客廳，使用小巧精緻的瓷杯，喝著台灣來的紅茶包。

村子裡土角厝與水泥屋新舊夾陳，文進的家是傳統農民房舍，木門外罩已然陳舊破損的大竹簾，客廳是水泥地面，清淨簡樸。親戚們都來了，大廳鋪上兩張草蓆，所有人席地而坐也容得下約二十人。鋁製的圓盤上盛滿各式菜色，米是自家種的，雞是現宰的，加鹽乾煎，再沾檸檬調蒜頭、洋蔥、紅番椒、魚露等配料。吃飽了把筷子併排放碗口，就不會再有源源不絕的菜被夾進來。

男人們各自敬起酒來，自家米釀造的米酒，濃度約三、四十度，順口不澀。這些叔叔舅舅大哥妹婿等中年男子，都不是鄰近工業區的外資企業願意聘僱的工人，故多半還是從事傳統建築、打魚、務農等體力勞動，喝了酒才得以快意縱聲談笑。

那時阿蓮尚滯留台灣，我拿出她在台灣的各式生活剪影，多是笑臉滿意之照，但見舉座一個傳一個看相片，議論紛紛，都說阿蓮胖太多了，肚子太大了，都沒做事嗎這樣不行。越南女人普遍身量纖細，食量倒是不小，餐餐至少兩碗扎實米飯，畢竟是農村，沒吃飽無法幹活。我瀏覽牆上以塑膠護貝的彩色相片，果然過往的阿蓮明顯清瘦不少，有農家女的矯健身姿。

蓮媽媽拉著我的手摩搓，宛如我是阿蓮的替身，囑咐文進騎摩托車載我去看蓮爸爸新近修好的墓。我知道阿蓮到台灣工作後沒多久父親就過世了，她一直耿耿於懷未能親侍送終，五年後父親遷葬，逃逸多時的阿蓮向移民署自首想返鄉撿骨，卻被強制留台以配合調查人口販運案，最終沒能來得及回家。她在台灣每說必哭，涕淚不止。那眼淚是弱勢者被禁錮於結構壓迫下的無能為力，沒有回聲的哭喊。當時我任職於阿蓮安置的移工庇護中心，陪同她走遍移民署與法院，卻換不來她衷心所願的返鄉祭拜。後來，我請了長假至北越調查移工仲介制度並訪談返鄉越勞，受阿蓮之託特地先到北寧代她向亡父拈香。

大理石重建的新墳，是阿蓮寄錢回來修建的。女兒無能親送老父的心酸與愧疚，完全反映在建墳的手筆上：占地廣，高聳氣派，是有點過度張揚了。但這是阿蓮的堅持，她愈無法回來盡孝，就愈堅持要花大錢讓大家都看見。

蓮媽媽擲筊問卜，我拈香代禱，老媽媽示意我多拍幾張相片，好帶回台灣給阿蓮，你看你看，爸爸現在住得舒適又寬敞，你的心意他都知道你別再擔心了別再哭了。

這是家族耕地，高低色澤不一的墳墓散落在田間，有的緊靠有的相離，有的華麗有的素樸，有的斑駁有的新穎，不見得愈大愈有人看顧，有的雜草已漫蕪掩蓋了墓碑，更令人不忍動手清理只怕真相坦露無遺。

蓮媽媽的右手一直攢著我的，她用左手撫住心口處：「心很苦很苦啊。」一個人住很辛苦，很孤單，女兒不在會擔心，東想西想睡不著。依依不捨，蓮媽媽邀我晚上到她家同住共眠。

我說好。立即打電話延後預定行程。

文進一旁猛搖頭，難得這樣意志堅決地反對。他說媽媽年紀大了神智不清，我這樣和她日夜相守，她睡醒後也許真誤認為我就是阿蓮，虛實失去界線。但我終究要離去，老人家若持續真假不分，會亂想，難以收拾。

心好苦啊，媽媽又說。一身烏衣在墳與墳之間漫走，無人應答的話語如在風中吟唱。冬日的天空，鉛灰重，沉雲蔽日。

●

阿蓮來台灣不到兩個月，父親在田裡跌倒送醫，急救數日後就過世了。實在不應該這樣草率離別，連殺雞吃個飯都沒有！阿蓮想起來就氣。氣台灣老闆太急，氣仲介太趕，氣她沒敢提出要求。氣得耳鳴心悸，爸爸怎麼不等她成功返鄉！

爸爸疼她，她知道。阿蓮決定出國打工時，爸爸還擋她去受訓：「你別去上課了，不要去這麼遠，我給你錢。」

「我不要你的錢，我要自己賺。」阿蓮不是賭氣，她婚後陸續向家裡借了不少錢，總不能一輩子這樣，孩子日後念大學怎麼辦？學費補習費都這麼貴！

「那你來和爸爸吃飯，我殺一隻雞給你補身體。」

「好，等受訓完。」阿蓮答得乾脆。

結果課還沒上完，仲介說她已被挑選中，次日就要出發。很多人都想去台北，台北的人比較有錢，城市比較大，捷運的速度像在飛，運氣好啊你第一次就去台北。去了吃住都在老闆家，棉被臉盆都不必帶，缺什麼也許老闆還會主動送你咧，台灣衣服漂亮多了。

她打電話請文進到河內買行李箱送至宿舍，日後在台灣洗衣服時，總想起大汗淋漓的文進，汗水掛在額頭，拉著一只紅黑相間的行李箱，說這是他跑遍市場找到最大的尺寸了。夏日將至，文進幫她帶了兩件新毛衣不知台北晚上會不會涼，她塞回一件黃色的說留給女兒穿。兩個人在受訓中心的樓梯間說著這樣那樣無關緊要的話，直到一位掃地的阿姨好心開了一間沒使用的教室，兩人才好坐下來一一交代什麼東西放哪裡什麼費用要繳交如何處理等等雜務，這一別就是三年，實在很難想像還有什麼事是重要的，此刻非說不可的。她和文進有一度都沉默下來，像平常吃飽飯後的鬆懈，無所事事。

就靜靜待在未開燈的教室裡，直到隔壁上完洗衣機操作課程了，夫妻兩人才恍然驚醒。孩子們當時還在學校裡，就這樣走了沒好好說再見，也沒和父母親吃頓飯。這些都是她到台灣後，才想起來要哭的事。

飛機升空的那一瞬間阿蓮耳鳴得厲害，不期然想起上一次爸爸特地為她殺雞補身體，是坐完月子回娘家時，都十幾年前的事了。不知道為什麼想起院子裡的雞叫，咕咕咕的低頻和此刻氣壓驟變兩耳間鳴叫的高音，夾雜突響得她坐立難安。

天大的決定也不過就是一股氣

稻草堆終年可用，焚燒時飄出淡淡的穗花香，像隨時都在豐收。

這是二〇〇九年冬日的北寧農村，秋收後每戶人家的前院便多出一或二座雙人高的結實稻草堆，備妥來年燒水做飯的燃料，灰燼又可拿來做堆肥，與自然生生不息，沒什麼是多餘浪費的。個別家戶多半有個前院兼晾衣、曬穀場，暖陽下冬衣厚襪與內衣一線懸掛，院子裡隨意栽種花草，偶有不遮陽的果樹如楊桃、文旦、芭樂，也許有輛腳踏車或機車斜擺在側。也有人家裡用地寬敞些，人勤快些，便也圍欄整地來養豬種菜，或圈一窩小雞咕嚕生養。

正對著寬敞前院的是一大間的主屋，紅磚頭與黃泥土混砌的厚重屋牆，宛如會呼吸的天然骨架，與節氣相通似地宜居宜家，冬暖夏涼。客廳臥室餐廳全然相通無礙，邊間是倉庫、廚房，一整年的米糧及雜物什貨。再過去，就是獨立於主屋外加蓋的燒灶、浴室、廁所。靠牆是成排的短柴木、乾稻草，灶上若不是燒菜煮飯，就是沸一鍋熱水提進浴室洗澡。廁所則多是露天茅坑，空間狹小、簡陋，但並無太大異味，糞池逕自通向河溝邊，屋外是接雨水的鐵桶，備有舀水的木瓢。

這樣一個與自然共存互補、物物皆可用的北越鄉間，愈來愈多的黃土屋被毅然打掉，重新以水泥新蓋或整修的房子裡，最新穎突出、近乎格格不入的，莫過於鋪上白磁磚的全新衛浴間了。我看見，幾乎無一例外地，所有的浴室裡必備抽水馬桶及蓮蓬頭；但也幾乎無一例外，這些現代化新設施都沒連接水管。不必旋轉水龍頭或掀起馬桶蓋，我都可以輕易從其蒙塵多時的情形，推測這些新穎設備目前尚無實用、僅供參觀。

我就是那個被一一請去參觀的人。

新識舊識的越南朋友們，像是訂製統一口頭禪似地熱情召喚：「來我家看看，很近，就在那裡。」

很難拒絕的熱情招呼。原本我只是代替阿蓮回家祭父，但在北寧農村裡接連結識了許多曾遠赴台灣工作的女人，便一日復一日滯留未捨離去。冬日農閒，她們確實都是住處相距不遠的鄰里親友，這家來了客人就相迎至下一家，阡陌交通，雞犬相聞。我於是一再進入不同的客廳喝茶，並一再被引薦參觀獨立建造的嶄新衛浴，那些藍白相間的、格紋花樣的、清爽潔淨的衛浴間，是通向現代化生活的表徵，泛著「文明」的光暈。

農村裡，家用水多半是打井或電動馬達抽取的地下水，稻草柴薪更是每戶農家用之不竭的天然資源，實在無需加裝瓦斯。但新裝的蓮蓬頭若沒能流出熱水，也只是個輻射狀的出水口罷了。

「以後，以後有錢了再接水接瓦斯啦。」范氏草害羞地說。

她是村子裡第一個海外打工的女人，曾二度赴台勞動，返鄉至今未及一年，中文仍說得流利，打扮舉止多了幾分城市人的派頭與權威。阿草的農地早已轉租他人耕作，無需下田，家務之餘便陪我在村子裡閒晃，隨機導覽與翻譯。

「這麼多稻草和柴火，不必用瓦斯。」我真心誠意說：「抽水馬桶太耗水，不划算。」

「是啊，馬桶漂亮，但實在太浪費水了。」阿草放心笑了起來。

飯後我要如廁，阿草沒讓我使用倉庫旁通風的舊式茅坑，反而堅持帶我到對門的弟弟家，他家的抽水馬桶是接了水的。後來，我去了海防、和平、廣寧、太平、太原好幾個北越農村，從海外工作歸來的家庭，一定有這樣的白磁磚衛浴，部分馬桶與蓮蓬頭接了水與瓦斯，部分沒有。

許多人離開農村，進入相對發展快速的城市裡生活數年後，迫不及待地把新的浴廁規格帶回來，象徵乾淨、進步、有水準的新生活。這些具體的消費與花費，成為移工返鄉時的成就象徵，共有的文明指標隱含一套強勢的價值建構，揚棄並貶低原有的生活脈絡與風俗，邁向統一配備的現代化家庭。

從台灣打工歸來二年，未婚媽媽阮氏問蓋了全村最大的房子，新居落成當天要大宴賓客，她邀我先去鑑賞一下「夠不夠時髦」。

阿問的母親早逝，繼母待她不好，她很早就輟學工作，年少時與村子裡的有婦之夫談戀愛，接連生了兩個兒子都上小學了，對方還是沒打算離婚娶她。兩家人都住在同一個村子裡啊，鋪天蓋地的社會壓力可有多大？我想都不敢想。但阿問毫無疑問早就成為全村笑柄了，她種菜、賣米、養豬……什麼粗活都幹，終年操勞拉拔兩個兒子長大，但村子裡的人終究只看見她卑賤的人生，沒名沒分翻不了身。

阿問不服輸，她借錢舉債，接連去了兩趟台灣，花了整整八年的時間，全年無休地工作。她長了見識也練了膽量，存夠了錢，返鄉要蓋全村最大最好的房子。

約二百公尺外，她隨意指給我看：喏，那男人就住那裡。她的房子是他家的三倍大！

阿問的新房子坐落在村子邊緣，是極新穎的三層樓房，沒有傳統的尖屋頂，倒配備了西式陽台。內部裝潢闊氣華麗，地表全鋪上黑色磁磚的旋轉樓梯，廚房有全新的流理台與抽油煙機，還有粉紅外漆的瓦斯桶。衛浴不必說，馬桶和蓮蓬頭都接上了水，清爽的淡綠色系，全套的梳妝鏡與洗臉台，金色水龍頭。

只有屋外的菜園才真正看出阿問的農家本色。她一個人費了三天三夜的工，獨力把幾隴耕地全架妥了細竹條，就等春天，她要親手栽上毛豆與番茄，預支青綠與豔紅的豐收。

我打開蓮蓬頭，氤氳熱水流淌而出，慢慢沖淨阿問手上的黃泥。她的雙手，厚重結實滿布裂紋，遠遠伸向未來。

●

范氏草抵達台灣中正機場那年，是二〇〇〇年五月。台灣剛換新總統，國際機場有很多外賓，白皮膚黑皮膚黃皮膚，目不暇給，多是西裝外套與華服香水。她與其他移工穿著一式一樣的橘色粗布外套，不由得氣虛膽怯起來。

「真的，真的出國了。外面的世界真的不一樣。」阿草只覺恍惚如夢。

車窗外，筆直的公路和兩旁青翠的稻田，令她想起北寧老家，今天早上離家時，也是這樣一片綠油油，離收成還要四個月，到時人手一定不夠，老公成天喝酒，該怎麼辦才好？

高速公路下交流道後，沿途荒涼許多，公路上盡是摩托車呼嘯而過，人們都戴著安全帽，看不出面容與表情。路上的行人和她膚色、形貌相去不遠，連穿著打扮都沒有太大差距，不過就是車流多了些，高樓多了些，空氣也髒了些。車停十字路口，她聽見路旁小販與摩托車騎士大聲議價的聲音，隱約認出「一百塊」、「謝謝」等語句，課堂上所學的日常用語如此快速就得到驗證，令她信心大增。台灣人說話多用喉音，聲量也大，像隨時要吵架似的，她試著壓低自己慣用的鼻音，但願說話也能有點分量才好。

車抵一棟舊公寓大樓，那就是未來三年她工作與生活居住的地方。

這裡是泰山，她重複這個地名，昏暗的樓梯，鄰近有山，山上是工廠，鎮日有大煙囪冒著煙，白色的濃煙朵朵積浮，天晴時竟也像白雲般迴映著日光，天陰時則濃濁烏氣宛若有毒。那是工業廢氣，遠遠聞不到惡臭，人們也習慣了天際線被濃煙阻斷。

之前阿草在河內受訓三個月，學中文、學做台灣菜、學開瓦斯、學用烤箱、學電鍋煮飯、學操作洗衣機，也學幫病人翻身、按摩。第一天受訓就想家，一週後哭哭啼啼騎四小時腳踏車回家看孩子，次日清晨又騎車回河內，就這樣來來去去。說是受訓，其實也是提早習慣離家。她的生活圈小，到河內已是心驚膽跳，更何況是從未到過的台灣。更何況是從未搭過的飛機。

在北寧農村，阿草的家，說窮也不算是最窮的，家裡除了田地還有魚塭。傳統的農田下挖三尺再引水注入，就翻身成了人造魚塭，利潤比農作高上三倍。都是自有地，很多人都這樣幹，地方政府也不管，破壞土質及水流等後患，要再等幾年後才會知道。但阿草心中有隱憂。老公阿井脾氣好，可是長期有酗酒的毛病，常常紅著一張臉說不上幾句有脈絡的對話。魚作無需天天忙，阿井於是總在村子裡晃蕩飲酒，酒是自家稻米釀造的，花不了多少錢，但一個除了打撈魚貨時才奮力清醒忙上數日的丈夫，令阿草憂心忡忡。這樣下去，她不能不設想萬一阿井有什麼意外，又或壯年即一身病痛，她和孩子該怎麼辦？

農作收穫常常僅夠一年份的家用，再多一些，也只是鄰里間雜糧的交換，僅夠維持生存底線的勞動，可以活，但愈來愈不足。日常生活的開銷節節上升，電費水費學費，左支右絀。農家女阿草的汗流到早旱的農地上，她想著三個孩子都要付學費了，上完半天課是不是還要去補習；想著前院的水井馬達又壞了，該請人來修了；想著媽媽上個月在河邊洗衣時滑了一跤，連吃了二週的草藥無效，再來還要找時間送去北寧鎮上看病……錢！她煩惱錢不夠。

經改後的經濟規模沒有阿草容身之處，舊的社會福利又逐年削弱。她的父母那一代，習慣了集體生活，在臨老開始需要照顧與醫療時，國家抽身不管，他們就重重跌到子女的肩頭。下一代的學費及各式開銷也遽增，卡在中間的阿草們，不得不盤算到哪裡找活路。

北寧農村緊臨河內，訊息來得快，阿草算是最早一批去台灣的越南勞工，才剛開放就去了。透過仲介大小牛頭一層層牽線，她抵押田地付了三千美金的仲介費，未來至少要工作個一年後才能開始存錢。這個賭注很大，她甚至是第一次到銀行呢，不是存錢，而是去辦抵押，說來都有點難為情。

可是，天大的決定也不過就是一股氣。雖說是千里遠，雖說是他鄉異國，但既然窮，擁有的少，也沒什麼好損失了。

那年，阿草三十二歲，孩子都三個了，活動的範圍頂多到二十公里外的北寧市集，買新款的布料裁製新衣，買孩子的書包和皮鞋。現在，她看著手上召募工人至台灣工作的粉紅色傳單，沒想到翻身，只想到活命。

工廠召募都要年輕人，家庭幫傭看護倒是適合有點年紀的女性。阿草個子高䠷健壯，性情沉穩謹慎，在家中原就是大姊，十來歲時颱風大雨都她在幫忙搶救農作、重蓋家園。北越從革命時期就提倡男女平權，女人一直是重要的勞動者，父親打仗時，母親就一手撐住全家生計，參與村內的集會共治，也算新時代女性。戰後男人返鄉，農事還是多在女人手上，為了拚生計，女人出海工作，男人留守看家，在北越這個革命發源地，並非稀奇事。

再晚一點，就來不及了，趁現在。她想。

●

飛越千山萬水，范氏草來到泰山的舊公寓，一待就是三年，照顧行動不便的阿嬤和阿公。阿公身體問題多，不時要帶他去醫院就診、復健，阿嬤挑剔，常盯著她看，像是擔心她偷錢或什麼。同居一處的，還有阿公阿嬤的子女，都中年未婚，兒子任職於泰山工業區，每天工作、加班，假日就悶在屋裡打電動；女兒在大賣場工作，工時超長，有時會帶些將過期的優惠品回家，屋小東西多，擠得滿滿都是不實用的廉價贈品。

早餐吃稀飯，配豆腐乳、青菜和一些醬菜。老人家不吃蛋，肉也忌口，台灣流行養生飲食，地瓜大豆等低賤農物大翻身，醫生囑咐稀飯裡加煮地瓜，增加纖維質，有助阿公排便。

居住在北寧農村的阿草，童時歷經長達十數年的「抗美救國戰爭」（也就是台灣沿用美國觀點所慣稱的「越戰」），經常停課躲空襲警報，回過神來學校已然滿目瘡痍，水庫、道路、電力等公共建設多被西方高科技武器摧毀。七〇年代末，越南又接連與中國、柬埔寨開戰，人民生活更加貧困。北越農地一年只有一或二次耕作，寒冬時土地乾裂，下雨又常水淹成災，一夕間農作就全泡在水中而血本無歸，種稻的農家時常沒米吃。阿草自小吃地瓜吃到怕，到了快二十歲才開始有扎實的白米飯可以吃。

不料再過十年，阿草千里迢迢飛到號稱富裕的台灣工作，每天早晨上桌的還是稀飯地瓜，她簡直是苦著臉嚇壞了：「我想，完了！台灣原來也這麼窮。我好怕再吃地瓜啊！」

吃稀飯的阿草，常常不到十點就餓了，胃絞出聲，不到半年就瘦了五公斤。吃不飽，皮膚也垮了，沒光澤，心情也低盪了，不知道要向誰說才好。等到她的身體慢慢適應台灣的飲食，早餐少吃了，中晚餐油膩了，她也學會了台灣女人對身材的斤斤計較，乾飯也不再是飲食首選。

那時手機還不普遍，雇主允許她每個月用家中電話打回越南一次。但農村裡只村長家有電話，要先打去村長家，麻煩他們通知阿井在約定時間裡趕到村長家等候電話，如此一來一往常漏接、白耗工，真要和家人通上話並不容易。二年約滿再展延一年合約時，那個平日不多話的、若不是在外加班就是關門打電動的雇主，特地匯了數千元給阿草家，幫她牽了一線電話，成為村子裡人人稱羨的大事。

這榮耀，是此時此刻身價上升的榮耀，是預示未來翻身致富的表徵，村子裡第一個出國工作的女性帶回來的莫大成就。阿草在台灣收到女兒手寫的信，學校寫字本裁下來的空白頁，稚嫩的筆觸畫著震動作響的奶黃色按鍵式電話，顏色是女兒挑的，成為客廳最亮眼的裝飾。

電話鈴響，歡天喜地像大事，連路過的鄰人都揚聲問：「阿草又打電話回來啦？」不招自來圍一圈人聽著她丈夫和她說完話，再原封不動轉播給大家聽。如此直至三個月後才沒什麼人感興趣了。

誰會料到，從電話到手機的速度這麼快呢？不到五年，農村裡家家戶戶幾乎都有手機了。

●

應該是，看到阿草家牽了電話那一天開始吧？阮氏問心裡盤算著到海外工作，離開家鄉，離得遠遠的，衣錦榮歸，讓所有看不起她的人後悔莫及。

阿草打電話回來，阿問和村子裡幾個姊妹淘都擠到阿草家，輪流和她說話又輪流轉述她的話。整個屋子鬧哄哄的像辦喜事，女人們多半抱著襁褓中的孩子，屋內屋外跟著些流鼻涕一身污漬的幼童。

大家心裡想的都是同樣的事：原來，原來去台灣真的可以賺錢！那裡都是高樓，有的人家裡還有電梯咧，電燈都開很大、很亮，夜晚外面的街燈整個晚上都在亮，像白天一樣，車子也好多，有的店從來不關門。

除了村長家，這是村子裡第一支住家電話，還是阿草的台灣老闆贈送的呢。遇到好老闆，一支電話線真的也沒什麼，只要努力，一定會有好運道的。

阿問的運氣一直不好。她的母親早逝，留下眾多姊妹，父親再婚後，繼母接連生下兩個寶貝兒子。瘦弱的阿問認分地一放學就抱孩子、煮晚餐，成為家裡的好幫手。繼母說話苛刻，姊妹們很快都外嫁出去了，阿問還留在家中。她中學沒念完就中輟打工，勤奮、努力不懈，大家都知道阮家的女兒下田、養豬、種菜、殺雞樣樣都行，後來她甚至考上村辦公室的一個小收發員工作，薪水不高，但工作穩定，也算是坐辦公桌的白領階級了。

辦公室同事，年長她十一歲的男人，溫柔體貼，教她做事特別細心周到。從來沒有人這樣關心她，從來沒有。他是村子裡她應該叫叔叔的人，分明他的妻女就住在同村裡，阿問還是不顧一切和男人交往了。一直到她未婚懷孕，這起醜聞才被揭發，已升主任的男人被降了職，阿問則速速辭去工作。

通姦的事不是沒發生過，但人家都小心翼翼，只有阿問這樣不知檢點，肚子大了還未婚生子，不但未婚生子，還連生兩個。兩家人都住在同一個村子裡，鄰里間的閒言閒語簡直可以殺死人。

她心裡不是沒有盤算。這男人個性軟弱，但待她溫柔無比，大兒子出生時他激動得流下眼淚，這些，都是阿問的定心丸。他的老婆一連生了四個女兒沒生男的，阿問畢竟是兩個兒子的媽，夜裡這男人來宿，大老婆也只能睜一隻眼閉一隻眼。年輕的阿問心中也想賭一把，賭她以子為貴的一生，且這男人為她丟了升遷機會，這不是愛情是什麼？她萬萬不能退讓。

不料最後是對方退了。

離婚再娶的現代愛情劇沒有在現實裡發生。拉拉扯扯到大兒子三歲多時一次夜裡發高燒，阿問向男人求救，拜託他幫忙照顧大兒子，她背著襁褓中的次子到村子外找醫師抓藥回來熬煮。結果，等阿問騎著腳踏車返家時，男人已把兒子直接抱回自己家中，交給元配照顧。阿問拎著藥材匆匆來尋，被大老婆著實當面羞辱了一頓，而男人就在屋內，不發一語。

那個不發一語，傷透了阿問的心。

她不可置信，她年輕、能幹、有兒子、不吵不鬧，一直以為不過是失了面子保有裡子，一直以為不過是時候未到她無需過度強求，一直以為他會處理而她體貼識大體。

這個從小看著阿問長大的元配阿姨，此刻如此冷靜，她厲聲要阿問滾出她家，但生病的大兒子得留下來，這是男人的種。阿問憑什麼本事養小孩？養到發燒了還不是要阿姨出面照顧？阿問要自我作賤就不要再來打擾他們的家庭，阿姨本來是看她未婚懷孕可憐，沒想到她這麼不自愛，還賴著不肯走。

還賴在同一個村子讓人看笑話！

阿問抱著還不滿週歲的二兒子，在男人的沉默中，總算直視自身的真實處境。原以為男人有情有義，不忍丟棄元配，但也會照顧她母子。阿問忍氣吞聲在全村人的唾棄中活著，幫他養孩子，期待揚眉吐氣的一天。結果他只要兒子，不要她。

被羞辱的痛，從腳底一吋吋往上爬，她簡直一刻都站不住。幸而大兒子爭氣，真是太爭氣了！大兒子忽地掙脫阿姨的懷抱，哭著跑過來抱住她，燒已退，人還紅通通的，但可以走路了，看見媽媽高興地撲過來。

這真是救了她一命，尊嚴與骨氣全回來了。阿問捉住兒子的手，昂首闊步走出那個男人的家門，也走出與他糾纏多年的關係。

青草遍野

我初識阿草時，她戴著紅色的絨毛帽、穿著有腰身的長版厚外套、半長筒馬靴，看來時髦又體面，是個見過世面的女人。我們從河內機場一同返回北寧家鄉後，她脫鞋脫帽脫外套，旋即換件鋪棉的粗布外套，膠鞋一踩，立時又變回一名農婦的模樣，可餵養雞鴨兼燒柴火，不怕弄髒。

她用流利的中文自我介紹，手掌圈個弧狀拿在唇邊張口咬，音調聽來像是桃。

「啊我知道，阿桃，是一種水果對不對？」我搶著作答。

「對對對，草莓的草。范氏草。」

原來是阿草，是個很普遍的名字，青草遍野，生氣勃發。

農村裡蜿蜒有致的實泥地，隨處可見牛糞、雞屎、狗大便，和孩子們。豬隻多在院子裡圈起飼養，食量大，剩菜剩飯不足還要剁碎香蕉嫩莖煮熟了餵，排洩物也惡臭難聞，需要沖刷清理。草地上不時有牛隻放牧，戴著斗笠的婦人們坐在一旁聊天，也有那落單的大牛小牛，在巷弄間並行，鈴鐺清脆，怡然自得，稍緩了腳步很快就有牛糞落地。牛糞曬乾了可做燃料或堆肥，大路上總有人撿拾清理了去，有青草味。

「牛會走來走去找東西吃，晚上自己回到主人家。」阿草說：「北寧的牛都很聰明，會認路。」

農村裡傳統家戶的格局差不多，主屋就是橫向的一大間房，竹簾子或花布垂在大門前，說是擋風擋沙也擋蚊子。入門正中可見神龕，祭拜祖先，也有不少人拜胡志明像，或各式神佛。屋內的家具多半是木製的，圓柱木撐頂，木窗木門木櫃木床木桌椅，大廳左右二側多半是雙人木床，上懸蚊帳，白天裡蚊帳收起，棉被捲好，可以當座椅，視線上也不礙事。人多了要吃飯，就在大廳地面鋪上一張或二張竹蓆，可以有一二十人席地而坐，小圓桌似的大錫盤上，放置菜、飯、水果、紙巾，用餐後錫盤端回廚房，竹蓆捲收妥當，又讓出一個空闊簡淨的客廳。

阿草說：「台灣人應該不習慣，越南的房間都沒有一間一間隔起來。」

隔間所代表的現代生活、隱私權、獨立等意涵，也隨著返鄉越勞帶進農村生活。原本的傳統房舍裡，床是客廳的一部分，入夜罩上蚊帳就可安睡，晨起後蚊帳一收又可以當坐椅、桌面，方便又省事。但村子裡出國返鄉後搭建的新房裡，有志一同使用水泥牆將臥室與客廳隔開了，原有交錯使用的大空間被劃成一格格單一用途的隔間了，侷促且永遠不夠用。

阿草的房子是老屋新修，外牆漆黃、滾綠邊，一樓仍維持傳統的客臥兩用的大間，客廳裡兩張大木床各據一側；二樓是大兒子的新房，水泥牆隔出長方形的私密臥房，牆上掛有經過柔焦處理的婚紗照，木床加疊了嶄新的彈簧床，花色活潑美麗；樓梯再往三樓，像工地一樣的半成品，裸露的水泥與沙石。

阿草忙擺著手說：「不要看了啦，沒錢再蓋上去，就蓋一半了。」

蓋一半，還是蓋了；留著沒上磁磚的水泥樓梯，預示著未來還要再加蓋。我在很多越南農村的新屋裡，看到這種蓋一半的情形，像是給屋主的警惕與提醒，等待再一次出國完成未竟的夢想。

之後，一年又一年，不管出國與否，挖東補西，也就蓋好了。

●

阿草到台灣工作第三年，匯錢回家指名要買一台粉紅色的中型冰箱。那時電視早已普及，村子裡有冰箱的人家還不算多，阿草等不及在電話中殷殷告誡子女：「吃不完的東西冰起來，不要丟掉。台灣人這麼有錢都這樣了，我們也不能浪費。冷凍庫還可以做冰棒吃。」

但冰箱必須二十四小時插電，在家裡幫阿草照顧孫子的母親捨不得耗電，也因為村子裡經常無預警的停電，冰箱便多半閒置未通電。沒吃完的菜、飯，一如往常倒給豬或狗吃，並無浪費。

長途國際電話很快被移工專用的電話卡取代了，一百五十元可以通話數十分鐘，廉價但不好使，每次撥打電話號碼前要先輸入長長的序號認證，萬一接不通或錯接了就要從頭再來，專為窮人設計的壁壘重重，千里跋踄，一線通訊考驗不在場的親情是否牢靠。

說是思鄉情切，但電話裡多是虛言，心情低落不能訴苦，身體不適只能硬撐，蓄積的眼淚總是掛斷電話後才任性流洩。不然又怎麼樣呢？看不見、碰不到的想念，所有的情緒都像在密閉空間迴繞，不確定的低氣壓，聽不見的悶雷。

大兒子上國中後學習不好，阿草每要指名找他說話，他總是耍酷不多言。阿草千叮嚀萬囑咐，嘮嘮叨叨不知如何演練缺席的母職才好，兩人隔空完全沒有交集。這是第一個孩子，阿草沒經驗，母親在電話裡安慰她：「沒關係，他以後就會懂了。」

以後？要多久？她遠在千里外，對兒子細微的變化一籌莫展。

泰山的老闆家樓下有一名中學生，常見他穿著制服戴著耳機哼著歌等公車，見到她會點頭示意叫阿姨。阿草於是虛心向他請教，輾轉在夜市裡買了時髦的耳機連在小小的光碟播放器上，銀白色一體成型，足以讓兒子在學校裡炫耀時至少會想起母親。

「好用嗎？那個隨身聽在台灣很流行哦。」阿草在長途電話裡探問如邀功。

「還不錯。」大兒子清楚下了指示：「我要F4的CD。」

約滿返鄉時，阿草特地買了一台最新型的桌上型電腦，只是當時偏鄉上網費用太貴，終究只能放在客廳給兒子練打字、放音樂。鄰居們上門來圍著新電腦摸摸弄弄，豔羨讚嘆，每個青少年都暗暗期待自己的父母也到海外工作。

但這台電腦竟好似阿草與孩子間無言的關係，虛有其表的禮物，欠缺實質的連線作用，跑不動雙向溝通。

不插電的冰箱，是客廳裡的粉紅色置物櫃，且不通風。

●

二〇〇二年，台灣開放引進越南移工的第三年，范氏草約滿返鄉了，客廳裡的電話、冰箱、電腦令人目眩神迷。

阮氏問將兩個兒子留給姊姊照顧，為飛去台灣掙錢而籌錢受訓。說是受訓，也不過就是做家事。做家事誰不會呢？洗衣機、烘衣機簡直太省事太神奇了，電鍋、微波爐也是家務好幫手，唯獨使用瓦斯爐仍有些許戰戰兢兢，但多用了幾次點火，也發現安全得很，有的燒水壺水沸了還會嗶嗶作響。

「真是好進步啊。」阿問回家跟大兒子說。

才八歲的他，聽得入神：「好進步啊，以後我也要去。」

「我一定會買比河內更好的東西回來。」阿問說，宣誓般的承諾。

台灣人也喝茶，但程序和要求都多。仲介提醒她們千萬小心別亂幫老闆洗茶壺，有錢人喜歡一直泡著茶水「養壺」，一年又一年，愈養愈名貴。那茶壺小小一個要是洗壞了，就完了，仲介說價錢是女傭一整年的薪水呢。

可惜阿問沒有遇到好雇主，事實上，她根本沒有見到那位雇主一面，一次也沒有。事後想想，那個雇主也許只是台灣仲介謀利的人頭吧？阿問的居留證上，雇主家的地址在基隆，來台灣前仲介說是照顧中風的阿公，甚至明確說出阿公體重七十五公斤，阿問要練練手臂力氣。但中風阿公像一個謎，從來不曾在阿問的旅途中出現，作用只是給了阿問一紙合法聘僱契約書。

打從一抵達台灣開始，阿問就被仲介帶到嘉義，說是「暫時」照顧另一位阿嬤。阿嬤能走，但平日多靠輪椅，有了看護更全面依賴阿問每天抱上抱下代為行動，餵食、洗澡、排便、按摩、餵藥……都是耗力氣的工作，每週有三天，阿問要推輪椅送阿嬤到醫院復健。

南方夏日，柏油路發燙，阿問汗流浹背地走在沒有蔽蔭的大馬路上，還要幫阿嬤撐陽傘，有時她想把傘撐高一點，兩個人都能免於曝曬，但阿嬤的手臂就會受到陽光斜射，枴杖直接揚起就敲打阿問的手。於是她只好買了一頂草帽，走著走著汗流進眼睫，看不清路，略有顛簸，阿嬤又叫起來。

那一路，也不過二十分鐘，像個冒白煙的噩夢。酷熱的夏天，反光發白的街道，全世界都在午睡了，只有她與老人在路上奔波。阿問因此記得醫院附近那家超商，叮咚一聲進去就是冷氣，她每經過那裡，只希望能進門喝杯冰水。

一次她鼓起勇氣說要買水喝，阿嬤盯著她，從口袋裡掏出二十元，總算兩人才首度踏進那個避暑的叮咚世界，樂聲一響冷氣就迎面撲來，阿問目眩神迷地挑了瓶最便宜的礦泉水，一口灌一口抿沁涼直達胃壁，簡直像收訊不良的老舊電視被突來的電波干擾插播，閃閃爍爍如幻似真的光華流影，啊，天堂！那是唯一一次，阿嬤主動買水給她喝，這份恩情隆重到阿問就此記掛一輩子。

一直到三個月後另一位來自越南的看護工來了，阿問就失了業。她搞不清楚到底怎麼回事，原本的中風阿公不需要人照顧了嗎？阿問和一群逃逸移工住在一起，但她不像他們這麼勇敢、瀟灑，她的居留證是合法的，她甚至沒有田地可以抵押還要向姊姊們借地契舉債才換來這個合法打工的身分，她不願輕易失去。

愈不敢失去，愈受制於人。

仲介帶著她在台灣四處遷移，到果園做採收裝箱的重體力勞動、到家庭式鐵工廠輪值大夜班……她依稀知道自己去過南投、台北、基隆、新竹，但這些地名對她而言都不具任何意義，四處遷移其實與逃亡無異，問太多仲介就光火。她隱隱知道自己的居留證是合法的，但工作是非法的，那個曖昧不明的界線，使她更依賴仲介，不敢反抗。有假日也不敢出去，分明居留證是合法的，但她一再練習著說明為什麼她人不在基隆，甚而害怕萬一警察打電話問老闆怎麼辦呢？根本不是她的錯，但她默默接受了好像自己才是那個犯法的人。

二年約滿，阿問的所得與付出幾乎打平，非法工作有太多等待的空檔，四處遷移也實在耗去太多額外的花費，每個月薪水總有奇怪的不知名目的扣款。就這樣落魄返鄉，什麼都沒賺到，白忙一場。

相較於阿草的風光返鄉，阿問簡直徹底是個失敗者，是個笑柄。運氣從來不站在她這邊。但阿問不服輸。她從來就知道退路無多，只有往前。她的一生中輸掉的太多，剩下的只有勇氣。一無所有的人沒什麼好瞻前顧後，少輸就是贏。

●

風光返鄉的背後，是阿草的坐困愁城。她出國開了眼界，確實也比較有自信，膽子大了些，也學了不少文明派頭，家用穿著都講究些。她決定不再種田，太累太苦太沒前途，畢竟她是村子裡第一個出國的女人，所有人都睜大眼睛看，蹲下去耕作像是走回頭路。

把田地分租他人，阿草批了些雜貨臨街做起小生意，穿著乾淨體面的衣服如願當上老闆娘。但資金不足，地點不佳，村子裡三五步就有一間小鋪賣著一樣的零食雜貨口罩，天天守著店面也掙不到什麼錢，不到半年終究收攤關門。回家了，撐出點昂揚場面以慰親友是一定要的，但不必太勉強，村子裡都是明眼人，犯不著虛張聲勢。阿井不管用，眼下她還是家裡主要拿主意的人，對未來的盤算需要多費些心思。

出國前的困境原封不動擺在眼前。阿草幾乎是別無選擇地又再度離鄉。

彼時越南看護工在台灣十分搶手，仲介大力宣傳越南女傭乖巧聽話，容貌習俗都相近，中文又學得快，於是二〇〇五年阿草順利來到台灣南部，在高雄鄉下照顧中風的阿嬤。阿嬤脾氣不好，但身體殘了，能動肝火指揮阿草的有限，她的子女若不在大城市就是出國了，住得稍近的一二個月來探望一次，逢年過節全回家了就有二十幾個人。

阿嬤節儉，錢捨不得花，也不肯對兒孫開口，每個月留給阿草的買菜錢實在不夠用，有時還要阿草在早市收攤前匆匆去搶買降價求售的萎爛蔬果。後來阿草在院子裡試著翻土、播種一些好長的蔬菜，這才驚覺台灣南部的土地真肥沃，土地自我復元得豐沛，種子一撒就欣然冒生，從他處移植來的苗木，也落地就生了根。

栽種除草多半在清晨阿嬤還沒起床前完成，既沒妨礙阿草既有的工作，也沒花到雇主的錢，後來阿草愈種愈多，一主一僕才有更多的菜色可供挑選。阿草栽植有成，滿園綠意，香蕉和木瓜都吃不完，絲瓜、大陸妹、高麗菜……全是城市人最愛的有機農作。阿嬤的子女們假日來探親，臨走時採走一車子的農作收成。

「阿草你太厲害了！這沒灑農藥，真正的有機蔬菜。」阿嬤的大女兒說，過年時，額外給阿草一個大紅包。

她於是有了更多正當性可以待在菜園。其實，阿草從來不愛農作，在鄉下種菜，主要是逃離愛發脾氣的阿嬤，讓阿草尋得一個喘息的空間，不必受到阿嬤無時無刻的監看。阿嬤雖能生活自理，但見不得下人閒著沒事，如今阿草種了菜，不但生活花費少了，子女還在收成時期更頻繁返家，明顯是雇主獲利得多。種植最終成為勞雇關係間的平衡點，阿草從中獲得實質的成就感，及部分脫逃的自在空間。

「那個土真好，那個陽光和雨水，真是好好種。」阿草說，相較於北寧農地的乾瘠、雨量不可掌握，高雄的沃土簡直有不勞而獲的錯覺。

人不親土親。爾今想來，種菜竟是阿草在台灣最美好的回憶。青草遍野，生機盎然。

沒什麼可以難倒她

電話、冰箱、電腦，阿草家的電氣用品像一顆顆罕見的珠寶，閃耀著激勵人心的光彩，鼓舞更多女人整裝待發。

阿蓮、阿問、錦安、秋河、翠英五位遠房姊妹，年紀相仿，彼此間多有拉扯不斷的旁系血親或姻親關係。五姊妹自小一起長大，在同樣的學校讀書，在同樣天光濛濛亮的清晨赤足踏入水田中拔草除蟲，後來，其他姊妹們陸續嫁了同村的男人，只有阮氏問孤單地被人看不起。然而姊妹們都知道阿問勤奮努力，勇敢不畏艱難，又比大家早了一步去過台灣受挫重來，所以還是和阿問相約作伴，一起受訓，一起在二〇〇四年分批飛向台灣工作。

五姊妹先後出發，以為彼此有伴，其實降落台灣後各自進駐不同人家，相距百里遠，個人命運隨風轉。

陳氏蓮走得倉促，甚至來不及和爸爸吃頓飯就離家趕赴三重就職，但住在三重的傅老先生根本沒那麼急，就算阿蓮晚來一個月都不是問題。誰知道是這樣呢？傅老先生中風半年多了，原本就請了個印尼籍的逃跑移工照顧，直到合法申請的阿蓮來了才終止聘僱。

傅老先生之前帶過軍隊打過仗，退休後天天運動練氣功，人人都說他氣色佳身體好，怎知一夕間倒了下來？被迫坐上輪椅，日夜要人把屎把尿，一點尊嚴也無。怨氣難言，老先生把所有的情緒都發洩在看護工身上。阿嬤領受了阿公一輩子的壞脾氣，臨老有個下人來墊底，不知為何也學了阿公那一套帶兵方式，動輒就要罵人如操兵。可想而知，半年來已換過三名看護了。傅家人僱著合法移工快來，正因為逃跑移工受不了就請辭，他們的自由度與流動性都高，不需要委曲求全，勞資不合用就請辭走人。傅家人只好期待一個初來乍到的新手，一個中文不夠好、環境不夠熟，又被合法契約綁住了不得轉換雇主的阿蓮，好讓家人鬆口氣，不必再忍受動輒更換看護的折騰。

心高氣傲的阿蓮很認分，這是賺錢的代價，她早有心理準備。只是打罵的程度出乎意料，不了解台灣人可以在家裡打人而公安不必管嗎？但她無處求救，只能吞忍下來。

每天早上，阿蓮推輪椅送阿公去醫院復健。沾黏的筋骨要拉開，痛！阿公承受不了痛，便遷怒於她，生氣不肯再練。阿嬤要他站立走動，檢查醫療復健成效，阿公惱羞成怒就逕自拿手杖敲打阿蓮。每天重複的戲碼，這個半身中風的八十多歲老人，身體指揮不動了，便拿阿蓮出氣，手杖打她，鞋子丟她，力道不大，脾氣不小。阿蓮的中文不好，阿公更生氣了：「混蛋，連話都聽不懂能做什麼？」

阿公神智清晰卻需要人幫忙洗浴，下半身毫無知覺，但腦子裡還有羞恥，他以發怒掩飾羞恥，愈羞恥愈暴怒。阿蓮不說不笑還時常流淚，阿公看了更惱，罵阿蓮也罵阿嬤。阿嬤想不到聘了個下人打理，還要自己一併承受阿公的火氣，於是轉而罵阿蓮罵得更凶。阿公要的是溫情，阿嬤沒接，阿蓮也接不住，三角張力緊繃，每天都像作戰一樣令人身心俱疲。

週日，阿公的三個孩子及五名孫子回家一起吃飯，阿嬤會主動烹煮拿手好菜，孫子們在客廳看電視，兒子們有的打手機聯絡公務，有的和父母親閒聊。阿蓮忙進忙出幫忙收拾碗盤，但耳朵一刻也不得閒地聽見兩位老人家向兒子搶著數落她的不是。

「這個中文不行，根本叫不動。笨死了！」

「她力氣不夠大，有一次還把你爸爸抱滑倒在地，骨頭萬一折斷了怎麼辦？」

阿蓮中文差，但沒差到完全聽不懂。阿公重聽，對話幾乎全是大聲用力喊，遠在廚房的阿蓮每個字都聽見了，邊落淚邊洗碗。沒有人注意她的手腕上、腰背的淤青。但阿蓮就是打定主意不能半途而廢，她丟不起這個臉。

五個月又二十天，阿蓮聽見阿公打電話叫仲介來送她回越南。她確定自己沒聽錯，阿嬤過來叫她先去收衣服，她全身冰凍了般血液無法流動。怎麼辦？冬日夜晚，她只覺得冷到骨頭裡。怎麼辦？明天早上仲介就要來帶她走了。回越南，一切都完了。欠的錢還沒還完，怎麼能回家？

怎麼辦？她的手機在阿嬤手上，平常都要到晚上十時才會交還給她使用。她拚命想著五姊妹的聯絡方式，希望自己不要忘記了。

怎麼辦？垃圾車來了，熟悉的音樂聲給了她一點勇氣。她走進房間拿了僅有的一千元台幣，再套件外衣，不能，不能換衣服會被發現，護照和居留證都在仲介那裡，也沒什麼貴重的東西可以拿了。

阿公阿嬤正在看連續劇，沒有看她一眼。阿蓮面無表情地把垃圾袋打包好，面無表情地走出那個家門，手上只有一包晚餐的廚餘，以及一袋五公升的小垃圾袋，再也沒有回頭。

●

正當阿蓮流離失所的時候，阿問來到百里外的台南鄉下，一待就是五年。

阿嬤胖胖的，走路不方便，每天要靠阿問搬上輪椅才得以行動。腦水腫導致阿嬤無法開口說話，一般無以表述情緒的病人多會脾氣陰沉或火爆，但阿嬤不是這樣，她總是笑著，眼睛瞇成下弦月，有時，她的手拍拍阿問的手，像是很抱歉自己太胖了，麻煩阿問辛苦了。阿嬤總是鼓勵、體貼，也感謝照顧者的辛勞，如此就讓阿問甘心付出更多。

阿問每天晚上幫阿嬤洗澡、餵飯、按摩，白天推著輪椅帶阿嬤出門散步、到里民中心復健、看電視。午餐後，搬胖胖的阿嬤上床午睡，阿問長袖套紮好，就到阿嬤兒子的養蜂果園幹粗活。

週末假日，養蜂的老闆把一箱箱自產蜂蜜送到省道旁擺攤賣蜜，原本阿問只在缺人手時幫忙搬貨，後來愈做愈多。她活潑爽朗，會主動招攬客人；她談笑風生，熱心熱情推銷蜂蜜說是比越南的好太多，吃了皮膚都變好了，水噹噹。客人就怕買到假貨，阿問秀出手腕上被蜜蜂螫過的痕跡，印證了果然這是本土實作的水果蜜，然後她說起在蜂場上看到肥滋滋的蜜蜂爭食跌倒在地的笑話，活靈活現又有臨場感。

過路客笑著也就掏錢買蜜了。

逃跑的阿蓮和秋河曾一起搭車到台南找阿問，兩人還留下來住了一夜。

「你們好好哦，來台灣還能夠跑出來玩，這裡只有我和阿嬤，走也走不遠。」阿問說。

「出來玩就沒錢賺了，你要換嗎？」秋河指著阿蓮：「你看她，這個不做那個不做，等餓肚子就什麼都做了。」

阿問拿了二瓶蜂蜜相贈姊妹：「你們要保重身體，這是真的蜂蜜，我有幫忙養，吃龍眼花的。」

阿嬤八十幾公斤，每天要從床上抱下來如廁刷洗、吃飯按摩、洗澡後，再抱上床睡覺。阿問個子嬌小不到一米五，但這工作她從不叫苦。

每天晚上，阿嬤上床後，阿問會再幫她按摩一個多小時，兩個人共睡一張床，夏天時阿問還特地去買紗布縫製了一頂蚊帳。有時阿嬤睡不著，阿問便自說自話、摸摸弄弄和阿嬤鬧著玩，就這樣竟也摸出阿嬤右乳房有硬塊，阿問趕緊告知雇主最好帶去醫院檢查。一查，果然是乳房腫瘤，再來就是一連串的檢驗、切除手術、復健回診的冗長流程。

阿嬤住院半個月，阿問隨伺在側，什麼都包辦，就這樣瘦了五公斤。大家都知道這名看護能幹又用心，簡直比親生女兒還好用，有時需要家屬簽名，等不及老闆趕到醫院，護士們竟也任由阿問代簽同意書。

對雇主來說，阿問簡直是全方位、多功能，一人抵三人用，卻只領看護的薪水，且全年無休。三年約滿，雇主又續了二年約，且主動讓阿問賣蜜分紅，依業績高低抽佣，算她多兼一份差事，旺季時佣金所得甚至比看護薪水還高。

總統大選期間，電視上都在譴責扁家弊案、譴責海角七億，但是省道旁還是有台南老鄉振振有辭：「阿扁是為了獨立建國才收錢的，不是為了他自己。以前國民黨污錢污更多也沒事，一樣貪啦。」

「阿扁這樣一箱一箱現金讓大老闆直接送到家裡，吃相太難看了！如果上台就學國民黨，又何必要換黨做做看？」必定有人不以為然，聲音也大了起來。

眼看著兩邊客人愈說愈僵，阿問悠悠插了話：「我們越南只有一個黨，政府做什麼事都要錢，我們也不能選別人啊。」

原本已拉開藍綠對峙張力的客人間，像是找到一個不相干的對外出口，都笑起來了：「你們越南這麼黑哦。」

像台灣就此漂白了，氣氛因此放鬆了，說笑又回歸常態。

假日公路旁，既是阿問聊天說地的中文課程，也是吃消夜、賺外快、認識朋友的所在，更是她的社會學、政治學、台灣學的大教室。阿問招呼客人練就了一口好中文，不但聽說流利，還能說河洛話調侃人，客人們都知道她要賺錢養小孩，很辛苦，沒有人追究孩子沒有父親。

語言通，眼界就打開了，阿問在台灣的生活立體豐富了起來，她記得紅衫軍，也知道金融風暴很多工人放無薪假。這次，阿問存夠了錢，她心中暗自起誓，回家後要蓋全村最大最好的房子，揚眉吐氣！

●

村子口最大的一間雜貨店，是五姊妹的裴錦安如願返鄉開店的成功範例。

三樓高的店面兼住家，大門前是一株伸展自在的阿勃勒，夏日黃金雨垂墜，像整個村子的入口標誌。絡繹不絕的人來人往，有貨車停駐下貨，一箱箱啤酒、牛奶、果汁，還有米紙、麵餅、香菸。這房子占地廣，位置好，蓋得搶眼，客廳裡還放了一對仿中國瓷器的大花瓶，足足有半人高。

店面的玻璃櫃台前，垂掛數條小包點心串，學童遞出揉得爛捲的幾張千元越幣，就撕下一包，在各方豔羨的眼光中，換來一口就吃完的碎糖或乾麵屑或小油炸品。錦安個子嬌小，口齒伶俐，老闆娘該有的氣魄她一樣也沒少。她說話直率，氣焰明顯強過他人，想來是成功的緣故，被讚美多了也就相信自己才是最正確的，終究以結果論英雄，成功在我。她的媽媽像個黑影子成日坐在雜貨鋪口，不說話，眼睛盯著小朋友提防他們亂碰亂拿了什麼。

前後兩次出國，錦安都掙到了錢，只是經驗大不相同。

第一次到新竹，說是看護工，其實是在雇主的家庭小工廠打掃，送貨搬重物，從早上五點忙到入夜，豬皮、豬油、糯米、冬瓜糖……的食品加工，全年無休，沒有加班費。公司裡聘用的全是移工，合法非法混雜聘僱。平日生產時，鐵門深鎖躲警察，也防移工逃跑——意思是，雇主聘用逃跑移工做事，但表面上要有合法移工撐場面，以免遭到檢舉。逃跑移工原就自由，管也管不到，所以門鎖主要針對那些合法移工，且禁止他們白天使用手機，強迫住宿。合法的遠比非法的受到更多限制與剝削。

「被仲介騙了，好後悔。」錦安撐了二年，一口氣領到全部薪水，回家就買了村子口這塊地，這是沒日沒夜咬緊牙關賺來的，總要風光展示給所有人看得見。

陸陸續續，聽說秋河和阿蓮都逃走了，歸期不定；阿問與翠英則被原雇主續聘，留滯台灣。錦安思前想後，五姊妹都拆散了，她連全年無休的地下工廠都待過了，還怕什麼呢？遂又申請了第二次來台。這回她知道討價還價了，資訊要搞清楚才交仲介費，不能再被騙了。

透過視訊和台灣雇主面試，錦安口齒伶俐又笑容滿面，很快就被選上了。

阿嬤獨自居住在台北東區豪宅，牆上掛著真跡水墨，櫃子裡有名貴的英國骨瓷，聽說一套要五、六十萬，錦安三年的薪水也賠不了，每次洗玻璃櫃都忐忑不安。幸而上門喝咖啡的客人三年下來也不到二次。

阿嬤的孫子孫女穿著打扮就像電視上的大明星，皮包外套都是名牌，不過他們只有過年時才出現。過年時阿嬤最開心，穿旗袍戴珠寶，每個人都發紅包，連錦安也有，而且年菜都是大飯店外送。錦安穿上新衣奉茶、切水果，也跟著貴氣起來了。

「只是很奇怪，」錦安說來輕描淡寫：「不知道為什麼阿嬤一開始就叫我小珍，大家都跟著叫。我的護照、居留證都是裴錦安啊，他們都沒有問我的名字。」

可能是之前的看護就叫小珍，名字換來換去怕阿嬤混亂了，不如全叫小珍。那就是小珍吧，反正也只是一份工作，反正雇主也只需要一個稱號。沒有特色，不需記憶。用完就走了。

有錢人都是這樣，看起來很大方，但不經心。

大小姐很漂亮，穿黑色緊身禮服就像電視上的時尚名媛，過年家聚酒後開心摟著她和阿嬤一起拍了好幾張相片，後來也沒有洗一份相片給錦安，她又不敢開口要。一直到即將約滿離台前，錦安主動用自己的手機和那些明星一樣的主人們合照，回越南後親友們看了無不驚羨：想不到台北人真的就住在「流星花園」一樣的豪宅裡，原來那些台灣偶像劇都是真的！

錦安三年無休，沒打破骨瓷，每年領紅包，臨走時阿嬤的孫子還開了賓士車送她到機場，風光告別。數小時後，穿著蕾絲洋裝、低跟涼鞋的錦安，拉著不稱頭稍顯暗沉的舊行李箱返鄉，幸而還有一只大小姐臨別贈送的駝色高級質感的手提包，又拉抬了她一身海外歸國的行當。

當她走到入境大廳時，接機的老公及孩子們準備了一大束鮮花，塑膠製的紅色花圈套上錦安的脖子，一家四口在離別三年後，留下了意氣風發的甜蜜合影。那是錦安的人生最高潮，在台灣的辛酸一下子都值得了。

這棟房子就是錦安異地打拚的勞動成果。門口經營雜貨店，店裡有液晶螢幕大電視，漂亮的迴旋式樓梯。一口氣蓋了三層樓，內部裝潢倒只有一樓氣派好看，二樓以上都還是簡樸水泥牆、水泥地面、水泥天花板。

「等台灣不再凍結越南看護工了，我再去三年，房子裡面就可以裝潢得很漂亮了。」錦安說。

沒什麼可以難倒她。

一樓後院拓寬加蓋鐵皮屋頂，作為豬欄、雞舍，以及倉庫。倉庫內一桶桶寶藍色透明罐有一人環抱的粗大，高度及膝，一桶桶疊放至天花板，總計約有三十幾桶，有的空有的滿。

「你們喝的水要另外買嗎？」我想起高雄自來水的水質堪虞，當地人多另買淨水來喝。猜想這是農村有錢人的新品味。

「這裡的地下水很乾淨，但馬達很貴。」錦安得意地指著一台電動馬達：「我們從地下打水上來，裝桶賣給沒馬達的人喝。」

果然是個精明的生意人。村子裡不少人家還使用傳統的井水，或手動式的幫浦。我時時看見蹲坐板凳上打水洗衣的婦人，以及頭上擦滿肥皂泡就光著身子追逐笑鬧的小小孩。但井水能打到的淺層地下水，已然不夠潔淨了。再往深處打，才有乾淨的水源。

地下水是公共的，不要錢；馬達是私人的，很昂貴。水並不公平流向所有人，窮人只好花錢向有錢人買水喝。

這就是市場經濟。

不能說的事

北寧這個小農村裡，阿草走到那裡都沾親帶故，每個巷口轉角都有童時記憶、年少故事、這個那個牽掛與顧忌。她生長於此，老公也是，兩家人認識一輩子，左鄰右舍都搭得上表或堂的遠遠近近關係。

我到廟口的市集買早餐，小販們都放下手邊生意，擠過來看我。我才剛向一名女性小販買了兩份炸米糰，眾人就推了一名原本在賣烤玉米的男子到我面前，我以為是要我也買玉米，掏出錢來，他搖頭；我胡亂猜想，又把手上多的炸米糰遞給他，大家開心地笑了，東西退還給我，指指他又指指米糰攤，七嘴八舌。直到我捉住一個背過的越語單字：「結婚」，才恍然大悟地指著戴斗笠的米糰小販：「老婆。」再指向玉米男：「丈夫。」賓果！猜對了，這是一對夫妻。大家樂不可支，作為今天早市的意外娛樂。

農村舊有人際網絡十分緊密，人與人扶持互助也不免彼此擠壓，事事都有個依靠，也事事難能獨自作主。這個村落總計有一千多人，其中就有近三十人到過台灣，且多是成年女性。阿草自小在此長大、婚嫁、勞務，深知家務事幾乎是公眾事，任何家庭內的口角都會傳得全村都知道。

「到台灣，很孤單，沒有人關心你，也沒有人多看你一眼。」阿草說，思考著如何解釋這個複雜的內在情緒：「可是好像，離家遠了，有時膽子會比較大，不必管別人想什麼，比較清淨。」孤單又清淨，相悖相依，異鄉人的悲與喜。我揣摩再三：「你也有，一點點放鬆吧？」

「也是有啦，比較不必做什麼事都被大家看得到。」她正色道：「但我們也不會做什麼壞事，免得傳回去讓家裡的人沒面子。」

什麼事會傳回家鄉呢？

黃秋河是五姊妹中第一個逃跑的，滯留台灣四、五年才被遣送回國。我和阿草散步時巧遇秋河，她穿著紅色風衣，騎一輛紅色摩托車，一口流利中文幾乎沒有越南口音，人很健談，長相明麗亮眼。

秋河熱情邀約我去作客，說她才剛搬了新家：「就在前面，來看看，晚上一起吃飯哦。」摩托車噗噗遠去，一縷白煙，紅色的身影尚未退出視線，阿草就罕見嚴肅地提醒我別去。秋河名聲不好，村子裡傳聞她在台灣賺不正當的錢，家人都很沒面子。

「她賺錢很多，房子蓋很大，但我們都不想和她來往。」阿草說。

但其實，秋河真正惹人惱怒的，倒不是她賺錢的來源。而是她在台灣待久了，熟門熟路，兼職地下仲介，村子裡前後接力般海外工作的姊妹們多半與她保持聯絡，返鄉後很多話就從秋河口中傳出。

在台灣時，每每說起秋河，阿蓮就要記恨：「秋河跟我老公說，我在卡拉OK店已經和客人睡過了！幸好我老公不相信她，我們感情很好，不會被她破壞。」

這種把「海外醜事」傳回家鄉的恐嚇非常有效，特別是攸關女子貞操一事，在保守的農村，不免引起驚濤駭浪。遭受性侵的移工，最在意消息傳回家鄉，成為一輩子洗刷不去的污名印記。甚且有雇主以此威脅受害人不得聲張，多次性侵。明明是受害者，卻像把柄落入人手般地動彈不得。性道德污名沉重如勒頸枷鎖，以流言蜚語的形式鋪天蓋地，不可控制，無所不在。

秋河在村子裡，又不在村子裡。我在不同的場合聽見她的名字，但被規勸著不要走進她的屋子。她回家數年後擔任伴遊與翻譯，來自台灣及中國的男人先後到村子裡找她，人們看著秋河坐著出租車招搖而過，都懷疑她賺的錢不正經。

秋河的老公如常種田務農，兩個孩子也如常上了中學，沒聽說他們家裡打過架或吵翻天，秋河還是騎著紅色摩托車、家裡風光改建新屋。該出現的家變沒有出現，人們又有話要說。

「她老公根本管不了她。」阿蓮不屑地說。

「她本來和我們也是很好的，現在都沒人要理她了。」阿問說，言下頗有幾分落寞。她也曾是村子裡那個千夫所指的女人，未婚生子的賤女人，大抵明瞭這樣的流言對秋河未必公允。人們幸災樂禍，以他人的墮落來成就自己的道德高位，沒有成本、不必付出代價的好交易，人人都愛罵壞女人。阿問也曾是那個被罵到抬不起頭的人。

但秋河不一樣，她被罵，照樣高調過日子。她在台灣逃跑期間也兼作仲介，許多逃跑移工都依賴著她找工作，她適當抽成也是應該的。樹大招風，秋河後來被同鄉人檢舉，才遭警察逮捕遣返越南。她出國累積了人脈，也開發了自己的能耐，返鄉後繼續擴展相關業務謀生，招攬過去在台灣認識的人來越南遊玩、考察商機，她幫忙打點行程，隨行翻譯。

原本還有中國商人要找她到廣東的工廠擔任翻譯，也協助進出口，但空口說白話也不一定能成事。這是秋河的海外事業，很多機會虛虛晃晃，她只能做眼前看得到的短線利益。她有孩子要養，有自己的人生要過，老公對她唯唯諾諾，難道不正是因為她有想法、能掙錢，能供給孩子們學費嗎？

壞女人黃秋河，穿著紅風衣騎最新款的機車，打扮得豔光四射，在村子裡縱橫來去，不離婚不控訴，不迴避不妥協。

每個人都看見她了。

●

外套不夠暖，阿蓮瑟縮著身子呵著氣，好可惜上個月才買的那件紅色毛衣在家裡，她不敢穿出來，怕被傅老先生及阿嬤察覺異樣。

幸好，秋河的電話號碼她沒記錯。秋河比她早來半年，她漂亮又大膽，推阿嬤上醫院看病也能認識很多台灣人，交遊廣闊後，是隨之而來的各式工作機會，有更好的勞動條件及薪資，想跳槽也很自然吧？秋河來台沒多久就逃離原雇主住處了。電話裡聽起來，秋河日子過得自由自在，逃走，換來自由找工作、自由遷移、自由在外賃屋而居、自由與朋友聯絡，令人羨慕。

經由秋河介紹，阿蓮很快有了第一份非法工作，在台中市場裡洗鍋碗瓢盆，工作量大，不時還要幫忙搬貨、掃地，每天清晨工作至黃昏返回租處，累極一躺下就睡。這份工作，阿蓮做了一年，月薪一萬九，扣除房租食物，還能存錢寄回家。這是她逃亡歲月中最穩定的就業期。

後來，秋河問她要不要到桃園照顧小孩，阿蓮想市場人來人往實在擔心被警察捉，不如照顧小孩住在家裡比較安全。計程車駛至桃園龍潭，迎面就是個燈紅酒綠的卡拉ＯＫ店，阿蓮忐忑不安地下了車。

老闆娘約莫五十幾歲了，劈頭就直接問：「你是來做小姐的嗎？」

「我是來照顧小孩子的。秋河介紹我來的。」

「小孩子照顧只是順便做，白天小孩要上幼稚園，你要不要兼著做小姐？否則怎麼賺得到錢？」

「我不行，我結婚了。」阿蓮說著淚就流下來了。

「這裡是卡拉ＯＫ，要脫衣服的。」

「我工作已經辭掉了，拜託你給我一個工作，我很能吃苦。」

「妹妹，你來這邊也沒辦法做，回去吧。」老闆娘很快作了判斷：「我看你很老實，這樣一直哭不行，看到客人也不會笑，不會有人點你，我也不敢要。」

老闆娘帶她到裡間休息，阿蓮光是哭，沒吃飯，哭累了也就昏睡過去。天色暗了，老闆娘拿了一袋麵包和飲料催阿蓮離去：「我看你是很可憐的人，很痛苦的人，我幫你叫車坐回台中算了。」

這事讓阿蓮與秋河結了仇。秋河返鄉後對外放話阿蓮曾待過色情產業，阿蓮怨恨至極，逢人便說秋河的壞話。之後，阿蓮到市場打雜工，負責刷洗、清潔、分類，也在釣蝦場打工，在不同的家庭擔任定期清潔工，在低階的勞力市場流來流去好幾年。存了點錢便寄回家，沒工作就到廟裡拜拜，生活過得艱辛又苦悶。

最後一年，她在台中租屋處所屬的分局換了警長，聽說查得緊，老闆不敢再僱她，很多逃跑移工紛紛離去。阿蓮輾轉透過一位台灣仲介吳正義，到新竹照顧中風坐輪椅的阿嬤，女主人是單親媽媽，有名國中女兒，三代女人同居，開了一家寵物店。算一算，每個月扣除仲介費還有二萬一千元，工作單純又不必租房子，阿蓮當夜就打包行李跟著吳正義北上新竹了。

五個月後，仲介吳正義因涉及人口販運案被警方收押。

「阿蓮你快走，吳先生被警察捉走了，你不要再打電話給他。」女主人晚上一回到家就忙著處理善後，唯恐被牽連：「這個月的薪水都給你，快離開。」

一萬元現鈔被塞進手中，行李箱被丟到眼前，阿蓮只是驚惶失措：「我沒地方去，我不要出門不領薪水可以嗎？」

女主人招了一輛計程車，把阿蓮和行李箱塞進車，果決交代：「你不要聯絡我，被警察捉到也不准說在這裡工作過，我不會承認。再見！」

●

逃跑帶來的遷移自由，對阿蓮來說，像是餓著肚子看轉盤上繽紛多樣的日本壽司，窮苦的人卻一碟也不敢夾起。數年來，她只敢在台中周邊找事做，出門只坐計程車，連火車站也沒去過。離開台中，阿蓮就像漂流在大海上，舉目盡是波濤，無所依歸。

仲介吳正義是帶她離開台中的一只浮標，她緊攀著不放，只怕鬆了手就要滅頂。他半夜開車載阿蓮上路，日上三竿才送她到新竹市區的一間寵物店，女主人抱了一隻博美狗給吳先生，換來了淚痕猶在的阿蓮。

「可是吳先生，我怕狗。」阿蓮小聲說。

「你做五天看看，不喜歡再換別的工作。我會再來看你。」臨走時吳正義還摸了她頭髮。

十天後，阿蓮打電話給他：「我以為只是照顧阿嬤，可是我每天都要洗很多狗，帶很多狗去大便，我很怕，可以換一個工作嗎？」

「你再等等，有好工作再通知你。」

但好工作從來不曾出現。阿蓮怕事、愛哭，敢逃卻不敢再逃。

日復一日，阿蓮每天起床先帶七隻狗出門排便，找地方掩埋糞便，再趕在六點以前回家準備早餐，幫阿嬤清洗穢物、更換尿布，再推阿嬤到醫院復健，隨後是煮飯、餵食、洗衣、打掃。下午走長長的路，推著阿嬤去寵物店，阿蓮開始洗狗，店裡七隻狗還有客人託洗的狗，毛絨絨打溼了糾結成團，掉毛且常塞住出水口，泡沫與毛屑混雜漂浮，令人全身發癢。

中風的阿嬤無以言語，所有的精力全拿來監督阿蓮，伸手打她、捏她、催她不得偷懶。十四歲的少女，平日和阿蓮無甚對話，一開口就是譴責，聲音響亮又乾脆：「阿蓮，我的白襯衫你又摺到哪裡去了？我上學要遲到了！」

「昨天下雨，襯衫還沒乾……」阿蓮捏著裝狗便的紙袋，站在門口進退兩難。

「你真的很煩。」少女一撇頭，瞪視她：「我叫警察來把你帶走算了。」

女主人鐵青著臉把微潮的襯衫丟過來：「一大早不要叫叫叫，夏天衣服穿一下就乾了。不要又遲到！」

「媽，來不及了啦，」少女捉住衣服說：「你開車送我去。」

「現在怎麼去？」女主人轉過身指著阿蓮：「她到現在還沒弄完狗大便，等下大在我車上怎麼辦？做事拖拖拉拉！」最後一句是直接對著阿蓮說。

如此低聲下氣，阿蓮忍耐著工作了七個月，直到吳正義遭警方逮捕，阿蓮被女主人推上計程車。離開新竹到哪裡去呢？她方向全無地指示司機開到台中市場的佛堂，下車才知竟要二千元的車資。距離這麼遠！

這半年多的記憶被遠遠丟在過去，她但願永遠不要再想起。

在佛堂待了數日，台灣朋友介紹她到南投的營造業工地貼地板、搬石頭，粗重的工作採點工制，當日做工當日領錢。阿蓮的身材圓潤有型，肌膚白皙，燥熱時臉色潮紅、細汗如注。她戴著長袖套、花布遮陽帽，連頭帶頸都被花布遮住，像一名尋常的客家採茶女，這令她感到安全且安心。布套裡汗溼了全身，體力勞動帶來扎實的筋骨痠痛，像農忙時的收成。

也許就這樣做下去了，很實在。阿蓮不上工時就到佛堂，沒有咆哮與指責，沒有被捉的恐懼，來到台灣似乎只有此時此刻才感覺踏實。

一直到文進來電說：「爸爸要撿骨了！」阿蓮才恍然憶起，來台灣竟已經五年多了。

●

二〇〇九年夏天，阿蓮被暫時安置到移工庇護中心，不時嘆氣、流淚，只要逮到機會就說：「我又沒有做錯事，沒有騙人，為什麼不能讓我回家？」

她年少時就有些神通與感應，能看見一些旁人未見的影像，預判因果，村子裡不時有女人來找她探問迷津。不知為什麼她到了台灣卻總是一片混沌，濁世如何也看不清，苦楚無盡。得知爸爸要撿骨遷墳，阿蓮天天哭，想到就哭，心神不寧到佛堂終日膜拜。

台中市場深處的小佛堂，是阿蓮在台灣唯一放心安置自己的所在，在這裡也交到一些真心相待的朋友。一位會看相的台灣大哥勸誡她：「阿蓮，你來這麼久，心裡這麼苦，再留下來有什麼意思呢？」

「可是我還沒賺到錢，回家很丟臉……」

「你的緣分在越南，不在台灣。在台灣只會愈來愈痛苦，回家才有好運。」

好運。這話真正打動了阿蓮，她怎麼這麼傻呢？佛祖讓她在台灣遇到這麼多不好的事、不好的人，不就是在告訴她要及早回頭嗎？她那麼誠心念佛，還是碰不到好運氣，原來竟是緣分在家鄉？來台灣這五年多，像是對她未能洞悉命運的一場懲罰，只怪她沒聽爸爸的話。

回家吧，錯過了為父親奔喪，至少來得及趕上遷墳。阿蓮準備好罰金和機票錢，由看相大哥陪同向台中警察局自首。

「我要自首回家，窮一點沒關係，家庭幸福比較重要。」她嗚咽哭倒在警察局。

當天住進臨時收容所，印尼、越南、菲律賓和泰國的勞工加起來約百餘人，人多地狹，睡覺時連翻身都怕壓到人，三餐也要自己花錢請員警代購便當。有個越南女人被捉到時身上一毛錢也沒有，阿蓮和其他工人便每人五十元地資助她買三餐。可憐的人何其多。

「你的緣分在越南，回家就有好運了。」她對女人說，像是神通又開了眼，其實只是安慰。也許看相大哥也在安慰她。沒有成就地返鄉，需要莫大勇氣，阿蓮需要這個安慰，像遠方的明燈，指引她回家的路。

第三天早上，阿蓮才花了四十元買蛋餅豆漿，都還來不及吃呢，就被帶到台北的移民署專勤大隊了，官員拿了好幾張吳先生的相片要她指認。

彼時「人口販運防制法」剛實施，議題熱度高，移民署專勤大隊查辦仲介吳正義涉案，已連續三個月全面監聽他的通聯紀錄，他黑白兩道都罩得住，非法合法的仲介業務一手包辦，上個月警方才依「妨害自由」罪逮捕他到案，但真要定罪，還需要更多證據。阿蓮與吳正義的通話內容，適足以指認加害者，為檢方作證。

於是，阿蓮很快被鑑定為人口販運受害人，送到我當時所任職的移工庇護中心安置，由我陪同接受警方偵訊，全程錄影。

「你可有證件、錢財被扣留在雇主或仲介處？」女警客氣發問。

阿蓮咬著下唇，稍作猶豫還是說了：「我是逃跑的，早就沒證件了。」

「你和吳正義先生可有發生性行為？」

「沒有！」她像被火燙了般彈跳起來。

這是配合法官辦案，警察手上有一份阿蓮與吳正義的手機通聯謄錄稿。

「你為什麼在電話裡跟吳正義說你懷孕了？還有什麼藥要五千元？」女警把一疊謄稿遞到阿蓮的眼前，像是原音重現的證據。雖然阿蓮根本看不懂中文。

「我想換工作，吳先生一直說好一直不來，我就打電話騙他說我懷孕了。這樣他可能就會來載我離開了。」

「他去找你了嗎？」

「他說他可以買藥給我吃，把小孩打掉，大概要花五千元，我看他很不想花那個錢。」阿蓮說，面容不知為何帶著微笑，每個字的發音都很重，身體前傾像在吐露祕密：「我就跟他說，藥我可以自己買，要他先給我五千元。但他沒有給。我沒有懷孕，我想要離開，我需要錢才能離開。」

「那他到底有沒有和你發生性關係？」

「沒有，沒有，我不要！我結婚了有丈夫了。」她捏緊我的手，像尋求認證，又或是壯膽。

「那你騙他懷孕了，他為什麼會相信？」

「……」

「你哭有什麼用？到底有沒有一起睡覺？」

「他載我去新竹的車上，我一直不要，用腳踢他，可是他很重……」

「所以，有性關係，是他強暴你？」

「是強暴的，我不要的。」阿蓮拚命點頭。

既然當事人指控性侵害，流程就加速了，警方很快安排阿蓮到醫院檢查。

「可以不要檢查嗎？我沒錢。」

「這個不要錢。你要作證吳正義強暴你，要先去醫院檢驗。」

「我想就算了，我要回家。」

「違反性自主案件，一定要檢察官確定，你既然說了就要檢查。」

「會有紀錄嗎？我的家人知道我就完了。」

阿蓮又哭起來。但違反性自主的通報、檢驗、作證系統已經正式運作，她成為人口販運受害者，要配合檢方指證吳正義性侵、非法仲介、人口販運，擋都擋不住。

「吳正義人很壞，他經手的女性看護工，確知遭受性侵的就十幾個，可是多數人都回國了。你很重要，是唯一能在台灣作證的受害者。」移民署專員不只一次對阿蓮曉以大義：「你只要配合辦案，我們就會儘快送你回去。」

「我是來自首的，我要回家。」她說了又說，但毫無作用。

為求阿蓮得以及時返鄉撿骨，我們與律師討論，正式發文並公開控訴法院及移民署濫權，違反人口販運受害人意願，強迫當事人滯台作證。但終究是無以抵擋國家機器已然發動的「防制人口販運」流程：起訴加害者，「保護」受害人。

「我們是很有規矩的人家，強暴的事被知道，我就不能活了。」阿蓮重複說著不被法庭採納的真心證詞：「我只要回家把爸爸的骨頭撿一撿，就可以去死了沒關係！」

違反性自主案借調阿蓮遠赴新竹確認案發地點，要求阿蓮就醫檢查可有罹患性病或其他，傳喚阿蓮至偵察庭留下筆錄……移民署將阿蓮留在台灣配合檢察官出庭作證，前後長達八個多月。

她只想遺忘，卻被迫一再提起。

我一個人苦就好了

傳統屋宇內的木造屋頂，中間隆兩側斜傾，一抬頭就可以望見：「乾元亨利貞，姜太公在此」、「福」、「財」、「己卯年孟秋月拾八日午時上梁大吉」……等字樣寫在主梁上。這是千年華化的影響，至北越獨立建國後廢除漢字，阿草這一代人早已看不懂也不知發音，唯老屋梁上的漢字經代代相傳，仍有符咒般的神祕效應。

「這些字可以保佑全家平安，感情和樂，房子蓋好了我們會請老人來寫字。」阿草凝神細想：「可是會寫字的老人愈來愈少，年輕人也不相信這個了。」

失去庇佑的家人情感，在同一個屋簷下，飄飄蕩蕩。

客廳裡的電腦已略顯陳舊，我一進門，阿草的大兒子立即轉身換了一塊閩南語的電音舞曲，有點吵，但明顯是用以迎賓，心意感人。他去年才結了婚，二樓隔間的新房就是特地為他準備的。二兒子在河內念大學，小女兒才國二，清秀長髮高䠷身材，只是表情十分冷淡。我想那冷淡是所有青少年對大人世界的抵抗，但阿草把罪過全攬到自己身上。

「我第一次出國時她才四歲，回來時她都不認得我了。」阿草手握成拳按住心頭：「我的心，好難過啊。捨不得。」

「你都回來一年了，現在好些了嗎？」

「她有心事都不跟我說。不知道她還能跟誰說。」一滴忍了許久了淚，終於流淌下來。

女兒盯著電視吃完飯，書包背起踩上腳踏車出門，說要補習，功課壓力大。道別時她沒有回頭。

我們都看著她的背影，天漸漸黑了，電音與低音鼓摩擦出刺耳的震動聲。

阿草乾澀地說：「孩子一定要念大學，以後才有好工作，不必到海外去，太辛苦。我一個人苦就好了。」

這些年，阿井養殖魚苗，育成大魚後再批發賣給中盤商，也算有固定收入，唯他在阿草離家前即已貪杯，至她歸來後更是酗酒成癮，沒喝難以入睡，喝了宿醉，次日為抑制噁心難受又喝，竟成慣性，沒喝就要無神發抖。他的臉面成日通紅，眼睛黃濁，個性是好的，對家人朋友都好，就是酒醉終日，飯吃得少，瘦削疲勞，看似隨時就要倒下。倒下卻是睡不著。

「不錯了啦，阿草離家這麼久，阿井都沒有別的女人，家裡什麼事她作主。」錦安說。

「真的不錯了啦，阿井賣魚賺的錢全拿回家，沒有亂花亂來。」阿問說。

大兒子結婚拍婚紗照時，阿草和阿井也陪同拍了張合影，放大裱框掛在客廳牆上。她穿了一身傳統窄袖長衫的國服，上身頗似旗袍，貼身束腰，但下襬舒然開展，裙襟上衩至腰間，深色立領絲質內裡，外褂的絹紗不走常見的淡黃、粉綠色澤，反而配上鏤空的豔紅龍鳳花紋，內襯赭色寬鬆拖地的長褲。她又不擅笑，直視鏡頭的眉眼自有威嚴，看來十分華麗貴氣。

相較之下，穿一襲白色西裝的阿井，便不免顯得輕佻浮動，經過相片後製修飾，不見濁黃之目潮紅之臉，他看來正經也正常，掛著好脾氣的笑容，和一絲絲酗酒者集中視線時難掩的緊張。阿草沒人可以靠，眉頭總不自覺鎖住了，認真說著話時甚至有點嚴肅過了頭。吃飯時，阿井乾完杯作勢要親密摟住她，她略側身閃過，神情間有幾分蕭索與排拒。

身後是龍鳳婚紗照。

●

阿蓮在台灣滯留不歸，她的家就原封不動成為未按新建年號的舊農宅。

廁所和浴室都沒有屋頂也沒有門，四面薄薄抹了一層水泥，出入口垂掛了一面老舊的竹簾子，空間極狹小、簡陋，浴室的地面放著一個鐵製大澡盆，牙刷毛巾則掛在鐵勾上；廁所的糞坑很巧妙地另以引水管讓糞尿分流，不至淤塞，右側牆面釘著一疊寫完鉛筆字的習字簿，廢紙活用，應是充作衛生紙用的。

阿蓮的兒子長得像阿蓮，額方頰圓，目光炯炯有神，他今年剛上大學，假日裡成天窩在床上打筆電。女兒才十七歲，清秀白晰，每天早上五點多就起床，掃地燒水弄早餐，再騎腳踏車上學。也許是父親囑咐了，她得空便跟著我到處走，安靜溫和，不多言，只有一次很小聲問我是不是可以介紹她去台灣工作，也就這麼一次。

晚餐是文進和兒子煮的，才剛端盤上桌，停電了。

越南國內發電不足，不但要向北方的中國買電長途運來，且城鄉都有輪流限電的機制，三天兩頭就會遇上停電。農村人家多半仍使用木柴、稻草燒飯煮菜，生活所受影響有限，停電已是常態，一次到底要多久似乎也沒個判準。人人都從屋裡出來，就著月光聊天，紅色白色的蠟燭一一燃起，倒像是平白多出一段歧出常規的待填補時光，沒什麼用就適合拿來清談浪費。孩子們開心玩鬧，左鄰右舍相互走動、探看，沒人抱怨。我依稀有個童時記憶被輕輕翻動，颱風天沒電沒天光的夜晚，全家人群聚一堂講鬼故事……

陸陸續續，各戶人家都到屋外用餐，原本菜飯就一盤盤盛在大圓鋁盤上，直接端到屋外也很方便。只是媽媽們多不願將草蓆鋪到屋外，怕泥土髒，於是鋁盤放在椅凳上，大人小孩或坐或站或走動，自在繞著夾菜用餐，同時揮手驅離受食物吸引而來的貓和狗。

這個小農村，大約要到一九九二年才開始全面家戶供電。之前，雨季拖久了田裡會淹大水，農作活不到收成就爛在泥水中，農家就要挨餓了。現在有電了，政府會使用公用馬達抽掉積水，讓農收穩定。至於電費，巷口有家訂作長衫及洋裝的老闆娘每月代收。阿草與我散步經過時，就曾順手繳了電費，電費約莫數百元台幣，不算太大的負擔，但儉約用電已成為全村共識，能省則省。

入夜的巷弄間沒什麼路燈，出門常要摸黑走路或自備手電筒。農家客廳裡主燈僅只二十燭光的日光燈，甚至只開五燭光的壁燈照明，全家圍著看電視。這也省事，因為同一個空間裡（別忘了主廳常有二張大床），已有人垂下蚊帳要睡了，但若此時有客人來，那蚊帳又掀起，原要入睡的人探出頭身打招呼，舉家隨時都可加入談話，不分裡外。

晚餐後電也來了，親朋好友全上門來問阿蓮生活可好？我又拿出相片一張張說明，報喜不報憂。人們傳閱著笑著放心著，又說阿蓮怎麼去做工還變胖了真奇怪。我說台灣食物多油多肥膩，很多女人都在減肥哪。大家頻頻搖頭又點頭。

蓮媽媽每天都來看我，親暱地手挽手，須臾不離。入夜後我總不忘送她返家，不敢留宿共眠，怕老人家夢裡夢外分不清真實。她獨居但不孤單，平日街頭巷尾都有老鄰相伴，用餐時到各個女兒家，幫忙燒火煮飯，也幫忙照料孫子。只是阿蓮離開太久，母親想著她就要掉眼淚，我是那個捎來平安口訊的信差，反覆播放已說過多次的證詞：阿蓮很好很健康，很快就要回家了。

雖然那時候我也不知道移民署還要扣留阿蓮至何時。

阿蓮的公公帶我到他與大兒子共同居住的家，和三兒子文進家裡一樣傳統的廳堂格局，一樣未經翻修的家徒四壁，一樣的胡志明塑像放在神龕上。水泥牆上有一整排裱框過的功勳相片、獎章。白髮蒼蒼的老人家原來曾是打敗美國人的戰爭英雄，有將軍頒發獎狀的合影，輝煌的過往仍映照著他的目光迥然有神，像是重返歷史現場，光榮的革命。

至於香爐後那張醒目的黑白遺照，是老人的二兒子死於一九七九年對抗中國的戰爭，他還沒結婚，是很勇敢又很孝順的孩子呢。年輕早逝的相片與牌位，在家中一放就是三十年，永遠不老的容顏。白髮人單手抹眼作出淚流的樣子，繼之又豎起大姆指，表示兒子為國犧牲是舉家的榮耀。

但這些榮耀的補貼，經改後並不真正讓戰士家屬足以維生。

阿問新居落成，除了尚未返鄉的阿蓮及翠英，當年一起去台灣的姊妹們都會來齊。

純西式的三層樓高，全面採水泥平頂，沒有木造斜屋頂及錯落有致的瓦片形成尖頂蓋，當然也就沒有刻在主屋梁上的漢字庇佑了。外牆還沒上漆，屋內也未粉刷，鋼骨結構倒是十分氣派，一樓挑高了蓋，側門一進就是誇張絢麗的圓弧樓梯，扶手是純木鑲金邊，牆燈、主燈都還沒安裝，暫以電線拉垂小燈泡照明。靠門處有全村第一個全開式落地窗，窗簾是白紗輕飄，一步跨出是個半弧型的小陽台，加裝了一圈鐵窗。這也是全村第一個。

「鐵窗是為了防小偷嗎？」我問。

「台灣人都這樣啊，比較安全啦。」阿問掩不住得意：「畢竟是大房子。」

「村子裡小偷多嗎？」分明我居住一週了，村裡老房子多是木門上扣而不上鎖。

「以後會愈來愈多。」

這裡位處村落邊緣的新闢建地，緊鄰著田，屋側還有菜園，菜園邊蓋了豬欄雞舍，廚房的地面放著大大小小的陶甕裝滿醃漬菜脯、自製米酒。新屋還未整修好，阿問就迫不及待帶著兩個兒子搬進已貼好地磚的大房子，主要是原本的家具就不多，搬遷容易，能住人了就先住進來，一舉擺脫寄人籬下的難堪不適。兩個兒子才上中學，遺傳了阿問的黑膚、方臉、大眼，未來阿問打定主意要栽培他們念大學。

「學費貴，補習費也不便宜。」阿問一筆筆算計，表面風光落成新屋，心中操煩的是未來的無盡支出：「但小孩子不讀書不行，以後沒希望。」

建屋裝潢花光了阿問所有積蓄，她只能靠自己養大孩子，栽培他們出人頭地，在村子裡理直氣壯活下去。且活得比他們的父親好。

籌辦入厝酒席期間，聽說孩子的父親長了腦瘤，有人要阿問去看看他。阿問說他有老婆女兒有家庭，現下有了病痛干她什麼事？這場盛會原就沒打算邀他，風光入厝自然有出氣的意圖，但也沒要詛咒看衰他。

她只能背過身，不回應不和解不知情。村子裡無意瞥見他，怎麼你老好多，髮蒼齒疏，簡直像我爸爸了……她還是轉身離去。

最不堪，也最無以預料的，竟是生病的人自動罵上門來：「兒子不認老爸，你們會遭天打雷劈！」

「你有什麼資格管我？你沒養過我一天！」大兒子說。

「有錢了就神氣了？不孝子！」蒼老的男人站在新家大門口，直對著裡間開罵。

「我孝順媽媽就好。」二兒子說。

阿問在屋內字字句句都聽入心，後來她私下規勸兒子：「你不可以對那個人說不好聽的話，畢竟是你爸爸，天公有在聽。他來鬧不要理他就是了，這是媽媽的事，我自己處理。」

男人天天上門吵，重述往事以索求愛的回報，追溯血緣唯恐遭到遺棄，倒像當初狠心斷離的人是阿問。豪華新屋的大門前，吵吵吵，愈大聲愈顯心虛，愈控訴愈見無賴，可憐又可惡的人。

他曾是那個默不作聲的人。他曾經默不作聲！

阿問換好體面乾淨的衣服，從側門出去，大步走到男人家，要他老婆出面：「你現在來我家，把你老公帶回去。這樣下去不丟臉嗎？」

●

風沙大，無論是包著黑頭巾口嚼檳榔的老婦、騎腳踏車穿制服的女學生，還是戴斗笠扛扁擔的農婦，女人們都包頭包臉包手防日曬過於猛烈。口罩是越南女性的必備品，每個人家中都有好幾個，有人還挑當日衣裳換搭不同色澤的口罩。

在台灣時，為了感謝阿草的有機蔬果，阿嬤的女兒常買乳液給她，回越南後她自己捨不得花錢買，幾年下來皮膚變差，陽光烈，臉頰的曬斑都出來了。

「還是台灣女人懂得保養，看起來年輕好多。」阿草說。

這幾年南越開發飽和，北越也開始設立大型工業區，積極向全世界招商。要當作業員，阿草與五姊妹都逾四十歲不易被雇用，倒是台商樂用這些到過台灣工作的女人當家傭，溝通便利的不只是語言，還有生活習慣及家電用品的熟悉。家傭的薪資及社會地位，比起有加班的工廠作業員，還要再低一截。但阿草的外快不少，雇主畢竟是異鄉人，她占了地利優勢，採買食材及日常什物，都因在地人擅於議價或嫻熟找尋更低廉的購物，而多了一筆價差外快。有時工廠出了什麼紛爭，阿草還得擔任臨時翻譯去幫老闆溝通。這使她的地位，似乎又比一般的作業員高一些。

阿草家的機車是日製的本田打檔車，前座踏腳處採斜坡造型，行李可以斜放，腳踩兩側。阿草還在學打檔，手握不穩，不敢騎遠，於是打電話要阿井回來，我們三人一車逕自騎到北寧工業區。

「這樣超載公安不捉嗎？」我問。

「鄉下地方，沒關係。不然一個家也只有一輛車，只載一個人怎麼夠用？」

果然後來我也發現了，道路公安捉紅燈左轉、捉變換車道、捉逆向行駛、捉不戴安全帽、捉自由心證的超速……唯獨不捉超載。機車上的人與貨總是擠著壓著再擴張，寬長與高度都堆疊出令人咋舌的超級承載量，或是雞籠或是竹竿或是大紙箱或是四人貼背，旁行機車也會很上道地讓出空間，以利超載機車險涉街頭。

看來執法還是頗有人情味。再會貪污的公安也知道因時因地給予方便，體諒家戶機車有限，超載無限。

鄰近農村的北寧工業區，才正式開幕四年，占地七公頃，廠房寬敞，上下班時間，車潮與人潮同時湧出，如浪翻滾，一波接一波。廠區圍籬外，設有許多小攤，賣涼水也賣油炸小吃或河粉。

才十五分鐘車程，那個青草遍野的農村，已然像是另一次元的世界。

工業區周邊，新建的大樓、商店、公寓也應運而生。騎車的、走路的、行色匆匆的人群，普遍是年輕人，很多工廠雖有制服，下班時少數人已換上約會用的時髦服飾，還黯著臉疲憊不堪仍套著灰制服、藍制服的，約莫是匆匆用餐畢又要返回生產線加班。青春的黯淡與騷動，在黃昏的工業區同時間湧上街頭，交錯擠壓，扭曲又生氣勃勃。

這景象於我一點也不陌生。過往二十多年來我投身工人組織行動，進入勞動者的日常生活中，深知疲憊與振奮總交錯搓揉在工餘時刻，受壓迫者並非時時活在愁苦之中，「苦中作樂」才是工廠裡被高度剝削的工人常態。集體的高速勞作下，睡眠不足與營養不良都真實存在，但因著青春的鮮活有力，所以那苦也滲著好奇與希望，不全然是悲苦受難，總以為，下一步就是美好的未來。再一步，再一步就好……也許要等到二十年後，發現一身累積的職業疾病，發現翻身的無望，那回憶，才會真正滲出苦不堪言的滋味；那憤怒，也才掙脫出土。

對於越南一九八六年開始實施的經改政策（Đổi Mới），阿草翻譯得很具象：「Đổi Mới 就是，我們越南要開門讓大家進來，讓外國人來作客人。」

她頓了頓，不無興奮地補充：「那個鴻海有沒有？郭台銘也來北寧設廠了，很多台灣大老闆都來了。」

我看著突兀豎立的大型水泥煙囪，耳熟能詳的幾個國際品牌標誌懸在廠房頂端，資本來自美國、日本、台灣、新加坡、中國、韓國……。成排的工廠每天吞吐數以萬計的年輕工人，長時間勞作、加班、賣命。這裡是電子業的大型加工廠，廉價代工夜以繼日持續供應產品的周邊配件，最終拼裝成遙不可及的昂貴商品，賣到全世界。加工生產線上的工資，根本消費不起。

越南仿亞洲四小龍加工出口區模式，以廉價土地、超低工資、優惠減稅等擴大吸引外資，經濟奮起直追，GDP 成長率每年都有八％以上，正式進入資本主義的全球分工體系，成為原物料的供應基地及國際資本的加工廠。近年來，隨著中國大陸逐年提高工資、加強環保標準，部分台商紛紛轉向越南投資。

我在網路上翻看台灣《經濟日報》的報導，二〇〇七年底郭台銘至河內視察後表示：「越南的投資環境比想像中好太多！」決定設立鴻海集團的全球第三大工業城，大幅壓低勞動成本，沿用在台灣、中國的獲利模式。如今，廠房都蓋好了。

那時候我與阿草都不知道，再過一個多月，二〇一〇年一月二十三日，郭台銘在中國投資的富士康工廠裡，將有一名年僅十九歲的員工從宿舍裡墜樓身亡，接著三月又有三人跳樓自殺，之後陸續傳出二十餘名富士康工人自殺身亡，揭露生產線的高壓管理與絕望的未來。死於富士康的青年勞動者，年齡從十八歲至二十五歲不等，青春的生命就像我眼前這些藍灰制服也掩藏不住躍動的身體。

這些挾著資本進來的外國人，不是來作客的，他們榨取廉價的地力、勞力，留下污染與傷害由全社會承擔。他們像蝗蟲，掠奪成性，永不饜足。

一切都變了

整個村子都是金黃色的，金色稻穗，金色的稻田，金色的黃土巷弄鋪滿曝曬的稻穀稻禾，豐收的累累垂墜，豐收的粒粒皆辛苦。

二○一三年九月，我又回到北寧農村，正值秋穫時分，為防驟雨，每天都有人在稻田間搶收。分離穀粒與稻稈的機器，在田埂間一台接續一台快速捲動，後面還有人排隊等候。收拾了穀粒，剩餘的稻草就地燒作灰燼，化為堆肥；有些則鋪在田埂上、馬路巷弄間，等待曬乾了好收作燃料。

每天都有收割的稻香味，但院子裡的稻草堆數量明顯下降，幾近少了一半。怎麼了呢？就是被更多的電器及瓦斯取代了，有的人家甚至直接在田間焚燒怠盡，不再堆積稻草了。

那些蓋了一半的房子，四年來，慢慢也就蓋全了。阿草家的三層樓已然砌得完整，廁所的抽水馬桶和浴室的蓮蓬頭都接上水管，村子裡已少見舊式糞坑了。如今看來，這粉彩外牆的樓房樣式普通，村子裡陸續新建的房子花樣更繁複了，時髦陽台及鏤花圍牆琳琅滿目，出國的沒出國的都存錢蓋房子，舊樓全拆，換上全新西式平頂樓房的也不少，四樓甚至五樓往上拔高地蓋。

當年早富建屋的，如今倒是顯得陳舊了。

「你的冰箱換大台的了，插電了哦。」一進阿草家的客廳，我就笑了。

「唉啊，東西一冰進去就忘了拿出來吃，小孩子常常買一堆冰到壞了再丟掉。」阿草搖頭嘆氣：「沒想到，有了冰箱反而更浪費。」

阿草的模樣不變，眉眼依舊有俠氣，隱隱鬱結，只是頭髮剪短看來較年輕了。阿井酒喝得少些，臉頰有肉了，氣色好很多，一起吃飯也會笑了。後來我私下才知道，他在阿草第二次出國期間開始使用海洛因，村子裡有人從泰緬邊界帶回成癮藥物，阿井長期喝酒精神不振，出工時以海洛因提神，如此就再也離不開了。

使用藥物的人，心情好脾氣好又勤快，總比發酒瘋鬧事來得強，只是難以擺脫的羞恥感，令阿井在人前抬不起頭。幸而魚塭是自家的，還容許他藉藥物提神上工，維持勞動與自尊，不致被社會放棄到底。去年阿井用藥過度被公安捉去關了幾天，還是阿草請假花錢去保他出來。後來阿井試著戒毒，主要是貨源愈來愈貴，再吃下去也負擔不起。酒與藥，反覆戒不斷，至今起起落落，時好時壞，阿井依舊是那個難以依靠的人。

牆上的龍鳳婚紗照都蒙塵了。

大兒子一家搬離農村，到城市裡謀生。女兒今年剛上大學，她的個子更高了，緊身花褲上罩貼身格子衫，長髮的側邊染紅，看來令人眼花撩亂，有種不在乎讓你緊張的叛逆，她過往的冷淡表情如今更多些明顯可見的不耐煩，聽說在校裡校外都常惹事。我看著阿草對她幾近討好的態度，猜想這些年的母女關係，多是依賴著阿草的委曲求全，一路掉。

二兒子前年中輟結婚。媳婦也住在同一個村子裡，從小青梅竹馬，一起到河內念大學，大三就懷孕了。這在小村莊當然是大事，所幸結婚了，醜事也變喜事了，母子都有了名分。

媳婦的娘家住得近，院子裡有人造山水彩繪雕磁的擺設，仙人乘著雲朵來，每一個人物都有不同的傳說故事，有意義的漢字「福」和無甚意義的連接詞「之」穿插在山水造景中，看來也是流行風潮下的拼貼裝飾。家裡的四壁和大門木製品全刷上昂貴的水磨漆，雕刻精巧繁複，茶具擺設都是全套的。不必說，這是村子裡的有錢人家。財富來自權力，親家公是政府裡工作的高階官員，女兒從醫學大學中輟，也能安插在村子裡的衛生所謀得一份護理差事，雖說薪水只有工廠勞作的一半，但未來退休有終身俸，還是令人羨慕。阿草盤算著讓兒子重回學校把書讀完，之後就該換媳婦回學校把六年制的醫學院讀完，才好換得衛生所升遷晉級的大好前途。

這些汲汲營營為子女的盤算，恐怕也不是阿草真能管得了的。

回家以來，她總在經驗著無以控管的意外，吸毒的老公，中輟的兒子，學壞的女兒，生命中一連串倒下去的骨牌，她只能接住願意讓她接的。例如母親，當初在家幫忙她照顧孩子的老媽媽，近年來罹患失智症，阿草每天出門前要先把三餐煮好，否則母親就要餓肚子。

如今，阿草在一家台資工廠的廚房工作，一日供應三餐，拉長了有十二小時的待命，全年無休，但薪給不錯，專門煮台菜給那些從台灣過來的中階幹部用餐，和基層作業員的餐廳分隔開來，人少些也吃得精緻些。每個月把加班費累計一算，薪水也有台幣一萬元，比一般大學畢業的年輕人工資還好。錦安的老公在同一家工廠輪大夜班當保全人員，工時一樣長，假日也沒得休，但薪水只有她的一半。

這幾年越南的薪資漲得快，阿草的收入幾乎就是當時到台灣工作扣除仲介服務費、健保費的實質所得，如此也就放棄再出國的想頭了。

「每天在餐廳說說笑笑，比較不必煩惱。」阿草說。就算終年無休，一整天有一半時間待在工廠，但工作時也許竟比在家更輕鬆些也說不定。

自從出國至今，阿草已經十四年未再下田了，如今她皮膚白了，人清瘦了，見過世面，是不一樣的人了。每天早晨六時半，她煮好飯菜，照料好母親，再細心化好妝容，像個職業婦女，穿著漂亮的衣服出門搭車。整個村子都在搶收農作時，阿草私下慶幸有個好藉口不必下田幫忙。

至於阿井和孩子們，明天再操心吧。

●

庭院裡的楊桃樹，一年到頭都在開花、結果，紫紅小花綴滿枝頭，青綠果實垂墜累累。偶有親戚朋友來走串門子，阿蓮送客時會順手摘取稍透黃熟的幾粒楊桃，塞進來人手中，作為日常零食。村子裡也常見老人家邊啃楊桃邊聊天，或小孩的髒手抹過鼻涕再緊握咬了一半的青楊桃，想到就再吸吮兩口，酸甜有味。

阿蓮回家快三年了，她東張羅西借款一刻不得閒。趕在兒子結婚前，她果斷地在主屋地面鋪上清涼的大理石磁磚，添購新家具，並拆掉舊有糞池與老灶，改蓋了一連三個隔間的平頂水泥房，白磁磚與日光燈，亮閃閃：浴室有電熱水器和蓮蓬頭，廁所有淡綠色的坐式抽水馬桶，廚房有成套流理台和小冰箱。

水泥房的外側，搭建簡陋的鐵製樓梯，直通二樓加蓋的佛堂，阿蓮心中有事就上去誦經平心，獲得佛祖的安慰與心靈的平安。

好運與緣分來了嗎？

「我到台灣很辛苦，總共待了五年九個月七天，怎麼回來蓋房子還要我去借錢呢？」阿蓮說著就有氣，叨念著老公文進不知給外遇對象多少錢。

「在台灣，你常常失業被騙，也沒存到什麼錢啊……」我嘆口氣，忍不住提醒她。

「怎麼會？我一有錢就寄回來，賺了錢自己都不捨得花，全寄回家了……忍耐這麼久，全是我在做！」她高聲回應，眼淚蓄積著又要掉下來，沒完沒了的抱怨又要開啟，小孫子適時掀簾進屋，直撲半躺在吊床上阿蓮的懷裡，把她逗笑了。

相較於無甚主見的文進，阿蓮是個事事有規畫，費力找資源的母親。兒子結婚到女兒上大學，整修房子、買電腦、付學費，全由阿蓮作主；即便她已在城裡找了全職工作，還是擔起家裡的全部農務，指揮孩子們在整地、插秧、收成時一起勞動。

那個在台灣總是慌張無措的阿蓮，早已被留在過往的灰燼中。

如今這個能幹的越南農家女，返鄉後才驚覺，過去五年九個月寄回家的錢早已如流水般一去不復返，家用、學費、遷墳、日常開銷點點滴滴消費掉了。耗盡辛勞，忍受屈辱、欺侮、壓榨，返家後卻連個具體的成果也看不到，除了她發胖十公斤的身材，且繼續胖。

「我和文進結婚一碗白米飯也沒吃過，常吃玉米、地瓜，那時很窮，他對我很好，那時我們很辛苦，也很快樂……」阿蓮反覆說，一次次從記憶裡挑出更多今非昔比的悔恨籌碼。

沒有什麼足以證明她的犧牲是重要的。

為了房子沒改建、疑心文進外遇，阿蓮回家後數度高調自殺。就我看來，她的行動張揚作態居多，不是真要尋死：懸吊床的繩索上吊、喝農藥要自盡、跑到河邊要跳水……總之是一團混亂，人人都知道她吃苦了，人人都有責任來安慰她。受害與受苦成為她的權柄，她的眼淚一點都不軟弱，反而充滿迫人的力量：是你對不起我！該做的我全做了，沒存到錢是你的錯！

離家多年的阿蓮很快重新掌權，老實軟弱的文進及乖巧聽話的子女都伺候著她的情緒。她甚有威嚴，客廳裡揚聲一叫就讓子女奉茶送餅、灑掃應對、隨行伺候，令我坐立難安。

「那個女人到現在不肯承認，文進也生氣罵我是神經病。」阿蓮音量提高，有哭意，更多還是恨意：「幸好公公相信我，當我的面打他們兩人，要他們以後不要再來往。」

我沉吟再三，小心發問：「公公為什麼相信你？」

「我有證據！」

她興高采烈說起半夜佯睡，偷聽到文進與女人相約鎮上的旅館見面，她說著自己假作翻身一掌打到文進的臉上，啪一聲巨響，他心虛沒敢作聲，她調著勻稱氣息簡直忍不住要捧腹大笑。她聰明算計，不動聲色，次日偷偷尾隨文進到北寧鎮上，親眼見文進走進旅館，打手機告訴文進家有急事要他立即返家，再親眼看他喪氣走出旅館大門，隨後是那女人的身影。她用手機拍照，一張又一張，一次又一次，計畫性證據齊全了才找公公出面主持公道，就是她仗勢拿香刺向那女人的那一回。

這是她隱匿不得張揚的狡獪，如今總算毫無顧忌在我面前一一揭露，好不暢快！

但這故事太完整，我不免狐疑：相片呢？

燒掉了。

可疑的證據。她說起這些事，完全停不下來，重複迴帶般一直一直一直說，語氣忍不住帶有雀躍，像是她總算一步步掌握了十足證據，證實她之前的懷疑不是空穴來風。果然我是對的吧！好似打了勝仗。

是什麼時候開始，阿蓮和文進開始互控外遇了呢？他們兩人結婚二十四年不曾吵過架，阿蓮離家五年多，所有的人都說文進很老實，沒有亂來。那麼，到底是發生什麼事了呢？是從秋河回到北寧對文進嚼舌根，說阿蓮和客人上床的時候開始嗎？相隔千里路，蜚言流語這麼多，文進也很難不動搖吧？雖說表面上是相信阿蓮的清白了，但之後不免捕風捉影。又或者，根本就是文進自己心裡有鬼，和那女人早就有事，所以才存心找碴，小人先告狀吧？

她心裡更深層的恐懼，其實是和吳先生的事莫非被傳回來了？丟死人了，她在台灣上法庭作證，難保兩邊警察不會互通訊息，難保消息不會走漏，當初去作證就是最大的失策！

她愈恐懼被揭穿，愈火力全開流彈四射。

阿蓮經常獨自哭倒在二樓的佛堂裡，她年輕時有過的一點神通如今似乎更敏感了些，時有感應，略能通靈，村子裡許多婦人常來就教於她，她於是又長出點勇氣，威嚴指示大家要小心這提防那，偏就是防不住村子裡的狐狸精入她家門。文進不曾上過二樓，這一切都是假的，他摔門而去。

都變了。回來後，一切都變了！

還沒見到阿問，就已經好幾個人紛紛向我報訊：阿問結婚了！姊妹們都為她高興，我說什麼時候結的婚啊？阿草支吾未答，這才知道原來對方在三十公里外的另一個村子也有妻小。我心裡嘀咕，怎麼又是個身分不明？只怕阿問要受苦。

倒是阿問牽著他的手，主動來找我了：「這是我老公阿慶，他是很好的人。」阿慶搬進阿問的屋子同居，已經二年了。十多年前，阿慶的老婆隻身到胡志明市打工，辛苦數年後聽說另結新歡，有別的男人也生了孩子，再也不曾歸來。阿慶靠著做泥水工、四處蓋房子，一個大男人獨力帶大了二個女兒，如今大女兒已婚生子，小女兒也在都市裡賃屋穩定就業，家裡責任告一段落，也該尋找自己的幸福了。

兩個人相遇在廟會，彼此都留了心，再次見面則是阿慶到村子裡蓋房子，工程一結束，阿問就央他來門前挖引水道。他做事細心，人也客氣有禮，兩個人自然同行，一起去拜拜，工作及生活上也彼此照顧。前段婚姻尚未正式結束，阿慶的老婆不知何時出現，到時會是什麼局面誰也不敢說，兩個人的關係說到底還是個不受法律承認的婚外情。但不管怎麼說，目前兩人都沒有其他牽掛，也相處得好，就一起生活了。

「我是想，每次去拜拜都遇到他，佛祖應該也是贊成的。」阿問娓娓道來：「孩子長大了，出去工作，出去讀書。一個人生活很辛苦，我想找個伴，比較沒有這麼累。」

都各自辛苦養大孩子，都有過被背棄的不堪過往，兩個人於是更加珍惜此時此刻。同居二年多，說結婚確是不精準，但言語間互道老公老婆倒是恰如其分，台灣話說「鬥陣的」，大抵就是這樣的相濡以沫、相偕同行罷。

「我想再幫他生一個兒子，他脾氣好，會疼孩子不會罵……」阿問想想又要笑：「但我年紀也大了，若生不出來就算了。」

阿慶的工作搭上建築熱潮，工錢論日計，機會不少，只是天天在外曬太陽，手臉都黝黑發亮。阿問晨昏巡田，白天到工廠工作，但近幾個月工廠產量下降沒有加班，收入驟減，又值農忙，她乾脆辭了工，下田養豬種菜釀酒醃肉……什麼都做，農閒時再跟著阿慶出去打零工。

在這個村子，阿慶算是客工，好幾戶人家的房子都是他蓋的。人們知道他老婆跑了，同情他安分守己並未亂來，且做事認真不誇大，如今和同是辛苦人的阿問作伴，雖是沒個正式名分，但也再沒人指指點點。

阿問的二兒子今年念大學了，倒是大兒子決定放棄升學，認為越南很多大學畢業生根本找不到工作，他想為媽媽分擔家計，提早就業，於是去年借了七千美元付仲介費，飛到那個他幼時喟嘆「好進步啊」的台灣工作了。隔海簽約像是蒙著眼過河，他人的經驗幾乎無以複製，一步一險還是要自己摸石頭探路，驚濤駭浪，滅頂者眾。

阿問當年風光落成的大宅，現在已經不算特別突出了。村子裡蓋新房子的速度比生孩子還快，阿問當年的預言倒是兌現了，新房子加蓋鐵窗隨處可見，防偷也防盜，夜裡有年輕人吸毒晃蕩，腳踏車沒鎖好就被牽走了。純樸的農村一點一滴流掉人與人之間的信任，主要還是貧富差距走兩極，活不下去的與一夕致富的都在同一個村子裡，也才經改二十幾年就天差地遠，贏的未必安心，輸的也不甘心，落差太尖銳，時時刺到社會矛盾的暗面。

鐵窗也不過是貧富差距的後果，社會信任已然崩解的脆弱防線，可憐的裝腔作勢。

阿問的生活毫不講究。當時只圖個外顯的氣派，室內倒是得過且過，主要是她的生活完全是個農婦，換磚貼磁加裝玻璃什麼的，說實話是自討苦吃，落地窗前的白紗簾早就收到衣櫃了。不實用。

屋內一樓還是水泥牆，連漆都沒有上，客廳沒什麼家具，只鋪著一捲草蓆和小櫃台上放一台十六吋的電視，當年裝潢時訂製的漂亮藝術牆燈，看來是蒙塵已久了，插頭拔空懸著，取而代之的是長條的日光燈，白慘慘，省電。如宮廷般的旋轉樓梯，滿布塵沙，入口側放著兩雙農用雨鞋，扶手把披掛一件沾泥的粗布防曬衣，地面好幾個深口罐內都是新釀的酒與酸菜。

倒是屋外拓展迅速，四年前正在搭竹架要種毛豆，如今一畝畝的各式青菜長得精神，豬、鴨、雞的農舍蓋妥當了，她還在規畫加蓋釀酒的邊間。

「那邊再加蓋一間，多釀些米酒以後可以賣。」阿問神氣地說：「我現在也會自己蓋房子了。」

「還是等阿慶有空一起蓋吧，」阿草指著正在翻曬新穀的阿慶說：「不然要人作伴做什麼？」

大家都笑了。阿慶洗淨了手，默默地站到阿問身邊。

●

都說黎翠英最慘，她出國次數最多，澳門、福建、台灣都待過，家裡卻永遠只蓋了一半，二樓再上去就是走了一半的水泥梯，一直未完工。五姊妹中，翠英一直到二〇一三年秋天才返鄉，離家竟整整九年！

客廳有一套鵝黃色的西式沙發、成組的電視櫃與玻璃櫃，這是農村裡罕見的時尚擺設，是翠英在台灣第六年決定逾期居留時，寄回家好大一筆錢所添購的。白牆上貼滿了沙龍照，看看日期多是翠英出國與回國時的留影，抹脂擦粉，風光無限。跳躍式的影像紀錄，一次間隔數年，只見證最美好的時刻。

黎翠英初次出國就到澳門賭場擔任清潔工，大家都說那邊又亂又危險，女人很可能會被強迫賣淫，但仲介費低，正適合翠英這種一無所有的人。她在五光十色的賭城，拚了命加班攢錢全寄回家，沒多久又流離至福建的港資工廠打黑工，在擁擠的成衣加工廠夜以繼日工作，論件計酬，一針一線都在拼補想像中的美好未來。

二年後返家，兒子才上中學就因吸毒入獄五個月。人們都說翠英離家太遠太早太不應該。翠英的老公好賭、外遇，人盡皆知；翠英的兒子吸毒、鬼混，村民唏噓。危危欲墜的家庭關係，翠英像沒有底線的提款機，掙錢回家卻沒掙得自己在家中上升的地位。不值得，真不值得，大家都搖頭。

苦命女翠英，人人惋惜不捨。這樣一個女人，歷經澳門賭場的五光十色、福建沿海工廠的高壓勞動，以及台灣家庭的密集看護，理應磨出嫻熟的應對進退或精明算計，但翠英卻是說話唯唯諾諾，態度文雅和氣，甚至有幾分呆氣與天真。相較之下，阿草顯得嚴肅拘謹，阿蓮又過度囉嗦熱情，翠英讓人放鬆、親近、沒有壓力，偏偏就是比誰都命苦。

阿草與五姊妹先後到台灣打工，翠英的履歷最乏善可陳，完全沒有變動過。她到南投照顧每週洗腎三次的阿嬤，三年期滿又簽了三年，再次期滿正待離境時，阿嬤急診住院，翠英留下來照顧就逾期居留了。阿嬤習慣翠英的照顧，不想放人，翠英明知逾期受罰，但老闆全家好意相留，她也不知如何拒絕。

「老闆在地方上很有勢力，他說警察不會來捉。」翠英說，天真又呆氣。警察不捉，老闆沒事，但逾期受罰的是你啊。我們都替她嘆息。

翠英成為台灣官方統計數據上的逃跑移工，其實她哪裡也沒跑，一直待在原地，遷徙竟通向囚禁，一年二年整整九年。直到兒子要結婚了，翠英打算返鄉，還怕連累了雇主一家，特地遠離南投，經阿草牽線遠赴台北找我協同至移民署自首，隨後她被送到宜蘭收容所繳交罰金、重辦證件，入秋時才遭遣返回鄉。

老闆開了一家輪胎廠，在南投頗有些地方勢力，警察和民代都常上門，泡茶修車交換訊息。距離輪胎廠不遠處的五層樓透天厝，老闆的兩個兒子娶妻生子後還是和父母同住，加上老年病弱的阿嬤，全家就有十二口人，大型洗衣機要分三次才洗得完一天的換洗衣褲。透天厝的頂樓露天處可晾衣，鐵皮加蓋了洗衣間及臨時的傭人房。翠英聽話服從，照顧阿嬤定期來去醫院洗腎，還要幫幾個小孫子餵食、洗澡，且幫全家人打掃洗衣。第四年起，最小的孫子也上學了，翠英得空竟在屋前空地上種菜，菜色多樣，月月豐收，除了自家食用，還可以分送鄰居做公關。

老闆說：「翠英你好厲害，手腳好快，一個人做這麼多事。」這麼好用，毫無怨言，難怪阿嬤捨不得她走。

工作雖忙碌繁重，但難得有自己的空間，阿嬤也不介意阿草的朋友登門拜訪，甚至留宿數日。五姊妹中，最先逃走的秋河就曾來借住長達半個月，每天和翠英一起買菜煮食洗衣，有時也幫忙打掃，秋河嘴巴甜又伶俐，逗得阿嬤心花怒放。

「翠英你妹妹真會說話，真聰明。你怎麼不學學她呢？」阿嬤說。

「我就是不會說話啊。」翠英總只是笑。

「我知道你老實。老實才可靠。」

這就是翠英的生存之道吧？可靠也可欺。逾期居留那三年，翠英每個月的薪水多了五千元，猜想是雇主獎勵她為此付出的不自由代價。不自由，意指平日不敢外出，躲警察，躲臨檢；不自由，也標誌了無法返鄉探親，自動封閉了國界間的流動。

「孩子們都叫我阿姨，不會叫我外勞。老闆對我很好，吃飯時也會一起上桌。」翠英說，像是一切何勞因此有了等值的回報。

九年間，翠英囚禁在台灣南投的六樓鐵皮屋裡。清晨晾曬衣服是她最自在的時候，旭日初升，她最先看到天空一層層亮了，探頭下望，可以看到她種的九層塔、菠菜、辣椒、白菜和山茼蒿還滲著昨夜的露水。

那也許是她最感清澄的異鄉好時光吧？人世的紛擾尚未甦醒，天地都向她綻放。

汗水和收成

每到一戶人家作客，主人就現宰一或二隻院子裡自養的土雞加菜。隨地放養的雞不吃飼料，精瘦結實，乾煎後分量並不算多。

主人總擔心我太客氣，優先把肉最厚的雞胸夾進我碗裡，難以推辭。一次二次，直到阿草體貼為我解圍：「台灣女生都不喜歡吃雞胸肉啦。」

「什麼？這裡的肉最好吃啊！」總有人詫問。

「台灣的雞打藥吃飼料，養不久卻很大隻，肉都鬆鬆的，皮很軟很厚，不好吃。」我努力解釋。

「真奇怪啊。」

幾次同桌吃飯，翠英總是心神不寧，手機短促的嗶聲不停，她每要停下剛夾起的菜，忙著回傳簡訊，說是老公在家忙，催她回去增人手。

忙什麼？

越過翠英家客廳的鵝黃色西式沙發，有一道鐵製的窄門，看來常有出入而未曾上鎖。我推開門，邊間加蓋的鐵皮屋頂下，四名男子正蹲在水泥地上打四色牌，他們應聲轉頭看著我，面無表情。

他們的眼裡未必真看到我，不過是在全神貫注的張力中被突然打斷的反射性回應，賭徒的專注，完全是另一個平行世界。屋內簡陋，菸霧瀰漫，水泥地上甚至沒有鋪草蓆。我慌亂致歉，但沒人理會我，那是一個絕對排除外人的專注氛圍，他們若有所思，所思與我無涉。我訕訕又關上門，寧可什麼都沒說。

賭博令人沉迷，這沉迷令人害怕。

地下賭場已然開張五、六年，是翠英老公最主要的營生，公安與鄰居都知道賭場是非法的，平日要定期塞紅包以保不受干擾，但也要接受偶爾成為警方業績被捉去關幾週。翠英海外賺的錢，像進了一個無底黑洞，封閉的巨大吸力，永遠填不滿。

大兒子都快結婚了還四處鬧事，即將進門的新娘受不了上個月才鬧著婚事不辦了。二兒子則因為吸毒仍在牢中。老公不必說，開賭場的居然還天天下場玩不是自己挖洞跳嗎？更可恨他花名在外，翠英不在家這幾年，他身邊的人可從來沒少過。

「你看看阿問，自己一個人都可以撐一個家，你何必被老公壓得死死的？」阿蓮說得直截了當。

「他就是愛賭，乾脆自己開賭場，比較不會輸。」翠英囁嚅回應。

「要開賭場就不要自己下場賭！」阿草總是言簡意賅。

「牌腳不足，他也要下去撐場啊……」

苦命女翠英，在外人人誇獎，不料離家九年，剛回來立即面對家事紛亂更甚於昨，一切還在敗壞修補中。翠英放不下，也沒勇氣抵抗，她迴避處理衝突，唯有一退再退，終至經年退在海外，費力挹注這個根本不屬於她的家園。

返回越南後，聽說南投的老闆已新聘一名印尼籍看護，但阿嬤抱怨不合用，不時打電話要翠英再去台灣工作。

「你有逃跑紀錄，根本回不去啊。」我說。她付出的代價遠超過老闆所能給予的承諾。

「老闆說，要我再換個名字再去。」

「現在台灣凍結越南看護，你換了名字也不能去啊。」我又說。

更何況，換名字的昂貴代價與風險，要誰來承擔？

「老闆說，他可以用工廠名義聘我回去照顧阿嬤……」

如此，又要陷她於身分與工作都作假的處境？簡直不可思議。姊妹們都勸她不要再跳入火坑，風險太高，總不能照顧阿嬤一輩子，眼下家裡的男人一直出狀況，才是最需要她面對的事。只有翠英仍踟躕再三，家裡事端不斷，她疲於奔命，卻總是迴圈般徒勞無功。究竟，那些她不在場的幾年裡，老公兒子都在過著什麼樣的生活啊？她經常感到陌生無力。

現實就近在眼前，無法以柔焦的沙龍照定格了事。有時候，翠英不免懷念南投那個六樓的鐵皮屋，脫離母親妻子角色只餘勞動的簡單作息，那些因為思念兒子而流淚的時光，那些因為吃苦而加倍期待未來的心情，那些因為距離而帶來美好想像的盼望。

●現宰雞的雞血與內臟留下，生鮮雜混，加一些檸檬汁、撒些許鹽巴就成一碗下酒菜，紅黃色澤看來十分妖豔，吃來並無腥味，配米酒也十分對味。雞肉汆燙後，瀝水加鹽加蔥就是一盤好料。雞湯裡加進新挖去皮削塊的芋頭，熬煮爛熟入味了，熄火前再丟入一把青綠葉菜，就可以起鍋了。

雞是院子裡走走跳跳自養的，菜也是院子裡隨手拔就有的，阿問邊聊天，邊就輕鬆同步完成三道料理，裝盤後一起帶到阿草家。

這是我臨行前的聚餐。阿草特地請了半天假提早回家，準備了豐盛的火鍋料，豬肉片、生蝦、牡蠣、豆腐、豬血，以及各式青菜野菜，和越南薄米紙包的春捲，還有一大鍋柴火燒的白米飯，鍋巴先塞給小孩吃著玩，待下鍋的作料整整擺滿兩個大鋁盤。

連忙碌的老闆娘錦安也在八點多趕來了，雖然週末晚上是小店客人最多的時候。雜貨鋪看似熱鬧，但村子裡的小店太多，消費的人口太少，真正的營收實在不如外出做工，錦安不斷增加副業，賣水、賣豬、賣咖啡啤酒才能真正有點利潤。現在，屋後的豬舍全拆掉改做罐裝水倉庫，抽水馬達又加強馬力了，看來生意興隆。豬舍則改建到田邊擴大養殖，以免影響店前咖啡座的浪漫氣氛。我每每散步經過，錦安媽媽就會拿一瓶冰過的優酪乳給我，時興的飲品。

對錦安來說，台灣已經是很久遠的事了。事實上不管是新竹還是台北，錦安都沒出去玩過，要有念念不忘，其實是大同電鍋和十元一支的削皮器，她買了二十支削皮器回來送人，大同電鍋也買了二個，可惜送人的至今都頑強好用，偏偏她的電鍋壞了也沒地方修。

「早知道你要從台灣過來，我就託你再買一個電鍋來了。真的好好用啊。」錦安嘆息不止。大家都說錦安好命。雖然她很忙，種田養豬顧店都要管，但老公什麼事都聽她的，她是老闆娘，大權在握，不愁沒錢花。錦安開店後，性子更急，沒耐性聊心事，不太能也不太願意承接女性苦情的抱怨。久了，和姊妹們的關係就遠了。

飯後有人點起菸來，阿草揮揮手像在指責般說：「台灣人都會到外面抽，不會在客廳裡抽。」走出去獨自抽菸太沒勁了，男人們於是紛紛收了菸，喝起酒來了。米酒都是自家釀的，甘醇潤口，說是不傷身，但後勁強，還是易醉。

姊妹們一起到阿問家泡茶。純女性的聊天，秋河的名字一再被提起，都是聽說的，永遠無以盡興的那一個敏感話題。秋河真有辦法，去年她接待了好幾位台灣來的大哥，其中一位竟是阿問在台南賣蜜時的常客，秋河、阿蓮當年南下阿問處作客時巧遇，時隔多年，竟還保持聯絡，由秋河安排一群台灣人到下龍灣遊玩。聽說秋河又換了個中國男朋友了，每天和一位福建來的商人進進出出，好像要到這附近設廠，也可能又一次不了了之。

壞女人秋河在村子裡，又不在村子裡。無所不在的秋河，四年來唯一沒變的風聲與傳言。

果然，阿蓮又唱作俱佳把文進勒她脖子、打破她的頭的事重說一遍，這類話題總能引發高度關切，唯有不識相的錦安當場反駁：「阿蓮，你這樣天天說天天說，難怪老公不回家。沒事都被你說成有事了。」

「怎麼沒事？我聽到他們講電話，看見他們去旅館！」阿蓮惱怒說。

「你說話要小心一點，這樣到處說，人家也是會有行動的，那個女人又不是死人。」錦安一撇嘴，分明覺得阿蓮信口開河。

「我有相片，她要再來，我就用香再插她一次！」

「你少說一點，文進回來會被笑。」阿草開口就有分量：「文進不菸不酒，工作賺的錢也有拿回家，已經算很不錯了。」

「那之前我賺的錢呢？到哪裡去了？」

這個疑惑是大家的疑惑。所有海外工作的人，忍耐打拚寄回來的錢，總像滴水入海，轉眼即逝。家用花費，這個那個意外急事，一口一口吞食無剩。除非是把錢留在自己身邊，但誰又膽敢把全部積蓄留在國外呢？誰又忍心親人借貸時不伸出手呢？大家都安靜了，只有翠英輕輕嘆了一口氣。

阿蓮到處訴苦，正因為村子裡多數人認為她誇大了，話不牢靠。她於是愈說愈多。勒脖子、打破頭都是回國一年後的事，她一再舊事重提，文進如何回頭？她不願離婚，又嚥不下這口氣，一切行動都只能把人遠遠推離。

「可能是阿蓮想太多了。」阿問說得謹慎。傳聞外遇的這個女人沒有丈夫很久了，和不少人都有過關係，但文進這麼老實的人，村子就這麼小，若真有事早就爆開了，怎麼都沒有人說？

女人們若沒親身遭遇老公外遇，是不會體會這種心情的，阿蓮私下幽幽抱怨。阿草的家裡負擔沉重，但她老公成日醉酒也不會亂搞；阿問正當幸福甜蜜，什麼也看不見；錦安當了老闆娘，哼，不必多談，就是太驕傲了。只有苦命女翠英最了解阿蓮的心情，可憐人才會同情可憐人。

依阿蓮的神通，文進和那女人分手了沒有？她又陷入混濁，看不清前途，也看不見現在。

「從這裡到那裡，」阿蓮頭綁花巾、外戴斗笠，豪氣萬千一手比畫：「就是我的田。」

「哦。」我承認我真看不出界線與差別，田野無邊。

田與田，在農人的眼中當然不同，又不是生產線的單一重複作業，工人與異化勞動所得的成果間沒有深厚連結，但農民當然知道自己種的每一棵秧苗及變化。

在農村，總有人邀請我去看新改建的家，以及自家的田。有人的稻子長得好，間距打從插秧時就很漂亮，長成後才有整齊的稻浪，遇颱風也不會歪七扭八倒向不同方位。阿蓮有三塊田地，這裡那裡像切盤似的，星散在漠漠田地間。我原以為至少有阡陌田隴作為區分，但她所指「從這裡到那裡」的領域根本看不見界線，顯然好幾個人的稻田混種在同一畝。

如何分辨呢？

阿蓮指向田埂邊一株芋頭：「這是我種的。這就是我的田的記號，從這裡開始算就是我的稻子。」

「芋頭就是你的專門記號嗎？」我蹲下來，就這一株，胡亂長在靠近田埂邊的稻米與雜草間，高不及膝，舉目望去毫無識別力。

「什麼季節就種什麼啊，有什麼就種什麼。」她耐心地解釋：「那邊，我種了二棵辣椒做記號。」

大約也是禁不住阿蓮氣焰過高，文進去年就遠赴廣寧省工作了，數月才返家一次。農事全由阿蓮一人扛起。每天清晨四時，天未亮阿蓮就去巡田。一年二期農作，如今施肥與農藥都一起下，省了拔草工，但渠道要整，雜苗要分，事頭還是不少，最忙是插秧和割稻，耗費大量人工，無以省事。這是一年的米糧，沒能外賣賺錢，但保證全家人有自家糧食吃。

上週颱風過境，有的稻子被強風吹倒了，但稻穗起碼還要再等一週才能熟成，看來拖不得，近日就要找時間把倒地的全都扶正，一束一束紮綁豎立，以免沾了雨水發芽就無法收成了。

初秋天涼，但陽光仍是炙熱燙人，中午時分，連大黃狗也奄奄一息，整個村落靜悄悄，是天公要人好好休息。

假日黃昏，阿蓮吆喝休假的女兒、兒子、媳婦開始準備下田裝備：尖斗笠、止汗頭巾、布手套、舊襯衫、粗布褲、長筒膠鞋、農用雨褲，還有隨需要隨時剪下的細長膠皮帶，綁小腿肚、綁手腕、綁任何可能會深陷泥沼滑溜掉之處。女兒拿了數把弦月鐮刀給我，這是今日最重要的勞動工具，阿蓮捲了兩大張藍黃正反面的塑膠帆布，鋪在田埂上等待收成入袋。

我們全副武裝下了農田，光是從這邊的田隴走到芋頭為界的那頭，不到二十公尺遠已是我不曾預料的艱難跋涉，泥濘的水稻田多次吞吃掉我的腳，深及大腿，我的長筒膠鞋屢屢陷入膠著無以拔出。這才知道皮帶綁腳的莫大作用。我的腳根本捉不住鞋子，甚至整條塑膠雨褲也跟著要被泥水吃進去，一路前進倒有大半心力花在拔鞋子、提褲頭的手忙腳亂中。

還沒開始勞動呢，已然是汗滴禾下土。密不通風的農用塑料長褲內，七分褲早已溼透緊貼，膝蓋以下，我還可以感受到水流的涼意與緊壓的迫力。移動，成為我在水田裡最耗力的事。

日曬斗笠發燙，水田間倒是陰涼，因著半身陷落，肩膀與稻齊，割稻的高度反而十分對稱，頗能專注在眼前的一刀一劃上，呼吸著草與穗的清香氣、鮮澀味，倒也不覺悶熱。割稻就是埋頭苦幹，鐮刀輕巧好使又鋒利，力道要捉巧，左手捉攏尖頭的幾束稻穗，右手一刀切到稻稈根部，稻穗就堆積在已收成的稻田間，幾束幾束堆成小塔。

我不求速度，在身體所能及的最大範圍內割下所有低垂的稻穗，小心莫有遺漏以免辜負了農人終年辛勞。幾個年輕人雖是農家子弟，身手熟練俐落得多，但舉步起落間，狼狽與我不相上下。我們與阿蓮的距離很快拉長了。

農婦阿蓮的能耐，這才真正展露無遺。整整兩個鐘頭，阿蓮高聲與相距起碼十五公尺以上的其他農婦們聊天，宏亮的笑語直逼採茶女，同時間，她的手勁與腳程以我猜不透的俐落速度，所經之處風行草偃，一堆一堆的稻穗整整齊齊浮在水田上，完全是談笑用兵，趕盡殺絕。眼前望去，還有大片未收割的稻穗，我的手仍有力，小腿肚已在發疼。

等阿蓮涉水而來送上瓶水，我才注意到竟忘了渴。

「台灣種田輕鬆多了，有機器。」阿蓮說。

「越南也有割稻機啊。」

「機器進水田不方便，而且我們這裡的田太小，不划算。」

夕陽落在田野那頭時，暑氣已消，我全身被汗水浸透了又被冷風吹乾，幸而在勞動中熱氣騰騰而不致打哆嗦。阿蓮使喚兒子將一堆堆已收成的稻穗集中置放在帆布上，天黑了今日收工了，回家做飯了。

連續數日，全家總動員整隊割稻，才把分散在三處的田地都及時收成。年輕人白日還要上班、上課，不免多有抱怨。兒子說種田太辛苦了，賺不到什麼錢又勞累，明年媽媽若還堅持要種稻他們就不幫忙了。

日常家務幾乎是子女們全包了，撂話不幫忙恐怕還是為媽媽著想的成分居多。阿蓮近年來情緒不穩，疑心文進外遇，疑心村人笑話她出國白忙一場，時有煩惱急躁，甚至數度在家昏厥，他們擔心媽媽太累，屢屢勸她在家照顧孫子、輕鬆過日子就好。

再不放鬆，阿蓮很可能就要瘋了。我咀嚼著孩子們未曾言明的語意。

夕陽的餘暉映照水田，暗色中發出寶石般的反光，我看見阿蓮淌著汗的發紅臉龐，聽見她唱歌般的笑語宏亮清脆，她沒穿膠鞋，只在兩管褲角繫緊了膠皮帶不讓泥沙滲入，光著腳就進田勞作，她日益肥胖的身體在水田間毫無滯礙，她常有煩憂的面容在勞動時鬆懈自在。再也沒有比農務更厚實的輕鬆了。

紮實的農事勞作對阿蓮起了意想不到的作用，恐怕這些年她竟是因著習於農務才無需依賴藥物，若不是腳踏實地的農作，她的囉嗦、多疑、恐懼、焦慮早已將生命團團捆綁，無以喘息。

也許，阿蓮的數次自殺擺明了是假的，正因為還有汗水與收成是真的。

●

拖著行李，阿草陪伴我穿越整個村子走到北寧省道旁等車。一路上都有人主動使用中文來搭訕，大街上的店員、市場的魚販、拌泥水的工人……先後過來對我說，他們去過台灣，在南港、在新竹、在高雄，以後也許會再去也許不。這些人都比阿草與五姊妹年輕許多，新一波赴台打工的泰半是青年廠工，對未來興致盎然。

越南經濟改革開放以來，都超過二十年了。整個社會經歷了翻天覆地的轉變，外資企業進入越南，炒股炒房拉抬消費，但工資卻跟不上物價指數的飆漲，經濟發展的果實未能全民共享，工人生活只能日益艱難。（根本我說的不就是此時此刻的台灣嗎？）對很多家庭來說，出國未必是為了「致富」，而是為了「補救」，新的經濟圖利私人，舊的公共保障一一崩解，個別的人在有限的條件裡看不到出路，唯有部分返鄉買地建屋的致富案例，預示了一個可供盼望的方向，從農村直接通到機場，向全世界輻射。

離散是為了回家。

等車時分，頻頻回頭好奇我們交談的人，問我是阿草以前到台灣工作的雇主嗎？她說是；有人猜想我是來工作或讀書或旅遊的呢？她點點頭；賣飲料的老闆娘好奇追問我來自韓國還是日本？阿草都說是。遷移頻仍，國界間來來去去的人愈來愈多，身分也只是一時。

阿草與五姊妹，幾乎像是上一代的歷史了。國界開放，海外打工的選項不少，但得以等值兌換的青春有限。這些勇於冒險的女人們，在波濤洶湧的經濟浪潮中，仍奮力尋找更好的出路，載浮載沉，飄蕩無方。

我要休假
我要休假

protex

第二章　面向大海

耶誕節的失敗者聯盟

冬日的雲靄低沉，鉛灰色的天與地，漫無邊際。

一條又一條，河內周邊快速拓展聯外道路，隨著市區邊緣倍數擴大的新興都會商圈及住宅規畫區，輻射展延，支離破碎至不可思議的臨時便道。我與阿海在險象環生的車陣中，飛飆穿梭，屢屢以他擅長逆向至對方車道快速在對撞前超車的方式飛速前進——這類瘋狂機車行徑，來越南後屢見不鮮，我也很上道地沒有尖叫過。

阿海的安全帽下頦未扣上，帽帶斜吹在兩側耳旁；他沒戴口罩也不戴眼鏡，風塵僕僕中不時向我介紹沿途風光；他的上半身微傾向前，像專心數算路上的坑坑洞洞。果然，遇到泥土路上的超大窟窿時，阿海會預先示警，提醒後座的我與他同時起身、屁股離開劇烈震動的座椅，以免不適或震落。一直到抵達海陽之前，我們坐坐立立起碼有三十次以上。

車抵已然燈暖人聚的海陽天主教堂，阿海先轉頭探問我是否安好，再灌口水，把飛進嘴裡的細沙全吐掉。

約莫四個小時之前，我與鄧文海才初次見面。我們相約在東英車站見面，打算騎摩托車至海陽天主教堂和一群從台灣回到越南的工人聚會，共度二〇〇九年的耶誕夜。車站裡熙來攘往的人群中，我與阿海毫無誤差就直接指認對方，他確實是撲天風沙中不減清朗的模樣。放心接人了阿海才驚覺：「啊，忘了帶安全帽。」懊惱地皺皺鼻子，聳肩失笑，保持一逕的帥氣身姿。

他返鄉一年多，久未說中文，有的字彙抓不準，像是擔心言傳不周，每句話都會搭配相對的肢體輔助表意，表情豐富，動作瀟灑。

我指指自己頭上的黑色棒球帽，有心打混，猜想越南交警不講究。

「不行，路很遠，會被捉。警察要錢。」他轉身就要上車：「先帶你去我家吧。」

我問他回來多久，還想再去台灣嗎？他嘆氣失笑，舉起左手，我才看見他的手掌被切掉一半只餘拇指食指糾結疤痕。

如此，就不是意願的問題了。哪個雇主會越洋聘僱一個殘缺的勞動者呢？他根本沒得選。是職災吧？我扳著他的食指根部探看，幸而還很有力氣，緊握車把還行，無需改裝發動器，他的掌心被削去一半，邊緣膚色深暗粗糙，也許是腳底移植來的……車站前人往人來，全倒退成為無聲的流動背景。阿海就坐在機車後座，自在伸出左手，任我細究傷疤，追問他的番外史遺痕。

到台灣工作七個月後，老舊的沖床機鬆脫，左掌搶救不及被壓扁了。他住院休養不到二個月就回廠工作，固定回診還要使用自己的病假。

這麼大的事，不敢跟家裡說，千山萬水的距離，所有真相都可以延遲再揭密，痛苦可以慢一點。又或者，他可以只要面對自己截肢的痛苦就好，不必，不必連家人的痛苦一起承擔，太重了，他那時才二十二歲，這痛苦太沉重。

就這樣拖著，有工作沒賠償，沖床機也重新整修了，嶄新的白鐵零件像不曾有過血腥，他的左掌傷口也結痂了，只是操作機台時，隱隱還感到截去的三根手指頭痠痛不已。他常感到不存在的手指還伸得挺直，工作時怕被壓到，多所顧忌，效率往下掉。領班就說話了，有意無意暗示還留他工作是莫大同情，殘廢的移工多半就是遣返回國了，哪一個不是用壞就丟？

醫生說這是幻肢痛，不要想就好了。

他心裡嚥著一口氣，欲爆未爆。受傷九個月了，老闆像沒事一樣，沒有人和他提起賠償，仲介說有工作就繼續做，醫生叫他不要多想。但他失去的三根手指愈來愈痛，不讓他忘記被壓下的那一口怒氣與怨氣。直到同事好心提醒他職災的六個月刑事追訴期已過，他才到天主教「越南外勞配偶辦公室」（Vietnamese Migrant Workers and Brides Office, VMWBO）求助，說出自己被老闆欺負了，欺負他一個異鄉人不敢提出要求，欺負他傷口還沒好就回去工作。那老闆也不是壞人，這是工業區的小型機械廠，阿海剛來那一年春節期間，工廠還舉辦陽明山員工旅遊，台灣工人都很照顧他，手機裡還存著那些快樂的旅遊合照。但出事後怎麼，怎麼就這麼欺侮人！

幻肢痛過去了。真正痛的原來是無能行動的懊惱，忍氣吞聲像凌遲，像整個人都廢了。

暫住VMWBO的庇護中心，阿海正式向老闆提起勞資爭議調解，委託律師打官司，一年多後以三十萬元庭外和解。這當然是妥協的結果，但是他評估清楚，老闆的廠房和機器都抵押貸款了，纏訟下去對外地人不利，他不能總是耗在台灣，不如打折扣拿錢返鄉，重新開始。

鄧文海的家位於河內市區邊緣的東英縣，不算偏僻，但已進入農村，與城市裡的車水馬龍大異其趣。村子口懸掛紅布條貼著金紙裁的字樣，從九月國慶日一直掛到年底，還是喜氣洋洋。他父母世代務農，很辛苦，又賺不到什麼錢，兩個兒子都想離開農村，另謀出路。家中的木製家具上，都綴有銀亮的美麗貝殼花，精緻典雅。

「海。」阿海手指櫥櫃上的雕花，雙手搖擺波浪狀。

我看著貝色銀光，辨識紋路上的花鳥，說：「這是花，很漂亮。」

「大海，我的名字。」他還是指著雕花。

「……？」

又一次失敗的溝通。直到我轉身又見一浮雕，這裡那裡都是銀白殼光，總算大惑初解：「啊，大海裡的貝殼！這是用貝殼雕的花！」

「是貝殼。很容易碎，很難雕。」阿海開心笑了：「我哥哥，很厲害的。」

原來大哥是貝雕師傅。這是越南特有的傳統技藝，脆弱的海貝，精美的花飾。但手工藝式微，終究不敵機器大量生產，拋光塑料可以做得像貝殼一樣銀彩流淌，一模印一朵花，像沖床壓複，快速量產。哥哥失業了，二〇〇三年赴韓國打工，二年後阿海也離家飛往台灣。

這個家庭的兩個兒子都到海外，女兒嫁人了，只留老父老母種菜、種稻，守候一個家。之後，哥哥因被仲介欠薪而逃走，在韓國四處遷徙打工一年後被捕遣返；弟弟阿海則因職災截去左手掌，纏訟多時直至今年初才從台灣返家。

訴訟期間，阿海受洗成為天主教徒，至今也沒敢讓家人知道。

尖頂教堂和散落庭院的聖經故事石雕，造型全然西式，瘦骨嶙峋的白色高聳外牆，裝飾繁複的肋狀拱頂、扶拱垛，有數量齊整的重複美感。

位於都市邊緣的海陽大教堂，占地極廣，庭園、宿舍、廚房、教室、祈禱廳……花木扶疏，盛開的聖誕紅一盆接一盆排列成愛心狀，繞著聖母懷抱聖子雕像。教堂廣場上，走路的、騎機車或腳踏車湧入的人潮，愈夜愈多，扶老攜幼趕赴耶誕夜的彌撒，及廣場前的跨年摸彩晚會。

外表灰白森冷的教堂，走進大廳卻是木製天花板拱出撐頂圓柱，木材縱橫垂直交錯搭建，猜想有實質上隔熱避寒的作用，又巧妙融合當地傳統建築特色，內外拼接自在。牆兩側多是長條柳葉窗，以木材取代彩色玻璃，少了繽紛多了溫暖，與天花板連成一氣。十字架祭壇前垂掛了兩幅巨型紅布，上有金紙裁成的慶祝字樣，穿著銀白天使裝的童男童女，各自手執不同禮物，在聖詩歌聲中成列獻上聖堂，十字架、花圈、餅乾禮盒、糖果……以及，呃，滿滿一捧已點燃的線香。

天主教祭壇上也放著香爐，燃盡的香柱會捲成半圓弧狀，像一朵朵灰色欲墜的花，也確實不斷抖落灰燼。耶誕夜，教堂裡既點燈祈禱，又拈香祭拜，外來宗教與在地文化融合無忌。

我們像個祕密地下會議，黑夜裡，人群中，很多人相互不認識，在耶誕夜從北越各地趕到海陽相聚。阮金燕是主要召集人，她到台灣工作逃跑後，因車禍被安置在VMWBO，前後待了三年，和很多人都認識。金燕行動力強，又有俠義心腸，返鄉一年多以來，她透過電話及網路，聯繫許多返越勞工互通訊息、急難求助，此次更擴大召集大家共度耶誕節，凝聚共識，互助聯誼。

這個想頭不難，要落實下來可就遭逢越南公安的監聽、刁難，阿海和其他人都接過公安盤查的電話。

「我們只是想見面，一起吃吃火鍋一起過節也不行？公安打電話一直問，想嚇大家，但我們不能這樣就害怕！」金燕挺著六個月大的身孕走來走去，豪情萬丈。

「今天來了很多人啊，都不怕嗎？」我問。

「我們是出過國的人了，」金燕睜圓了黑亮的大眼睛，免不了幾分得意：「不會這樣被嚇到。」

「有人不敢來，怕家裡的人緊張。」阿海淡淡地說，不夾帶評價。

「嗯，還是小心一點，不要太高調……」我在腦海中搜索著之前來越南的經驗，入駐農村總有公安上門訊問，交流開會的工會也多是官方掌控，顯見政府控制系統很強。或相反，正因為其實沒那麼強，總有百密一疏，民間串聯力量活潑有力，所以執政者更緊張。

緊張就容易引發不講道理的打壓，一點星星之火也要悶熄不給呼吸。

原本金燕想在河內聚會，但地方公安百般刁難，後來因為她曾協助一名海陽教堂的教友討回不當超收的仲介費用，才獲得神父慷慨出借場地，把後花園一間會所空給大家聚餐，並提供廚房及宿舍。我與金燕在台灣原是舊識，有協同抗爭的情誼，二〇〇九年冬天我請長假至河內調查移工仲介制度，適逢返越移工的聚會成真，金燕忙聯絡阿海載我前來共度佳節。

入夜後，廣場人潮陸續散去，我們返回通鋪過夜。久未相逢的人們熱烈交談，新認識的朋友互相交換經歷，有的人才剛自海外歸來，有的人正準備再次出發，有的人中文流利、資歷豐富，有的人受騙潦倒、驚魂甫定。這個耶誕節，窗外風寒，室內熱氣騰騰，略潮的大通鋪上，很快放滿鋪被與毛毯，枕縫間都是未盡的細語綿綿。

午夜時，教堂傳來緩而沉的鐘聲，低盪迴繞。

●

陽光斜射，地面的投影有窗櫺上交錯的木條格形。晨起的彌撒幾乎還是滿座，包著深藍頭巾的老婦，以及穿著舊棉襖、眼角留有殘屎的大小孩子們，我想他們中間誰是昨晚穿著銀亮翅膀的小天使呢？

隔了一夜，都重返人間了。

越南的天主教很神奇地結合了在地神話，教堂後院的歷史圖卡上不只是聖經故事，還有穿唐裝功夫服的當地俠義傳說，教堂的角落裡且置放香爐同時祭拜數十名猜想是重要神職人員的骨灰。

大家忙著洗菜、準備中午聚餐的作料，我騎腳踏車載著阿清的兒子在附近村莊晃蕩，阿清在他六歲時就離家到台灣了，如今她到哪裡都攜子同行。男孩穿著嶄新球鞋，小心謹慎地避開路上的牛糞，他身形矯健活潑，忍不住被一隻圍繞新糞的小蟲逗弄得露齒而笑、頻頻回首。終究是農村來的孩子。

這裡是郊區，家戶不多，隨處可見稻草堆與黑瓦平房，院子裡有雞鴨啼叫，種植芭蕉、檳榔，或桂花樹，有些人家會在紅磚砌的圍牆上加裝成排玻璃碎片，陽光穿透綠色或褐色酒瓶的尖刺裂縫，閃耀彈珠般的光芒，像我童時的眷村記憶：矮牆頂端添加一排玻璃碎片混砌入泥以防盜，看來效果有限，不過是警告君子莫犯的示意作用罷。

農村裡屋舍的正門大廳多數是對外敞開的，一眼望去客廳裡多掛著聖母像及十字架。傳統祖先牌位少了，胡志明塑像倒是沒有少，有的是裝框相片，或小張褪色海報，有的是銅雕，也有純白石膏製的。

近午時分，由神父帶領大家禱告，隨後吃火鍋、聊天。金燕全場招呼入座，安排議程及互相介紹，整個人活力充沛、積極自信。這是我在台灣熟悉的她，熱心爽朗；又是我所陌生未識的她，一種因內在飽滿而自然流瀉而出的，光彩奪目。就像是，花開了，葉綻了，陽光醒了。人回家了。

每個人都帶著不同的故事進場：阿海的左手被沖床壓斷了；金燕車禍後髖骨至今裝了鋼釘；阿清的老公在高雄工作，睡夢中猝死再也沒醒來；我右手邊的白淨男孩右腳是義肢，營造工地摔斷的；那個老父親代替腦傷的兒子出席，兒子至今無法行走；還有帶了一大袋烤芋頭來的那個黃毛衣女孩，被欠了二年薪資至今未討回……我們吃熱食、喝薄酒以抵擋窗外陡降的氣溫，彼此交換最傷心的往事，人人臉龐發紅，說著平日在親友間不敢明言的失意，海外淘金不成的心酸。

這是耶誕節的失敗者聯盟，有人哭了又笑了。

他們都是穿越國界的積極行動者，在有限的條件下盤算利害、做出選擇，並大膽付諸行動。只是他鄉異地，鬼影幢幢，封閉的勞動環境、不穩定的居留身分、破碎的社會網絡、不得自由轉換雇主等結構性因素，都成為旅程中不可知的人為陷阱。險境無以迴身。

也許只有碧娥是例外。她全身散發著「只要努力就會成功」的光芒，人也圓潤美麗。碧娥穿著合身的仿皮外套，半長直髮，圓眼薄唇，說話清楚得體，她是少數在台灣未住過庇護中心而被朋友拉來參加聚會的，她沒有挫折可以分享，沒有老友要敘舊，於是主動幫我分碗盤，也主動攀談。

碧娥二十歲就到台灣工作了，在彰化一家國際知名相機品牌的大型加工廠，三年後又續約三年。這六年，正是青春燦爛時期，她和同村同批到海外工作的男孩談了戀愛，此次合約期滿，兩人一同返鄉，年初結婚，年底生子，新房正在蓋。再過幾個月，房子建好了，離乳的孩子交給媽媽帶，夫妻倆還要再共同到台灣同一廠續約，再拚第三個三年。

勞力密集產業，兩班制一天就要輪值十二小時，再加上不定期的加班，碧娥每天睡不滿六小時是常態。這樣的勞動強度，如何還有時間談戀愛？

手機啊，她說。網內互打免費，兩人幾乎天天熱線，有時說著說著就睡著了，夢裡都笑了。工廠包辦她所有的台灣生活，連春節都由工廠包遊覽車一起到郊外烤肉，平常還有中文老師到宿舍教學，吃住勞動育樂，都在工廠完成，如早年以廠為家的台灣女工。生活單純，低薪耐操，聽話好用。

碧娥和老公的經驗簡直是移工成功的活廣告：穩定有加班的工資，連續性的同廠續約，夫妻同廠勞動，海外存下家庭翻身的第一桶金，蓋房子，養孩子，愛拚就會贏！她盤算得精準，累積財富要趁早，養育下一代的費用愈來愈高，他們兩人估計再賣命三年，台灣打工年限已滿，到時年紀也逾三十歲，到別的國家也沒有人要了。移工的折損率高，賞味期限只達身強體壯的青春歲月，賣也賣不久，很快就會被市場汰換。

返鄉這一年來，碧娥兼做仲介的鄉村小牛頭，每介紹一名同鄉最多可抽成三百元美金。她遞了一張名片給我，若我在台灣認識任何雇主要找工人，可以直接寫電郵與她聯絡。她像所有發展中地區的創業者一樣，靈活敏銳，積極進取，對內對外兩面手法，對未來躍躍欲試。發完名片後，碧娥就提早離席了。

聚會尾聲，每人捐出一百元台幣，成立金額窘迫的急難救助基金，也許對那些根本沒條件來的人有一些幫助罷。彼此條件殊異，各自發展不同，迷惘的、振奮的、抱憾低調的、倉皇失落的都有，眼前尚未看見共同的利害，唯相互取暖、保持聯繫。但願未來一年一會。

未來可能改變什麼？此時還未可知。失敗者沒什麼光榮事蹟好說，唯有贏得了逆境求生的勇氣，和一些利益他人的體悟。

跋涉歸來

楊氏清在人群中很顯眼，她不是特別漂亮，但笑容最明朗，說話最熱情，舉止最落落大方。海陽教堂的耶誕晚禱後，人群四散，三三兩兩走向教堂後院的通鋪。黑夜中，阿清主動走過來挽著我的手同行，天冷，她穿著紗質緊身的紫色T袖，牛仔褲、半高跟鞋，洗直的長髮烏黑發亮，細碎的耳環隨著她的笑容輕輕搖晃。

我問她在台灣工作幾年？中文說得真好。她說才做到三年約滿就回來了，夫妻倆商量著小孩要有媽媽陪伴，所以換了老公到台灣打工，沒料到才不到一年，就傳來老公死亡的消息。她第二次抵台竟是為了辦喪事，等老公火化了將骨灰親自捧回越南。

死了。我心裡一緊，怎麼死的？工作傷害嗎？

「不知道，就睡了一覺，早上沒醒過來。很突然。」她應該是說很多次了，沒有太大的悲傷，但忍不住還是要補註：「他身體很壯，沒有生病，又高又大，而且很帥。」

她才三十三歲，比他死時還老一歲了。

他叫武文遠，鄰村的男孩，阿清小時候就認識他了。國中、高中他們都念同一所學校，阿清功課好成績優，文遠則一塌糊塗。但他又高又帥，有一米七八的身量，黑濃眉宇，高挺鼻梁，是校園裡最迷人的男孩。她十七歲就發熱般和他交往，這在保守的海陽農村裡，是令人側目的大膽行徑。

阿清的父親在對抗柬埔寨的戰爭中受了重傷，是有功勳的軍人，子女學雜費全免。阿清自幼聰穎，讀書考試都難不倒她，家人希望她讀大學，改革開放後學費愈來愈貴，工作愈來愈沒把握，她既享有學費免費的優待不如就繼續讀書吧，未來也有更好的出路。但阿清不肯，想先賺錢、獨立。

我打斷她：「不念大學是為了文遠吧？你不想離他愈來愈遠。」

「就是啊，」她開朗地笑起來：「他這麼帥怎麼可以讓別的女生搶去了呢？」

十九歲，兩人結婚了，共同住進文遠的農民家庭。越南經改以來「優城市、弱農村」的二元政策，導致農村人口大量向城市流動。生活必需品貴了，肥料貴了，看病貴了，但農產品不值錢；工資要便宜，糧價不能高，米賤傷農，農村沒有出路是國家政策的必然結果。這個經驗，台灣一點也不陌生。

大兒子六歲時，阿清離家飛到千里外的台灣，進入新竹科學園區的電子廠工作。移工宿舍在一層家庭式三房二廳公寓，共擠了十八名女工，生活空間侷促，閒暇時為了省錢，她們多半留在宿舍唱卡拉ＯＫ，那些隨著音樂跳動快速的歌詞字幕，竟教會阿清基本的中文閱讀。集體生活裡，她愛哭又愛笑，想孩子、想家，每月定時寄錢回家，同鄉的朋友都說你怎麼這麼傻，錢全寄給老公不怕他亂來？她說我相信他。

後來我到阿清家作客，她特地從臥室的床頭櫃翻出一只鐵盒子，裡面滿滿一百多封航空信件。那是阿清到台灣三年間，文遠每週寄一封長信給她，每封都寫滿了四、五頁信箋，絮語綿綿，不曾間斷。

「他都說些什麼啊？」我翻看著薄如雲翼的淡藍、淺白的美麗信紙，文遠的字跡出奇清秀雅致，和他高大粗獷的外形截然不同。

「很多啊，教我做人處世的道理，不要亂發脾氣什麼的，說小孩子發生什麼事啊，家裡哪裡壞了又修了……他好會寫信，奇怪以前讀書他如果這麼認真就好了。」她說著又笑出聲來。

三年約滿返家後，阿清就再也不想出國了。轉來換去，在鄰近工廠隨波逐流，她心裡總想著有一天，有一天可以在家開個小店，方便照顧孩子，方便文遠一回家就見得到人。

女兒出生後，就換文遠遠渡重洋了。他申請去韓國，也認真到仲介公司的訓練中心交學費學韓文，一本本筆記本有他乾淨整齊的字跡，這個少時不念書的孩子，卻原來是個勤於學習的人，只要目標清楚，他勇往直前，日常生活幾乎沒什

麼娛樂與交際。韓國薪資高，又是直接聘僱免除仲介服務費，搶著要去的人很多，文遠年逾三十，在移工群中已不算年輕了，排隊等了一年多沒著落，只好聽從仲介的建議，就先去台灣吧。

一家四口在前院拍下最後的全家福，檳榔花開得正茂，暗香浮動。隔天早上，文遠搭飛機直抵高雄，住進鐵工廠的地下室，無日無夜地加班，他勤快、努力、配合度高、不挑工作，老闆讚不絕口。

五個月後，文遠猝死於清晨未醒的睡夢中。

●

阿清的家在海陽鄉間，泥土路的路況不佳，小孩上學要走一個小時。每戶住家的占地都不小，但相距遙遠。最鄰近的人家，庭院裡有匹瘦馬拖著木材拼湊的平板車，載務農機具，也載水泥與磚頭。有一名戴綠軍帽的中年男人，徒步催著馬車來來去去運貨，有時他就停在大門前，慢條斯理餵馬吃草。

走進阿清家的大門，左邊是婆婆與二弟一家人共住的舊居，右邊是阿清與文遠擴建的新屋，大磁磚地板，平頂水泥天花板，進門要脫鞋換穿屋內拖鞋，出門要上鐵鎖，浴室裡的熱水器一開水就點火，廚房有全套流理台，全面改用瓦斯而不燒柴火。再往院子裡走，傳統老屋荒廢緊鎖，老井與豬舍也廢棄多年了。

婆婆中年喪夫，老年喪子，經年穿著深藍有領衫、黑長褲、包頭巾，說話的時候露出因染牙及長期吃檳榔而黑亮的牙床。吃檳榔在上個世代還是高級享受，有些女性在年輕時便以癀樹煮油為牙齒染色，蔚為時尚，表示生活過得富足，有閒錢吃檳榔。聽來倒像是過往鴉片象徵上流社會的寓意，上流社會多閒人，麻醉提神植物轉為休閒娛樂從來就有階級性。

文遠死後，家人忐忑問卜，算命的說是當年公公的喪禮沒辦好，現在剋到文遠早么，未來還會再剋孫子。

這詛咒太驚人，阿清帶著強大的疑惑與意志力來台，獨力辦完文遠的後事。七月的高雄，炙熱暴烈的陽光全在屋外，阿清每天早晨都先到殯葬社，一次又一次央人拉開冰櫃看文遠，怕他孤單不知她飛來陪伴了。服務人員總提醒她不能流淚沾到屍身，死者會走不安寧。但其實，她守靈九日根本沒有哭，每天忙進忙出，沒時間想，沒時間哭，好多事要做。

從越南出發前，金燕曾好心建議阿清要驗屍，了解文遠的死因是否與工作、過勞有關，可以多領取勞保職災給付。但阿清沒有提出要求。她知道有問題，那個鐵工廠的地下室充作移工宿舍，通風差又狹擠不堪，任誰看了都覺得勞動與生活環境嚴重不合格。她知道文遠常常忙得沒空吃飯，便當拿回宿舍都臭酸了，只能買泡麵止飢。驗屍吧，文遠這麼年輕健壯，怎麼會一睡不醒呢？到底這工作的強度有多操勞？每天十二小時的超時工作，還不定時加班，到底文遠死前連續工作多少小時？

阿清婉拒驗屍，也沒追究死因。她盡全力把文遠的喪禮辦到最好，該有的儀式一切不能簡，該辦的手續一個不能少，只求亡者安息，抵擋相剋的輪迴，為孩子保住未來，牽引文遠的魂魄平安回家。

「我要親手把他從台灣帶回家。」她說，天大地大只有這件事。

文遠的骨灰罐登上飛機返回越南，被放進一個只有半人尺寸的小棺木裡，由家人親友一路抬到田裡下葬，和祖先們埋在一起。葬禮辦得風光，連續兩天在家中辦流水席，感謝親戚朋友來向喪家致意、共摺金紙，出殯時鑼鼓喧天。葬儀社全程錄影記錄，加上生活照、在台灣的守靈牽魂儀式，配上感人的背景音樂，製作成文遠的紀念DVD。這影像，竟成為孩子們童年伴遊帶，反覆觀看。

這不是我第一個遇到的移工猝死案。

在中壢、在台北、在高雄、在桃園，我斷續聽聞年輕移工無預警猝死，都是長工時低工資的勞力密集產業，連續操勞的工人在睡夢中一去不回，之前沒有病痛就醫，之後也沒追蹤記錄。這真的是意外嗎？只是意外嗎？但要追究與工作的因果關聯何其困難？更何況家人多半不願再解剖、干擾死者？更何況多半移工的家屬連來台的機票都負擔不起，只能交由仲介代辦後事。要追究工傷，需要動用的檢驗機制多半耗時費力，遠遠不是低階異鄉人負擔得起的。

不明原因、不被列入工傷紀錄的移工猝死案，就這樣零散個別地，成為遷移勞動所付出最沉重的代價。

●

到現在，阿清的手機裡還留著在台灣殯儀館守候遺體、火化、法會助念的一百多張相片，畫面零碎模糊。幾張朋友代拍的她的畫面，阿清面色蒼白憔悴，幾乎站不住，數度頹坐在文遠棺木旁的塑膠板凳，無淚。那個英俊高大的文遠，只留下醬色閉目的屍身，平躺棺木內，周身蓋滿金黃色的紙蓮花，頭上不知為何戴了一頂棒球帽，乍看有生氣昂然的錯覺。

有一張相片，阿清像是失神伸手入棺要去捉文遠的胸口，硬生生被旁人的手擋下。那個徒然的手勢，凍結在略有傾斜的鏡頭裡，悲哀墜入深處，深不見底。

這手機很舊了，但她十分珍視。我們初次見面時，她就很自然地向我展示文遠的影像，那是他離國前一天拍的，相片中的他，高大英挺，抱著才三個月大的小女兒，阿清與兒子靠著他站立，背後的檳榔樹花開正盛。

去年阿清上市場時，皮包被扒手剪開，手機錢包一併失竊了，她日日到二手店追查下落，竟然尋獲相片未被洗掉的贓物，花了台幣三千元——這幾乎是一名女工的月薪——把根本遠不值這個價錢的舊手機又買回來。

這個男人，在阿清的口中，就是個顧家戀家的人，愛乾淨、負責任、時時刻刻都在想著如何讓家庭的經濟未來更好。

農村生活沒有出路，文遠很有生意頭腦，他主動挑貨、載貨去中越邊界賣，賺取國界間免除關稅的差價。他打拚不懈，深夜出發上路，清晨抵達邊界，貨物都賣完了，再買新的中國貨回越南賣，來來去去，長路漫漫。國界間逃避關稅的買賣，利潤不錯，賺錢比做工多，只是很操體力，一趟來回要耗去三天時日。沿途多是山路，一個人長程開車，孤單寂寥如深不見底的洞穴，極目一片闇黑，沒人要聽你說話。黑暗可以吞食心志。

一回，文遠提早中午返家，累極倒頭就睡，阿清趁空趕緊送孩子去學校，又去市場買菜準備晚餐。他睡了長長的一覺，醒來天都黑了，暗夜裡空盪盪只他一人在家，像還置身於清晨尚未拂曉的邊境，冷清孤單。他長途跋涉歸來，終點竟還是空無一人，沒有人等他，沒有人需要他，巨大的悲傷排山倒海而來，他就這樣哭起來，從嚎啕到哽咽，淚流不能止。一直到阿清回家，又笑又疼，聲聲允諾他以後不會讓他回家無人等候。

「你看他，好愛哭。說出去人家都不會相信，他這麼高大的人，這麼黏。」阿清很自然地說著他，毫無忌諱與悲情，彷彿文遠等會兒下班就要回來了。

現在，文遠的大兒子十一歲了，有爸爸的帥氣長相，個性沉穩；小女兒剛滿三歲，熱情活潑，愛笑不認生，手舞足蹈一刻不得安靜，數日相處也不曾見她哭鬧耍脾氣，是個貼心寶貝。哥哥跑得快，妹妹跟不上便撲倒在地假哭，誘人回頭安撫，隨即又咯咯發笑。

文遠一直想要個女兒，女兒真出生了，他卻遠行，再沒回來過。

那張檳榔樹下的全家福被放大了裱框掛在客廳，手機拍攝的影像畫素不高，顏色和光影放大了都像褪了色，彷彿是很久遠以前的回憶。小女兒指著相片裡的文遠，興高采烈向我介紹：「爸爸。」

這父親出現在她的生活裡的每個角落。葬禮的光碟片一放映，她和哥哥都可以很快哼出不同片段的配樂，家庭主題曲，沒有人忘記他。

斷斷續續，我一再重返海陽，在阿清的家度過許多夜晚與白天，她一再挽留而我一再延後行程。

阿清過著居家尋常日子，不因我的介入而作變動，我們的關係親近而平等，她和廠商談生意，我或是幫忙縫蚊帳，或是打字作功課，有時幫忙泡茶，有時照顧小孩。我們一起到早市買菜，到夜市閒逛，我搶著付帳，她無謂不多作推辭。她特地買了台灣少見的蔬果和油炸玉米粒讓我嘗鮮，我說給小女兒買個禮物吧，她載我到鎮上買小洋裝加黑色緊身褲，元旦要到河內喝喜酒，正好穿新衣。

一公里外的鎮上，阿清的姊姊開了一家時髦的飾品店，傍晚下課時分，每每有中學生圍繞著挑選最新型的髮飾、圍巾、提袋及文具等時興用品。

隔壁是兼營美髮、花店的小店，嶄新的婚紗照就掛在牆上，老闆娘正幫一名剛下課的女中學生點痣，先是使用加熱小銳物一點一點灼燒年輕光滑的臉頰，女孩緊閉雙眼，稍稍皺了眉頭，保持面部文風不動。此時屋內傳來初生兒哭嚎的聲音，老闆娘進屋很久才出來（我猜想是餵奶去了），女學生也毫無不滿，盯著鏡子裡的灼燒處看了又看。好不容易老闆娘出來了，她拿出一管藥膏，以牙籤沾了點藥輕輕塗抹在已然焦黑的點痣處，女學生從口袋裡掏出皺皺的零錢，起身走人時，又回頭看了一眼鏡子。

與美容院共用店面的賣花女，年紀稍長，也去過台灣。花的種類不多，看來過路零買的人也不多，也許婚喪喜慶才是營業大宗。

「我在雲林的山上種菜，和阿嬤一起住。那裡很鄉下。」賣花女說。

「比這裡還鄉下，對不對？」我看著眼前的大馬路，這裡已是小鎮最熱鬧的一條街了。

「對啊，台灣也有很窮很窮、人很少的地方，比我小時候的越南還要窮。真想不到啊。」她笑得不好意思，像這樣說會傷了我的心：「一直種菜，真的很累，肥料很重，農藥很臭。收成了，阿嬤的兒子會來載菜去賣，有時候帶我下山買東西。」

賣花女在台灣五年，幾乎沒看過城市的樣子，過著比原鄉還要落後不便的生活。幸而無處消費也存了點錢，返鄉後在大街上賣花，花材多數是批來的，但小鎮只有節慶才有人買花，生意慘澹，幸而店面是和妹妹共用的，免租金。

妹妹店裡的美髮雜誌，倒是有好幾本是她在台灣工作時趁下山到超級市場買回來的，上面的中文給小美容店多了些國際風潮的時尚感，賣花女偶爾也主動遊說客人，說：「台灣女人都流行這種髮型，很時髦。」

沒人知道她那五年根本就待在深山裡，沒上過美容院。阿清聽了只是笑。

這些曾經遠赴海外工作的女人們，在鄉下地方彼此形成心照不宣的默契，對外多是展現見過大城市的氣派，絕口不提那些難堪與歧視。反正也不會再出去了，不管在台灣有什麼正面負面的經驗，全當作生命履歷的加分題。

原來你也在

我的背包裡有一頂嫩黃色安全帽，像螢火蟲的暖光，陪伴我迢遙奔波海陽、府里、河內，又回到東英。

公車過了標誌地界的紅河與長橋，街景與房舍就和河內市區截然不同了。慢慢進入農村，紅磚紅瓦屋的聚落都在行道樹後田地的那一頭，透過灰塵滿布的車窗，我遠遠就見到阿海在站牌下耐心等候。

摩托車顛簸駛過數條鄉間小路，經過市鎮中心與商店街，再轉入田原間的村落，早市已近尾聲。一攤攤水果、蔬菜、肉類、民生用品、兼賣斗笠農具沿街排開，或蹲或立或斜倚牆角聊天的人們，不容易從衣著或體態辨認是攤販或居民，又或者多半是兩者兼俱。不知是原本擺出的菜色就不多，還是大半賣完了，攤位前交易並不活絡，就是人來人往挑菜閒聊的人多，真正掏錢買定的有限，也可能是真要買菜的人早在大清早就來過了，日頭漸烈後，都只是零星的買家：臨時家中來了客人，或晚起的主婦，或外地來的人。

我蹲在地上挑了二把青菜和一袋水果，正待付錢，阿海迴身將我帶開，轉頭向沒做成生意的小販連聲道歉，顯然是熟識的兩個人都笑意滿面沒什麼尷尬。

「不要買了，我媽媽就在賣菜啊。」阿海說。

「哦，那買肉好嗎？」我說。

挑妥一條魚、二斤豬肉，等候我從皮夾裡挑出一張張動輒數十萬的越幣時，阿海也忙著向鄰近好奇探看的攤販介紹我是誰。我掌握幾個聽得懂的問語，主動回應：我從台灣來的。我是阿海的朋友。我結婚了。我有一個女兒。……換來一疊聲友善親切的讚美，以及推辭不去塞進我手裡的小橘子和青葱。

我們來到一個極小的攤子前，一塊不足二公尺長的花布攤在地面，整齊放置幾把以稻草綁就的青菜，還有塊莖類的紅白蘿蔔、地瓜。阿海的媽媽戴著斗笠，有一顆門牙斷裂未補，一張口就像在笑，她握著我的手厚實粗糙，有暖意，順手便塞了幾把青菜讓我們帶回家烹煮。

約莫是巷子頭走到巷子尾的距離，阿海的家轉個彎就到了。

大哥去年從韓國自首返家後，在院子裡加蓋木工場，旁邊是雞籠，馬達聲和禽啼聲混雜有致，還有一口老灶看來許久未用。獨立在屋外加蓋的廚房倒是寬敞的，冰箱碗櫃電鍋瓦斯爐白鐵流理台一應俱全，水泥地面，白磁磚牆。

中午時分，阿海父親自田裡返家換裝，媽媽也拎著花布從市場撤攤，兩個人洗淨臉面，穿上體面外出服，爸爸戴著常見的草綠色圓盤帽，媽媽頸上還掛了一串珍珠項鍊，兩人盛裝趕赴隔壁巷子的一場喜宴。

巷子兩側都貼了紅色囍字，喜事人家的院子裡擺了酒席，牆頭望進只見辦桌上菜，門口綴滿粉紅色氣球。那新郎比阿海還小一歲，都是自小玩在一起的朋友，二十出頭，工作數年，該成家了。

「我回來一年多，已經吃過八十次喜酒了。」帥氣的阿海誇張揮手畫個大圓。沒完沒了的喜事，這週末又有朋友結婚，上週末、上上週日他都到河內赴喜宴。數不完。朋友們爭先恐後結婚生子，二十五歲的阿海還是單身。

沒有人催促他的婚期。出國前交往的女友早已嫁人了。

●

二樓是兩兄弟各自的房間，阿海房裡的書桌上，有一台撥接上網的電腦。他熟練地開機，螢幕快速跑出成千上百的相片，多數是他在台灣的記憶。工廠時期，和台灣同事出遊烤肉，他中分的頭髮看來有些稚氣，那時的笑容燦如陽光，絲毫不覺陰影。住進庇護中心，相片更多了，搭捷運的、到淡水的、法院前、勞工局前、總統府前、天主教的各式慶典活動，還有參與勞工抗爭遊行……也許，也許我們竟是在街頭見過面的？

畫面滑到二〇〇七年在台北舉行的「我要休假」移工大遊行，他一張張播放，熟悉的場景與標語，遊行終結，工作人員擠在舞台前撐起蓋滿血手印的超大布條合影。他在布條的左側笑得開心，我在相隔二、三人之遙的右側，那時我們互不認識，眼睛都看著鏡頭，喊著同一個口號。

他指著相片上的我，說：「原來是你啊。」

是啊，原來你也在。

滯留台灣打官司期間，他積極學電腦，對維修及操作很有一套。少了一隻手返鄉，勞力工作幾不可得，只能重返校園修習電腦課程，每學年的學費要一千美金，只出不進，想來也是扛著壓力讀書。

桌上散放幾本重返學校的電腦教材，木床下則堆積成疊的舊教科書、作業本。我蹲下來翻看那些字跡潦草、但運筆強勁的筆記，不小心滑出一張獎狀，事實上不只一張，還有很多張草率塞在蒙塵的舊書堆裡。

「成績很好哦，第一名。」我翻看印著紅底黃星越南國旗的獎狀，仔細辨識印刷體的越南文，認出阿海的名字，年分大約在他的高中時期。

「很久以前了。」他難得顯現一點得意、一點尷尬、一點無奈，那是後來再也用不上的昔時榮耀，映照今日的晦黯不明。

傍晚時分，我們在村子裡行走，到處可見家庭式木工廠。

木材多是鮮黃色澤，碎屑有如咖哩粉，聞起來的木材味也很鮮辣，像牧草送入馬廄。木工廠的規模都不大，若不是巷弄間的人家前院另闢，就是馬路邊拓成店面的家具小工廠。男女老幼都蹲坐在木料、半成品間勞作，或是拿刷子清木屑、或是沾油上漆、或是雕花描邊刻木、或是拿清水沖洗……總之是勞力密集產業，老弱婦孺兼收。

阿海熟門熟路，一間間領我直闖如入家門，好似周遊省親，向阿姨、小學同學、表叔、堂妹一一拜會打招呼：「我的朋友，台灣來的。」

我從他們的反應看出來，很多人都久未見阿海，關心他的近況，有的阿姨拉住他的斷掌像要流下淚了。

阿海有點窘又有點習慣了，他一再重複像要安撫大家的情緒：「我現在進大學讀書了。」

「讀書很好，你本來就很會讀書的。」阿姨放心了。

大家都放心了。讀書總是好的，一個養精蓄銳預示希望無窮的暫時安置。阿海的朋友很多都大學畢業了，工作不見得更好找，但他拖著斷掌返鄉，未來更見迷惘，眼下只能決定先讀書再說，安置他的及家人的迷惘。

他的台灣行，斷了手掌、長了見識、遇見挫折，且這個挫折將伴隨他的一生。他還在學習如何與挫折共度餘生。

●

越過村子周邊的聯外道路，就是田，冬日蕭索的土黃色。

表姊阿水曾經到宜蘭幫傭，三年約滿返鄉時，雇主承諾會再直聘回台，不料一等就沒了音訊。說是被騙也不盡然，彼時正值二〇〇五年台灣政府因越南勞工逃跑率過高而凍結家庭看護工輸入，程序走了一半的人都被突來的政策打亂計畫，許多台灣雇主重新聘僱他國看護，但付錢受訓卻不及就業的越南勞工則無處求償。政策更迭，吃虧的總是最沒條件的人。

阿水的臉上沒塗脂粉，但眉線描得又黑又長，燙過的長髮挽成身後一個清爽的髻。她在田地邊蓋豬寮，從七八隻小豬養起，至今已有三、四十頭豬仔，花色不同品種不一，一窩幼豬全圍著保暖燈吸吮白色的乳汁，另有生長期不同的豬隻分散在不同欄位飼養。兩夫妻一起忙育種、餵食、買賣、清潔等繁複勞作，清晨就要穿上連身的防水工作服，進豬寮攪拌飼料、沖洗穢物、防疫注射等，工序可不少，但畢竟是自己的工作，工時可以自主調整，又能兼顧家庭，兩夫妻一起投入也好共商未來，於是愈做愈起勁。

豬舍隔壁兩位農婦也踅近聊天，其中一位爽朗說她也去過台灣三年，現在，她養了幾百隻鴨子，是鄰近幾公里內最大的一個養鴨寮。

「真的好厲害啊。」我衷心佩服這些能幹辛勤的女人。

「自己做，比去工廠好啦。」她們謙遜有禮，受之無愧。

豬欄外的空地，阿水栽植芭蕉和柑橘果樹，還養了小雞。一名俊美的男孩正幫忙築水流引道，細長的溝渠將稻田裡的灌溉水導入豬舍，既可沖洗，又能汲飲，廢水往低處流，出口再導向另一頭的河道。

男孩是阿水的大兒子，原本畢業後也想到海外打工，但阿水攔著不給走。外人看她風光返鄉，但她知道其中的艱辛難受：「出國工作很辛苦，我自己苦就好，小孩不要去。」

小孩不必出國吃苦的客觀條件，當然也是因為父母養豬有成，累積了一點資本。阿水買下大批圓桌和塑膠板凳椅，專事出租婚喪喜慶的桌椅，兒子、媳婦如今都在家工作，負責載貨運送、盤點總量、結算租金。

「這是有資本的工作，」阿水認真分析：「比較能賺錢。」

以錢賺錢才是生財之道，有資本的人就知道。農村的種稻主業無以掙錢，副業豬隻買賣才是生計主力。手頭寬裕了，才可以投資買桌椅出租，婚喪喜慶多，幾乎天天都有生意，有時還撞期忙不過來。

這是農村裡上升的人家，蒸蒸日上的未來。

●

沿著田埂走到盡頭，是老廟。

廟前庭院玩耍的孩子們見了阿海就簇擁而上，他好脾氣地一一招呼，空出有力的右手讓孩子吊槓桿。有個胖男孩採了朵豔紅色的扶桑花塞進我的手，小女生們又笑又尖叫。我拿起相機，孩子們爭相擠看我的鏡頭，領著我到他們自己選定的場景，擺弄姿態，反覆不休。我反身將相機交給他們，相互拍攝，主客易位。

廟前總有漢字對聯，字句又長又繁複，且多有我不知曉的古字或複合字，古冊佛經中也多有在地長期發展的漢語，以及越南獨有的喃字。十七世紀法國傳教士帶來羅馬拼音的文字，好寫好記，能說就能寫，至北越獨立建國後被正式公布為越南國語文。如今，越南掃除文盲有成，約九成五的人民識字能讀，老廟古書裡的漢、喃字毋寧更接近裝飾圖騰，失去溝通作用。

楊桃樹下，數名老人閒坐喝茶，成群戴斗笠、穿著深藍衫黑長褲的婦人們，正在攪拌水泥，廟地前院整修中。這是阿海的姨婆、那是媽媽的哥哥的老婆，還有姑姑…… 婦人們紛紛停下來看我拍照，一面說不好看一面又拿下斗笠理理頭髮，還有那膽子大的索性擺出姿勢要我多拍幾張正面。喝茶納涼的大哥主動摘來楊桃與我分食，顯現莫大熱誠簡直像我按的快門太少就是不賞光似的。

我拍著老人的皺紋與風霜，婦人們的勞動與歡顏，孩子們嬉鬧躍動，隨拍隨給鑑賞影像成品，允諾回台灣後一定洗好相片跨海寄來。影像互動補強了語言溝通的不足。

「我帶你去看，蛇頭會長大。」阿海說。

「什麼？蛇的頭嗎？」

「蛇頭。」他比出山岩稜角，用力捲舌。

我想像著蟒蛇蜷曲的模樣。

「我小時候看，這麼小，」他伸出雙掌如捧著一朵花，再弧出雙臂如懷抱一顆西瓜：「現在，這麼大了。」

我笑出聲來：「哇……好老好大的蛇。」信疑參半。

廟裡有陽光斜射，青石地板上老人家坐在草蓆上，手中是蒲葉編的草扇，牙齒焦黃，慷慨地與我分享檳榔，阿海待要來擋，我快速塞進口中，汁少而澀，沒加石灰而滿是青草味。廟很深，一層層各有香爐神龕，分別拜有粉彩塑像的虎爺神、唐三藏、地藏王，還有胡志明及其他越南建國英靈。

廟內有天井，敞著門的石屋，阿海指向屋內香爐後的數塊大石：「蛇頭會長大。」

「啊，石頭！」原來是石頭。

「我長大了，石頭也長大了，一直長，愈來愈大。」阿海開心了，得以表述清楚，得以溝通無礙，真開心啊。

「好神奇，和人一起長大。」我也開心了，得以共享童時傳說才像是真正與這塊土地發生關聯。

村民們看著石頭成長，供在廟寺，與佛號香火青燈相伴，慢慢長。有人在田裡焚燒稻草，青煙裊裊。

不只是向上攀爬

「你一定要來看我的工廠。」楊氏清說，紅耳環一閃一閃。

文遠走了，阿清只能更堅強。兩個孩子都還在學齡前，她於是一口氣貸款買了十台縫紉機，將側院加蓋起來，裝上成排的日光燈，堆滿了藍白紗網的蚊帳材料，請村子裡的女人到家裡來工作，她成為老闆娘。

一大早，女工們送孩子上學後，大約七點多就有人陸續上工了，中午各自趕回家做飯、整理家務，下午再來。家庭式加工廠，工作時間自由，論件計酬，那手腳快的、想多賺的便常來，家裡有事的也就少來了，又可配合農閒農忙。近日另一家工廠趕貨，阿清說她的工人便過去那邊幫忙，這是交換工作，等她趕工，人家也會來幫忙。

小工廠才開張三個多月，是鄰近村落裡的第三家，接大工廠的外包訂單。固定上工的大抵就三五人，阿清忙進忙出，有時要檢驗品質、清算數量，有時要先剪妥邊料好讓女工縫製，冬天時要煮菱角或紅豆湯讓大家暖暖身子，夏天就要冰鎮綠豆湯或冬瓜茶，載貨的包商上門時還要陪著聊天。

「在家裡開工廠，這樣才能同時照顧小孩、婆婆和工作。」喪偶的阿清成為家中的支柱。兩名寡居的女人互相照應，婆婆也兼看門，偶爾工忙時下場裁縫。也不過是對門，婆婆帶孫子過來吃飯，卻要先上鎖，晚上機車也要牽進屋內放，不敢留在明明已然大門深鎖的院子裡。阿清說附近有年輕人吸毒，缺錢，看到東西就偷。經改二十餘年，農村青年大量被城市吸納進入工業區或服務業，滯留鄉下的人多半找不到事做，治安也變差了。

農村的工作機會不多，阿清的蚊帳工廠適巧填補了這個需求。大型加工廠的小外包，愈外包愈低價，流到最基層女工時，工資僅餘些許零頭。縫一整件蚊帳的車邊，女工賺的工錢折合新台幣約二元，小外包老闆若扣除電費等雜支，可以有五元的利潤，但還要再計上機器一台五千元的設備成本，以及運送管理等人力成本。阿清向娘家借了一筆資金投入後，就靠女工們代為還債、賺錢了。

頭一台縫紉機坐著每天最早上工的女孩，來得勤快，瑕疵品也少，拚命趕工時一天可以縫到三百件，這大抵也是速度的極限了。其他女工多半邊做邊學，她們多是三十歲上下，已婚居多，為的是這工作可以兼顧家庭，時間彈性。早上女工們分別騎著腳踏車來，工作時會戴口罩，有事進進出出也沒什麼嚴格控管，這不是生產線，各台機器獨立運作，只要阿清先備好足夠的布料，控制好上下流程不打結、不缺漏，也就可以了。

似曾相識，我想起幼時鄰里間普遍做代工的經驗。台灣經濟起飛的七〇年代，省主席謝東閔推動「家庭即工廠」政策，既解決加工區人力不足的問題，也帶動家庭代工以降低勞動成本，擴大外銷。當時的都市邊緣，農村或眷村裡，家家戶戶都堆滿了毛衣、塑膠燈飾、耶誕飾品，婦女們聚到某人家中一起趕工，邊聊天邊看顧幼兒邊手不停工，賺取微薄的代工費用；又或者，學齡孩童回家晚餐後，就著昏黃的燈光全家人奮力投入生產，不時聽到哪家的媽媽又叫罵那個老失神掉針的青少女，而屋外街燈下有個書包拉得老長的男孩徘徊不去……。那是我這一代的人難以忘懷的集體記憶。

現在，我與阿清坐在台階上聊天，女工們不時笑著好奇著側頭來看，低聲笑語。顯然，這個流利操持外語的阿清是她們所不熟悉的，神祕且高人一等。偶有趕工，阿清便請我幫忙品管，陷身於一堆藍白紗帳中，伸長了手臂測試長度是否一致，每一件完成品要對摺了看兩端的平衡，若有長短不一的，要把一邊的縫線拉鬆些直至兩邊長度對準了才算過關，有解決不了的瑕疵品就再丟回去重縫。

家庭式工廠的氛圍就是閒聊終日，手不停工。阿清姊姊的大女兒也在這裡工作，阿清說想鍛鍊她上手管理，以後成為左右手；女孩才二十歲，阿清又說如果有好的台灣男人介紹，就讓這女孩嫁到台灣去，找新的出路。

女孩聽了阿清用越南文再說一次，低著臉笑了。

●

主臥室就在進門處的右側，床頭是一幅巨大的西式海報，沙灘上半裸的金髮男女在夕陽下纏綿擁吻，牆面掛著希臘小愛神像作為裝飾。阿清的臥房裡處處是愛的語言，而文遠不在了。

早晨起床，小女兒翻身滾到床邊，拿起母親的手機嘰哩咕嘍說個不停，風鈴般的清甜語音，叮噹作響。

「她說什麼？」我好奇追問。

「哦，她跟爸爸說她昨天吃什麼。」阿清坐在床邊，俐落地戴上紅珠串耳環：「她常常假裝打電話給爸爸。」

死亡在這個家庭，不是禁忌，出入自在。

文遠想得多，也想得遠，算命的說他愛她較多，若他愛十分，她只有三、四分的分量。但我想，這毋寧只是愛的表達形式不同罷，文遠專注、穩定，盡全力維護家庭；阿清熱情大方，到哪裡都可以結交好友，擅於也忙於適應環境而不免分心。

阿清出國時手機尚不普遍，文遠與她相約一週一信，說：「以後是很好的紀念。」他謹守諾言，一百多封信，密密麻麻都是牽掛。如今，她守護著這些雲朵般的信，毫無悲情，等孩子長大看得懂了，就可以從信裡了解他們的父親。

晚餐後，文遠的表叔相約去唱歌，阿清邀我同行好見識北越農村的夜生活。鄉間的卡拉OK店就在田野間，露天的咖啡座，抬頭就是七彩燈泡橫豎交錯拉起，映得人面五光十色；旁邊是石製的小橋流水，幾盆大型綠色盆栽散落成一個大庭園的情調，流行音樂用大喇叭放送，音量大到惱人，店開在田野間真是有道理。

表叔約了日間來收蚊帳的外包廠商及數名單身的年輕朋友，冰咖啡、啤酒和瓜子上桌，就可以閒聊坐一晚上。下半場我們轉移到包廂內唱歌，白慘慘的日光燈照在滲有水漬的水泥牆面，角落邊有一只旖旎七彩燈聊勝於無地旋轉，曲目除了越南流行歌曲，還有中、英、日、韓語，表叔加點了一瓶威士忌，叫一盤切梨，唱了二小時才散。

一名喪夫的女人，在農村的一言一行不免被置於放大鏡下檢驗，阿清知道。她樣貌姣好又年輕爽朗，外務繁忙，很容易引發鄉里非議，但她要養家，要做生意，不能太拘謹封閉，無法拒人於千里之外。目前工廠剛開張，訂單算穩定，她盤算著縫紉機還可以做成衣加工，以後存錢買車，自己載貨到邊境賣。像當初文遠做的一樣。

冬日冷寂，日短夜長，一不留神，就跨進二〇一〇年了。

●

學費愈來愈貴，專校愈來愈多，什麼都成為商品，買一個大學學歷成為年輕人就業的基本門檻。我與阿海相約在城郊的技術學院碰面，學校位處河內西北方向的城市邊緣，要轉二趟車，但我捏著抄好站名的紙張，卻如何也找不到站牌。越南文的發音與英文有頗大差距，我每每在關鍵字母錯接，正因為字彙少，錯了一個字母或發音就差之千里。語音溝通常是雞同鴨講。

那男孩染了一頭紅髮，迷彩裝佻達有型，搭配耍酷的鬱綠灰黑野戰外套，他在我身邊安靜站定，直至聽到我和阿海在電話中再三確認站名不得而頹然放棄時，才使用流利的中文開口：「我也要去同一條路線，你可以跟著我坐車，到站了我再叫你下車。」

「太好了！」我鬆了一口氣，轉身直視他。

他的個子不高，長相白淨清秀，耳機垂掛在胸前，是那種人潮中會用電音隔離外在互動的年輕人。

「你的中文是台灣學的？去工作還是讀書？」我問。
「工作，在五股。」他的咬字清晰，態度不卑不亢：「我回來一個月了，明天又要再去。」
男孩叫明和，一上車就逕自帶我坐到最末排，搖晃著給我看他手機裡上百張相片，在台灣電子廠的全自動機器、同事、宿舍、假日出遊、短暫的愛戀，以及返回越南後家中新蓋的房子及魚塭。他細心一一解說，我看得津津有味。
明和專科一畢業就申請出國工作了，不為養家，而為拓展生命歷練，累積個人條件與財富。
賺到錢了嗎？
嚴格說是沒有。仲介費六千美金是個龐大的負擔，能夠靠加班費打平收支就不錯了。賺到經驗倒是真的。
那為什麼還要再去？
同一雇主，仲介費降為三千元，這次應該可以存到錢。雖然工廠大部分生產已轉移至大陸，但台灣領班看重他，還是可以再試試看。弟弟也快畢業了，想寄錢供他念中文，也許可以到台灣讀書兼打工。
以後呢？
想去韓國，薪水高，又可以看明星。但好多人在排，花好多錢還輪不到。我想去看全世界。
明和出生於農村，七年前父母把農地挖深改闢魚塭養殖，明顯改善生活了，此次他回家又值重建新屋且擴大魚塭，爸爸希望他留下來幫忙養魚，但他選擇離開。他的手機功能好、影像畫素佳，拍了好幾段生活影片，房子看起來又寬敞又新穎，父母也才值壯年。

「蓋房子是父母賣魚獲賺來的吧，你出國沒幫上忙。」

「嗯，花了台幣八十萬元。我也有，出了很小很小一點點啦。」

影片的拍攝頗有新意，很多畫面都捉得精準又有流動感，只見明和一路穩健前行，拍父親還忙於粉刷的勞動身影、拍廚房炒菜的母親、拍裝潢一半的客廳、聚焦在牆上的童時相片有今昔相映之感。他再往前走，拍屋外賣菜的阿姨、拍院子裡的貓狗，攝影機後面的手忍不住入鏡逗弄小貓、出聲召喚狗兒轉頭，有時他開了一道門又拉出新景來，有時鏡頭往上攀升慢慢看著一株老樹伸展枝椏直至雲與天……這是他的家園，熟悉的環境、流暢的運鏡、情緒飽滿的影像，無需剪接後製就彷彿浮現一首歌的配樂。

我看得萬分感動。鏡頭背後沒說出口的離情依依。

「你拍得真好，爸爸媽媽看過了嗎？」

「沒有，這是要給台灣朋友看的，看看我的家。」

我說我等一下要見面的男生鄧文海，和你同齡，他也在台灣電子廠工作，沖床壓斷半個手掌。明和的臉色一震，低聲說同廠另一同鄉勞工也一樣，受傷了就回家了，此次他回來一個月了還不敢打電話給受傷的朋友。海外凶險，他不敢多想，否則會無法動彈。

順利到站下車後，我轉身探看，明和在車窗內向我大力揮手告別，並在車駛離時戴上耳機閉目向後仰躺。

煙塵荒漠般的郊區大學，鄰近街上多是批發小商店，不遠處就是工業區。

阿海穿著牛仔褲皮夾克走來，頭髮剪短了些，看來清爽又自信。他才剛上完四堂課，學的東西多有重複，拿學分不難，難在之後有多少實用。他念資訊管理，同學們多是應屆生，年紀小五、六歲，生命歷練不同，也沒什麼小組課程，上完課各自走人。

教室裡多半是電子器材、製圖、電腦，有冷氣也有液晶螢幕，一間教室可以容下七、八十人，課程從早到晚都排滿了，每間教室都在使用。除了上課，學校裡並無社團空間，和補習班沒太大差別，也無所謂校園生活，看來就是個販賣技術學分營利的專科學院。

操場極小而窄，有人在冬日籃球場孤單地投籃。擦邊球，彈出；再擦邊球，又彈出；再一次，滾出界外了……

成排推擠的腳踏車停靠在圍欄邊，學生餐廳的一樓自助餐早已人滿為患，排了二列長長隊伍，人聲鼎沸。阿海帶我逕自上了二樓，這裡菜色不多，但明顯人少得多，是較高檔的自助餐。他的手不方便，擠在人群中夾菜總怕擋路，也怕招來側目，只好以高消費減省麻煩。斷了一隻手，職災和解金才三十萬，還掉仲介費實在所剩無幾。幸而台灣「職災勞工保護法」實施後，阿海的殘廢等級符合資格，得以按月請領生活津貼五千元，這成為他返鄉讀書的物質條件。當年我參與推動「職保法」立法行動，草案來自職災工人的切身之痛，工傷協會、工委會多次推著輪椅走上街頭，奮戰七年才通過立法，成果卻大打折扣，令人心痛。如今我竟在千山萬水之外，親眼目睹這部法令作用在最邊緣的移工身上，為期五年的月領津貼，足以讓阿海安心讀完大學，至少保住了他返鄉後不致一無所有。

阿海在異地受傷，助人自助長出新的力量，社會參與帶來思考與行動的改變。他說，人生似乎除了賺錢還可以再多做些什麼，不只是往上攀爬。

然而他現在連攀爬的條件都比人差，返鄉後的壓力比在台灣更大。

嫩黃色安全帽又回到我頭上。阿海的左手只剩大拇指和食指，掌心斷了三分之二，但幸而二指功能尚在，騎車也行。河內這個處處可見西方觀光客的城市，戰爭、革命、英雄、監獄竟成為最大觀光賣點，戰爭商品無所不在：軍用打火機、軍帽、士兵圖騰的衣服與掛飾。我要去看戰爭博物館，阿海很詫異，那是年輕人最沒有興趣的去處。

革命紀念館保留了越共叢林作戰的史料與實物，越軍武器簡陋，叢林裡生活困苦，一針一物都得來不易，卻能一舉打敗法國、美國、中國這些超級強國，世所僅見，也是很多北越人內心的驕傲。但館內蒙塵的史料、冷清的長廊，也反映了年輕一代與歷史的脫節。

從法國殖民者對本地人監禁、滅村的火爐監獄開始看，一路經過腳上全是鐵梏的革命黑牢，再來到抗美戰爭期間越共對美國戰俘的人道對待，影片資料中，美國大兵吃飯有魚有肉有笑容，獄中尚有撞球、排球、象棋、吉他等娛樂，旁白甚至直言：「美國飛行員很幸運成為越南的囚犯。」令人莞薾。一室之隔的展覽室則放映同時期美軍浮濫轟炸中越、北越，造成學生平民死傷無數的慘劇。當然還有看不見的，美軍為摧毀越共而大量空灑的落葉劑、柑橘劑等化學藥品，對山林、土地、人體、生態的世代摧殘，大地失去復元能力也造成戰後北越連年水患與饑荒。

展覽動線的最後幾幅大型相片，是法、美六〇年代的反戰浪潮。我看見許多白髮蒼蒼的西方觀光客駐足久久細看，也許其中有當年走在反戰遊行隊伍中的人吧？又或者，是那個四十年前受命按鈕全面轟炸的年輕大兵？

越南共和國很年輕，人口結構也十分年輕化，全國平均年齡才二十五歲，距今最後一場戰爭才結束不到三十年。歷史不遠，只是現實變化的速度太快，每個人都拚著顧好自己，競相求富。阿海出生於戰後，成長於市場開放時期，集體主義早已式微，眼前所見的盡是官僚腐敗和弱肉強食，過往敵對打殺的國家一一重新建交，越南甚至已正式成為WTO會員國，加入全球化的生產與消費競逐。阿海的反叛與革命歷史全然斷裂，他在海外親身體驗階級壓迫，從台灣工人組織中得到社會正義的啟蒙，返鄉後卻遭到越南政府的監聽、打壓，對現有政權的昔日理想更無情感。

回程時正值下班人潮，處處塞車，煙塵瀰漫。城市郊區的農田被徵收，林木被砍伐，新的高架道路與住商鋼骨建築在荒原中泥水遍野。省市交界的產業道路上，巨型看板特別多，有新興的商業廣告，但更多的是國家政績宣導：士農工商軍警婦幼快樂並肩，共同仰望未來，背景若不是電腦手機、科技工業，就是金融大廈、繁華商圈，不時還有微笑的胡志明俯視全局。

這是個新興的、上升的、快速建設與經濟轉型的國家。我與阿海灰頭土臉在飛速的車流中，險路求生，不發一語。

●

二樓最好的房間裡，放著公公與文遠的牌位，日日奉上清水與新香。文遠所有的遺物，阿清全從台灣帶回來了，玻璃櫃裡有他的西裝、襯衫、長褲、皮鞋，連出國的大皮箱（上面用簽字筆大大寫著文遠的名字、護照及手機號碼）也安置妥當，證件一張張擺好，練韓語、中文的筆記本全保留下來。她最耿耿於懷，文遠的護照被台灣仲介拿去辦死亡證明而至今未曾歸還。她不要文遠有任何遺物流落他鄉，玻璃櫃裡留個空白位置，給尚未回家的護照。

我離開海陽那天，阿清載我去搭長途巴士。她不疾不徐，邊騎車邊閒聊，文遠愛乾淨、重外表，每次出門都打扮得整齊體面，就算是下田務農，也不會把自己弄得太狼狽，做事條理分明。「倒是我，我每次隨便做一點事，就全身都亂七八糟。」她說起他總要笑：「文遠說，我上班賺的錢都還不夠買洗衣粉！」

未鋪柏油的鄉間道路上，風塵僕僕，飛砂逼淚。阿清說著這個那個文遠的事，像昨天，也像明天還會再發生一樣，如此家常又如此平常，我的淚被風一捲斜吹到鬢角，也就乾了。

這個小站，一如我童時所熟悉的鄉村公車站，總有一株樹，總有一個賣檳榔與汽水的小攤，總有零星的幾個路人在等待。

往河內的小巴士早已客滿，我手上拿著司機交給我的小塑膠矮凳，僅能塞進狹小的走道蹲坐著。隨車人員一逕站在敞開的車門，露出大半個身體沿途敏捷招呼新客，不到站也能撿客，像台灣早期野雞車。我猜想他這麼勤奮招攬，一定是薪資依載客人頭計算，危險在所不惜。不安全勞動的背後，從來就是管理制度的催迫。

沿路有人下車，我占了個靠窗位置，搖晃著半睡半醒，進入河內。之後，我搭上有臥鋪的長途巴士，穿越早已不存在的北緯十七度線，從北到南探訪返鄉的越南移工，沿途氣候逐漸加溫，田地從凍土迸裂到三期農作的滿目青翠，黃泥夾稻稈的土角厝換成椰葉覆頂的竹牆屋，人們的生活節奏愈見鬆緩，南越的冬陽曬了會流汗。一路行程總有阿清來電關心閒聊，好似相伴同行。

從胡志明市搭機返回台灣，我循著阿清給的電話找到文遠的仲介，急件般日日催討，就是要填補那個玻璃櫃內的空缺。

仲介說人都死了護照沒有用了啊。我賴在仲介公司不肯走，硬逼他從塵封的資料堆中挖出貼有文遠大頭照的作廢護照（流落異鄉果然就被當作垃圾一樣啊，難怪阿清不放心），珍重封郵，將文遠最後一項遺物，飄洋過海寄返家鄉。

雪地不停腳

公車過了長橋與紅河，灰撲撲的街景，陽光灑在樟樹枝頭，亮晃晃的反光，一震一閃，我就全記起來了。

這是二〇一三年九月的東英街頭，路旁粉紅粉綠粉藍粉黃如童話色系的樓房，增高也增多了，南來北往的汽車數量也多了。陽光暴烈無文，曬得手臂發疼，眼睛睜不開，騎車的女性有志一同全穿了小碎花長袖外衣，包頭包頸包手臂兼同花色口罩，街頭色彩豐富，眼花撩亂。

四年未見，鄧文海畢業了，結婚了，人瘦了，笑容依舊燦爛帥氣。他遞給我一頂新的安全帽，銀黑色，日照下流光如鏡。

拿到電腦專科的大學文憑，顯然對阿海的就業一點幫助也沒有。他畢業時正值全球性經濟不景氣，找工作處處碰壁，有時打零工、做保全、擺攤顧店賣東西，一如大街上隨時可見的失業、待業的人，機會時有時無。

我們到市場向海媽媽打招呼，順道拿走中餐食材。沿街仍是鮮黃色的木料氣息如影隨形，倒是阿海家的小木工廠拆了，大哥今年又到韓國打工。廢棄的老灶重新開張，養雞的規模擴大，原本蓋到二樓的房子加蓋到三樓，機車也多了數輛，看來是家裡的就業人口增加了。爸爸媽媽還是種稻種蔬菜，小姪子如今已上幼稚園了，嫂嫂、老婆都在工廠上班，而在中庭學步椅上蹣跚走來的小男孩……

且慢！這個胖小子是家庭新成員，他才九個月大，搖搖晃晃撲倒在阿海的大腿，阿海彎腰一把抱起：「這是我兒子！」

原來這幾年也不全然是失意落魄，阿海結婚生子，一舉追上同學們的進度。

當爸爸什麼感覺？

「好高興！真的好高興。」

老婆小娟一頭直髮，眼睛明亮友善，她抱過孩子，讓阿海轉了話給我。

「她說，」阿海眼睛盯著天空，嘴角含笑：「她四年前見過你。」

我看著她，在記憶中搜尋那些聚會中、大廟前、村落裡的面孔……

「她在木工廠工作，你去過她們工廠。」阿海給了提示。

我隱約記起一雙圓亮的眼睛，友善的笑容。我們到這個那個木工廠，全是阿海的親友熟人，其中有個女孩特別熱心，一路跟隨我們至門口含笑道別。她當時像個中學女生，個子嬌小，模樣清新，被阿海概括在堂妹或同學或各種鄰里稱號中的一個。那種想主動說明身分又無以言說的緊張，想表達熱情又難以開口的壓抑，應該當時已是阿海的女友了，因為語言無以溝通，所以態度格外殷勤，我的印象因此特別深刻。原來是她！

他們自小認識，但阿海身邊總有別人，一直到受傷返回家鄉，他與小娟才重新有了交集，等阿海專校畢業，就結婚了。

「工作不好找，我就到處做、到處看，要賺錢養兒子啊。」阿海說。結婚，及隨之而來的責任與壓力，被延遲數年的就業問題終究推到眼前。挫折還是在，刺目也刺骨，須臾不曾遠離。

小娟拿了柴火熟練掀開老灶，煮沸了一鍋水。一旁蹲著的是大嫂，她快手殺雞放血，正待下鍋除毛。這個家的女人多了，個個都外出上班，返家做飯，樣樣都行，難怪院子裡停滿了機車。

阿海現在使用筆記型電腦了。大量的影像資料庫，娓娓道盡他返鄉五年來的際遇，讀書時的校園剪影、與金燕拜會返鄉移工、婚紗照與喜宴相片、兒子的滿月酒……一張又一張看圖說故事，人生起落影影綽綽，悲歡似夢如塵。唯有工作千頭萬緒不知如何說起，現實的壓力就是迫在眼前，失落的機會總比到手的多。語言總有窮盡，我追問兩次未有答覆，也就靜默不再多說。

小娟在客廳的吊床上哄孩子入睡，搖過來，晃過去，搖搖晃晃。

●

晨起，阿海與我漫步走到阿水的豬舍，老遠就聽聞豬隻躁動的磨蹭聲及低吼，用餐時間到了。

阿水還是描著細黑的眉毛，髮髻略有鬆脫，正在忙；她老公穿著雨鞋攪拌飼料，汗水滴落。豬舍裡的種類更繁複了，初生無毛的幼豬群中垂吊了一盞昏黃的燈泡，近身已有熱度，猜想同時兼有保暖與照明功能。各式的豬種分門別類關在門檻裡，所幸空間與空氣都算合宜，地面也沖洗乾淨，四年前初建的水流引道，如今已埋上暗管了。

一旁的雞籠子咕咕嚕嚕吵翻天，豐盛又豐收。

「最多的時候，有一百多隻豬呢，現在賣掉一些了，太累了。」阿水的中文還是這麼好。農家起得早，天未亮就上工，餵飽豬仔，該回家做早餐給老的小的了。阿水脫掉農用外套，交代老公善後，帶著我們回家。

進門的大廳裡有華麗的雕花旋轉樓梯，地板貼著仿木紋的膠皮。一樓寬敞潔淨，右側是條理分明的桌椅倉庫及貨車，左側是客廳飯廳及廚房，臥室全在二三樓。這些年養豬養雞，兼作婚喪喜慶的酒席桌椅出租，兩個兒子結婚了也在家幫忙，全家人一起投入，收入也很穩定。

「我回來一直在家裡做事，老好多了現在。」阿水以手指梳髮，重捲包入黑色的髻網。她囑咐兒子去市場買豆漿、牛奶、米餅和豆沙糯米，隨後又央他跑一趟巷口雜貨店買回一小罐醬油，當場炒了五個荷包蛋，淋一圈醬油再翻炒，淡褐色澤十分漂亮。

「台灣人好喜歡醬油，又黑又鹹，可是很香。」她俐落起鍋，白盤裡盛著黃澄冒煙的成品端到我眼前，聲音裡透出幾許得意：「我好久沒炒台灣荷包蛋了，你看還可以吧？」

「這裡也賣醬油哦？」我翻看瓶子上的越南文商標，價錢不便宜。

「去過台灣的人才會去買來用，你吃吃看和台灣的味道一樣嗎？」

其實我比較喜歡越南炒蛋，沾魚露加檸檬汁，清香酸甜，味覺豐富。但此時我夾筷試吃，別有驚喜：「真的欸，很香。」

醬油香味確實不同，緩慢熟成的濃密感，離鄉千里我才真嘗出滋味。

竟然，我都記得！這條小路通往石頭會長大的廟，廟裡老人的銀髮與缺牙未補的笑容，男孩羞澀遞來的紅色扶桑花，女人們的鋤頭與汗水，以及冬日斜陽在古廟地磚上形成美麗的光影。

老廟再過去，是阿海家族的田地，新墳舊墓夾雜。

「這是我阿公的墓。」他止了步，嘆氣搖頭：「哎呀草這麼長，子孫不孝順。還是不要看了。」擋了我的去路拉著往回走。這是典型的阿海式幽默，小小的自我調侃，瀟灑明確的行動，有限的中文用辭，輕鬆自在的互動。孩子們早就飛也似地衝進田野，阿海的步伐大，我稍有落後就再加速跟上，兩人競賽似愈走愈快，對話也跟著加速度。

直至阿海猛地停步：「你走路好快啊！」

「你才是！」我簡直換氣不及。

原來都想配合對方，相互猜測，都太勉強了。於是知道，要不時緩下腳步，有時拉住他，慢慢散步，不必急。

村子裡去過台灣工作的人並不算多，也許是東英太靠近河內市區，工作機會相對多，年輕人無需離鄉背井。阿海家裡的田地小，收成有限，兄弟倆接連出國，懷抱著為家裡翻身的遠大夢想，卻各自挫敗而返。現在，哥哥又出國了，阿海拿了學位還是一路往下掉，殘缺的勞動力，連出國賭一把的機會也沒有。

依金燕的說法，阿海找工作不順利與公安長期騷擾有關。我直接問他政治打壓的力量可有多大？阿海笑而不答。

又能回答什麼？外在干擾不過是雪上加霜，重點還是雪地太冷，無以解凍。刺目又刺骨的挫折，要有與之共度餘生的打算。

「我去台灣，到淡水玩，才第一次看到海。對著大海，心情就好了。」阿海平靜地說，語氣裡多了些盼望：「以後有機會，還是想到處去看，看不一樣的地方。」

面向大海與未來，失落與失敗長相左右，雪地不停腳。

●

大馬路旁多有原木曝曬，阿海見我對各式木紋戀慕難捨，特地領我到村子外的一條家具街，這裡多是成套木櫃、桌椅、供桌、書架，上油打光後，氣派非凡。

家具行裡大半是紅木，我說怎麼和村子裡慣用的鮮黃木材不一樣？

阿海說這些紅木很貴，有錢人才用得起，也有城市人特地來買，貨車一套套運進河內。村子裡自營的木工坊用的是便宜材料，樹長得快但木質疏鬆易碎，家具隔幾年就要汰換，手工也不用太精細，平常人家夠用就好。

我想起那些廉價的黃色木料，紋路極美，味道鮮辣，是村子裡手作經濟的重要來源。野地裡茂生的林木，興衰有期，原本就可以隨時替換，無需作長久之計。確實是夠用就好。

回河內的公車，我坐了與來時不同的路線，車資也略有增加，我一時錯愕不解，手上零錢不夠用，只能雙手奉上皮夾，麻煩車掌先生自行挑走足夠的鈔票。

清晨的乘客不多，空間寬鬆了人與人的互動也輕鬆些，車掌逗著我一舉一動都好似公開表演，全車的人看著我倆雞同鴨講都笑了。乘客們見我能說上幾句越南語，很是稀奇，不斷有人大聲搭訕問話，偏偏我也只能回上那幾句身家介紹後就無以為繼，娛樂效果實在有限。

後座的一名大姊揚聲用中文幫我解圍：「他問你還要待幾天？要去哪裡玩？要不要交一個越南男朋友？」

我回頭看見一雙明亮的眼睛，圓盤臉，皮膚略黑，身量壯碩，笑容親切溫暖，模樣和語調與台灣人無異。她是梁氏雲，到台灣合法工作三年、逃走五年，總計待了八年才返回越南，這是她每日上班搭乘的公車。

過了長橋，我們一起下車，阿雲幫我打電話招了一輛摩托車。

「河內很亂，觀光客多，司機會亂喊價。」阿雲留下手機號碼，細心囑咐：「要叫車還是要找熟人才不會被騙。」

她認識的司機年歲已大，車子已老，賣相並不好，平日多在鬧區環劍湖一帶專載熟客。我來河內多次，經常搭車，對摩托車計價愈來愈有概念，吃了幾次虧後，也能合理殺價了。但這司機完全不必討價還價，他瞇著眼辨認我出示的旅館地圖，在千迴百轉的老街間穿梭探路，抵達後先架好車子，佝僂著身子幫我卸下行李箱送至門口，有尊嚴地以手指示意價錢，收取最基本的啟程費用，僅夠買一杯冰咖啡。

草與清的店

大門完全不一樣了，進出口的方位全改，拉降式的電動鐵捲門看來戒備森嚴，只餘側門欣然開敞。是這裡嗎？

外牆掛著俏皮的招牌「草與清的店」，草是阿清小女兒的名字，應該就是這裡沒錯了。但我遲疑不敢確認，直到看見門後的檳榔樹……啊，就是這裡了！

我逕闖入門，內外光線反差抬眼只見暗色。阿清從櫃台後站起身來，視線停在我身上，若有所思。

「阿清。」我停下腳步，近乎喃喃自語。

「……」只一秒鐘，她飛奔過來拉起我的手：「是你，我好想你啊！」

親切熟悉的情誼，無時差地重新都回來了。阿清沒有預期我的突然造訪，我才歷經五小時的找路探路，繃弦驟然鬆懈，一時不知能說些什麼，似乎真正重要的都已經說過了。四年不見，你好嗎？

我很好。見到了就好了。

蚊帳廠整個撤掉了，縫紉機只餘一台放在客廳裡，取而代之的是雜貨鋪，但又比一般鄉間雜貨鋪隆重些，散放著幾張塑膠矮桌板凳，一箱箱啤酒及鋁罐咖啡，尚未點燃的一串多彩小燈泡，猜想晚上會更熱鬧。

楊氏清的手機號碼半年前停用了，屢撥都是空號，金燕和阿海都說聯絡不上她。阿清不上網、不用臉書、不收電郵，我手裡只有她家的地址，那是偏遠鄉間，距離最近的客運站也要走一個小時的路途，更何況我根本不知道站名是什麼。

自北寧搭車到海陽，地圖上兩省相鄰，距離不算太遠。阿蓮興致勃勃要與我同行，說半路上有間算命神準的廟，也許有空還可以繞去拜拜，且有她在，問路就方便多了。不料，這一路竟從上午八時出門，沿途查問，不斷轉車，過午才抵達客運站。

來自北寧農村的阿蓮忍不住說：「這裡很鄉下，就像是台灣的南部一樣。」

鄉下地方確實沒有門牌，烈日下奔走幾乎抽乾全部精力。我們在路邊吃過河粉，請老闆娘代叫機車，顛簸石子路震了半小時才找到「草與清的店」。小路上人家不多，原有的農舍多數改成樓房，阿清家的前院擴大了，加裝拉降式鐵門，做起雜貨飲料生意。若不是檳榔樹依舊，我還真不敢相認。

為什麼手機換號？

返鄉移工的一年一會，原本約好來海陽阿清家相聚，這裡空間大、桌椅飲料卡拉ＯＫ俱全，阿清又熱情好客，是個聯誼的好地方。不料地方公安加強警備，日日盤查，阿清的手機被監聽，那是她頭一次感受到政治壓力，家人及婆婆都憂心忡忡。後來聚會沒辦成，一來是壓力太大，二來也是日久事疲，一年一會中斷，阿清也和大家失去聯絡了。

阿清的姊夫是公安，聽來官位不小，是地方政府層級的高階主管，阿清創業過程若非大官庇護牽線，也沒能這麼順利取得外包訂單。聚會之事，姊夫特地到家中密談，告訴阿清手機被監聽了，她和金燕、阿海這些「叛亂分子」來往很危險，若發生什麼事只怕會影響到小孩的將來，以後兒女要出國或進入政府機關工作都會受到影響。

這勸告正中阿清的死穴，小孩的未來怎麼辦？她擔心了。統治者只消下放懼怖之網，很多人就會束手就擒。想像中的禍及子孫，何其有效，特別是對於阿清這種單親家庭。

恐怖治理，無需嚴刑拷打，只要令人民焦慮恐懼，便會主動噤聲。

地方公安約談阿清，要她與政府合作，和金燕、阿海這些人聯絡要事先報備，開會談了什麼也請她事後寫個報告。阿清同意了，只是不願出賣朋友，乾脆更換門號，默默斷了訊。

●

蚊帳廠開張時，景氣剛從金融風暴中復甦，國際品牌的加工生產鏈在工業區一一進駐，連帶的周邊民生產品大增，阿清的蚊帳廠也有不錯的貨源及通路。當時市場商機無限，民間消費力快速擴張，我在河內街頭多次看見百貨公司的耶誕節特賣期間，電腦電視風扇洗衣機……一箱箱大型家電用品，被爭先恐後地搬上機車搶貨似地載走。

晚近一年來，全球性的景氣下滑，蚊帳廠先是轉做成衣加工，利潤雖好，但技術門檻高，村子裡只有那手巧勤快的少婦還能跟上，人力需求變小，阿清便將縫紉機出租，只留部分機器置放在後院加蓋的工作間內，另在客廳留了一台供家用，偶爾接零星縫補工作回來自己做。

生產規模銳減，成衣加工的貨源時有時無，阿清靈活變通，收掉工廠，「草與清的店」開張，文遠不在，她總算獨力完成在家開店的願望。

家裡的擺設如昨，但客廳多了一張書桌，是小女兒做功課的地方。我翻看草的作業本，平整的字跡美極了，一筆一畫簡直像是刻印字，難以置信出自一名六歲小兒之手，作業評分若不是9就是10。

「功課很棒啊。」我記得她俏皮甜蜜的模樣。

「她很乖，愛寫字。」

書桌牆上貼著草的彩色圖畫，畫全家福，爸爸媽媽哥哥妹妹手牽手，色彩豐富，星星閃閃，甜蜜的家庭。

後院加蓋的工作間裡，擺了數張木桌與十餘個白鐵凳，公安姊夫幫阿清引薦了日本電子廠商，做條碼的後製加工。貨品不占空間，小小一紙條碼約二十公分長，細薄如紙，動作簡單，只需眼力好手腳快，鄰近的女人們又回流來做電子加工品。三個月下來，電子加工的收穫可觀，利潤竟有蚊帳的三倍之多！只是貨源極不穩定，工期又趕，工作氛圍不再像早期縫蚊帳的鬆散說笑，反而多是效率至上的緊張疲憊。阿清的家庭代工廠，正式納入跨國電子業的加工體系，看不見的生產線催促更有效率的勞作。

人人都說阿清好能幹，會做生意。阿蓮倒是說得中肯，阿清背後的關係好，官商一體，姊夫會幫她引薦生意，她又努力勤奮，辛苦不外露，於是看似一帆風順。

辛苦不外露，還是辛苦。

下午時分，沒什麼客人，阿清明顯睡眠不足，黑眼圈，她指著屋子裡滿地灰塵說：「你看，地板這麼髒。每天都好忙，我都沒空整理。」

我記得她曾經把廚房客廳都擦拭得一塵不染，進門要換穿室內拖，夜裡睡覺也不用蚊帳。但那樣的居家節奏已隨著蚊帳撤收起來而過去了。

●

二樓正對著早晨陽光的房間，是公公和文遠的紀念室，文遠和公公的牌位與遺物俱在，玻璃櫃裡多了那本我寄回來的護照，和其他貼著文遠相片的證件放在一起。文遠過世已經五年了。浮著細灰的房間裡，紀念也顯得陳舊褪色。香爐邊滿是餘燼。

另一頭想必西曬嚴重的臥室，是大兒子的。印象中那房門總是開敞，堆積玩具和凌亂散開的作業，他會害羞遞水給我喝，幫忙媽媽掃地。現在，個子抽長已比媽媽高出半個頭的大兒子，午休結束和我們禮貌道別，房門順道鎖上，人已斜背書包跳上腳踏車騎回學校。

「他的成績很好。國四了，老師說他什麼高中都考得上。」阿清從陽台看著兒子的背影，帶著一絲驕傲。

「他會問你有關爸爸的事嗎？」

「不會，平常都不問。有一次我看到他的作文簿寫最難忘的人，他說是爸爸，原來他記住很多事，我都不知道。」

「像什麼？」

「我去台灣的那幾年，爸爸煮飯給他吃，送貨的時候載他一起去，他在貨車上吃餅乾，爸爸會說一些大道理給他聽，但他那時聽不懂。也許現在懂了。」

這個會讀書的少年，幼穉的個子還在長，白襯衫滲出些微汗漬，長相聰明秀氣，進退有禮但疾閃而去。學校午休回家飯後他就鎖在房內，很少和媽媽對話，一如所有的青少年，以「不開放」進行隱微的反抗與不明所以的騷動難安。

家裡又新增一輛一五〇CC機車，後座架有鐵板，用以載貨。阿清每週騎二小時到海陽市交貨、領材料，什麼事都自己來。她總是化著薄妝，穿緊身亮面上衣，綴顏色繽紛的耳環，搭配窄筒牛仔褲，纖細的身量，看來十分年輕。我知道追求她的人不少，為什麼不談個戀愛也好？她說沒空啊好忙啊，嘩啦嘩啦笑。

陪我一路同行的阿蓮，年少時即有神通，對亡故之人特別有感應，只是我從不曾親眼目睹她施展通靈。就在此時，原本靜默聽我們敘舊的阿蓮，不知為何竟有神祕感應，轉瞬間淚水如注，滿臉通紅，以略帶威嚴的聲音說，看到阿清的數名親人在家中來來去去，除了穿白襯衫的文遠，還有一名中年女性及年輕男子。

阿清也不奇怪，順口接說那應該是文遠的姑姑和小弟，死了都超過十年了。

「他們也沒什麼不高興，就是住在這裡，很愛這個家。」阿蓮還是流著淚，口氣倒是冷靜的，像分裂的兩種情緒同時進駐她的體內。

「應該就是這樣。本來我想在外面靠馬路旁買地建房子，搬出去住小孩上學也方便些，但一直出狀況買不成。」阿清淡淡地笑，也沒什麼遺憾：「可能就是死去的親人不希望我們離開罷。」

「你老公對你很信任。」阿蓮說，神情一瞬間長了十歲，有一種通靈者的神祕及權威：「他會保佑你們。」

「很多鬼都會這樣依戀不肯離開嗎？」我是真好奇，不確知該如何看待這些無以檢驗的陰陽交流。

「還好啦，他們就是偶爾回來看看，是有感情的，不會害人。」阿蓮說。

這些逝去的親人們在屋內走來走去，顯然也不是什麼遺願未了、冤情未申，不過就是習慣這個環境，幽明兩隔共享不同維度的同一空間。也許死去的人看到的多一些，看著渾然不覺有異的活著的人。

傍晚時分，婆婆帶著小孫子過來餵飯，一見面就認出我了。她還記得四年前我多次來訪，總穿件寶藍色外套，和阿清兩人身形清瘦相仿，同進同出，連她都多次錯認。她主動提及金燕去年要來聚會的事，說幸好姊夫幫忙，否則阿清到現在還要被公安監視，做生意還是不要太引起注意才好，要認分些。

婆媳對門而居，相互持扶，不免也形成另一種關係網絡的監看。

阿清說這些年也沒機會再說中文，和台灣的關聯似乎都斷了。欲言還休。

以我多次來回越南的經驗，城市裡的外人如滴水入污河，轉眼消失在人海中，不易監控；鄉下地方的陌生面孔特別醒目，一點風吹草動就會引起公安追查，有時還要留下證件影本報備。

現在，我隱隱意識到，敏感時刻我的來訪，只怕也給阿清增添麻煩了。

這個月電子條碼沒有新貨進來，無工可開，阿清殷切邀我再多住幾天。我小心翼翼推辭，早說好了要與阿蓮趕回北寧晚餐，趁天色未暗及早道別，但心中不無悵惘。

●

回程還是轉了多趟車，兩省比鄰，但大眾運輸工具沒有直線捷徑，只能慢慢等待，繞路迴行。途經阿蓮原想去算命的大廟，就是那算命師在她從台灣返鄉時率先預言了老公外遇，才讓她提高警覺，果真事後在現實中一步步兌現她的內在恐懼。因果相生，互為表裡，現實中的線索重重，我們多是膽怯不敢指認，直至旁人鐵口直斷，命運的暗面就被主動提領了。廟就在眼前，但我們趕路回家，只能過站不停。

風沙自窗外撲面而來，我與阿蓮各自懷著心事，怔忡無以言語。半晌，阿蓮說起阿清帶著兩個小孩，怎麼可能還有人會要她？那些追求她的人，恐怕也不是真心的，守寡的女人再婚也許在台灣還行得通，在越南是很難的了。

「好可憐，阿清這麼年輕，婆婆又看管很嚴，常常會限制她的行動。」阿蓮搖頭嘆氣，感知別人的苦似乎能暫忘自己的苦，或帶來些許療癒。同情既是給予的，也是回收的。

次日阿清得空來電，說著瑣瑣碎碎的生活感受，像回到過往時光。

「現在要好好栽培孩子，上大學、出國讀書都可以。」她說著說著又笑了：「我以前太早結婚，太可惜了。文遠再好也不該為他放棄學業啊。」

我直接問起婆媳關係的張力，她遲疑再三。阿清的朋友多，交遊廣闊，守寡身分卻好似要抽乾她的活力，她摸索著社會強置的道德界線，不敢踰越，也不甘心退縮。做生意的人怎麼可能成天關在家裡？現在接韓國電子代工，包商常上門點貨，婆婆就不時碎嘴要念，怪她惹人閒話；上次金燕、阿海說好了要來聚會，驚動公安上門，婆婆很不高興，說她亂交朋友，會害了小孩。

「什麼都要管，好像有人天天在看管你的生活。」阿清嘆了口氣：「有時候真的心煩了，想搬出去住，又怕文遠不開心……」

「我想文遠才怕你不開心。」我急著插話。

「你放心啦，我還好。經濟能獨立就好。」她像是自我勉勵，更像是息事寧人：「其實，老人家的話聽聽就算了，別太計較就好了。」

種種苦處不足為外人道，說壞也不至於，要鬧也沒意思，但就是無法不上心。留下來的人總要承擔更多，活著面對紛擾人世，漫漫餘生。

遠方有閃電乍裂天際

大街小巷，不時可見賣彩券的小攤；坐車或用餐喝咖啡時，也常有老婦人捏著數疊彩券來售，次數頻繁，花色紛雜，一張票券的面額約台幣十元、二十元。中央及地方政府各有公辦彩券，加上民間的地下樂透，種類十分多樣，天天都開獎。

買一個希望，愈貧窮處愈有商機。

從地圖上看，梁氏雲賣彩券的攤位，離我投宿的旅館只有二、三條街之遙。但我行程不定，來去隨心所欲，延遲了兩週才有完整的時間依約去找她。

阿雲在銀行前賣彩券。每天早晨，她揹著一只人工仿皮的深紫色中型皮包，裡面是一頂遮陽帽、一瓶溫開水、一只雙層錢包、一支手機、一份甜點或水果或麵包、一包衛生紙、一疊印妥或空白的紙與筆，以及分類摺疊好的今日待賣彩券。她搭上那班與我巧遇的公車，從東英到河內，在長橋末端下車，一路走到銀行對街的榕樹下和姊姊會合。

姊妹倆共租了鄰近市場內一個置物空間，裡面有兩把大型海灘傘，以及兩套專賣彩券的特製鋁桌，外加四五把塑膠椅。這些行當她們一人一份扛到榕樹下，相距五公尺，定點撐起大傘，桌立椅坐，零錢備妥，立時就做起買賣了。

東英就在河內東北側，農商夾陳，阿雲從很年輕時就自己做買賣，擺地攤，做小盤商。源頭是國產國營的貨物，批了衣服及民生雜物，轉到各鄉鎮賣給難得進城的農民，賺取一點點差價的零頭小惠，有時還兼賣私製的酒與菸。經改初期，這樣混亂夾帶的生意特別火紅，遊走在合法非法邊緣。

買賣生意，靠的無非是耐力與體力，跑得比別人勤快，貨批的花樣多些，不怕負重不怕比別人早出攤晚收攤。阿雲很小就透早摸黑起床批貨，耐力與體力她都不缺。這營生且需要膽量、勇氣、刻苦，與應變能力，太柔弱會被欺負，太強勢會遭妒忌，相對來說風險也大。

經濟改革的前端，大抵上就是這些遊走找出路的小販，帶動新的商機，也闖出新的市場。阿雲結婚生子後還是繼續做買賣，老公在國營工廠工作，收入穩當，但她的生意往來更見靈活。婚後他們在東英市區蓋起二層樓的房子，院子裡養豬養雞又兼做生意，每天進出都是現金，阿雲出手不免闊綽大方，人面很是四通八達。她為人海派，朋友多又膽識大，賺了就想再賺更多。

夫妻之間原本因為作息時間不一，有些口角壓著沒化解沒爆開，因著忙也就堆積著，各過各的維持表面的相安無事。遲早要引爆，但不知是他的外遇還是她的財務會先爆。可預料的高風險失衡，終會逼人面對，早晚之差。

她三十二歲那年，危機轟然逼近，幾個還未標下的會被接連骨牌倒掉，倉皇間已負債台幣六十萬。

天文數字！

老公撒手不管，事實上也管不了。爆了她的破產，他的外遇旋即理直氣壯浮現，立刻搬去與女友同住，像是阿雲罪有應得。

阿雲沒有哭哭啼啼，沒有哀天怨地。她背著債務一一向鄰人親友承諾一定還錢，但眼下生意是做不得了，沒人敢批貨給她，這個洞太大，她信用破產。那年兒子十七歲還在讀高中，女兒十二歲才剛上國中，阿雲託了公公婆婆幫忙照料孩子的生活起居，決定到海外打工。

阿雲在台灣中部一家精神病醫院的廚房工作，一年只有七天特休，除此天天上工，過年也沒能休息。她熱情大方，開朗樂觀，言談又機智有趣，這全是當小販鍛鍊來的能耐，當廚子也一樣內外場逗得客人都喜歡她，晚上放工後常和下班的醫護人員一起去逛夜市、買東西。如此中文進步得快，幾乎聽不出異鄉口音。

語言能力的掌握，是逃亡的必要條件。三年期滿，她算一算，原本欠下的債務還沒結清，若返鄉再來台灣，又要再付一次昂貴的仲介費。阿雲打定主意要一身乾淨地重返家鄉，沒還完債就沒臉返鄉，逃跑只為延長居留。

她的逃亡早有規畫，一點也不緊張。仲介送她到機場，她只帶了一個登機箱，說其他行李都寄回家了，然後輕鬆地進關又出關，搭上機場與市區的接駁車，開始自立生活。

那時也真沒想到，這一跑就是五年，她前後在台灣待了八年整，直到兒子要結婚了才自首返鄉。

九月下旬，雨季未完，氣候不穩定。連日豔陽高照，廣播說下午颱風來襲。我們早上還一再因為日照而移動大傘的位置，躲進斜射的陰影處，不料中午時分，風吹雲跑，天色急速下降。

匆忙來去買彩券的人形形色色，有穿制服的銀行職員、短裙白衫的辦公室職員、穿漂亮傳統服飾的餐廳女招待員，還有戴安全帽騎機車的上班族、中年計程機車司機、拎著公事包在街頭晃蕩的業務員……看來熟客不少，有個人來了二話不說就拿兩張彩券走人，原來是包月付錢，每天不過數十元，零存整付，累積起來換一個夢想。也有過路客福至心靈上門來討個吉利的，阿雲就撕下十張彩券遞出，附贈一句祝福。

「這個工作，冬天很冷夏天很熱，一整天都在外面。」她打開一盒綠豆糕，轉身向隔壁攤子買一杯冰紅茶給我，看著人來人往：「賣彩券會接觸很多人，沒什麼錢的人才會來路邊買零散的，很多是老實人，賺錢不容易。」

一臉精明的中年婦人騎機車過來，阿雲忙從抽屜裡遞出一張用原子筆手寫號碼的白紙，婦人順手塞進皮包沒付錢也沒說話就走人。

「她週一到週五每天包一組號碼，禮拜一付錢。」阿雲解釋：「簽的是地下的彩券，得獎金額比較高，賣的利潤也比較好。」

桌面上，不同色澤的彩券散成美麗的扇面，那是一張十元的政府發行彩券；抽屜裡，好幾種不同的便條紙，各有不同號碼，用手寫歪歪扭扭記錄，全是地下賭券。正式的彩券，一日約可賣出數百張，計算起來利潤低到不可思議，真正賺錢的是地下發行的賭券，上門簽賭的人看也不看桌面彩券一眼，只快速拿走抽屜內的紙張，有的油印，有的手寫，材質粗糙，這才是阿雲真正獲利的來源。

斜雨不斷飄過來，颱風已經登陸。

●

阿海早上到市區打工，擺攤賣貨只需半天，中午臨時來電要來看我。我們相約下午一起去找阿山，一個今年才打贏職災賠償官司的男孩。

此次見阿海，常感低落，長期工作不順令他消沉失志，語言太有限，客觀環境的險惡刻峭又難以簡化說明白，我簡直不忍追問細節。他能主動來電探看，令我十分快樂，像是那個體貼幽默的阿海又回來了，或者其實他一直都在，只是不時被挫折擊潰至不易辨識。

「等一下有個朋友要來找我，」我在手機簡訊輸入對面銀行的地址，傳送給阿海，轉頭向阿雲解釋：「他好年輕，到台灣工作左手掌被沖床壓斷了，已經回越南五年了。」

「他也住東英嗎？」

「是啊，遇見你那天，我就是去找他。」

「他是鄧文海嗎？」

沒料到阿雲與阿海竟是舊識！在台灣自首等待遣返期間，收容所一名也來自東英的女孩，說起朋友的手被機器夾斷了，阿雲聽得心疼不已，驚呼出聲：「鄧文海！他是我兒子的高中同學！」

阿海來過她家，是個俊朗聰敏的男孩，學業成績很好，但家境不好，沒料到阿海高中畢業後竟也到台灣工作了。阿雲想著自己的兒子順利讀了大學，又順利畢業了找到一份電腦公司的白領工作，再順利與擔任教師的女友論及婚嫁，她即將返鄉為兒子辦一場風光的婚禮，但那個有禮貌又帥氣的男孩阿海，竟在台灣失去手掌。未來怎麼辦呢？一直掛念著，沒料到竟輾轉透過我才又再見阿海。阿雲感慨萬分：「好可憐啊，這麼好的男生，真可憐。」

我不敢接話，怕阿海聽見這樣的喟嘆。他的幽默、耍帥總讓我有老朋友的親近熟稔，但他畢竟還年輕，過度悲憫的話語只怕更傷自尊——除非他已安然度過這個晦澀難明的掙扎過程。但就我看來是還沒有。

雨暫歇，陽光忽露又隱去。阿海的機車後座綁著一箱食品，泰半是零食餅乾，早上有個園遊會，他負責去擺攤叫賣。

「我生意很好啊，都賣完了。」他一身清爽，白T恤牛仔褲。

「分明還有一半沒賣完，」我探看紙箱，笑話他：「你這樣害羞不行啦，要學會大聲叫賣才行。」

「真的賣掉很多了，小朋友看到我都很高興。」他比手畫腳：「本來箱子裡的貨這麼多！都滿出來了。」

不定期打零工，多半是受僱於人，顧攤位或看店，有時也到工地蓋房子，零星不定，阿海上個月收入總計才二千元。無技術的保全工作，工時長薪水低，難以養家活口；若到工廠，加班時數多了可能會好一些，但工廠根本不會要他。空有抱負卻沒法發揮，阿海難掩落寞，對家人也有愧意，孩子出生後壓力更大了。

「你的手受傷了工作不好找，最好是自己創業，但是你沒本錢，時機又很糟。」阿雲持平分析：「現在生意不好做，差很多，連我都受到影響。」

買一個夢想的人，正如求神問卜的人，面色多有憂容，少有平靜。生命中總有補不完的漏洞。有個三十歲左右的男人來兌獎，他穿著白襯衫，臉上冒著油，淡紅色的一紙彩券中了四萬越幣，折合台幣六十元。他遲疑了一下，將鈔票放進皮夾內，沒有接受阿雲的鼓勵把獎金再拿來試手氣。

我和阿海看著男人離去的背影，靜默無言。

●

颱風已至，我們決定趁著驟雨稍歇，先騎摩托車去找阿山。

河內近年不斷拓出新道路，緊鄰大學區的圍牆是一整條的攤販街，衣服飾品居多，也有一些油炸小吃，年輕的男女學生多騎腳踏車或摩托車。阿山在學校旁的四層樓新公寓內，補習中文，並準備申請到台灣留學。

合身黑T恤，緊身牛仔褲，時尚夾腳拖，阿山看起來完全就是台灣大學生的模樣。他伸出右手，末三指齊齊斷至指根，留下拇指和食指，仍能拿筆寫字，只是字跡飄忽，還要練。

原本從事冷氣維修工作的阿山，因為薪水太低、沒有前途，付了二十二萬元的仲介費，啟程飛到台灣，進入台中大甲的塑膠射出廠工作。七個月後，阿山的手被機器捲傷了，再來是醫療、調解、醫療、訴訟……的漫長求償過程。他返回越南的時候，並不知道一場官司打下來竟然會耗時四年，直到今年初總算三審定讞，獲判七十萬元台幣的理賠。訴訟過程受惠於很多人的幫忙，無以言謝，阿山捐出二萬五千元，委託金燕轉給其他需要幫助的人。

這幾年，懸著官司一事未了，阿山結婚了，兒子也出生了，訴訟結束後，似乎也該為未來做長久的打算。阿山付了十五萬元的補習費，學習中文準備到台灣留學，夢想在台灣邊讀書邊打工，學成返國可以教華文或擔任翻譯。但能說中文的越南勞工、留學生極多，教書或翻譯真輪得到他嗎？

補習班由一對年輕夫妻開設，兩人都曾赴台灣留學，中文程度其實不算好，但牆上掛著和台灣某私立大學合作引入留學生的證書，以及租貸創建補習班的資金，都是他們的信用保證，也成為學員的未來投射。補習班的一樓是辦公室及會客室，二樓是鋪木板的通鋪、廚房、衛浴，三、四樓則分設多間教室及自修室，十五萬包你辦到好。至於到了台灣，每學期還要四萬元學費，四年就要三十二萬，再加上生活費、來回機票，阿山的賠償金恐怕都不夠用。

中途致殘的人總看見自己少了什麼，一心只想如何再墊高或彌補條件，想方設法要回到傷前，好長一段時間無法與新的身體共處。這過程，艱辛難熬，可預知的期待落空，更難熬。我愈算愈替阿山著急：這一步，真的划算嗎？

阿海什麼也沒說，我想他也還在迷霧中找出路，沒有座標明確的成功路徑，每一步都渾沌未明，無以穩當踩到底。

遷移需要條件。這些飄洋過海的行動者，大多盤算過利害，不是無目的的遷移，也不是被國際局勢推拉的無自主意識的可憐蟲，陷他們於弱勢的，是壓迫結構所構成的不利處境。在重重擠壓中，遷移者即行動者，他們改變環境的勇氣十足，但客觀籌碼何其有限，賭輸者眾。

輸了還是要前進，停滯只能沉淪，踩不到底。

同為新手父親，阿山、阿海兩人唯有談起兒子才有一致的眉飛色舞，像是此時此刻生命中最確定的成就。他們年紀差不多，都斷了半隻手掌，也都重返校園，阿山的穿著打扮多了幾分都會氣，眉宇清爽俊美；阿海比較是鄉下孩子，樸素瀟灑，唯這幾年多了些滄桑。風險橫逆接二連三，面對惶惶不定的未來，各自的人生要走到哪裡去？有多少選擇？前途險惡，連珍重都說不出口。

揮手道別的時候，陣雨開始疾下。

●

回到阿雲的攤位，強風拍打桌面以石頭壓住的彩券翻飛。傍晚時分正是人潮洶湧、買氣正盛，疲憊下工的機車陣中，總有不服輸的賭徒，日暮窮途還不忘煞車回頭再賭一把。

擺攤賣彩券的工作，朝九晚六，十分固定，風吹日曬也不缺席。滿街都是遊走買賣的人，憑什麼阿雲和姊姊做得起來？

「我們有本錢，所以生意好。」阿雲說。

阿雲與姊姊的擺攤優勢，一是大哥大嫂都是公安，可以打通黑白兩道，賣地下彩券被捉了也可以賄賂放水；二是她們有足夠的資本，供應得起客人每日對獎即時兌現的現金流量，方便省事。那些沒有即時兌現能力的攤子，客人必須等到小販拿彩券去銀行兌換後才能取得現金，多數人不願乾等，所以有能力兌獎的攤子才留得住熟客。有人天天來買，今天簽一點明天簽一點後天說過幾天再給你錢，再來就不見了，這種損失也要承受得起。當然，有時也會不當心就換錯了賠錢，要賠得起。

街頭賣彩券不免有黑白兩道勢力夾殺，地下賭盤獲利高，買氣也遠超過公營彩券，一旦被檢舉或當場逮獲，罰金折合台幣約二十至一百萬元，地方公安捉人拿錢，多半是隨意喊價，拿到手的罰金也不一定全數上繳。這時，在中央地方都有熟人的大哥，就可以幫忙出面關說。阿雲就曾被捉過一次，有驚無險，最後以五萬元賄賂解決。

阿雲在台灣八年，談戀愛了嗎？

她先是反射性回應，沒有。

一定有吧？我說。

她就笑了，侃侃說起台灣男友的事。

阿義來自屏東，是營造工地的一個小工頭，做水泥灌漿。一開始他來醫院探病，常到餐廳吃飯，久了就和阿雲相熟了。阿義長阿雲十歲，離婚單身，有一個兒子已成年。兩人認識二年後，阿雲逃跑搬進阿義的公寓同居，也跟著他到工地搬沙混泥。她盤算得清楚，一天工資一千二，扣除吃飯三百，每天還可以存九百元，一個月就有二萬多元，再撐個幾年，債還清了就走。

阿雲身材壯碩，膚色黝黑，和一般北越女人的白皙苗條大異其趣，胖胖壯壯好有力量的女人。她就算開口說中文，也容易被誤認為客家人而不是越南人，逃亡期間又和台灣人同居共工，休閒也是台灣人的生活圈，幾乎沒有遭警察臨檢過。

「我跟你講，我到哪裡人家都很喜歡我。因為我的心很好，對人家很好，人家也對我很好，可以交到好朋友。」她精明，但不占人便宜。

阿義是師傅級的泥水工，日薪不低，做一天算一天，向來沒有儲蓄的習慣。阿雲是生意人，寧可多出工，也力求掙來最大利潤。算一算，自組工班找人來做，無需老闆派工，不必被抽佣，賺得多，只是風險高，叫料叫貨都要估算清楚，量不大也很難有好的折扣。兩個人分頭負責接洽與備料、找工，做起了小包商。兩人份的工程，阿義也視她如伙伴收入對分，有一回從天未亮做到天黑，混泥砌磚兼上漆，一整天進帳二萬元，兩人對分，那是她生平單次勞動對價最高的一次，至今引以為豪，作為台灣好賺錢的例證。雖然那機會何其稀罕。

在台灣的生活基本開銷都是阿義負責，但阿雲也懂得幫阿義存錢理財。她自己按工計酬，其餘全歸阿義，付房租飯錢水電等生活雜支，多的錢就幫他存入帳戶，幾年下來，竟也幫阿義存了六、七十萬，而阿雲靠自己的工資，也還完債務了。

逃跑五年後，兒子要結婚，這是大事，阿雲離家八年，也該回去了。

「你回家，老公如果還要回頭，能復合就復合吧，對小孩子比較好。」阿義說。他之前有欠稅紀錄，怕被捉，不敢辦理出國。

「他外面還有人，不會回來了。」

「有的男人，老了就回來了。你再看看，畢竟是孩子的爸爸。」阿義開導她：「要是不行，你就回台灣，我娶你。」

「真的娶哦？我逃跑，你欠稅，要結婚的話，程序很麻煩，不能後悔哦。」

「啊不然你在越南哭，我能夠放手不管嗎？」

八年後回到越南，人事已非，變很多，都認不出來。

老公與女友同居，退休後有固定養老金，未來沒什麼好擔憂。這些年家裡缺錢都是阿雲在扛，公公婆婆一直同住照料兩個孩子，阿雲回家後三代同堂倒也生活如常。若要離婚，就得處理兩人共有的家產及負擔，房子不只是房子，公婆也不只是公婆，扶養與親情與現實需求怎麼理都理不清。

不如擱置，維持現狀。

家庭從來就不是一個完整的概念，內在既是支離破碎，也是糾結網羅，看似湊合度日，也不是沒有經過盤算。

●

颱風沒帶來雷聲，倒是陰晴不定的天空不時有閃電像撐開天線，一瞬即逝。帆布大傘既能蔽日也能遮雨，我與阿雲先是每半小時向右移動半公尺，以躲避日曬，等到開始飄雨，我們又慢慢左挪入傘下，聊天工作如常。

阿義還是常來電，說願意等她。但阿雲思前想後，不考慮回台灣了。

「我在這裡可以每個月賺到一萬五，去台灣也是這個薪水，還要看人臉色，還要離鄉背井，還要和孩子分離，為什麼要出國？」

如今，兒子媳婦都有專業，不必煩惱；女兒幼時感染小兒麻痺，略有跛足，現年二十五歲，阿雲幫她在住家一樓開了一間小藥房，助她有一技之長，照顧自己的營生。一家人同住，公婆與兒女都會分攤家務，阿雲每天上下班掙錢，太晚回家兒子還會騎車來接，這是她許久不曾享有的家庭生活了。再也不想離去。

五時卅分，彩券收牌了，銀行派員來拿走剩下的票券。阿雲邊收拾大傘，邊算清今日帳目。桌上的彩券全部清空，地下彩券還要一個小時後才截止，陸陸續續，還是有熟客上門默默從抽屜裡拿走紙張。

夜間六時半，阿雲收拾好傘架與桌椅，隨身物都放入深紫色的提包，要趕車回家晚餐，家中有人等待。

遠方有閃電乍裂天際，夜涼如水，颱風已然過境。

第三章　完整的人

INK PUBLISHING

讀者服務卡

您買的書是：________________________________

生日：　　年　　月　　日

學歷：□國中　□高中　□大專　□研究所（含以上）

職業：□學生　□軍警公教 □服務業

□工　□商　□大眾傳播

□SOHO族　□學生　□其他 ______________

購書方式：□門市 _____ 書店 □網路書店 □親友贈送 □其他 _____

購書原因：□題材吸引　□價格實在　□力挺作者　□設計新穎

□就愛印刻　□其他 ________________（可複選）

購買日期：_______年_______月_______日

你從哪裡得知本書：□書店　□報紙　□雜誌　□網路　□親友介紹

□DM傳單　□廣播　□電視　□其他

你對本書的評價：（請填代號　1.非常滿意　2.滿意　3.普通　4.不滿意）

書名_____ 內容_____封面設計_____版面設計_____

讀完本書後您覺得：

1.□非常喜歡　2.□喜歡　3.□普通　4.□不喜歡　5.□非常不喜歡

您對於本書建議：

感謝您的惠顧，為了提供更好的服務，請填妥各欄資料，將讀者服務卡直接寄回或傳真本社，我們將隨時提供最新的出版、活動等相關訊息。

讀者服務專線：（02）2228-1626　讀者傳真專線：（02）2228-1598

舒讀網「碼」上看

廣	告	回	信
板橋郵局登記證			
板橋廣字第83號			
免	貼	郵	票

235-53

新北市中和區建一路249號8樓

印刻文學生活雜誌出版有限公司　收

讀者服務部

姓名：＿＿＿＿＿＿＿＿＿＿ 性別：□男　□女

郵遞區號：＿＿＿＿＿＿＿＿＿＿

地址：＿＿＿＿＿＿＿＿＿＿

電話：（日）＿＿＿＿＿＿＿＿＿＿（夜）＿＿＿＿＿＿＿＿＿＿

傳真：＿＿＿＿＿＿＿＿＿＿

e-mail：＿＿＿＿＿＿＿＿＿＿

INK

Ms Tran Thi Nga
was beaten up
savagely by
Vietnam
undercover Cops
pretending
to be gang members
in front of her two
children.

SỨC MẠNH
LÀ TỪ TOÀN DÂN !
VÙNG LÊN!
GIẢI THỂ HÁN NÔ !
ĐỨNG VỮNG !
BẢO VỆ VIỆT NAM !

沒有方向也要走下去

杜文南一跛一跛搖擺而來，像是喝醉了，又像是身體裡少掉某根彈簧。他走得很慢，每一步都像才起步又要縮回，進退維艱，但臉上表情明朗，是個長相異常俊美的男孩，深輪廓，挺鼻梁，亮燦燦一口白牙。他搖擺前進時，我留意了他裸露在短褲外的小腿，結實有力，脊椎挺直，毫無外顯可見的殘缺或扭曲，只是左搖右晃的幅度極大，像在挑戰極限，全身的筋骨都啟動了還不足以維待平衡。

難怪汗水直流。

不知道究竟傷在何處？

文南扶著鐵線走上主屋前的階梯……咦？我這才注意到，有數根鐵線纏繞緊實了懸釘在這不到十個級數的樓梯側。

我與阮金燕坐在前廊的磁磚地板上，一路看著他從遠而近走來。文南順著鐵線步步登高，慢慢走到我身邊，坐下來，也就穩定一如常人了。不滿一歲的兒子雀躍奔來，撲身父親懷中如無上寶座。

看出我的疑惑——他應該很習慣面對這樣的疑惑，文南微笑示意，側過頭，以一頭濃密的黑髮面對我，牽引我的手指沿著他的髮線探入頭皮的一團突起，那是個深疤傷口，舊痂勃覆。原來他受傷重創的是腦神經！失去平衡感，縱然肢體健好，若無外力指引，行路難，一路偏向歪斜傾倒，無以控制。

「真的好倒楣，去台灣沒賺到錢還殘廢了。」文南說，沒有自怨自艾，就是持平陳述。這病，幾乎沒藥醫，也沒可行的科學復健，醫生根本束手無策。

返鄉後全家都陷入愁雲慘霧的低氣壓，他看著父母親背著他掉淚，自訂了幾近自虐的復健計畫：每天半夜拄著四腳的助行器，繞著村子走，一直走，走到汗流浹背，腳底都起泡了，就是要換回獨立行走的能力。

「走走走，一直走一直走，走到天亮人都出來了，再回家躲起來。」

「有用嗎？」

「不知道，還是好暈，有時閉著眼睛走，就掉到田溝裡。」他爽朗地大笑：「結果搖來搖去，還是摸不清方向，但是腳變粗了，很有力。」

筋骨可以鍛鍊，力道可以增強，怎麼腦傷的奧祕竟是無從努力。沒有人知道這樣拚命復健，未來會不會好？有沒有用？他的身體愈練愈壯，但平衡判準就是壞掉了，修不好。

黑暗中，鄉里間一個獨自搖晃的身影，沒有方向也要走下去。有時暈到天搖地動，停了腳才湧上心酸，一個人在深夜小路上，總算能像個孩子般放肆嚎啕大哭。

這是二〇一三年了，我看見那搖晃幅度大似鐘擺、奮力跨進門來的身影，是文南夜行十年的復健成果。

●

府里市的秋季，日照晏晏，涼風來襲，日夜溫差大，冷熱沒個判準。尚流涎吃奶的小孩兒在吹著電扇的木床上爬玩終日，夜裡一翻身涼被就壓在腳下，衣服下襬往上縮，終夜坦露肚臍。

阮金燕的小兒子發燒了。粗黑的大眼睛泛著血絲，半夜燥熱上身無以安睡，且啼哭不停，非要媽媽抱著輕撫走動，埋進胸懷裡吮著奶昏沉閉目，一旦媽媽停了走動即驚醒吵鬧。身體不適，大人都難以控制脾氣了，何況是未滿週歲的孩子？他周身都是雷達，警覺不讓母親之外的人抱，他熟知金燕的體溫氣息，不餓也要含著乳房，如此才有安全感。

發燒的孩子，什麼都不給剝奪。

如此連續數日，金燕幾乎沒能好好睡上一覺。但她依舊精神抖擻，朗聲大笑接電話回應問題，抽空上網、餵鴿子、上網、煮濃粥、吃飯餵小孩、上網、洗衣服、接電話、上網……，不時她會招手要我湊到電腦前，看著某一場也許是在胡志明市或河內市的警民衝突行動錄影，翻譯說明事件與緣由。

她的居處，前半部是家具店面，開放空間，由鄰居婦人營業；後半部就是臥室、廚房及後院加蓋的養鴿場。為免鴿翼絨毛飄入，後門是全封閉式的，廚房因此很窘迫，不通風。樓上則是大兒子的房間和農具雜物間，靠近後院一排玻璃窗前就暫時充作晾衣間，陽光時有斜射，但養鴿場漫進的塵灰也漂浮在光影中，地上堆滿架設鴿籠的廢木及竹皮。

金燕的臥室不到三坪大，一張雙人木床占了一半，夜裡蚊帳放下就是安睡之處，白天蚊帳收起，則成為招待朋友的坐椅及餐桌。圍繞著木床是電腦、電視、公文櫃、衣櫥、書架，走道前通店面，後通廚房。這個開放又私密的作息空間，人來人往，孩子就在床上玩，偶爾被抱到前門看看車來車往。

透過網路，金燕與遠方緊密聯繫，熱情參與公眾事務。她轉發訊息、積極發言，隻手走天下。另一隻手，抱著雞啼後才疲倦睡去的孩子。

金燕轉身對我說：「你來了好幾天都沒出去，我們今天去探望幾個人吧，我有事要做。」

「小孩子怎麼辦？」我接手把輕聲打呼的孩子抱回床上，蓋上薄被。

「他睡醒了就去，一起去。」

近午時分，孩子撲紅著臉醒來，眼神晶亮，額微燙。金燕說沒關係，走吧！機車龍頭與坐墊間加置了一個嬰兒座椅，他肥胖的雙腳蹬出座椅兩角，大背巾包裹全身綁束安全以免掉落，頭上戴著毛絨鴨舌帽，臉上包著防塵口罩，打扮就緒的小騎士就要隨媽媽出征了。他安靜從容，他習以為常，發燒的小孩也知道出了門的世界大，不必鬧，只要忍耐等待，現在就去玩。

我們出發時，日頭漸烈，暖燥氣流搔得小孩咯咯笑。田地多已秋收，山丘林相好像嘉義，平原多被山林切割小塊，視線不時被丘陵阻隔。我們在路邊吃了牛肉河粉，先去一位老媽媽家，她的土地被徵收了，不知如何是好。金燕拿了文件和老媽媽討論應對方式。

很多法律知識，金燕說，是昨天網路上一位律師教的，再來還要等官方回應才能再決定下一步。老媽媽有人壯膽，看來放心不少。

返家的路上，金燕說，順便去找杜文南吧，我記得他家離這裡很近，有個在台灣工作受傷的越南工人阿山，今年官司三審定讞了，拿到損害賠償金後，決定捐出部分金額給有需要的人。金燕盤算著把錢拆成十份給十個人，文南是其中一位。

「文南是誰？」我停在一家小雜貨店前，打算先買個見面禮。

「他從台灣回來十年了，受傷了不能工作。」

「要不要先打電話？」

「不必。他走不遠，都在家。」金燕拿掉我手上挑選的西式餅乾，果斷建議：「買尿布和奶粉，他去年結婚生小孩了。」

●

這一路，從驕陽炙烈騎到夕陽西下。邊問邊找，走過田埂小徑，也走過鄉間大道，稻草成堆擋路、鵝群搖擺過村道、河塘處處彎道難行，路途遙遠，我簡直以為我們已穿越整個河南省，來到府里另一端的農村，完全不知有什麼「順便」可言。小兒子在風塵中瞌睡不停，我從後座伸手頂住他不時歪斜旁側的小小腦袋，著實擔心他的呼吸會被頸部的皺褶阻斷。

約莫花了一個半小時，總算抵達文南的家。天已黃昏。

進門處圍著前後兩道相距二公尺的及膝鐵網，數隻番鴨就圈養其中，右側數個籠子裡都是黃毛雜黑毛的幼鴨及小雞，看來放地養的就是準備要宰殺或外賣的成年鴨了。

文南媽媽正抱著孫子一口一口餵他芭蕉吃，見金燕來了，順手把蕉皮丟給番鴨爭食，撥手機召喚在村子另一頭鄰人家閒聊的文南盡速返家。二〇〇〇年甫開放越勞輸出台灣，文南就飛到桃園工作三年。那一回，沒什麼加班機會，薪水全付給仲介，賺了經驗沒存到錢。不服氣，隔年又來。工作才數個月，從宿舍走路到工廠的上班途中被產業道路上飛速奔馳的卡車撞成重傷，開刀三個月後就被送回越南了。

一個健壯帥氣的年輕男孩，就此行走歪斜，天搖地動，無藥可醫。那年他才二十三歲！未來看不到盡頭，黑暗深不見底。

十年來，文南經常走動之處，父親都以纏繞的長鐵絲釘出行走動線，好讓他可以摸索著使用觸覺而非視覺慢慢移動。以鐵絲引路，搖晃跌倒還是免不了，關節處新舊傷疤不少，跌跌撞撞的人生。

當初，父親自籌了機票費，飛到台灣照料他，然後在越南駐台辦事處人員的見證下，放心全權委託台灣仲介公司處理車禍民事賠償，父親帶著無法行走的文南返回家鄉休養。五年後，官司打贏了，數十萬的賠償金竟全被仲介拿走，只列了一張帳目清單給他，說是代請律師打官司的花費。他原本期待拿到賠償，可以對家裡有些交代，最後竟是全數落空！

「上班途中車禍，且是從公司安排的移工宿舍出發，在台灣可以算是職業災害，可以申請勞保職災給付啊。領了嗎？」我一聽就發急。

「金燕有跟我說，但那時候二年的請領期限已經過了。」文南平靜地說。

不只是勞保落空，連向老闆追討職災補償的追訴期都超過了。受傷後，他耗盡心力對抗身體的問題，相關事宜全交給台灣仲介和越南辦事處處理，不料最後什麼也沒拿到，被仲介和越辦騙了。而且是五年後才恍然大悟。什麼也無以反抗的落空，什麼也追討不及的憤恨，令他首次感受到被欺壓到底的痛楚。含著血水往肚裡吞，原來就是這個意思。

他是家中老么，兄姊陸續成家了，只有他還與父母同住，受父母照顧，回來後花了多少錢找偏方，針灸、吃藥、按摩、安神……成了家裡的重擔。夜半長路走也走不完，他的淚和汗一樣多。文南不認輸，要戀愛要成家要過普通人的生活。幾年前，他在家中裝了兩個撞球台，平日做起一點買賣營生，也勉強算有生產力的人了，不是遊手好閒。於是鼓足勇氣向同村女孩的父母提親，如今孩子都一歲了，他停了撞球生意，專心看顧孩子。大門口圈起來養鴨，一旁是雞舍，父母親平日要下田務農，老婆在附近工廠工作，他則在家料理家務。

只要不站起來，文南看來與常人無異。他的中文發音十分標準，用字也很精準、清晰。在台灣，工廠移工多半中文都不好，他返鄉十年也沒什麼練習機會，竟仍是說得條理分明，聲音也很宏亮。後來，我認識其他腦傷的朋友，才知道說話大聲可能也是腦神經受損之故，因為耳朵傳導來的自己的聲源不明，故而說話也特別使力？

「那時候學中文，我的成績就特別好。一學就會。」他難得顯現一絲得意。

「你這麼會學習，又還很年輕，一定會愈來愈好。」我說，這是肺腑之語，更是衷心冀盼。

文南的眼神一閃即滅，黯淡不敢奢求。十年了，他仍搖擺著站不直，但總是能有限度地摸索出獨立生活，不必時刻依賴旁人了。這過程，超乎想像的漫長，且時懷愧疚，愧對父母家人。

會後悔去台灣嗎？

他沒正面回應，只說：「現在沒關係了。」

我以為他不懂「後悔」二字，又問了一次。比手畫腳，後悔就是你選了這個，結果是這樣，如果一開始選了另一個，也許會有不一樣的結果。好可惜啊如果當初不這樣選就好了，會覺得自己選錯了嗎？

「……」他垂下眼睛不看我：「現在，真的沒關係了。」

我於是知道了，他是懂得的，他知道我的提問正是他早已問過自己無數次。很後悔，在許多個夜裡無盡的後悔，但說不出口，那是他的決定，誰也怪不得。眼下生命有了新的轉折，有了相愛的人，有了下一代，舊的痛苦尚未終結，但新的希望已然展開，他沒時間也不願意再追悔。

「會生氣吧？」

「會。希望以後不要再有人像我這樣了。」

「還想去台灣嗎？」

他笑了，抬眼直視著我，一字字說得清楚：「不必了，害怕了。」

遷移，尋找更好的出路，是機會，也是冒險。這些，阮金燕很早就知道了。

金燕出生於一九七七年，是做米紙人家的孩子。那時，南北越剛統一，在滿目瘡痍的戰爭廢墟中，越南社會主義共和國開始了建國之路。金燕的父親因戰事受傷，領有終身俸，後來金燕母親早逝，父親就帶著三個孩子續弦。

十五歲，才念完七年級，金燕就輟學去工作了。中輟工作的故事並不少見，多半出自貧窮，但金燕的姊姊讀到高中，大哥的學歷也至大學，可見得家庭貧困未必到非犧牲她的學業不可。她的父母開明，人小鬼大的金燕待不住農村，自願外出打天下的成分多些，這背後有她懂事分擔家計的體貼，也有志氣高大的自信與冒險精神。她十五歲，個子長高了，樣貌也成熟像是成年了，她心思縝密，吃苦耐勞，藝高人膽大，身上帶著幾十元就離家去打工了。

她從小在市場工作，看慣人際往來，個性豪爽不拘小節。她不怕苦，看著穿制服的同學們的背影，她埋首找零叫賣，不讓一絲難受外流。

二十歲，金燕就結婚了。老公大她四歲，開貨車從山上來市場裡批貨，人長得英挺，能說善道，女朋友不斷，是名花花公子。金燕能幹剽悍，濃眉深目，初談戀愛就生死相隨。家人是有疑慮的，怕山上的生活苦，也怕開貨車的老公個性不定，但獨立自主的金燕作了決定豈是旁人阻止得了的？

離開家鄉，金燕跟著老公到北部的山上開雜貨店，同時也在山上種蔬菜，忙裡忙外打理單調的生活。老公仍開著貨車進出山上及小鎮，收益不錯，金燕也接連生了兩個兒子。婚後，老公待她仍好，且未如他人預料的再沾惹其他女人，但他沾染上的是毒癮，戒不掉。使用藥物的老公，一開始是為了長途車程的提神之用，後來是為了依賴，他不是壞人，但戒不掉藥物。

戒不掉的癮。絕望拖著全家往下沉。

年輕的金燕，很早就體認到無望的拖累及拖磨，等待與努力盡皆成空的無力。三年後，她在兩敗俱傷前毅然離了婚，沒通知家裡人，不帶走一毛錢，就抱著兩名稚子離開山上的家與店，到山下的小鎮裡討生活。

那日子真苦，她倔強地沒讓家人知道她自作主張要結的婚最後以失敗收場，她覺得她得靠自己證明她不被失敗擊倒。金燕又回到市場，凌晨就起來做米紙，批到清晨的早市賣，晚上再賣水煮玉米，還要帶著兩個學齡前的稚子。她是做米紙家的女兒，她是市場長大的金燕，她不怕活不下去。

離婚一年多後，父母才輾轉得知消息，傷心落淚，要她回家住，怕她在外吃苦。金燕倒乾脆，既然父母都知道了，不必隱瞞，反而可以有更多的盤算。農村太窮，她們家的貧窮也只是鑲嵌在整個農村的窮困結構裡，要翻身，唯有離開。於是，金燕把兩個孩子寄養在老父母身邊，獨自搭了三天的車，日夜擠在窄硬座位上，朝向彼時已然有許多外資進駐的胡志明市。

生平首次看見這樣高的樓，這樣華麗的百貨公司，簡直令人自卑不敢踏入，但又確實人人都可以自由進出！她是鄉巴佬進城，舉手投足都放大一百倍似地窘迫失措。

非假日期間，逛街的人潮倒比售貨員少，那些售貨員穿得真美麗啊，和她在市場叫賣完全不一樣，商品的價格也貴到不可思議。進出光可鑑人的百貨公司的自由，若沒錢購買，也完全是用不上的自由。帶著鈔票的人才是自由的人，他們的神色自若，看商品的眼神帶著買家的倨傲與自信，不像金燕與她的朋友，沒錢的人在昂貴的商品前就是免不了流露出畏怯的神情，像是沒能力消費是她們的錯。

一直到她在城市裡幫傭，推著嬰兒車和女主人一同去百貨公司購物，她才感受到那種因著女主人出手闊綽而連帶沾染上的自尊，儘管她只是跟在一旁照料小孩，但售貨員甚至對她也一併客氣了，她也敢在女主人換裝時，大方坐在店裡的沙發上了。

那時，她已經到胡志明市二年了，在台資工廠當過作業員，也在新富起來的越南中產階級家中幫傭，和那些從南越鄉下或海邊來的十幾歲女孩子，一起受僱於同一個老闆，擠同一間傭人房，每天買菜煮飯、清潔打掃、洗衣晾衣、整理花園……。胡志明市工作二年，她做所有下人做的事，也沒什麼不行。但同樣是離鄉背井，同樣是做下人，何不到薪水高上六、七倍的地方去？遠一點又如何？

父母與孩子，是她的重擔也是希望。

二十六歲那年，金燕決定到台灣工作。她待過大城市，瓦斯爐熱水器什麼的現代化生活，都是她早已熟悉的民生用品，行前準備主要還是學中文、籌仲介費。耐得住離鄉背井，再往遠處去，也沒什麼好怕的了。

●

二〇一〇年元旦，我初次來到府里。

越南民間真正的春節依著陰曆走，陽曆元旦唯有官方的紅布條處處懸掛，一條又一條，聊充宣示新年新氣象。

楊氏清帶著女兒要去河內吃喜酒，從海陽一起出發，可以順道送我一程。我們一大清早就出門了，三歲的女兒穿著昨夜才買的新衣，雀躍無比，美麗的紅紗裙、黑色褲襪，和帥氣的粉紅色小馬靴，頭戴俏皮毛帽下綴金髮短辮，路經所有暗色玻璃門窗，她都戀戀不捨離去。從海陽搭巴士到河內的二個多小時搖晃車程中，小女兒就吐了，她嚶嚶倒在媽媽懷中哭泣，倒像是哀悼那沾了穢物的紗裙弄髒了不好看。

轉車候車時間，阿清向穿梭叫賣的小販買了一包水煮玉米、二條法國麵包、一瓶果汁，細心囑咐我此去轉車的細節。我捏著寫好站名與車號的便紙及麵包飲料，信心十足地向她母女告別，說好下週再去海陽看她。

隨後在從河內開往河南省的冗長車程中，方便又平民的法國麵包，確實填飽了很多乘客的飢腸轆轆。難怪車流快速的公路邊，總有很多農村婦女包著頭巾，手臂上吊掛著好幾袋法國麵包，險象環生地高舉叫賣，也確實有很多汽車、機車停駐購買，一次購足三四串的也大有人在。

客運的年輕車掌站在一路半敞的車門邊，啃完一根玉米後隨即丟向路邊的荒田，姿勢流暢帥氣如投籃。

一路上都是擁擠人群，有人扛著數包米袋上車，拎著祭拜要用的偌大紙紮城堡與銀花火樹，司機車掌二話不說，逕自跳下車幫老農民一一扛上車，擠出空間塞放，並指示一直緊張怕坐過站的我可以坐在尚有泥污的米袋上，如此竟是幫我搶占了一個穩妥的座位，緊貼前車門。中途上來一名瘦弱老婦，車掌手腳明快地將她安置到我身邊如託管，看來這真是米袋寶座呢，非等閒不得入座，真令人由衷感激。

到站前，全車乘客紛紛提醒我該下車了，我把寶座讓給另一名農婦，感謝車掌一路善待。站牌處，金燕挺著六個月身孕來接人。

金燕的家具店新開張，賣各式辦公或住家家具，鐵櫃、公文櫃、書桌、滾輪椅、玻璃桌、衣櫃、彈簧床，多半是工廠託賣，成交了再付款抽佣。有客人上門看看這摸摸那，真訂貨預付押金了，金燕就打電話請論次計酬的載貨工人明日送貨到府。她的電腦竟日連線上網，各式勞資爭議的訊息來來去去，比做生意還重要。臥房的木板床塌了一角，她也不以為意，衣服隨意堆疊。

她剛回家時，兩個兒子長年未見卻搶著和她睡，像要加強補足缺席五年的情感。很多離鄉越勞返家後老公外遇、孩子忤逆，再如何努力也無以修補已然碎裂的關係。像金燕這樣遠離多年後親子關係竟能無縫接軌，簡直像是倉皇上桌卻無端拿到一手好牌。只能感謝老天眷顧。現在，她獨自搬到府里鎮上，孩子仍與父母同住，但兩地相隔不遠，也方便她兩頭跑。

才不過一年多，金燕空手返鄉，與家人團聚，談戀愛、再婚、懷孕、積極串聯從台灣返越工人、協助部分遭逢困難的勞工，新近又開店做生意，生命像是回家了才加倍開展，一刻不浪費。或者她原本就是這樣風風火火衝速之人，只是在台灣被抑制了，只能潛伏跛行。

這房子是姊姊金萍買的，原是打算退休後安居，目前就暫借給她開店。鋼筋水泥的房屋結構，好似台灣早年經濟起飛時馬路邊蓋起三、四層樓高成排販厝，一間間店面開向大道，裡間拉長了隔間作住家，狹長走廊若無亮燈就像山洞般，兩側無窗無光，只有首尾才能對外採光。

「我再也不想到別的國家工作了，流來流去很久了。」金燕熟練地使用電腦滑鼠，瀏覽信件：「未來就好好做事，就近可以照顧家人。」

對面的街道，穿越鐵道後，是鐵焊廠和木工廠。大馬路上一天多似一天的車水馬龍，十分熱鬧，行道樹與路邊雜草都覆蓋陳舊的灰塵。事實上這個市鎮開發也不過是這幾年的事，金燕擅作生意，也樂在其中，與人交流，不受限的工時，一切就等生完孩子再說。她什麼都做過，什麼都會做，肯吃苦不怕餓死。

●

從年少起一次次經歷著遠離，金燕愈走愈遠。

二〇〇四年她飛抵台灣，坐了六個鐘頭的火車來到花蓮。出乎意料的鄉下地方，像是回了家，和府里的作物、田地、氣候、景致相仿，只是中央山脈雄偉高聳得多。等仲介驅車載她到阿嬤家，一眼見到鐵皮屋與紅磚頭的破敗三合院，金燕心裡才真正受到震動：怎麼又回到她一心逃離的農村？

受騙的感覺，從雙腳竄升到她的頭頂，她只感到她的臉僵著一片麻木，不知道見了老闆要先笑。

後來，金燕確實也很少笑了。住在三合院的阿嬤，雖已七十多歲，身體倒是健朗，醫生證明書說她無法行走，明顯是造假的。阿嬤健康又福泰，每天清晨四時就起床了，並且，以極強大的意志力監督著金燕終日幹活。

真的像是回到越南農村了，阿嬤在三合院的曬穀場上架起竹竿曬麵條，金燕很快就上手了，和麵粉、做麵條、曝曬、風乾，這全是她自小熟悉的工作。阿嬤在路邊加蓋的鐵皮小攤，賣麵條、賣玩具、簽樂透，顧店賣什貨也是金燕在行的事。這個越南來的下女，簡直太好用了，阿嬤宛如將軍巡視，手下多了一名家傭兼長工，製麵、賣雜貨、洗衣、修屋頂、家務，每天阿嬤都能變出新的任務一刻不讓金燕閒著。平常一得空，金燕就要騎腳踏車輪流到阿嬤兩個出嫁的女兒家，打掃煮飯做家事。大女兒有三幢房子，她一面指揮金燕清掃，一面口不停歇地罵人。金燕自小獨立能幹，什麼時候被這樣辱罵過？她忍了下來。

花蓮鄉間的生活，金燕除了一開始的震驚，也很快就習慣了，甚至很喜歡空氣中飄來檳榔花的清香，及陽光照在麵條上的熟暖麥香。她常常想起爸爸媽媽，想起兩個孩子，想著自己所有的辛苦都是為了更好的未來，就有百倍的力氣再往前。

直到六個月後第一次收到薪水，總計一萬八千元。平均一個月收入才不到三千元！比她在胡志明市幫傭的錢還少！這完全踰越她的忍耐底線了。仲介說還要按月扣掉之前的受訓機票等費用，扣完一年後，月薪就可以開始領一萬元了。

「工作太累，錢太少！我整天都被賣掉了，睡不夠，好幾個房子掃不完，要看人家的臉色，薪水又這麼少。」金燕這才爆發。

「你忍一忍，阿嬤很稱讚你。」仲介說。

「我什麼都做！她當然說我好。」金燕幾乎是咆哮：「我幫她賣麵賺的錢都比她付的薪水多了！」

「頭一年領少一點，還完仲介費，第二年薪水就多了，你再忍一忍。」

「忍什麼？沒賺到錢我為什麼要忍？我不幹了！」

「不幹了就會被送回越南哦。」

「可是我仲介費都交了啊。」

「那麼，」仲介慢慢說：「你要不要去我弟弟那邊做？」

「照顧老人嗎？」

「不是，我弟弟也是仲介，他那邊，有很多逃跑的，他可以介紹你工作，薪水多一點。」

「警察會捉嗎？」

「會。」

金燕離開阿嬤的三合院，絲毫沒有遲疑。她知道阿嬤和她的女兒們使用她，不是因為需要，而是因為貪婪，要從她身上獲利。仲介和他弟弟也打算從她身上獲利，她知道，只能兩害取其輕，沒有勝算的選項。

逃走，暫時保住海外身分，彷彿就保有彩票，可進可退，還不到一翻兩瞪眼的時機。金燕隨時在賭局中，殺進殺出。

●

金燕的姊姊阮金萍才大她二歲，也是抗美戰後出生的一代。金萍修長美麗，好學要強，一心想出人頭地，到大城市，見見世面，開拓視野。

不像妹妹匆匆婚嫁，金萍心性清傲，不願屈就鄉下生活，她到城市裡的國際飯店打工，下班後窩居市郊狹小的夾板隔間租處，持續自修英文。數年後，金萍認識來越南度假的法國男子皮耶。

九〇年代起，越南逐步開放觀光，廉價的海鮮、豐富的人文風情、奇巧的自然景致，也許是下龍灣巧奪天工的自然海景，也許是沙巴的縱深梯田與美麗的少數民族，也許是中越海灘陽光飽足的夏日假期……吸引一波又一波觀光客蜂擁而來。金萍纖瘦的身形，細緻的膚色，溫柔的大眼睛，東方情調或什麼，迷住了這個前殖民國家的男人，皮耶深陷愛河，在假期結束前向她求婚。

異國婚姻比金萍原本的夢想還要遠，也來得還要快。

她如願遠走高飛，嫁到北法的郊區。皮耶在跨國建築公司工作，每三個月飛往非洲承包工程，再返回法國三個月休假、過家常日子。他們的房子有大庭院，花草美麗，田野無際，鄰居相隔遙遠，要開車進城採購才有機會和人交談說上話。

如今這城堡般的房子有了美麗的東方女主人，她是如此細緻優雅，皮耶深愛她，像愛著易碎的中國瓷器。他不要金萍出去工作，事實上也根本找不到她能做的事，她學習不懈的流利英語，幾乎派不上用場。他們相愛至深，因為金萍在異鄉根本也沒有其他人可以愛，所有的重心都懸在這三個月的相守。日復一日，在來不及生倦前又分離，金萍的生命只剩等待。在等待鬱悶將近爆裂前，他又回來。

反覆輪迴，看不到盡頭，她的心退縮到最內在，無以安置。金萍天天看電視學會各種法式料理，乳酪甜點和肉腸番茄鹹派，但皮耶回來寧可她燙青菜、炸春捲，沾酸酸甜甜的蝦醬。那是她的鄉愁，一個人吃會哭。

二年不到，金萍就罹患憂鬱症。

兩姊妹都好強，金燕懂得認賠殺出，轉換身分又重回賭局；金萍輸不起。金萍的夢想太高遠，籠罩著不可思議的瑩光，令人神魂顛倒，也令她沉醉不醒。從遙遠的法國撤退回越南，簡直要殺了她，分明知道她需要的溫暖唯回家才有得醫，但她就是死活不肯回越南。

北法的冬天，雪落在門前，金萍從結霜的長窗望出去，一切生機都被覆蓋在白雪之下。這樣冷。

我要計較

肉與蝦都汆燙過，各式青翠生菜滿滿一盆，微酸帶甜的沾醬，用米製的薄皮捲包住生菜與肉，方便又可口，像台灣南部清明節的潤餅，吃來清爽不油膩。金燕一個人住，每餐都吃得輕簡，越南春捲還是特地為我準備的。

「我的手機被監聽很久了，公安一直上門來問我要做什麼事。」金燕說，笑著搖頭，意思是官方真無聊啊，嚇不到我的。

她做事勤快索利，從台灣回來一年多，儼然成為越南赴台灣工作的勞工家屬聯絡處。有什麼個案需要跨海協助，可以就近找她。但什麼事需要動用到原鄉家人呢？多半非死即殘，在海外的移工當事人動彈不得了，非不得已才會報惡訊，聯絡家人出面處理後續。

那聯絡與接洽，就不只是聯絡與接洽，而是排山倒海的情緒與慌張，需要很強大的能量才接得住。

一整天，有一名兒子在台灣職災死亡的母親，不斷來電與金燕商討如何處理與仲介的談判。金燕的聲音宏亮有力，沒有安慰或同理，就是明確指點那慌亂的母親各種注意事項，一次又一次，連我都聽出重複了。我想那母親只是需要一種像金燕一樣肯定無畏的聲音，以安置她身心受創的無措吧。

冬日的小鎮，入夜後便顯得冷清了，緊鄰大馬路的店面沒什麼生意，金燕乾脆拉上鐵門，約我上街洗頭。一樓的浴室沒裝熱水器，擁擠的空間裡平放一個洗浴盆，從洗手台拉水管引冷水注入，再添加廚房瓦斯爐燒好的熱水，湊合著可以洗澡。但金燕懷了六個月的身孕無法彎腰洗頭，每隔幾天都得向美容院報到。

看來她的生活起居仍未安置就緒，一如她的臥房裡至今尚未添置衣櫃，衣服都堆積在床上，像是沒打算住太久似的；不然就是她習於遷徙，一切從簡，得過且過。

這個新興小城鎮，小學中學俱有，鬧區裡騎機車十五分鐘就繞得差不多了，再往外擴散就是農田農戶。跨年時節，主要道路兩側的行道樹，每隔十公尺就打橫綁起紅布條，金色字體寫著歡慶二〇一〇年的應景字樣。我們挑了數套初生兒衣服，為即將在隔年春日出生的孩子祝福，沿街有好幾家婚紗店、鞋店、服飾店、百貨行，且都有玻璃展示櫃，走時尚風，撐出新城市的好品味，標籤價格也和河內不相上下。可想見大街背後，巷弄之間，必然有很多流動小販或無店面攤位，提供一般住民更廉價的生活消費。

入睡前，失去兒子的母親又來電，談了許久的簽證啊文件怎麼辦的問題，好難啊怎麼說都說不聽，這個鄉下媽媽一輩子沒出過府里，一下子要處理跨國證件，真是好不安心。

「只是搭機什麼的行政程序，為什麼不找仲介代辦就好？」我提出疑惑。

「仲介要另外收錢，而且一直勸她放棄追訴。」金燕很快否決。

雖是同在北越，但老媽媽住得遠，我從海陽搭車來就花了五個小時，這些太原、海防、和平，甚至中越來的個案，根本沒條件和金燕面對面討論，只能透過電話反覆提醒。隔空諮詢的效果我想是很有限，但亂流中捉住浮木的安慰應該是有的。

「一開始，我會有點生氣怎麼講這麼多次都聽不懂？現在比較有耐心了。」金燕淡淡解釋：「要處理官方手續，對這些農民、老人真的很困難。一定要有人一直陪著才行。」

這是組織者的話語，我深以為然。

●

從花蓮逃跑後，金燕被介紹到台北東區的一戶人家，還是照顧阿嬤。

住進電梯大樓，大樓有警衛，總算是想像中的台北都會生活了。老闆和老闆娘都是保險業高階經理，沒有孩子，夫妻又忙，家裡就金燕與半癱的老人，經常鎮日放著電視，如此金燕倒學會不少台語，雖然她和阿嬤罕有交談機會。

這個阿嬤是真的中風不良於行，金燕只是遞補合法看護來台前的一個半月空窗期，由於身分非法，老闆擔心被發現了，不准她外出，連垃圾都拿到地下室由大樓管理員統一處理。一個半月如同被囚禁在高樓，她與阿嬤都是不良於行的鬱悶心情。

心驚膽跳的地下生活並未換來穩定的收入，工作轉來轉去，每轉一次就付五千至一萬元不等的仲介費，怎麼算都不划算。金燕於是和幾個經驗較豐富的逃跑移工，共同在苗栗賃居，四個人分擔房租，也自行找工作，擺脫仲介抽成。

休假時大家習慣到一名越南配偶開的紅茶店群聚，交換就業資訊也聊天放鬆。那日客人多，金燕幫忙端茶點餐，她大方熱情，中文說得流利，深陷的酒窩開朗地笑著，十分討人喜歡。莊先生、莊太太年約五十餘歲，待人和善，莊先生胞弟娶了越南籍妻子，他們也曾陪同前去河內。和莊氏夫婦聊著聊著十分投緣，金燕竟也自然說出自己的逃跑身分。平日她很謹慎，對外人都說自己是嫁過來的，以免自惹麻煩，連對同鄉都說謊。很多逃跑移工被檢舉，就是遭同鄉陷害，這樣的故事她聽多了，不免心懷戒懼。

但那天，也許是莊先生或莊太太的誠懇吧，金燕竟無所設防地說了自己從花蓮至今的工作，流落各地打工，謹慎過日子，地下生活幾乎與地面人世隔絕在二個平行空間，罕有交集。

「需要什麼幫忙不要客氣，有空來我們家坐坐啊。」和善的莊氏夫妻臨走時，還留下電話住址。

沒想到，不到一個禮拜，金燕就用到這支來自光明世界的電話號碼了。

「莊大哥，對不起，請你幫幫我。」金燕才剛哭過，聲音還有幾分驚嚇：「剛才工廠有警察來，我的室友被捉走了。我不敢回去，可以去你們家嗎？」

莊太太燉了一鍋雞湯給金燕壓驚，次日莊先生就帶她到市郊閒置的農舍，供她暫時居住。這個中途之家，金燕住了將近一年，來自陌生人的慷慨接納，令人終身銘記。

借住期間，金燕跟著莊家到教會作禮拜，認識更多朋友，也開始自己找工作。她面試時一律謊稱自己是越南配偶，使用莊先生弟媳雅婷的身分證應徵工廠工作，像是貼在身上的履歷，隨口都可以說出：「是啊，老公現在在台北工作，我和公婆一起住新竹……」有時生病也拿雅婷的健保卡去看病拿藥。半年多後，工廠要報稅了，但雅婷在另一個工廠工作也被報了薪資稅，如此，雙重報稅招來國稅局查詢，雅婷的婆婆擔心穿幫，金燕只好主動向老闆辭職了，免得那些跨越法律規範對她伸予援手的人，反遭處罰。她就這樣流來流去，一再重返失業的縫隙中，點滴收入又隨風飄走。

有時教會的朋友們相約一起出去玩，金燕才有機會探頭掙出地面，昏矇的視野這才水清目明了些。原來有這樣的郊遊，有這樣的爬山烤肉，有這樣的相偕逛夜市，或到新開的餐廳吃飯！朋友們假日相約開車到山上玩，她幫忙大家準備越南春捲，裝入保鮮盒一起野餐，有時烤肉，有時唱歌。置身台灣人的生活圈，讓金燕放心自在許多，至少不會有警察前來盤查。她總算成為眾人中的一個人，好放心啊。

●

逃走的日子，許多人怨聲載道，金燕不是這樣，她興高采烈過著台灣人的生活，不必看人臉色，有工作有朋友有收入有穩定的居住，沒有人懷疑她是假的。天堂一樣安全自在的日子，她過得踏實又飄忽，像是借來的快樂時光，隨時等著要還。

從天堂打落地獄，也不過就一瞬間的重創，金燕隨即暈死過去。那天下午，她和一名逃跑移工騎著向莊先生借來的摩托車，到幾個貼有徵人告示的工廠求職，就在產業道路上，被一輛疾駛而過的汽車撞了，金燕昏迷倒地。只受皮肉之傷的朋友忙央了路人打電話通知救護車與警察，並在警車到達之前悄悄溜走了。

警察把金燕送到苗栗的一間中型醫院，並通知摩托車車主莊先生到場說明。金燕的傷勢嚴重，又緊急轉診至台大醫院開刀，手術前，院方要求陪同前去就醫的莊先生在手術同意書上簽下聯絡人。沒人簽字醫院不敢動刀。

手術在即，難道見死不救嗎？莊先生於是簽名了。

這場車禍，金燕重挫兩側骨盆，右大腿嚴重骨折，骨頭都摔爛了，只能裝上鋼架支撐，好讓骨頭慢慢癒合，血肉漸次長回來。有很長一段時間她完全無法行走，整整住院了一個多月，躺也不是，坐也不成，唯靠輪椅移動身體。

出院後，警方把她帶回派出所的詢問室，那裡沒有床，只能拆開大紙箱墊底，再鋪兩件被單權充床位。她連輪椅都買不起，只能搬動警察局的塑膠椅，綁著拖著靠移動椅子把自己「扛」到洗手間，洗澡要花上一個多小時，洗完了又是搬遷挪動的渾身大汗。乏人照料，衛生條件不佳，金燕未癒合的傷口一再感染。

警方與她都度日如年，進退兩難。最後還是煩勞莊氏夫婦又將她接回家照顧，直至傷勢穩定了，金燕自行重返警察局：「你們把我關起來好了。」

這燙手山芋沒人敢碰，警方只能求助民間組織的力量，將金燕暫時安置在天主教 VMWBO 的庇護中心。

她的經歷古怪，逃逸被捉原該收容再遣返，但她傷勢過重，無法自行移動，收容所也不敢承接。官方丟給民間團體安置，想來是斷定她身體殘廢也跑不了。二年後，積極性治療告一段落，金燕總算可以拄枴杖走路，應該是被遣返的時候了，卻又為了一起事先毫無跡象而突來的醫療訴訟卡在台灣，她的居留於是在非法與合法間，曖昧擺盪。

金燕的傷勢沉重，骨盆碎裂幾近殘廢，但自尊心強，不輕易向人求救。她行動不便，若是姿態放低些，庇護中心裡都是天涯淪落人，多半會同情她、可憐她、幫忙她。偏偏金燕心存戒心，逃逸期間工廠遭同鄉檢舉、車禍時室友又及早落跑的經驗，使她對一個多數是越南人的庇護中心打心底不信任，工作人員要承辦她的案子，她只肯出示資料影本，防諜似的惹人厭煩。她不哭訴，她冷靜過頭，她常常打電話給台灣朋友說大量的中文，卻不和同鄉人聊天談心。庇護中心安置的數十人裡，幾乎沒人與她做朋友。要命的是，她也不想。

VMWBO的負責人阮文雄神父是南北越統一後逃離故鄉的政治難民，他與家人夜渡逃亡在海上漂流獲救，在東京難民營住了三年，爾後進入澳大利亞的神學院就讀並取得國籍，以傳教士名義來台灣服務二十餘年，創辦VMWBO，設立庇護中心，協助來自越南的移民、移工爭取相關權益。金燕受庇護的時間最久，但獨來獨往，因為身體不便，多半時候只能埋首看書，勤上庇護中心開辦的中文課及電腦課，甚至學會使用注音符號輸入中文，幫工作人員分擔翻譯及文書整理的工作。

她愈能幹，愈與其他移工距離遙遠。

流言蜚語在庇護中心流竄。每天都有人向阮神父告狀，說金燕的是非，主要的理由是因為她的交友圈多是台灣人，讓其他越南同鄉心生敵意與猜忌。阮神父至今回憶起來，認為當年金燕陷入創傷後的心理障礙，因自卑而強化了自我防衛。集體中的挫折，唯有回到集體面對。阮神父於是召集內部會議，處理關係中的張力與壓力。

「金燕，你這樣怎麼和大家生活下去？」

「我不會麻煩別人。有人叫我『殘廢人』，我的腳殘廢了，不想頭腦也殘廢。這樣說，很傷人。」

「誰說的？」

「那個人已經回越南了。」金燕垂下眼，不願指名道姓。

「我說過。」長久沉默後，同受庇護的移工阿香遲疑地舉起右手：「覺得你很討厭，好像看不起別人。」

「我也不想殘廢。」金燕說：「我才怕，被看不起。」

「對不起，我也說過。」一隻接一隻舉起致歉的手，金燕多年後仍記得清清楚楚。

原來，示弱與認錯，竟是關係融冰的起點，封閉的挫折與關係的緊張原是一體兩面，唯有一邊開放了，才連帶鬆動了另一邊。面對需要條件，條件就要想辦法創造出來，那也許是她在集體中最重要的學習。

●

撞傷金燕的陳姓車主是個營造工人，生活艱苦，只能拿第三責任險的微薄賠償金給金燕，遠不足以支付她的醫藥費。她每次去復健就診，都要為了籌掛號費而頭疼。沒有健保，到底累積了多少手術醫療費用？沒有人敢追問。

等不及金燕的復健結束，台大醫院就動手了。院方向金燕及莊先生提起民事訴訟，要求償還積欠的手術醫療費用，共計三十七萬元。

接到法院通知書，不等庇護中心的工作人員翻譯完，金燕只急著發問：「莊先生會被捉去關嗎？」

「付錢就不必被關。」

「醫院救人是應該的。莊先生只是想幫我，怎麼可以害他？」

「先想想你自己，付不出錢你也要坐牢。趁法院還沒有限制出境，你趕快回越南去吧。」

「我走了，莊先生就倒楣了。」

「你被關，莊先生一樣倒楣要承擔債務，有什麼差別？」

「我不要他被關。幫助我的人不應該被告。」

那個十五歲離家自食其力的金燕，從來不輕易退縮。即便這是異鄉，即便她已身殘，但她在庇護中心看的夠多，也介入幫忙了一些案例，她知道她不能束手就擒。個案反映的是結構性問題，集體可以發揮力量。

倒是莊先生擔心惹是生非，他是生意人，抗爭或挑戰體制要耗費更大的力氣，兩相權衡，寧可罰錢了事：「錢付了可以再賺，人好就好了。別太計較。」

「我要計較。這債務是我的，你幫助我，不可以被告。」

經過多次討論，在移工團體及民意代表的協同下，金燕拄著枴杖，不蒙面、不戴帽、直接面對媒體召開記者會，為逃跑移工請命。

「莊先生只是要幫助我，為什麼要被罰錢？」她在一整排鎂光燈前據理力爭：「逃跑外勞就不是人，車禍就該死嗎？」

記者會控訴這個看重金錢更甚生命的殘酷體制，要求台大醫院應撤銷對金燕的民事訴訟，移民署、勞委會應協調跨部會建立急難救助基金，共商醫療費用的救濟管道。

莊先生看完電視新聞，打電話給金燕：「你好厲害，說得真好！」

纏訟多時，二〇〇八年春天，台北地方法院判台大醫院敗訴。這是台大醫院在各地法院把「聯絡人」當「保證人」興訟討債以來，第一次敗訴的案例。

不再連累台灣朋友，金燕總算安心了，可以盤算下一步。來台灣五年，她經歷了逃跑、車禍、身殘、訴訟、抗爭、助人與自助，憂歡歲月彷彿一輩子。她雖是非法居留，但公開露面也沒人逮捕，沒被要求限期離境，她的中文流利，文書能力強，承接個案早已超越翻譯角色，阮神父也鼓勵她留下來讀書、參與助人工作。但她離開小孩實在太久了，來不及建立彼此的感情令人焦慮，若她想做點事，回越南還是可以做，不必留在台灣。

●

就在金燕開始打包行李、再次向警察局自首的同時，遠嫁法國的姊姊金萍也正在整裝返鄉。金萍的憂鬱症時起時落，她知道家鄉才是她的藥，每年夏天返回越南一趟的陽光，可以溫暖她低落的心。但老公到非洲時，她獨自居住在冰冷的大庭院與古堡般陰森的家，沒有人可以講話，孤單又沮喪，身體衰壞至難以行走，終日癱臥在床。

這些難言之苦，都隱藏在風光返鄉探親的背後，愈不敢面對，愈腐爛敗壞。有蟲，一口一口蛀蝕她的心，直至金萍被破洞吞沒。

拖拖拉拉五年多，終於皮耶帶她從法國飛回越南，到河內最昂貴的精神病院登記長期療養，同時在府里市買了一間透天厝，預計等皮耶退休時，兩人搬到小城定居養老。

金萍的出國夢已然破碎，能健康活下去比什麼都重要。

沙漠也能開出花朵

北越的冬日，內陸氣候乾冷，農地都發渴似地龜裂。我在府里夜夜好眠，棉被既厚且暖，粉紅色的蚊帳像一部安全帷幕細密垂掛。只要留心避開木床掀塌的那一角，我與大肚子的金燕倒也自在同榻，安睡到天明。

在台灣對抗惡勢力的經驗與勇氣，也隨著金燕回到越南了。她精力充沛，熱情洋溢，有俠義氣，也不拘小節，猜想常會得罪人而不自知。難怪她自嘲和老人家比較合得來，都要五、六十歲的年紀才能與她把酒言歡，過往如煙。

「我在台灣出事的時候，越南辦事處都不理我，我就對政府失望了。」金燕說：「我現在做的，都是政府該做的事。」

二〇〇九年耶誕夜，金燕召集從台灣返鄉的越南勞工聚會，那些曾至海外工作，識與不識的、聯絡得上聯絡不上的，經過積極串聯，三十餘人聚集在海陽大教堂，共同禱告，一起吃火鍋，約定一年一會。

海陽聚會前，公安的騷擾電話不停，大抵上就是想鎮壓這個自發性的民間活動，或旁敲側擊想找出他們圖謀策反的線索。其實說策反是言重了，海外工作的越南勞工開了眼界、長了見識，返鄉後確實可能帶回無可預期的反對力量，有人對越辦的官僚反彈，有人因緣際會參與街頭抗爭帶來行動反思，這些動能會推向進步或保守尚不可知，但開放後所衍伸的思想與言論轉變，勢必回頭衝擊原鄉。

越南官員貪污受賄，很多人都知道。這個革命政府，先烈的鮮血開出解放的花朵，但世襲的特權卻日益腐敗。金燕有個公開對外的店面後，地方公安更是不時上門盤查，也許是鎮壓，也許是索賄，金燕一概談笑用兵，船過水無痕。

「家具店的收入還行嗎？小孩的學費愈來愈貴，你負擔得起嗎？」我問。

「老公會幫忙。他很好，知道錢只是我們的身外物。」金燕說得清楚明白：「我這一年多學習到很多，沒賺到錢不會怎麼樣。」

明雄大她二十歲，兩個人多年前認識但未曾深交，直到金燕從台灣返鄉後，他在網路上看見金燕的文章，一篇篇圖文並茂寫的都是有關爭取窮人、工人的權益。也許是好奇，更多是支持，他主動來相認，兩個人這才開始交往。

「我老公也是很奇怪的人，我們兩個人有話聊，見面就一直聊，有什麼事都可以跟對方講。」金燕說。

明雄也離過婚，兩個女兒和前妻仍與他共同居住，一起幫忙經營位於河內的影印店，他是店的老闆，也在經濟上負責照顧家人們。他與金燕各有過一段婚姻關係，各有子女需要扶養，各有獨立的工作不容懈怠，週末日才得以相聚。

初返鄉時，金燕協助的都是赴台灣工作的勞工，或是文件翻譯，或是經驗傳授，或是支持安慰。後來，一個傳一個，沙漠也能開出花朵，愈來愈多人輾轉聽說找來求救，透過電話、網路、或直接上門，多是窮人、受害人、沒條件打官司的人。金燕愈做愈多，儼然成為一個社運據點。

我離開府里後沒幾日，阿清說金燕被公安帶到河內應訊，我趕緊去電探問。

「他們把我捉來了，但是我不怕，我又沒做什麼壞事。」金燕還是一逕的輕鬆以對。

「當心身體，懷孕了還是要多注意。」我問：「他們要關你多久？」

「不知道，乾脆把我留到生小孩好了，請公安幫我養小孩。」她哈哈大笑。電話那頭又故意用越南文翻譯了一遍，奚落那些公安。

她回應公安的詢問，毫不退縮，英勇非凡。公安確實也沒掌握她從事不法的證據，不過是對於民間自主集結的不安，意圖以國家暴力恐嚇施壓，讓平民百姓自動繳械。八小時後，金燕坐著警車從河內凱旋回到府里。她認為這是證明了，只要人民不畏強權，該改變的就是政府部門的執行者。一進一退，彼此都在測試底線。

「如果我怕了，他們就會更強硬。」

「還是小心點。在台灣，我們是一群人，出問題了可以彼此聲援。但在越南，你一個人單幹，出事了被犧牲才划不來。」

總要慢慢把人組織起來，靠團體的力量來做事才能長久。

家具店開不到二年就關了。

金燕的雜事多、外務多，無法長時間顧著店，地方公安不時上門施壓，國稅局也藉口查帳來找麻煩，有謠言說金燕協助個案會收錢，客人鄰里都被來來去去的公安搞得心驚膽跳。生意自然是做不下去了。

店面轉租出去數次，新店主都因公安來訪而嚇得不敢再經營。金燕乾脆分文未取借給隔壁的影像光碟店的媳婦經營，那女人有膽識，抱著襁褓中的孩子，兩邊店面都要照顧，活力無窮。遇到無理的客人或公安，我也親眼目賭她強悍以對，直接回口對罵。

這兩個女人都要照顧稚子，平常互相幫忙也有替手。金燕自己在後院搭蓋了鴿子籠，養了二、三十隻乳鴿，一個人照顧孩子及鴿子，有更彈性的時間參與公共事務。偶爾有打零工機會，她將孩子委託隔壁婦人，騎著摩托車就去上工了。

「我不做生意，爸爸媽媽不高興，他們覺得我應該好好工作，不要幫忙這個那個。」金燕邊上網邊說：「但我跟他們說，我以前在台灣也是因為有很多人幫忙，我才可以撐過來。我現在幫窮人，自己也學習很多，很多人知道我在做好事，也會幫忙我。」

游標在螢幕上快速移動，臉書上這個人那個人，都是平日相互交流資訊、提供專業意見的好友，有些在國外，有些在胡志明市，有些可能在同一個地區只是使用假名假資料。金燕是行動者，有時接了農民被徵收土地的案子，遇有法律疑慮，貼上網就很快有各種人來協助、給意見，久了，她的網路社群愈聚愈多人，觸角也愈來愈廣，早已超越當初的海外移工問題，更多是在地案例。

有一回，兩名受她協助的老夫婦特地搭長途車來訪，向金燕的父母道謝連連，說若不是金燕幫忙，他們的房子被拆了還不知如何是好。也許是因為這樣直面受到衝擊，父母這才開始支持她的行動。每週五她固定回家一趟，也會和家人們談她正在介入的一些人與事。

那些，他們從新聞裡絕對看不到的現實真相。

●

一名中年農婦抱著一疊資料也沒先敲門，就逕自從店裡走進室內來找金燕，看來已是熟門熟路。果然金燕順手抽出櫃子底部的一本手冊，邊交給婦人邊翻看那一大落資料，用紅筆在幾張文件上打勾加強說明，明確給了幾個指示，並留下部分資料待查。

二〇一三年秋天，我再度來到府里，金燕的生活只有更加忙碌。隨著都市邊緣愈來愈多農民的田地遭到強制徵收，金燕也磨練了一身本領協同農民對抗，討價還價。

「之前幾年大家不知道，傻傻的就賣田賣地。」金燕播放網路上的影片，耐心向我解釋：「有的農民拿到補償金很高興，蓋了新房子住，但再來要如何生活呢？才四五十歲就沒有田地耕作了，工廠也不會雇用你，生活要怎麼辦？」

「我以前只知道越南常罷工，勞資爭議很多，原來人民對政府的抗議也不少。」我看著影片裡零散來去的身影，既沒有抗議布條也沒有齊一怒吼的鏡頭，若非金燕翻譯，真無從得知非組織性的零星抗爭已在越南各地不斷冒生。

「農民的抗議都上不了官方新聞。所以我們自己錄影，放在網路上讓大家知道。」

在網路上，金燕交了很多未曾謀面的朋友，有律師、學者、工程師、小商家、大學生，還有都市上班族，他們來自四面八方，相互轉貼訊息，交換意見。她學會寫公文，和官方打交道，也學會簡單剪接影像，將現場拍攝的抗爭畫面在網路流傳，加上註解，傳遞很多人看不到的真相。

許多抗爭影像，搖晃的畫面與吵雜的收音，吵鬧一如台灣街頭，公安對群眾明顯不友善，也會直接動手打人、搶奪相機。這些行動都沒有明確的組織動員，沒有事前新聞稿，人民的自發性街頭聲援行動，終究一次次被警方的暴力強制驅離。一樁又一樁，金燕或是親身體驗，或是網路得知，有太多的冤獄及不義案例。每逢抗議，公安就來捉人，隨後又放人，官民之間相互較勁，你進我退，你捉了又放，我來了又來，一如當年大著肚子的金燕被公安請去警局，一待就是八小時，最後也還是放人了。

海陽聚會之後，一年一會並不順利。外有公安持續騷擾，內有現實條件擠壓，走走停停，人還在。二〇一三年春節前，阿清在海陽的家庭小工廠暫停營運，把前院改成雜貨店兼營卡拉OK，家裡寬敞明亮，阿清又熱情好客，於是大家決定當年聚會就到阿清家。這次輪到阿清被叫去地方公安局盤查好幾個小時，且手機明顯被監聽了，只能另申請一支專線偷偷和金燕聯絡。

「我們沒有做什麼、沒有罪為什麼不能見面？我們是朋友，朋友本來就應該互相幫忙、安慰、見面啊。」金燕理直氣壯。

聚會最後沒辦成，阿清的兩支電話也失聯了。

「她可能有壓力吧，公安太過分了。」金燕的語氣裡，沒有責備。這麼緊繃的監看，誰不怕呢？她不怕但不能怪其他人怕。

結構性的壓力，不能歸咎個人。曾經一起在台灣受惠於集體協助的，返鄉後各有牽絆與顧慮，客觀條件殊異，不能期待齊一的行動參與。甚至，有的人更早就看清局勢，怕引起麻煩，而及早抽身了。

有希望總比絕望好

店前的樟樹枝頭，成群的麻雀啾鳴迎晨。吵得很。

天氣這樣好，適合遠行。金燕跨上一五〇CC的機車，把已然退燒而精神旺盛的小兒子放進前座。我從後座環抱金燕的腰，雙手撐住小兒子柔軟的肩頸，不讓他因震動或瞌睡而過度歪斜不適。

離開府里小鎮，沿途但見農田和小丘陵般的遠山，以及更遠的高山，有點花蓮的素樸況味。轉進村落裡，沿著河是錯落屋舍，河邊有芭蕉和竹林，家家戶戶種菜種花種樹，河水看來混濁，但還是有人洗菜洗衣，兼有孩子們拿著網子去捉蝦捕魚。

阿靜坐在客廳的實木椅上，模樣出乎我意料的結實飽滿。她掛著金色大耳環，穿合身的黑長褲，搭配黑白相間的絲質襯衫，面色紅潤粉嫩，說話中氣十足，笑容與口氣都有幾分天真——可能是因為使用中文只能說簡單的話語，不得不裁掉更複雜幽微的感受，所以聽來不免孩子氣的緣故。

鄰里間門戶相通無礙，沒有一戶人家的門是關著的。我們在客廳裡使用中文聊天，路經門外的人總會好奇探頭張望，有時就順勢進門來吃個水果再走。隔壁的姊姊端來一盤已剝開的柚子，鮮嫩多汁，以豐盛的食物待客。駝背的婆婆拎著一把剛採摘的青菜從大門過，看見我探頭又看，走過一會兒又回頭逕自走進門來，連青菜也帶過來待客了，是油綠鮮嫩的皇宮菜，入秋了還有白色花朵竄生。

就越南女人來說，阿靜長得特別高大，聲音也較一般呢噥軟語的越女來得宏亮清脆。相對來說，她的丈夫志中就顯得斯文秀氣許多。他身形精瘦敏捷，騎機車噗噗聲響便出門買了魚肉、豬肉，再興沖沖提菜入廚房，揚聲要我們一定留下吃中飯。

「我老公真的很好。」阿靜轉向廚房的方向，說了又說，像怎樣都說不夠。

四腳枴杖放在門前，現在是較少使用了。阿靜坐在椅子上，四肢面容都飽滿健康，完全看不出無法行走。五年前，在台灣的一場車禍挫傷她的腦，奪走直線行走的平衡感及辨識能力。

「你看看阿靜走路。」金燕對我說：「你走她的前面。」

我無所適從地站了起來，阿靜抓住我的手臂也跟著站起來，穩當得出乎我意料。阿靜催促著我前行，她的手則搭在我的肩頭，隨著我向前移動，搖搖晃晃像是隨時都會跌倒，一路到門口，似乎也算順利。回程我不再以身體指引她，她一抬腿，身子斜歪就滑倒了，完全失去平衡。

她的腳完好無傷，但腦神經無法自主辨識方向，一旦起身走路，若無前導指引，便歪斜至無以行走。

「你認識文南嗎？你的情形和他一樣。」我說。不，其實比文南嚴重多了！無人扶持她根本動彈不得。

「文南來看過我，教我怎麼練習走路。看到他我比較放心了。」阿靜大聲說：「本來一直練都沒有用，我在家裡很無聊一直哭。」

家中的擺設因此改變了，完全配合她的動線重新排放家具，供她摸索前進。她扶著椅子，一坐下又成了個完全看不出問題的正常模樣，她不無得意地說自己還能夠煮飯燒菜，還能洗衣，只是幾乎無法單獨出門，就待在家裡，有朋友來聊天就很開心了。

「天天在家裡，一直坐一直坐都長胖了。」

她的聲音宏亮，精神飽滿，平鋪直述一說不中斷，竟像是草稿早就打好了似的。但細聽那些故事，時序是跳躍的，內容多有重複，不時失去脈絡或錯接，我得東一塊西一塊重新拼湊。在我跨進她家門前，她已有四年未曾說中文了。

●

往山裡走，可以採些常用的草藥，治腹瀉的、強筋補氣的、退燒的，阿靜小時候常隨媽媽去採藥，後來也自種草藥，在家裡熬煮或曬乾了擔到附近叫賣。收入很少很少，但聊勝於無。

這個村落就二條長路，以教堂為核心，總計有數十戶人家。經濟改革的風潮橫掃，改變了越南農村的樣貌，但來到河南省邊緣的速度似乎放慢了些。他們像是武陵人，外面已然天翻地覆，小村落才恍然乍醒，跌撞跟進。等阿靜察覺時，村子裡已有多戶人家都蓋起二樓了。

蓋房子的念頭強烈，她熬煮中藥時想著：廚房實在太小了，孩子都上學了還和父母擠在同一個房間！他們有前院有後庭，但房子這麼小，煮藥不便，要轉個身就是爐子和柴火。她想著廚房該改了，房間該改了，兩個孩子都大了，要有比較大的空間，像電視連續劇裡那樣，門一關可以轉身趴在床上，門外的人都不能進來。

她望著隔壁、再隔壁、再隔壁，都有了二樓，有鳥飛來，二樓的陽台可以晾衣服，陽光直接灑在衣服上。她想要有二樓的房子，推開窗，可以看到路的那一頭，志中穿著雪白的儀隊制服，大跨步走回家門口。

為了蓋二樓，阿靜抵押現有的房子貸款付仲介費，飛到桃園做工，一待就是三年。當時加班時數多，每天工作十二小時，後來知道加班費給的不符台灣的勞基法，但沒有人抱怨，有固定給薪就好了。

有時台灣主管還會酸她們：「現在加班都給你們哦，輪不到台灣勞工加班。你們賺很多哦。」但一起工作的台灣工人私下告訴她，她們每天有四小時加班費，老闆根本沒照勞基法加給計算，一個月就損失了六七千元。

六、七千台幣！阿靜倒抽一口氣，像是被狠狠踩了一腳，黑眼圈、胃痙攣、和月經混亂的代價，宛如被丟到地上踐踏。日日夜夜，連續三年，這是好大一筆錢啊。她們只管比較那些根本沒加班的移工們，可憐他們賺的錢只夠付完仲介費就要返鄉，卻沒想到自己拚死加班原來還是被欺負了。那三年，對台灣幾乎沒留下任何印象。工廠、宿舍來回，無眠無夜地加班，每個月的錢都寄回家，省吃儉用，三年後買了屋後的田地。

買了田，房子還是沒蓋。她朝思暮想就是蓋房子，原來三年還不夠。只能再一次出國，賭另一個三年。

這次進入台灣人家庭，原是要照顧阿公的，但她的主要工作卻是照料三十隻大狗，每天要煮東西給狗吃、要洗澡、處理排便、清洗狗籠。整整四個月，她幾乎沒有說話的對象，有時深夜了還沒沖完狗大便，身心俱疲。養狗的地方在偏僻的山間，老闆每天會來巡看，告訴她會透過監視器看她工作，她若要出去，警察會捉。她能說中文，但上一次的台灣經驗，幾乎全在工廠內，著實連坐車都不會，這個偏遠山區到底怎麼出去，她也不懂。只能天天纏仲介，四個月後，仲介幫她換了一個工作，她才歡天喜地搬離山區，進入彰化照顧阿公。

以為再來就順利了，安心工作存錢蓋房子。以為就這樣了。後來才知道，原來她竟是「被逃跑」了。仲介向警方登記她逃跑了，再將她當作黑工轉介到不同的地方工作，她以為是換工作了，其實是換了身分。

之後是一連串不穩定的轉換，地下工作都不長久，零星且臨時，有時好長時間沒有工作，她就被軟禁在仲介家中。

洗衣服的陽台，可以見到對面陽台的一名越南女孩春蘭。來自芹苴的春蘭嫁給台灣人家已有二年，也要照顧老人，也要清洗打掃，和阿靜做著差不多的工作，還沒有薪水領。不過春蘭懷孕八個月了，像懷著一個希望使她的未來及打算都和阿靜不一樣。

春蘭和老公討論過後，決定要找警察來救阿靜，但又怕被仲介報復，於是小心翼翼等仲介不在時，通知警方破門而入。

「我是被騙的。我沒有逃跑，我來工作，很辛苦。」警察進來時，阿靜早已把行李準備好了，說出她默背了一整夜的台詞。

幸而春蘭的老公請假在家，也到警局幫忙作了筆錄，證明確實是阿靜主動要求報警，她是被仲介囚禁的受害者。那幾個月，阿靜天天以淚洗臉，想到沒賺錢還不能回家，想到兒子沒錢上學，就是哭。直到她的逃跑紀錄被取消，並順利轉換雇主，到台南的一戶公務人員家庭照顧阿公。這次，總算存了錢返家。蓋房子的錢。

回家就蓋房子，平房加拓前院後院，往上又加蓋第二層樓。那是阿靜的成就最高峰，一切夢想都實現了，在台灣輾轉受騙以淚洗面的日子，漸漸褪去暗色，只留下這個存錢蓋屋的成果，二樓的窗外有陽台，面向長路與清溪。

●

這裡的田地多被丘陵切碎，難有一望無際的平原，山林錯落，時有溪流，物種多且繁，但耕地不廣，不算肥沃豐饒之地。

阿靜家極寬敞，隔間簡單大方，土地不怕不夠用。一樓的水泥隔間，牆與天花板之間保留了約半公尺的空隙，如此一來，客廳、通道、臥房之間都相對聲息互通，且很通風。廚房、浴廁直通到後院絲瓜藤，再過去，就是稻田，種稻也種地瓜、蔬果、玉米，收成普通，多是自用與鄰居交換不同菜色

「我想看整棟房子，可以嗎？」我吃了瓜子、柚子、橘子，站起來說。

「好啊。」阿靜眼睛一亮，扶著椅子也站起來：「我帶著你走。」

這是她付出歲月與身體代價賺回來的成果。她熟練地摸索著牆壁，再來是電視櫃、衣帽架、

音箱，左轉進入廊道就貼著牆移動。經過廚房，志中正在烹煮，拿起鍋鏟向我們打招呼。阿靜沒有回應，也許她沒有看見，甚至她行走時根本就閉上了眼。

阿靜頭也不回走得熟練，她摸索著門檻上方的角釘，再轉入樓梯口，我想視線不是她判斷的依據，可能相反的，視覺神經還會給她錯誤的判準。她像個盲人，使用觸覺摸著牆角的直線前行，身體還是歪斜搖晃像個喝醉酒的人，兩隻腳的前後幅度不一，但她至少走對了方向，一面行走一面說明這間屋子、那個房間的作用。每個地方已放置好她可以依循前進的物件，不致迷失傾倒。

走廊兩側的牆一手一邊扶著，人就站正了，走路又歪斜起來。到了樓梯口，她先扶著把手走，沒有把手就貼著階梯像小孩爬行。樓梯不知為何拆成兩側建造，登上半層樓，再轉個半人高的平台，從另一側再登上樓，但這平台剛好可以放米袋、雜物，感覺也很妥當周到。

房子整修的結構不太對稱，不符合一般建屋的慣例，像是邊蓋邊想，一塊一塊銜接，沒有事先規畫好似的。不過如今看來也挺合用。二樓先抵達二兒子的房間，附衛浴，然後又是一道長廊，通向大兒子的房間，有大片奢侈的陽台。整棟房子的格局十分闊綽，家裡人口不多，每個隔間像是隨便劃定了就占住大片江山。

前有河流，後有田地，風從前門直通後門，清涼舒適。二層樓很夠用了。

這是阿靜與家人的房子，走道的衣架、轉角的箱子全是特地為她量身訂作的指引，每一件都是必要之物，讓她的指尖掌腹可以隨之高高低低摸索前進，走到後院晾衣服，走進兒子房間擦地板，走到神龕前點香拜祖先。總算她可以在熟悉的屋內自主移動，不再是一個廢人。

至於屋外的陷阱重重，就慢慢來吧。

房子蓋好後，阿靜在家裡待了一年，她的廚房變大了，方便煎藥，但傳統藥草銷路變差，人們都走向西藥房。左思右想，還是再出國吧。

這回，她不敢再申請家庭看護工，轉而借貸更多仲介費當廠工，有同事有伴有勞基法保障比較不怕。沒多久，妹妹也來台灣了，在南港照顧阿嬤，沒休假，入冬了衣服不夠穿，電話裡說好冷。阿靜下班後到夜市幫妹妹添購暖衣，回程搭乘計程車卻不慎出了車禍，她被送進醫院還記得提醒護士，塑膠袋裡有一件粉藍色綴花的太空棉外套是新的小心別弄髒了……

兩個月後，阿靜才從混亂昏迷中真正醒來，年邁的媽媽早已飛到台灣看顧她了。阿靜的認知神經受創，隔了好久才依稀認出母親，有時喊媽媽，有時喊姊姊，有時當作陌生人。妹妹倒是認得的，阿靜記掛著那件大衣，問妹妹喜歡嗎？顏色還好嗎？妹妹只是咬著下唇哭出聲來。

某個陽光燦爛的早晨，阿靜像是大夢初醒，對著守護床邊的母親開口了。

「媽媽，你來看我了。我好高興。」

「我來兩個月了。」媽媽說，淚水直流。

「兩個月了，你怎麼不先打電話給我？」阿靜大為吃驚。

「你躺在病床上，怎麼打電話……」

這個對話她日後一說起就要哭，彼時的恐懼絕望全都浮上來。她一夕醒來，突然發現身體完全不聽使喚，被未知的力量左右著，可以流暢動作，但就是不堪移動。她像被囚困在孤島上，浪起潮落，只有她在這裡，只能在這裡，一步跨出就沉入大海。大海無邊無際。

後來，媽媽一再延簽留在台灣照顧她。阿靜腦子愈來愈清晰，身體則是迴線般反覆無望。她愈要努力復健，愈顛三倒四不成人形；愈想行得直挺，愈證明了眼見不得為憑愈走愈歪；愈努力，愈絕望，徒勞無功的消耗最是蝕骨。

她常生悶氣，氣自己走不穩。於是拒絕復健，不知道怎麼說清楚那種無望的身心耗損。沒有用。沒有用。根本沒有用。

怎麼辦？她拿起助走器，忍受天旋地轉的嘔吐感，又站起來。

七個月後，阿靜搭著媽媽的肩頭，一步步搖晃登機返鄉。那是二〇〇九年夏天，鼓脹心痛幾近碎裂的感覺，還像是昨日。

河內機場的跑道被日照曬得發燙、反光刺目，淚水從阿靜緊閉的雙眼流下，慢慢，慢慢流。

●

回家四年多了，阿靜無法出門勞動，多半就待在家中，一天又一天。

「很無聊，因為沒辦法上班沒辦法出去。剛回來很多朋友來看我，後來就沒有了。」她無奈地說：「我很無聊，白天大家去工作、上學，我就在家一直哭。」

現在我聽懂了，她詞彙中經常出現的「無聊」，其實語意複雜得多，也許更接近一種低盪難受的心情，緊繃要裂開的難以承受，而不是無所事事的狀態。她知道「難受」怎麼說，但出了口總變成「無聊」，那個「無」字，感覺很空虛，什麼都沒有，無處使力，無可著力，完全就是她的身體的直接感受。

頭一年返家，她總是哭，無法煮飯做菜無法照顧小孩無法下田勞作，像個廢人一樣，不知道活著還有什麼存在價值。慢慢地，她拄著助步器也敢出門了，走很慢，但可以到菜園裡澆水，也可以在廚房裡切菜下鍋炒，浴室改裝過後增加了輔具，她可以自己洗澡。白天沒人在家，她甚至可以打開音響唱卡拉ＯＫ，她的聲音那麼有力自然是愛唱歌的。

志中和兩個孩子都沒什麼抱怨，家人們知道她遠去台灣賺錢買地、蓋房子，很辛苦，身體病了也是賺錢的代價。

大兒子今年高中畢業，到河內機車廠當學徒，學修理摩托車，吃住都在廠內，還有一點點生活費可領，結業後就有正式工作了。孩子懂事，怕增加家裡經濟壓力，每個月回家一趟，衣領衣袖都是黑油漬，她想買件新衣給兒子，一直掛念著要志中載她到鎮上的市場。

中午時分，讀國二的二兒子從學校回家吃飯，白襯衫的領口刻意豎高了，牛仔褲是時下流行的緊身窄口，小平頭特地留下額前一撮瀏海垂墜。他的個子不高，端著大鋁盤上多種菜色上桌時，俏皮地單手旋身低腰，如一場華麗表演。奶奶媽媽客人都被他逗笑了。

志中的廚藝極好，每樣菜色都說得出故事：小時候爸爸帶他去溪裡捉魚就是這種黑溜溜的，炸了吃一整天都很神氣；九層塔台灣也有嗎？這可是自己種的不一樣啦；小綠桔不是直接吃的，切半擠汁灑在煎豬肉上，全世界沒有比這裡更好吃的……這家人都性情活潑，談笑間殷勤夾菜，推辭婉拒都像是天大的浪費，吃著吃著不由得胃口大開。難怪阿靜回家就吃胖了。

午飯後金燕哄孩子入睡補眠。志中一閃身，不一會兒就換妥一身雪白襯黃絲邊垂紅穗的制服，筆挺亮眼，洋洋自得。他的工作是婚喪喜慶的樂儀隊喇叭手，今日村子裡有人出殯，下午在教堂裡有追思告別式。數分鐘後，同樣雪白制服的法國號同事來找他，兩個人坐上機車向村子另一頭駛去。

「小孩都知道我是為了賺錢給家裡才會受傷。如果沒有我，他們也沒有錢上學或住新房子，如果沒有我……」阿靜說著，忽然嚶嚶哭泣了：「都是因為我！老大沒辦法讀大學去做工。都是因為我，他看我在家裡太無聊才會自己出去賺錢。」

她索性停話不說了，專心哭起來。客廳裡只我們兩人，阿靜孩子般的嗚咽聲在屋內迴繞，一股氣嚥不下又提不起，好委屈，平常有人在都不敢哭出聲。屋外豔陽高照，前廊吹過溪水的涼風徐徐，一隻野狗到門口嗅了嗅又走遠。

哭完了，攤了一桌面揉過的拭淚面紙，阿靜又興致勃勃拿起電視旁的一套新近才買的插電儀器，刺激神經末梢。數十個通有微小電源而輕輕震動的貼片，分別貼在腰間、大腿、膝蓋、足部不同部位的穴道口，一次療程要耗費一個小時，每日早午晚共三次的在家復健，她自己動手，邊看電視邊刺激神經。這儀器原本是給中風老人復健用的，親戚朋友推薦有效，即便是昂貴還是抱著一絲希望買來用了。

四年來各式偏方都試過，有希望總比絕望好，期待有一天可以回復原狀，抬頭挺胸大步向前。

●

喪禮要開始了，我幾乎不必尋找，廣播聲就引領我走向出殯的樂隊。

陸陸續續有村民從屋裡走出，撐傘擋日照，每個人都穿了暗色衣服，額上繫一條白頭帶，從四面八方默默走向村子深處的天主教堂。看來很類似台灣原住民部落與教會的緊密相連，共同的信仰與儀式，共同的廣播系統，每個轉角都有擴音器。一路上老幼男女皆有，只是罕見青壯年齡的，猜想多是上班或是移居城市討生活了。

教堂又大又莊嚴，歌德式尖塔。神父布道完，風琴伴奏引導大家吟唱越南語聖歌，全村人幾乎都會唱，不必看唱本。喪家數十人全坐在左側前方，身披麻衣，照親等區分全身著白衣或黑衣或僅戴草麻帽。

教堂外散落著或蹲或站的人，志中招手要我過去，一一介紹樂隊同事，他們穿著雪白制服，亮閃閃黃澄澄的樂器，約莫二十人，組團工作起來很是壯觀。有個兔唇的男人站起來作勢要吹大螺旋管，請我幫他拍一張氣宇軒揚的全身照，兔唇被樂器巧妙遮住了。志中和其他人都豎起大拇指讚他帥透了。

雖說是天主教堂的送葬儀式，還是夾雜了很多本地民間信仰及傳統，大紅旛旗領隊，隨後跟著披麻戴孝的親人，花白頭髮的阿嬤遺照由子孫手捧著前進，後面還有人拿著香爐，人們把棺材抬進教堂門口停放，香爐和遺照就放在棺木上。神父手持聖經帶領家屬圍著棺木一起祈禱、唱誦詩歌，把聖水灑在香爐與棺木上。樂手們起身到紅旛旗後整隊，喇叭聲蓋過神父的吟唱，整個送葬的隊伍慢慢走向村子外的田野，送死去的阿嬤最後一程，將她安葬在自小未曾遠離的家園。

暴烈炙陽無所遁逃，偶有涼風，從溪邊徐徐吹來。

人活著又不是只有活下去

二〇一三年夏天，大兒子阿森才搬進府里市，與金燕同住，也方便就讀城裡的高中。他眉清目秀，濃密的長睫毛，低垂的臉；他個子筆挺高眺，手指纖長如鋼琴家，指甲乾淨無垢即便下午才剛打完籃球；他性情穩定，煮菜做飯從容不迫，也許是心中自有盤算出手遊刃有餘。

傍晚時分，阿森騎著腳踏車從鎮上的高中回家，書包外套丟到二樓靠陽台的房間，隨即下樓進廚房洗米煮菜，半個多小時後二肉二菜一湯的晚餐已擺上鋁盤，排好碗筷端到母親的木床上。這固然是越南菜多是汆燙再沾醬，盤上也沒有太複雜耗時的料理，但他這樣習以為常的從容煮食還是令人驚奇。

「煮菜是我教他的，以前阿嬤都弄得好好的，他沒機會學。來我這裡好可憐，什麼都要自己來。」金燕像是自豪又像是不忍心：「他很好，不必管，什麼都會主動。」

阿森功課好，讀書毫不費力，個性謙和有禮，似乎未曾歷經叛逆就懂事了，又或者，他最叛逆時母親不在身邊，如今只見十六歲早熟的體貼心思。他和忙碌的母親同住，會主動洗碗洗衣服，也會分擔照顧年幼不滿週歲的小弟。每天清晨，阿森先下樓梳洗、自理早餐，換好白襯衫及合身牛仔褲，六時半即跨上腳踏車出門，書包看來輕飄飄的斜背身後，唯有水壺沉甸甸繫在車前橫桿上。此時，金燕和小兒子多半尚在沉睡。白天金燕若要出門，備妥冷凍肉品與蔬果，留個字條阿森就會自己料理三餐。

母親離家時阿森才六歲，外公外婆一手將他帶大。青少年的心思難料，但他對離家多年的母親竟無芥蒂，也不抱怨她返鄉後卻忙於公眾之事而無暇日日守候家門。

也許正是金燕不是個傳統母親，阿森因而更自在也不一定。

對未來，金燕叨念著想送阿森去補習英文，日後可以考慮出國留學。其實去哪裡都好，她就是希望兒子能離開家鄉，到外面看看世界。這是她啟蒙的途徑，想讓兒子經驗她所經驗到的衝擊與反思，雖則那多是難堪無以言傳的波折與困境。

困境磨練堅強心志。我猜金燕是這樣想的，因為她是。

四個兒子都遺傳了母親的濃眉大眼，個性長相則各有不同，老大聰明秀氣，老二倔強固執，老三活潑開朗，老四才十個月大，這些天正感冒著，情緒時有波動，又笑又哭。金燕身體壯碩，聲音清亮，態度爽朗，好似大地之母，孕育孩子毫不費力似的。

二兒子與外公外婆住在相隔二十分鐘車程的鄉下。國中生，想的多，說的少，至少對大人不肯說，又沒有像哥哥一樣的好功課作後盾或藉口，可能在家也很被責罵，於是更拒絕溝通了。媽媽回家後，公安不斷上門也對孩子形成壓力，他幾度表示厭煩，卻又沒耐心聽金燕細訴原由。這一年來，他開始有意疏遠金燕，高中考試很可能也沒法子考上城裡的學校，親子間的距離如何拉近？看來「拒絕」就是青少年最富殺傷力的叛逆，沒有單方面付出的特效良方，有時竟只能等待時間漸漸瀝去碎渣，重新再摸索溝通之道。

甜蜜的老三，那個公安騷擾中誕生的寧馨兒，倒是勇壯開朗。也許是承繼了金燕挺著肚子四處串聯、無懼打壓的氣魄，他很能自得其樂，也很能安於現狀。他是明雄第一個兒子，長到二歲多，老四也出生了，金燕一人分身乏術，明雄就把他帶回河內同住，那裡有同父異母的姊姊照應，金燕也很放心。

三兒子出生前，我和金燕繞著府里街頭為他準備的新衣，如今是老四在穿了。這個才十個月大、圓黑眼睛的漂亮男孩，在我此次暫住期間，他因為發燒而極黏媽媽，時時要含著乳房才有安全感，幾乎是一刻不離手。金燕倒是待之平常，小孩發燒不是病，三餐仍有胃口最重要，鬧情緒就掀衣塞奶安撫，出門也帶著孩子一起同行，注意保暖就是。

發燒的孩子不時要人懷抱，金燕煮飯時，我負責搖晃著小兒子出門走來走去，看花看車看貓轉移對病痛不適的注意力。最難受是半夜，孩子白天睡飽了，半夜啼哭不眠，且極敏感，非母親的氣味不得安寧，金燕只能一再起身懷抱安撫，蚊帳外來去走動低吟兒歌，清晨五時就乾脆起床，轉開電腦，上網瀏覽臉書及新聞了。

連續數日，小兒子燒起燒退，金燕如常作息，抱著他餵食，抱著他打電腦回信，把他放進摩托車前座加裝的嬰兒座椅，出門拜訪個案並採買食物。一路風吹，小小孩全身都包著衣服口罩頭巾，一搖一盪頭歪著也就睡著了。

返家時天色都暗了，阿森早已備好晚餐。我們聊著白日見聞及學校軼事，小兒子吸完奶沉沉睡去。半夜，又是竟夜哭鬧。

姊姊金萍免費把城裡的房子給金燕使用，卻召來公安盤查，免不了擔心遭到扣押房子或其他的麻煩。

「別再做這些事了，你幫了別人卻會害了自己。」金萍嚴厲警告。

金萍返回家鄉後身心暫獲安置，慢慢長出愛人的能力，也能上網通信，也會回家探視父母，也能出門走走看看。雖然與法國老公聚少離多，暫時還依賴藥物入睡，但家鄉這帖藥無可取代。

「我是一個人，人活著又不是只有活下去，還有要做想做的事，才會開心。」金燕說，簡直耍賴：「你不給我住，我就到外面去租房子。」

這話金萍聽懂了。她就是在法國什麼事都做不了、和人沒有關聯、孤立無以自處，才逼得跌落無底黑洞，不得不返鄉養病。

做一個完整的人，何其重要。

這棟販厝是發展中都市很常見的平價公寓，不算舊。只是金燕住了四年多，除了店面保持清爽整潔，裡間可以說是草率一如初搬入時：擺設隨意，遇漏不補，甚且因著多有蒙塵而顯出敗落粗莽之氣。

孩子出生後，金燕在牆角新購了粉藍色的衣櫥，但晾好收下來的常用衣服還是多堆在床頭。空無一物的電器包裝盒，一個堆一個塞在櫃子裡，已拆裝的耳機、錄放影機、充電器散在各處延長線插頭。走道上，貼牆立有一組玻璃櫃，內有中越文的勞動法令、相關剪報、還有數盒名片，以及數個膠套未拆但已蒙塵多時的資料夾。想來當初很可能是意圖大有所為，如今和衣服廢紙包裝盒全混在一起，我掏出一疊A4紙的影印資料，也是二年前的日期了。

廚房旁的廁所狹小難以迴身，東一點西一點塞著衣服與零錢，廚房外整個後院全搭建成鴿子籠，泥土地走一圈，難免泥沙要拽進屋內。修補鴿籠的木料、竹片與乾草全堆在二樓，塵沙處處。這個半農半城的居家，原就無法比照都會標準的潔淨無塵，只是浴室牆角的蛛網該清除了，而洗碗槽內也有半盤未清的乾麵已然罩了一層青灰黴菌。

家有幼兒，原本就很難保持整齊，玩具四處掉落也是防不勝防的生活常態。一整天發燒的小兒子起碼換過六套衣服，全堆在浴室地上的大澡盆裡，大人總要變出時間去洗了再晾。金燕做事舉重若輕，這些小事談笑間就處理妥當，掛一漏萬在所難免，看到了再撿起來做便是。

我到二樓窗邊晾衣服，那窗口，因為緊鄰鴿子籠而多半是緊閉的，陽光只能透過窗玻璃折射，溼衣服於是要曬很久。

二樓第一個房間早已成為農具倉庫間，臨近大馬路有陽光的那間，牆上原本有個小神龕，上置香爐一只，應是祭拜神明祖先之用，但金燕在台灣改信天主教，回越南後雖少上教堂，也不拿香了，香爐於是荒廢不用。至今也仍棄在牆邊留有遺痕。

光線最好的臨街房間，空廢多年，直至今年夏天阿森搬進來。窗戶也打開了，屋外有瘦弱的行道樹，篩落天光與日照。窗邊的書桌上零散堆著阿森的作業，數學三角函數，他用量尺一一畫出明確角度，字跡十分端正，不潦草。一張涼蓆鋪在地板上就是床了，被子和衣服散在床上，凌亂如逃難，這才顯現出少年居所的真實模樣。牆角新置的塑膠衣櫃裡空盪沒幾件衣服，倒是椅子上披披掛掛著學生制服，白襯衫的領口沒洗淨，有一圈汗漬。

這個家亂中有序，不致脫軌蕪蔓，但也處處帶著某種草率的延宕：床壞了還能睡也就不修，四年前那鬆落的床板四年後還是搖搖欲墜；浴室的熱水器壞了一年多，又回到初搬入時必須依靠瓦斯爐先煮熱水再混入浴盆，金燕原本說要在阿森搬進來時修妥，三個月過去了就等天冷了再修吧。

世界這樣大，事情這樣多，生活上過得去也行了，唯有機車是征戰必需，兒童座椅、前置菜籃都是基本配備，街頭風雨無阻。

●

早餐到街角吃河粉加酸肉湯，小攤子桌上有一盆盆青翠配料，野菜檸檬辣椒青桔很大方地隨便加添，另有一味削剪香蕉樹芽心成一捲捲薄片如絲網，清透白嫩如雪，嘗來無一絲渾濁。

家具店早早便開了門，過路客倒是不多。

金燕房間裡，最主要的活動空間就在電腦與床之間，偶爾阿森會在飯後陪她看一陣子電視，偶爾會使用她的電腦上網玩遊戲，但都算節制。我邊聊天邊掃地、整理櫃子，重新分類常用與不常用的文件文具，金燕泰然自若，不時招手要我到電腦前放一段遊行或抗議的畫面。這裡是金燕照顧孩子、關心社會並行不悖的戰場與家園，她無所畏懼，隨時可以出發。

「之前我根本不關心、無所謂，不管政府怎麼樣，我好好做自己的事就好了。」金燕認真說：「後來出國懂了一些，回來後又一直愈參與愈多，才對這個政府徹底失去信心。」

就才幾個月前，為了聲援兩名大學生因發表反對意見遭判重刑，許多人經由網路串聯，預計到胡志明市抗議。金燕沒錢搭飛機，有個網友主動寄機票支助她南下聲援，她於是抱著小兒子南下胡志明市，一待就是一個多月，很多在網路上認識而未曾謀面的朋友，總算有了機會一起工作與討論。她四處拜訪學習，住在不同的人家中，參與不同的會議，學習別人的行動與經驗。有一次還被公安跟蹤，但這些都已經是家常便飯，甚且是行動的枝微末節了。

也許是語言的誤差，金燕說起國家機器的鎮壓，總像是誇大了，彷彿越南公安沒事就盯著這一群人，想盡辦法干擾他們的生活。但我也確實見識她的四處游擊，每天有接不完的個案電話，花大量時間在網路上貼文與討論，持續關係的擴展。在胡志明市發起的遊行，公安拿警棍打人，金燕一路拍攝，公安為搶奪她的相機而誤打她懷中的兒子，搖晃尖叫的影片上傳後，引發更多的議論，震撼人心。這是她以肉身抵抗國家暴力的初體驗，鍛鍊了更大的勇氣與謀略。

「回來越南，使用自己的語言，做自己社會的事，還是比較有踏實的感覺。」金燕抱著兒子輕撫入眠，邊思索邊說：「學習很多，認識很多，可以再做更多事。」

現在，金燕的生活重心就在承接各式受害案例。她幫農民看公文，找法律資源；她到受災區拍相片和人談話，留下第一線的紀錄；她參與公聽會及與政府的協商會議，錄音並將現場過程整理成文字及影像資料，在網路上張貼訊息，引發注意及討論，快速流傳。長期看她報導的網友也會主動捐注，有一回她的相機在抗爭拉扯中，被公安摔壞了，消息一出，立即有人寄一台新型相機給她，冀望她繼續貼出社會真相的影像。

嚴苛的局勢迫使抗爭星火四起，人民可堪使用的護身武器不多，唯抵抗不懈。

「我很想有一個團體，提醒那些要出國的勞工保護自己，教育在國內工作生活的人，共同行動來改變社會。我很想做這些事但政府不允許。」

允許不允許原就是力量的對比，此方的不行動才會鞏固彼方的不允許。

民間組織，顯然是越南政府眼中的大忌。魯莽組成台灣返越勞工聚會，未有扎實組織導致無以為繼，這經驗讓金燕知道唯有化整為零，才有流竄存活的機會。但越南社會伏流出土的反抗力量，也許遠比她想像得更強猛有力吧？我離開府里後不到一年間，金燕的臉書上，出現愈來愈多頗具規模的組織性抗爭，爭先恐後都在衝撞政府鎮壓人民行動的界線。

二〇一四年五月，金燕在一次爭取人權的街頭行動中，遭五名便衣公安持棍棒毆打，造成手臂與大腿嚴重骨折，由救護車緊急送醫急救，當時，最小的兒子跟在擔架邊跌跌撞撞走。網路上掀起巨大波瀾，金燕重傷躺在醫院的相片被放大貼上抗議海報，由新一波的行動者高舉街頭，抗議國家暴力。新的局勢出場，改變總是迎面而來。

「這個政權這麼壞，一定會內部自己打架，它自己會出問題，我們人民要準備好，把國家拿回來。」傷勢未癒的金燕在越洋電話裡說著肺腑之言。

這是異議者對現況的判斷，也是組織者對行動的想望。高壓管控下，抗議並非全然無效，抵抗也難以全面封堵。總有微小星火，一點一點四面八方，就待燎原。

亂世紛擾，低壓逆行，有人追求功成名就，有人尋找安身立命，有人但求活命。有人，急於突圍。

第四章　明天一直來

光之城

腳踏車在石子路上顛躓久了，鐵架製成的後座椅上屁股磨蹭得發疼，幼嫩的小手還要緊捉著前座衣襬以免跌落，那身體因不聽使喚的瞌睡而斜側又彈回的滋味，馮春勝很小就知道了。又疼又開心，又倦又滿足，掙扎雀躍的心情保鮮般常存在記憶中，和河內的城市印象緊緊綁在一起。

專屬於城市的刺激味。

清晨透亮，全家人都穿戴整齊了就要上路。阿勝家有兩輛腳踏車，這在八〇年代的北越農村已是奢侈，但父親白日要騎車到二公里遠的機械廠工作，母親帶著三個小孩獨力務農，也非要一輛車能載物遠行。偶有特別的節日，如中秋節或國慶日，父母親透早便起床，為前往河內首都的行程張羅。父親依次把兩輛車絞螺絲、上車油、細心檢查車況，以免半途落了車鏈或掉了籃子可就慘了；媽媽準備了全家人遠遊的吃食：綠豆沙甜粽、水果、木薯餅、炸地瓜……，但阿勝對環劍湖旁賣冰棒的攤子更是期待。

第一道陽光照到窗櫺，孩子們都自動醒來，不必催，像是昨夜睡前就開始等待這一刻。

兩個妹妹坐爸爸的車，小妹在前座的竹籃子裡，兩隻肥圓的小腿懸空晃蕩；大妹在後座環抱著父親，腳踝還夠不著踏板。阿勝則一人獨占媽媽的車後座，有時遇到上坡或石子路，他機伶地跳下車跟著媽媽變緩的車速慢跑，這時媽媽總會給他一個笑臉，說些：「你變重了哦，長好壯了啊。」「啊怎麼你已經跳下來了，動作好輕，我都不知道欸。」「你好厲害，再一下子就好了。」之類的話，像是他已經是個可以商量事情的大人一樣。

村子裡的媽媽們都很少稱讚孩子，但他母親常讚美他，肯定他作為長子的努力與體貼。鄰家的農夫爸爸們，無時無刻都在視線可及之處，有什麼事小孩奔至田地那頭叫喚，爸爸就可以立即返家，平常農忙後或喝酒或聊天或做雜工，都在附近。阿勝的父親和他們不一樣，白天他去工廠工作，整整八、九個小時就像消失了一樣。有時家裡需要什麼粗重的工事，媽媽都會先叫阿勝幫忙。他隱隱覺得長子就是要分擔父親的在家功能，這是他的責任，保護媽媽與妹妹們。

河西省到河內市中心的直線距離並不算遠，但彼時交通不方便，一天只有一班公車進出，農村裡很多人一輩子都沒去過河內。但馮家每年總有一二次，全家人慎重穿上過年才穿的衣服，騎三小時的車進城，看燈會、看花展、看雄偉的大閱兵、去香火鼎盛的大廟裡拜拜，吃鄉下沒有的加糖涼水，到美麗的環劍湖邊野餐，享受都市人的生活與時髦。正午過後，再騎三小時車回家，那時，孩子們多半累了，原本閃亮的眼睛與響亮的笑聲，都被無邊的倦意掩蓋。回程時，阿勝在車上打盹，遇到陡峭難行的石子路，媽媽便下車牽著走，他則是安靜走在一旁。要趕緊，趁天黑前回家。

阿勝出生於一九八二年，彼時南北越統一後的衝突矛盾一一浮現，外有美國發動的經濟制裁與貿易禁運，內有集體化推動不力及嚴重的通貨膨脹問題。解放後的越南人民長期生活在貧窮線下，即便是距離政經核心不遠的河西省，也隱隱承受糧食短缺之苦。

父親在俄援工廠內工作，有點國際經驗，心思也多幾分考量，他堅持孩子們自小要能望向遠方，不怕遙迢，看見更大的世界，有更長遠的視野。

阿勝才四歲就第一次進城。那一年，越南共產黨第六次大會提出「新改革政策」，正式推動經濟改革，逐步轉向自由市場路線。排山倒海的政策轉變也迫使農村起了變化，公有制鬆綁了，村內集體分配的米糧一年比一年少；私有制抬頭了，鄰居們開始擴大養殖豬隻提到市場裡買賣。

每年每年，阿勝的父母持續著帶孩子們到河內，來回至少六小時的腳踏車之旅，是家人們的親密時光，阿勝和妹妹們張大眼睛，看看世面，開開眼界，去到那些同學們都不曾去過的地方。城市對他來說，因此恆常具備強大的吸引力，含著光，隱隱在遠方閃爍。

也就是那幾年，政府實行「新合約制度」，採用土地承包責任制，鼓勵農民開墾自有土地，促進稻米產量，在一九八九年就實現了越南糧食自給自足。然而，伴隨著市場經濟而來的，是緊縮的社會保障，及追趕不及的物價上漲。農村裡的副業愈發蓬勃，人人都搶搭私有化列車掉下來的周邊殘渣，因為車上的位置早就被城裡的人占滿了。農村的窮，一天比一天明顯。

愈來愈多的農村父母，辛苦勞累兼副業只盼將孩子送進都市、脫離農村，在陌生變異的新社會裡，尋找他們無從想像的發展活路。

「我是農民的孩子，但我要證明我也可以有成就，讓媽媽過好日子。」馮春勝使用流利的中文說。

語氣裡似乎該有悲憤，但其實沒有，他不過是陳述他自小的願望，理所當然，簡直像是勵志的座右銘。我第一次見到阿勝時，他就這樣說，很自然地像含在嘴邊的一塊糖，一開口就有甜味四溢，儘管那時他身上只剩不到一千元，返鄉半年多還沒開始工作。

二〇〇九年底我到河內進行仲介制度的研究調查，和國營光陽人力仲介公司的梁經理聯絡上，一路近身觀察仲介公司訓練及挑選移工的過程。梁經理是河內大學中文系畢業的高材生，她頂著一頭時髦的挑染黃棕捲髮，身上穿的衣服、用的皮包及相機，多半是到台灣或泰國出差時買回來的。

「我們首都的女人，不會出國當看護工，都是那些鄉下來的才會來申請。」梁經理很乾脆地說：「現在都要到太平、海防的農村才招得到工人了。」

光陽是國營人力仲介機構，工作等同公務員保障，且能常常出國，是個人人稱羨的好差事。梁經理每年定期赴台灣兩次探視移工，已有五、六年的工作資歷，對台灣各地名勝景點及政治新聞都不陌生，但私下聊天我才知道她竟是對台灣相關勞動法令一無所知。

這樣如何協助移工呢？

「我們只負責把人招募到，管理好他們不要鬧事，有時候還找越南歌星到台灣開演唱會慰勞他們，花很多錢呢。」梁經理心平氣和地解釋：「真的出了什麼問題，台灣工廠那邊會有專業的人來處理。」

「工廠處理，怎麼可能會幫忙工人？加班費領不到怎麼辦？被扣薪強迫儲蓄怎麼辦？」我忍不住調高音量。

「強迫工人存錢不好嗎？每個月的薪水直接扣掉三千元，工廠幫你存起來，等合約滿了再全額退給工人。算是幫工人存錢啦，這很好啊，就是怕他們年輕亂花錢。」

我只好耐心說明相關法令，資方不得代扣薪水等等。數日後，梁經理向我提起一名從台灣大南電路板工廠逃跑的越勞馮春勝，他已返回越南半年了，卻一直不肯按照約定繳交扣款，反而一再發文給總公司要求拿回抵押地契，並吵著要仲介代向台灣大南廠追回二年八個月的強迫儲蓄，令她不堪其擾。

「你說這筆錢是可以討回來的嗎？」梁經理問。

「強迫儲蓄本來就是違法的，這是工人的錢，就算逃跑也不能被公司侵占啊。」

「真的嗎？那他們逃跑了工廠卻扣不到錢不是很倒楣嗎？以前也沒有人逃走了還來要回這筆錢啊。」

「仲介費這麼貴，你本來就應該幫他討回來。不然委託仲介有什麼用？」

「他逃走了，我們很丟臉，怎麼可以再幫他呢？我若出面幫他討這筆錢，明年大南廠就不委託我們了。」她老實說，把早就寫在紙條上的姓名電話遞給我：「我看你很好心，要不要幫忙他一下？」

逃跑率作為大南廠在各仲介公司之間擺盪的標的，移工逃走就減招的懲罰性條款，逼得仲介公司防堵工人任意流動的沙壩愈築愈高。國家政策由上往下全力防逃跑，最後全是移工在付出代價。

梁經理想推卸責任，順勢推到我身上，也對糾纏不休的阿勝有個交代。我不過是她眼前可見的一顆棋，作勢拿來打發他，也是可有可無。大公司拿錢不辦事，隨便安個好心的名目，卻要我來義務賣命，看來她是習慣了這樣不公平的關係，占盡好處，不以為意。

但是我想接住。這個阿勝有意思，逃跑原就需要膽識，他跑了被捉後遣送回來，居然還對抵押房產討價還價，並且理直氣壯要逼仲介做點事。他不肯吃虧，他理直氣壯，他糾纏不休。我對他有興趣，有好奇心，也想藉此事給大南廠一個教訓，拿回廠方不該拿的，並對仲介公司示警。

光為著一個不甘心，我也想出手。

●

馮春勝來自河西，父親是鄉村國營機械廠的工人，收入微薄，但生活穩定。那個生產電扇、馬達、電機用品的工廠，原是戰爭期間，俄國協助建立的軍火工廠，戰後才改為重機廠。父親也是農家子弟，但在戰時分配做了技術工人，會一點俄語，也能讀一點書。

鄉村裡大人小孩都要下田耕作，阿勝小時候就會牽牛放牧、整地勞作，烈日和酷寒都要拔草，一日未拔草根在土裡扎實了就更難搞。最怕的是颱風一來，所有的辛勞全毀於一旦，未來半年餐桌上就多是摻了地瓜雜糧的米飯了。即便如此，相較於其他農戶，他的父親有工廠的現金收入，還算是比較有條件的人家，得以支持孩子到河內念大學。

阿勝念的是時髦的電腦資訊系，前途看好。他升大二那年，父親突然中風，癱瘓不能動彈，農村的醫療資源貧乏，家中妻小又不懂如何急救送醫，父親熬了幾日無以動彈的折磨，就撒手辭世了，享年四十九歲。一夕間家中主要支撐崩毀。

十九歲的阿勝，早在河內的城市裡度過熱鬧新鮮的大學生活，原本打算畢業後要留在城市工作，期待出人頭地，一步步掙出有出息的人生，把父母都接到城裡安養。這是他自幼的夢想，微小不誇張，踏實不虛華，一抬頭就看得見，一步步似乎也終能走得到。

但父親死了，一切好像都倒下去了，夢想搖搖欲墜。一直以來，馮家人的關係十分緊密，在孩子眼中，父親是全世界最好的人，支柱沒了，世界也傾頹了。媽媽希望阿勝把大學讀完，沒學歷的農村孩子，還有什麼好的未來？阿勝半工半讀撐了二年。

隔鄰的表姊到台灣工作，每半年會寄錢回家，好大一筆錢，可以拿來補屋頂的漏水。阿勝想著家裡也漏水了，沒錢補。

要讀書，以後還有機會。眼前的難關卻是他自身的功課撐得艱辛，學費生活費壓得喘不過氣。再下去，大妹就別想念大學了！兩個妹妹都才中學，能分攤家計的人實在有限。只有他。他暗自起誓，兩個聰穎的妹妹，一定要栽培到大學畢業，如果爸爸在，一定會這樣做的。

二〇〇四年，阿勝冷靜辦了輟學。越南的仲介公司多是國營企業，但各地中牛頭、小牛頭層層轉包，每一層都是額外收費，否則就輪不到你，永遠在等待。表面上的公定收費，和實質的私授支出，永遠有統計數據上看不見的巨大鴻溝，且最終逾三分之二的錢還是進入台灣仲介的口袋裡。跨國遷移的自由，在重重邊界的控管中，從來就是有利資本而壓制勞動者。國界愈趨緊縮，弱勢者愈要付出高昂代價。

三個月中文課程後，阿勝待在農村種田等消息。這段時間，長短難計，有的更偏鄉來的同學，結訓後幾個月都還在物價高昂的河內遊蕩，不敢找其他工作，也不敢遠離，以免臨時有工作機會卻漏失訊息或沒能趕上面試，那就等同自動放棄，白忙一場。預繳的七百美元押金，也退不回來。阿勝讀了大學，自視是知識青年了，原不想透過鄉里小牛頭再被多剝一層皮，但他返回河西晃蕩了二個月很快就覺醒了，若是空等通知，還不知要漫漫無期等多久，他忙透過表姊介紹村子裡的小牛頭，多花了二百美金，在一週內就得到面試機會，顯然這是既有仲介結構下必打的通關、必要的花費。躲不掉。

七千美金的仲介費，無非是抵押田地和房子的銀行貸款。未來，要花多少個月的連續加班來償還？他心裡默默向父親致歉，一定一定把抵押的房產全部還回來，一定一定翻修老屋重建新屋，讓媽媽過好日子。

「還要一千美金的保證金。」仲介說。

「保證什麼？」

「保證你到了台灣不會逃跑。」

「逃跑做什麼？這個契約花好多錢才到手，為什麼要跑？」

「不跑最好，你回越南後這筆錢就還你。若你在台灣逃跑了，保證金就沒收，而且再加罰二千美金。」

「憑什麼？有法令依據嗎？」阿勝被激怒了。

「逃跑的人多了，台灣公司會要我們仲介賠償損失，也會免除委託。跑了會害到我們，你知道嗎？」

「之前不知道還要付這筆錢，我根本沒地方借錢了……」

「不然就取消合約了。」仲介輕鬆地合上本子，把仲介費從抽屜裡拿出來遞給他：「沒關係。」

他啞口無言。怎麼可能沒關係。他被大南廠挑工挑中了，這個大廠加班機會多，一次召募數百人，同鄉人多宿舍又好，這樣一紙合約到手後如何都不可能放。那是阿勝第一次經驗了毫無籌碼的談判，原來根本沒得談。都走到這一步了，無路可退，對方氣定神閒，接電話喝熱茶，等你卑躬屈膝來妥協。

最後，是媽媽陪著走到村子的那一頭，低聲下氣求情，向手頭也並不寬裕的舅舅借了紅色單子的房地契，趕在期限內緊急送至仲介公司，作為阿勝不逃跑的實物擔保。

兩棟房子全抵押在阿勝身上，此去路長多險，包袱沉重。

●

北越的冬日冷冽，我在背包客出入混雜的青年旅館前，喝著添加煉乳的越南咖啡，竟跨國承接越南移工的勞資爭議申訴了。說是意外，其實更多是意料之中，一次次沿途接案帶著走，畢竟，我投身自主工運二十年鍛鍊來的一身技能，此時不用更待何時？

大學中輟生阿勝到台灣工作二年八個月後，正值金融風暴，工廠大放無薪假，他被迫逃跑求生，一年後遭警察逮捕，隨即遣返越南。回家以後，阿勝向光陽公司討回作為保證金的舅舅家地契，仲介要他付出三千美元才能拿回紅單子。他不服，吵了又吵，一個月後降為一千美金；他再吵，直接發文向公司抗議，說金融風暴，說逃跑根本沒賺到錢，說乾脆房子給仲介公司收去算了……洋洋灑灑寫了二大頁，半是無賴半是算準仲介公司要了抵押品也不好拍賣，如此，又降了五百美金。成交。

「我逃跑就被台灣政府罰了一萬元台幣，回來你還要罰我錢，我怎麼還得起？我沒錢，房契不還我，你們統統我家住，我搬到外面算了。」阿勝振振有辭。

「你逃走，我們的損失很大。大南廠生氣了，那年就少申請一百名越勞。」梁經理說，把管束鎮壓勞工不造反作為延攬生意的至高原則，說來毫不臉紅。又一次習以為常、不以為意。

「那我在大南廠的強迫儲蓄金，你們要幫我拿回來嗎？你們收我這麼多的仲介費，出事了卻不幫忙？」

阿勝胡纏爛打，道理全都對，但手上一無籌碼。仲介費都繳了，紅單子在仲介手上，他一無所有，還被台灣官方強迫遣返，徹底是個失敗者。他只是使用小孩子發怒蠻幹，一把抱住抓住對手就死命不肯放，沒有規則戰略可循，全憑本能向前，此次成功不保證下次有效。

糾纏大半年，他總算在昨天付出五百元美金，拿回地契，以及我的手機號碼。

「越南政府太爛了！仲介拿國家的薪水，賺我們的錢，但卻說沒管道要回我的儲蓄金。」阿勝剪小平頭，身材結實高䠷，說話直接坦率。

我聽完他的故事，拿到他簽章的委託書及證件影本，簡單介紹我過去二十多年參與的台灣勞工運動，但願把話說得夠清楚：「就算錢討回來了，你還是可以繼續罵光陽仲介和大南廠，我幫你和他們一點關係也沒有。」

「那，梁經理說你們可能要抽成？抽一半也沒關係。」他直視我的眼睛，專注又坦白。畢竟是死馬當活馬醫，他的人都已經離開台灣了，原本就當那筆錢有去無回，不公平，但無能為力。他糾纏仲介代討，本意是要仲介放過他，看在他也有損失的份上，別再刁難他的保證金了。這原就是一場混仗，叢林中沒有清楚的遊戲規則，不過是亂槍打鳥，拿到手上的什麼廢材都作勢要打，不保證一定有效有用。總之是相互騷擾戰，主攻心防，毫無勝算。

我說我知道。我所參與的社會運動反抗的是不公平的制度，要翻轉現有權力結構，所以不抽成。若阿勝人在台灣，以他的纏鬥精神，我們可以協同戰鬥，並肩走到底，但如今他遠離現場，只能委託代理人進行勞資爭議。好可惜啊。退而求其次，能教訓到大南廠，就算贏。

阿勝說，不然，抽三成好了？

不必了，我說，真要到錢，暫放在你這邊，以後拿來支持越南工人的抗爭。

無薪假與尋寶圖

返鄉半年多，阿勝總算買了一輛機車代步。這是他幫媽媽蓋了一套新衛浴間後，送給自己的大禮。買那一款？他挑挑揀揀，捨棄市占率高達八成的日系本田機車，選擇台灣製的三陽輕型車。

為什麼？SYM雖然貴一點，但我在台灣久了也習慣了。

新車到手，紅色烤漆，上繪金黑相間的龍身，造型有動漫的前衛感。阿勝坐上新車，戴上同色款安全帽，淡墨色防風眼鏡，自信評量破表，我在後座都感受得到虎虎生風的威猛之氣。

小紅龍先繞到市區的大妹妹家。美麗溫馴的大妹妹新婚不久，夫家位於河內市中心的一處透天厝。一樓店面出租給商家做生意，租金收入年年看漲，商店倒是換過幾輪，如今賣著少女飾品，走日系粉彩風，擺飾設計十分可愛俏皮，像置身於西門町。二樓至四樓自住，進門前要脫鞋再換穿室內拖鞋，全套木製家具，牆上掛著浮雕財神爺，廚具也是全套新式流理台，光可鑑人。這個家，一塵不染，乾淨整齊，是個標準的現代化新富家庭。

討論一般勞動市場的薪資時，阿勝總以每日十二時把加班費全部算進去，所以他說河內附近的台資工廠，薪水每個月約有台幣六千元。

「明明別人都說才四千多台幣一個月啊。」我小聲說。

「到工廠工作，一定要配合加班才合算啊。台灣商人很勤快，每天都有加班，不會讓你休息的。我們出過國，比較會配合，那種農村剛出來的就受不了，手腳慢又不愛加班。」

「所以老闆比較喜歡聘用出過國的？」

「也不一定。出過國比較好用，但是薪水太少可能會做不久。」

經過資本主義工廠規訓的身體，比較能適應高壓重複的生產線勞動，這似乎抬高了返鄉工人的就業籌碼，但相同的勞動強度卻明顯變少的薪水，也會令無望的工人不如求去。

大妹畢業後在一家外資公司當行政祕書，一個月收入五千元，阿勝認為是個體面穩當的工作。

「這個薪水和工廠上班差不多啊，為什麼你覺得不錯？」我追問。

「她每天坐辦公室，吹冷氣，打電腦，身體很輕鬆。而且一天只做八小時，週末日還有休假，可以過一般人的生活。」

一般人，指的就是城市裡中產階級的生活吧。那些靠著加班、無休打拚生計的藍領工人，圍繞著城市求生，若不是在邊緣，就是在底層。支撐著這個光華耀眼的城市運轉，將垃圾清離，將大樓掃淨，將蔬果的殘渣載走，入夜後才脫下餐廳制服、百貨制服、保全制服，默默地回到租賃的窩居，隱身沒入塵囂。阿勝也決心做一個加班不休假的重勞動者，先把妹妹們的美好未來撐起來。

小妹如今正在台灣工作，結束二年合約就要回來，阿勝決定讓她補習再考大學，大哥會負擔她的學費生活費：「海外工作太辛苦，要苦苦我一個人就好了。」

「你好像是大妹小妹的爸爸哦。」

「大家都這麼說。」他當之無愧。

河西省在二〇〇八年被併入河內直轄市，成為首都西南方的門戶，條條大路暢通。阿勝熟悉這條路，但早已不是當年父母親騎腳踏車載三個小孩顛簸跋涉的土石路了，如今，原有道路已擴增為八線道的柏油路，兩旁都有行道樹，中間還有分隔島，黑板樹和樟樹快速長高，綠蔭遮天。沿途很多新大樓層層聳立，玻璃帷幕的辦公大樓和百貨商場比鄰而居，想來是重點發展的住商合一市鎮，嶄新氣象，英姿顧盼。

小紅龍轉進側巷，再進去，就是商區門面後的重劃住宅區。一整排都是四五層樓高的透天厝，造型新穎，零星停了幾輛汽車（再過幾年，停車位就成為新的都市問題了）。往社區深處走，有獨棟歐式別墅，配備小花園，米白牆面上是維納斯浮雕，做工精緻。

阿勝的大學同學就住在巷口轉角第一戶。這是全新的四層樓房，一樓全敞的門窗是辦公室，門口張貼房屋仲介及現金借貸的廣告，四張辦公桌及一組沙發茶几，同學做房屋仲介，老婆主捉現金借貸，小有資產的新生代家庭，簡單克難的青年創業。

都市內新建的房屋，已經嗅不到任何傳統屋宇的樣貌了。廁所很小，擠在樓梯間，但每層樓都有客廳和水泥隔間的臥房、兒童房、客房，四散的塑膠玩具及乳膠玩偶，廚房新穎開放，碎花窗簾外是落地窗，窗外植有萎了一半的薰衣草，小黃菊倒是正值茂盛。客廳最顯眼的是主牆上的全家福沙龍照，這邊是慶祝結婚紀念日，那廂是小兒子滿週歲了，一家四口花團錦簇心滿意足。這是阿勝夢想的新屋，成功的指標。

阿勝和同學交換近況，多是詢問房仲業務，焦慮的明天。他回來半年，飽嘗被追問收入的壓力，當年的大學同學們都畢業了，領著不高不低的薪水在都市勉強維生，但也有部分同學投入快速發展的房地產業，如今有車有屋有妻有子，看似鴻圖大展。阿勝沒畢業，沒積蓄，沒蓋房子，過去四年像是憑空消失的履歷，沒留下什麼足以傲人的成就。

下一份工作是什麼？要不要回學校念夜大？他大學時念的就是資訊管理，但現在學電腦的人太多了，且想到和二十歲的稚嫩學生共修，他總有滄桑歷練後的彆扭。投身房地產仲介，沒有底薪，未來無限大，但他離開家鄉太久，沒有人脈沒有關係網絡，只怕白費工夫。另外，他的中文流暢，近日在台資工廠應徵翻譯，也很快就獲得肯定，只是薪水普遍不高工時又長……

他思前想後，踟躕再三，每一步都承載太多眼光與評價。回家才知艱難。

●

穿著仲介公司螢光橘的外套，阿勝這一批有三十五人同飛台灣，男女各半，同色系的制服使他們登機、入境時都分外顯眼，也易於召集管理。

不過十五分鐘的車距，阿勝甚且來不及看清楚街景，就被大巴士載到大馬路旁由農地改建的移工宿舍。映入眼簾的，先是宿舍前廣場的晾衣架，陽光下一整排的制服，還有一些女性內衣毫不遮掩地曝曬。

大南廠也有泰國、菲律賓勞工，互相探聽了才知道，越南的仲介費特別貴。有了比較，才感到不公平。阿勝心裡的怒氣和委屈一一浮起：二棟房子一塊田地啊！怎麼扛怎麼重。他看著泰籍勞工黝黑健壯的身體，心想我們越南人又瘦又弱，若不是仲介公司給了很好的回扣，工廠怎麼會願意大量聘用越南工人呢？

在河內面談那次，他就親眼看見光陽仲介直接帶著工廠人事部的經理及副理去喝酒，訂最貴的飯店與餐廳，還附帶遊覽下龍灣。來到台灣後，每年歲末聯歡，光陽仲介來台和移工碰面，大包小包的越南咖啡、零食作為摸獎禮物，另有昂貴的酒品銀飾，都是給工廠人事及會計的禮物，以鞏固客戶。

但錢都是我們出的啊，阿勝忿忿想著，怎麼籠絡的卻是工廠管理者呢？上次有個同事才向仲介抱怨大夜班回到宿舍常沒有熱水可以洗澡，沒幾天就被遣返了。寒蟬效應是再也沒人敢說真話。台籍的工廠經理話說得直接，越南勞工比較乖、比較聽話，不像菲勞愛玩愛計較，又不像泰勞配合度低。好用的以後就再擴大用。

阿勝私下說：「怎麼能不聽話呢？我們的仲介費是菲勞的三倍，如果做一半就被送回國就完了。」

二度來台的文勇說：「我也想要假日休息可以出去走一走，來台灣三年我還沒去看過台北一○一，人家聽了會笑啊！」

那時誰也沒料到，文勇這個玩笑式的心願竟然終究未能實現。高昂的仲介費是沉重的包袱，每個人都沉沉壓在肩頭，未能償還債務前什麼都不敢要、不敢爭。

工作每天輪班十二小時，月休三天，每月薪水扣除勞健保費，再扣三千元強迫儲蓄，只發給移工三至六千元的零用錢，假日有限，現金有限，有空多半留在宿舍內撞球、上網、打籃球，或到鄰近越南店聚餐。其餘收入，全權妥託仲介統一代匯回家，像坐牢般每劃去一個月，就知道負債輕了一點。頭一年每個月還有一萬多元可以寄回家還債，那時雖辛苦，但知道債務如期減輕中，辛苦卻踏實，像是夢想一步步成真。

●

文勇和他的父親，是阿勝來到台灣第一年最難以忘懷的事。記憶晶片排序第一筆的重大記事。大南廠生產電路板，早已是全自動化了。有機溶劑的氣味在循環空調中揮散不去，阿勝很警覺，但也沒辦法，這是代價，他還年輕，自認為賠得起。持續十二小時的重複性勞動，有的台灣同事會好心推薦移工買一些藥膏貼，或介紹吃什麼去毒的補品，移工們多半嫌貴不敢買，有時真撐不住了，大家都知道要到街角的藥房買止痛藥。便宜又好用。

同事文勇三年約滿後再續約，和阿勝同期再回工廠，對新來的移工特別照顧，會提醒他們和台灣工人及主管相處要注意什麼細節。文勇住在中越的芽莊，美麗的沙灘，陽光普照的海岸線。芽莊從法國殖民時期就是海邊度假勝地，開放以來吸引無數觀光客湧入，像個殖民者般重溫美麗的南國美景，西方觀光客在盛暑的海邊流連忘返，明亮的陽光、廉價的海鮮、多情的越女，夏日一過就人跡寥落了。文勇在觀光城長大，看多了世界各地來度假的遊客，也想往外跑。他坐了一天一夜的車來到河內，花了二十三萬仲介費才來到台灣。二度和大南廠簽約後，不到半年，文勇就生病了，送到長庚醫院住院，頭髮都掉光了，身體一直沒好。工廠原本還派同單位的移工來醫院充當文勇的看護，如此既盡了資方義務，又不必額外花錢，只是照顧文勇的移工大多粗手笨腳，在醫院當差並不比工廠輕鬆，日久了也會抱怨。

這病和有機溶劑有關，阿勝他們都知道。分明是從機器旁直接送去醫院的，執行勤務中倒下算不算工傷？大家心裡都有疑問，但反正初期醫療費用都有健保支出，工廠也不扣薪，大家也就放心了。只是後來文勇病一直不見起色，驗出什麼結果也沒人說得清，只知道治療不是一天兩天的事。

仲介一再明說暗示，這病需長期照護，不如返鄉療養才好。大家都勸文勇返鄉，病這麼嚴重不能一直留下來，但回越南又沒有健康保險，醫藥費太昂貴，如何支付得起？他目前幾乎是靠藥物撐下去，回家沒有藥怎麼辦？不如繼續留下來治療。

如何留下來？

文勇年邁的老父遠從中越坐長途火車到河內，再轉飛機到台灣來照顧他，機票食宿自理。老人家也是農民，買了張躺椅就在長庚醫院的健保病床住了下來。

廠裡的越南勞工都知道這一家艱苦，有人傳了捐款單，不知是那個同事發起的，寫的是越南文，歪斜的「拜託」令人心酸，每個人都想，下一個不會是我吧？知道危險，但不知道是否可能避險，無以規畫的未來，只能一步步圖僥倖。每個人每個月幾百元或數十元捐給文勇父親當生活費，有的台灣工人也捐了錢，搖頭嘆氣，這些苦他們也知道。

第二個月，由阿勝代表大家送錢給文勇的父親。也才不過三萬多元，老人家收下了，有尊嚴地感謝他，請他坐在病床旁唯一的椅子上，老人家逕自坐上病床邊緣，又謝了一次。

「文勇一定會好起來的。」阿勝說得言不由衷：「他今天看起來好很多。」

「感恩你們。」老人說。

「他一直很照顧我們這些新來的。」

「如果他不再來台灣就好了。」父親說：「我不知道他這麼苦，他都沒說。」

「不會苦啦，他生病了，台灣的藥很好，要安心住院。」

老人忽然就問起阿勝的家人。他吶吶回說父親過世了，媽媽也是農民，家中還有兩個正在讀書的妹妹。

「你不要逞強。」老人拍拍他的手，因日曬過多而皺紋深如刀割的臉像藏著無盡智慧：「孩子出事，父母的心很痛。你媽媽有二份擔心，替你死去的爸爸擔心，也替你擔心。你要保護自己。」

那天，阿勝回到宿舍一直覺得難受，像老人沒有流下的淚都壅塞到他的胸膛了。他知道文勇的狀況不好，但沒有人敢說破。老人心裡有數吧？他還有力氣關心別人的兒子，像是已過世的父親託他來轉告的。

終究，文勇的病因一直沒查明（誰去查？），但老父住了二個月又二個月至無法延簽才走。走時也把文勇帶走了，異鄉無親人，難以滯留。沒多久，就輾轉聽說文勇死了。他還不滿三十歲。

一個人就這樣無聲無息死去了。日子照樣過，照樣加班，照樣在同樣濃度的有機溶劑揮發中流下操勞過度的汗水，計算著貸款何時能夠償清。

大南廠工作第二年起就沒有加班了。

每天還是十二小時的輪班，但多出來的加班時數被無數的換休替代了，班表變得混亂，不是因為趕工，而是因為無工可做，零碎的時間被化零為整塞給他們一天又一天的排休。

二〇〇七年底金融海嘯席捲全世界，具體對台灣工廠的影響是，工人們無班可加。後來，隨著訂單量大幅減少，各地工廠開始放無薪假，原本合約上有基本工資的最低保障，但無薪假被台灣官方片面認可了，副總統吳敦義甚至說出：「無薪假的創意可獲得諾貝爾獎！」很多工商大老都笑了。阿勝聽工廠裡的台灣工人狠聲咒罵，分明是老闆接不到足額定單，損失卻由工人休假扣薪來承擔。

工作量銳減，優先排給工資便宜的移工，本地工人休假如失業，幹譙連連，把對老闆的怒氣發洩到更邊緣的移工身上，同聲咒罵移工搶走工作。電視新聞說勞委會計畫「裁外勞，救本勞」，像是減聘一名移工，就會多出一個工作機會給本地的失業工人。分明工作機會無法像數學習題一樣，一增一減得以平行對調，但台灣政府為了掩飾無能解決失業危機，還是把移工當作政策祭品，以洩眾怒。官方帶頭，社會集體氣氛更加緊繃。

那段時間，移工宿舍有不明人士來丟石頭。下班後，主管要阿勝他們結伴同行，不要落單了被失業工人遷怒出事。

沒多久，移工也放無薪假了。

囚禁般的無薪假。還債的速度停擺，沒收入的假期對異鄉人不啻是坐牢，不敢出去玩，怕增加消費，怕被本地人罵。阿勝常常到網咖耗一天，寫信給女友及妹妹，他不抽菸，但網咖裡盡是煙霧，旁座盡是中輟或蹺課的青少年、落魄的失業者、百無聊賴的失魂人，及全神貫注的電玩高手。宿舍裡禁酒、禁賭、禁開伙，遊魂般的同事們來去晃蕩，悶，看不到盡頭的折磨。

陸續有人提早解約，認賠殺出，阿勝不下桌，他以逃跑再賭一場延長賽。

作了決定後，一切就簡單了。阿勝原本就愛學習，中文說得不錯，和廠內的台勞也處得不錯，還去過本地同事陳大哥家中作客。計畫要逃走後，他更加緊練習中文對話，主動找台灣籍同事聊天，工作上也積極主動，成為最優秀合群、積極進取的移工。

放心不下的，還是千里外的家人。這一逃，就沒有回頭路，有人逃了七、八年還在異鄉。阿勝在約滿前五個月申請返鄉一趟，看看媽媽和妹妹，就可以放心了。

「都快約滿回家了，這時回去還多花一筆機票錢。」領班好心規勸。

「我爸爸要撿骨，我是長子。」阿勝清清楚楚以中文說。

來回機票花掉一個半月的薪水，他只有一週的假期，重返家園，不知歸期的心情和三年前離家的壯志待酬心境完全不同。

媽媽堅決反對阿勝逃走，寧可此次學得經驗即可，返鄉重新來過。他腦袋裡閃過文勇父親的眼神，那麼痛的哀傷，他覺得胸口滿溢著什麼難受到爆裂的心情，害怕自己成為讓母親哀慟的人。

但他是有計畫的，大南廠的陳大哥在無薪假風潮中放棄十七年年資，自請離職，如今在營造工地工作。阿勝曾偷偷到工地打工過幾天，他的中文好，長相打扮都和台灣人無異，只要少開口，不容易被捉到的。他看著媽媽妹妹忙過農作，還忙著燒柴熱爐，忍不住許下承諾，未來一定裝熱水器、瓦斯爐，回到家不必燒柴就有熱水洗澡了。他心中有個美好家庭的藍圖，帶著這個藍圖如尋寶圖，他就要冒險出征了。請大後方的家人們莫要擔心，他不會造次不會胡來不會自討苦吃，他想過了算過了。

風帆鼓漲，遠方有風雷，前程未卜，他是那個心懷忐忑卻應聲吹起號角的人。

不敢放也不敢想

那一日，才開工沒二小時，黎氏絨的精神也尚未渙散，到底是如何發生的？真的說不分明。甚至第一時間還沒知覺到痛，只有血染了白鐵機床的鮮明印象，刻在眼膜跳針般一閃一閃複映，她的腳還踩在改裝過的機踏板上。

時間就停掉了。

右手掌的四根手指從第二指的關節處被齊齊切斷。

時間停掉了。

阿絨的眼前只剩血色，她的腳無法移動，心裡只想扳開鐵皮切割機的壓鐵，看看手指頭別被壓扁了才好，以為扳開了就好。那過程也許不到一秒，但於她竟恍如隔世，痛的感覺像是此時才抵達她的感知，刺骨的痛，她的尖叫聲瞬間震動了整個工廠。一團混亂中，有人幫她拿了乾淨的布止血，把手從機台上挪出，旋即包了起來，她來不及確認是不是指頭都扁了或只餘一團血肉，她沒力氣抬起眼，只聽見有人去叫老闆，有人說要叫救護車，有人說可憐啊她才這麼年輕還沒結婚……她昏迷了過去。

醒來是被痛醒的。夢裡就痛，所以界線不明，醒來後看見的世界和夢裡一樣慘白褪色。阿絨躺在醫院急診室的臨時病床上，床側被淺綠色的圍簾包住，一位阿姨同事就坐在椅子上，見她醒來忙拿沾了水的棉花棒潤潤她的唇。好渴！她的右手被白色的紗布層層包裹著，她直覺想拆掉線看看手指還剩多少。

阿姨很好心，照顧她至晚餐後才走，要她好好休養，別想太多。桌上有二顆止痛劑，真熬不住，就吃藥。醫藥費老闆會出。

一夜無眠。阿絨打電話給男友，淨是流淚，說不分明自己的狀態，但那是她唯一的救生索，她捉緊話筒，怕自己一步就要墜落深淵。她不敢打回家，怕會崩潰，且家人遠在千山萬里之外知道了又能做什麼。

二天後的清晨，老闆親自帶早餐來了，再三保證會好好照顧她，要她放心休養。

等醫生巡完房，老闆低聲和阿絨商量：「鄉下地方醫療水準不行，我們先辦出院，再轉去台北的大醫院。看能不能把手治到好。」

「手指都壓壞了，接不回來了。」阿絨說，忍住不哭：「阿姨說都壞掉了，丟掉了。」

「台北的醫療好很多，總是有辦法的。」老闆拿了出院申請書給她：「你先簽個名辦出院，出來再想辦法。」

還暈眩著，還沒拆掉手術的縫線，阿絨就被送回工廠宿舍，帶著一大包止痛藥和抗生素。

阿絨的父母世居河內西北方的農村。近十年來，擴大開發河內新都心的政策，政府大筆收購農田改建道路與辦公商圈，阿絨的父母及鄰居們紛紛賣掉田地，成為無田可耕的都市農民。總體的農產量大幅提高了，但都市邊緣的農村裡，四處可見找不到工作的無業老人，大廟前、市場邊，晃晃蕩蕩，過去還有自種稻米可以吃，現在收購的錢花完了就沒飯吃了。新的農村問題是無望與失落。

這一帶的環境還保持農村的清新空氣，新屋在舊農舍中一一建立起來，離市中心近，但又不夠近到足以多蓋新屋出租給外地人；和城市保持一些距離，反而還保有家戶養豬、種菜的空間，鄰近也有農地與牛隻放牧。雖然抬眼不遠處，雲的後面已是高樓幢幢。

阿絨中學畢業後，先到河內學裁縫，從見習生做起，學習挑布與剪裁，三年來一針一線靠的都是細密心思與靈巧手工。但裁縫的行業隨著成衣廠大量生產，快速被壓縮至毫無競爭力，年輕女孩們可以輕易買到新潮又便宜的時裝，再沒人挑布製衣了。阿絨失業期間，聽說阿姨去台灣幫傭，哥哥的女友也到台灣做工，熟人一個拉一個，互相有個照應，她也心動了。

二〇〇三年阿絨與受訓期間認識的男孩，同期飛到台灣不同的工廠，兩人透過手機與簡訊互訴心情，因著寂寞與壓力，愛情加溫得特別快，是炎涼無邊的他鄉異國僅有的依靠。

阿絨來到台中紡織廠工作，一個人要顧十六台機器，每班輪十二小時，週日也常需加班，但薪水到手後卻東扣西扣所剩不多，一年來每個月才領七千多元，實在賺不到什麼錢啊，令人著急。那天，她到桃園找哥哥女友，回程時工業區的公車不知為何脫落了一個班次，再等又是一小時，這是市郊，公車脫班是常有的事，但阿絨嚇壞了，臨出門前，舍監一再重申門禁時間，若遲到或外宿了就會直接遣返。她愈想愈怕，心裡焦急得不得了，又捨不得改搭計程車，三心二意至終於確認已然太遲不可挽救。

事情壞到底，她的頭腦反而清醒了。

紡織廠又累又賺不到錢，哥哥女友也是輪十二小時一班，每個月卻比她多了一萬元的收入，可見得一定有什麼不應該的剋扣，向仲介說了也沒用。一起到台中同廠工作的朋友碧月早在半年前就受不了逃走了，後來聽說找到不錯的工作，常對她說逃走後才有機會存錢。阿絨也許是一直放在心上，剛剛發急時完全沒想到，現在那鼓勵逃跑的聲音浮到意識面的最表層，擴音迴繞：走吧！不要怕！走吧走吧走吧！

門禁時間還沒過，她已經撥電話給碧月了：「我去你那裡好嗎？」

碧月介紹她到鐵工廠工作，說好月薪有一萬六千元，加班另計。簡陋的鐵皮切割廠內，宿舍與倉庫就在廠房的二樓，環境與工作都十分粗重。她是唯一的非法移工，宿舍裡只有她一人住，駐廠如坐監，不但平日不准出門，半夜有緊急事故也都找她，沒有加班費，竟像是二十四小時全賣斷給工廠了。

阿絨是後悔的。不是後悔離開原先的工廠，那裡工資低、工時長，加班費被任意剋扣，再怎麼說都不該坐以待斃。她真正後悔的是，逃走後的世界忽然緊縮，只有眼前碧月介紹的這個工廠，分明老闆惡意剝削，但她無處可去，怕警察捉，怕被檢舉，怕走出去也沒有其他的路。她好後悔沒先算計清楚，就匆匆進入逃跑生涯。這個非法世界，需要更多的資訊配備才能走得順當，如今只能先待在鐵工廠，等熟悉環境了再作下一步打算。

誰知道下一步根本不是她能夠盤算的。

意外來得太快，時間不容等待，才三個月不到，就出事了。重複性的操勞，鐵皮切割成型的機器為求效率，安全裝置備而不用，工作有績效壓力，一個不留神就有血光之災，廠裡的師傅們手上都有慘烈不一的職災遺跡，切掉數根指節的，都還算逃過一劫。阿絨很害怕，但動作太慢會扣薪的壓力，更令人怕。

只一瞬間，阿絨的右手就被老舊的切割機壓扁了。

●

手術後第三天，老闆騙她簽下出院同意書，回到工廠就沒再就醫了。

後來才知道，一般公立醫院接獲沒有健保卡的外國人，會通報衛生署轉勞委會，以便於查緝逃跑移工。如此一查，老闆非法聘僱的事也會被發現。老闆怕被處罰，於是把尚在醫療中的阿絨騙回工廠，藏匿在二樓宿舍。

每天，阿姨會到二樓幫她換藥、換紗布。阿絨不好意思只受人服侍，又不是癱瘓在床，她於是空出一隻手在機油味漫溢的廠區間掃地、清潔，幫忙雜工。但老闆不要她下樓，怕受傷的樣子太醒目，怕被發現，怕同事們傳出去更多閒言閒語。她偷偷摸摸地活在生產線轟隆隆噪音聲中的倉庫夾層，每次換藥都要痛裂到幾近死了一次，咬著下唇不敢出聲。

男友從高雄北上看她，轉車耗去大半天，會面的時間局促有限，她甚至沒敢拆下紗布讓他看見真正的殘缺，模模糊糊說是要等拆線了才知道會怎樣，那淌血的一幕映在眼前揮之不去，但她就是沒辦法勾勒細節，如今隔著紗布倒像是她還戴著面具般有自欺欺人的保護效果。

但傷口無法自欺。術後沒有完整的追蹤治療，終於導致傷口擴大感染。阿絨被送到鎮上的小診所，只就診不住院，換完藥就走人，如此二三回，傷口重複感染，組織壞死，終至潰爛至指關節以下無以挽回。最後又回到醫院進行第二次切除手術，這一截就連三分之一的手掌都一併切除了，只餘大拇指還能牽動去掉一半的掌心。

這次的截肢，比切割機壓傷時更令阿絨傷心。那一次，是意外，沒辦法救。這一次，是人為，明明可以避免卻為了老闆怕被罰而犧牲她。老闆只想自救，也不想這是個年輕女孩的身體，一截就永遠回不來了。她原本還因為保留了四根半截的手指，心裡有個盼望，手掌和手指根部間還保有關節，可以靈活支撐手指運作。她幻想著，傷口癒合後，也許看起來、用起來，只是手指變短了些，還不明顯，還堪使用。這二週來，她時時想著未來要如何使用比別人短一節的手指來拿東西、夾菜、寫字，時時在腦袋中演練著如何過一個正常人的生活，不拖累別人。沒想到，現在根本不可能再用右手寫字了，只剩一根拇指！以後怎麼找工作？

待在宿舍裡，她哭得幾乎無法呼吸，什麼都沒有了，怎麼辦？她膽戰心驚，只是沒能問出口：到底薪水拿得到嗎？到底我斷了一隻手會有補償嗎？到底，還能待在台灣嗎？

早在老闆把她騙回工廠，不再就醫時，她就該覺悟了。這樣一個只知道自保的人，對待她一名黑工活該是隨時可以被拋棄、用壞就該丟掉的！但她太害怕了，手都斷了，不知道離開還能怎樣，不知道還有別的活路嗎？

感染截肢後，她反而是走到絕境了再無企盼，才知道清醒。工廠下班人散後，阿絨拿著收好的行李箱，搭上計程車，直奔白日裡已聯絡妥當的天主教VMWBO請求協助。

在庇護中心待了一年多，她的傷口結痂了，拆掉縫線與紗布，阿絨學會打電腦、看法條，她在義務律師的協助下打官司求償，同時也協助其他移工的申訴翻譯。她的模樣清麗白皙，說話斯文客氣，從受害經驗中長出來的認識，很有說服力，切身之痛使她總能貼近受害移工的心思，她甚至在抗爭街頭也拿起麥克風說明移工遭受職災的困境。這些，都是她之前所料想不到的轉折。

男友和她的距離像是近了，又似乎遠了。他原本在高雄工作，兩人見面不容易，她住進庇護中心後，男友還來看過她，牽著她的斷肢說著相愛的話語，承諾相守的將來。她在抗爭中長出自信，但在情感上仍多所徬徨，這是初戀，她心裡害怕沒有結果，緊捉著不敢放也不敢多想。她總是舉棋不定。男友二年約滿返鄉了，兩個人千里一線還是倚賴手機維持遙不可及的情感，但她對外總說是沒有男友，孤單的情境也是事實。

小麥是我多年的好友，樸實可靠，他年少時因高壓電擊職災導致截肢，爾後長期投入勞工運動，爭取工傷者權益。他與阿絨在街頭抗爭中相識，兩人都有基層勞動的歷練，以及工傷後難以言喻的挫敗內縮，因此對阿絨特別殷勤照顧。阿絨可有可無，若即若離，小麥約她去喝咖啡、看飛機，載她去淡水看海、看夜景，她總是心事重重，不好開口誘人深交，又不敢放手一無所有。她對小麥，見面時沉默少言，不見時又傳簡訊問候，似乎不是真無情了，她不拒絕也不接受，任人的情感飄飄盪盪隨著她轉。

終究，阿絨二十七歲了，在越南的同齡女孩早已結婚了。她想要家庭，想要小孩，想要穩定的未來。小麥待她好，但她愁眉不展，心思不定，仍惦記著遠方信誓旦旦的男友，他是真心的嗎？風暴來襲時，兩個人可以抵擋得住嗎？

台灣多雨的冬天，總是令人消沉。

荒原莽莽，前行無路

農田間聳立著一棟棟美麗古樸的紅磚窯，那是小型的燒窯，提供河西一帶新建屋舍的基本結構材料。阿勝放緩車速，遙指這是我的小學、中學，村子的鬧區有修車行，也有影印店，還有阿勝小時常去玩耍的大樹。

村子口的市集，從清晨到黃昏都擺著一攤攤果蔬雜貨。阿勝的奶奶就蹲坐在一塊青灰色的粗布上，賣今天才採摘的檳榔。草編的籃子裡約莫有數把共三十餘顆果實，青綠好看，有的以葷葉包些蜆灰，有的沒有，奶奶咬著檳榔和鄰攤的婦人聊天，可有可無地顧著她的小攤子。我猜老人家每日上早市主要就是打發時間，和朋友見面聊天，有事做，賣多少也不重要，應該也賺沒多少錢。媽媽種稻、種玉米，自食居多，分量多了就到市場上賣，也是可有可無，賣不掉放壞了可惜。

農村生活寧靜安好，只隱藏著無望的焦慮。村子裡年輕人愈來愈少。

阿勝騎著新穎的小紅龍回家，奶奶和市集裡的大人小孩都圍過來，嘖嘖稱奇也聲聲讚好。他一再解釋著前踏墊和大家習慣的機型不同，整個空出來可以放雜貨很方便。

「台灣人也都是騎這一種的，比較穩。」他權威地說，看了我一眼。

我趕緊以台灣人身分用力點頭認證。孩子們伸出髒手撫摸燙金的龍身，大人們則擠過來看好不容易拿回來的房地契，議論紛紛。奶奶什麼也沒說，就是挽緊阿勝的手臂，露出被檳榔汁浸黑的牙齒。阿勝總認定台灣製的品質比較好，說起來帶著一種優越的品味，越南多是中國製電器品，是他心目中的次級貨。

他剛返家半年，總不自覺就說：「實在是習慣台灣的生活了，回來好多事情都不習慣。」什麼是台灣生活呢？

「等公車或捷運，要排隊。車子開上馬路，按照交通號誌走就好了，不要一直按喇叭，很吵。還有二十四小時便利商店，很多地方都可以上網。」他說來無一絲猶豫。

小紅龍騎返家，停在前院，媽媽趕緊出來繞著車身看了一圈，說：「很漂亮，很好。」老房子打理得十分整潔，院子裡有花有樹，還有一口小井。阿勝兌現了他的承諾，重新翻修了衛浴，白磁磚綠條紋，清淨又雅致，馬桶和洗手台、蓮蓬頭都是淡綠色系的，窗外掛了幾串垂墜型植栽，想來是大妹妹的巧思，花盆像小女孩飾品，不過長在鄉間風吹雨打，也多了幾分青苔古意。主屋的空間不大，但添購了新的電視及冰箱，這些大抵把阿勝的存款都花得差不多了。

客人一進門，媽媽就拿起遙控器打開新電視，正值廣告，洗浴乳、機車、感冒藥……時尚男女明眸巧笑，白皙清秀的男歌手用濃厚的鼻音唱小調，秀麗的農村山河。越南的電視節目並不多樣，常見外國連續劇，原音都還隱約聽見，由同一名翻譯扮演所有在場角色，從頭講到尾，頗有說書人的趣味。

認真計算，阿勝去國四年賺的錢若是留在河內工作恐怕也相去不遠，離鄉這麼苦卻沒得到對價的勞務所得，不免令人怨嘆白花力氣。

「就是賺個經驗吧。」阿勝說。特別是逃跑這一年，才真賺了技術、求生、中文等經驗。他還是很得意的。

四年前，村子裡蓋新房子的不多，有摩托車的也不多，但現在大家都有車有房了。新房子，是所有意欲翻身的人最大的夢想與「成功」的表徵。相較之下，出國工作而沒蓋房子的，就不免遭人指指點點。

現在，阿勝指著村子裡一棟棟新屋，沮喪地對我說：「我離開時，村子裡才兩戶人家蓋新房子，四年後回來，就已經有十幾戶新房子，有的人沒出國也蓋房子了。」

「壓力很大嗎？」

「很大。人家說：你出國怎麼沒蓋房子啊？」他的眉頭糾結，用很精準的中文一字字說：「你好像，就是，失敗了。」

●

返鄉道別，為阿勝換來合法證件。他如期搭了公司代購的機票返回台灣。廉價機票在透早的班次，抵達中正機場時，待機的乘客看來困頓疲憊，若非尚未飽眠，就是徹夜未睡。只有他精神抖擻，隨身只有後背包，快速通關後就逕自入境，仲介公司來接機的人也許拿著Ａ４紙的名字在等人，也許還沒到，他側身閃出入境口搭車走人，就此成為失聯人口，被通報為逃跑移工。

「平常就可以走了，為什麼選那一天？」我大惑不解。

「我只有那一天有護照。見到仲介，護照就被收回去了，我要帶著我的護照走，合法證件很重要。」

「那，你的行李全在宿舍了？」我嘀咕著，心裡也知道這是小事，決意離開的人就無法再顧著細節了。一時的損失是必然，以阻止更大的損失。

「第二天同事上班，我就回宿舍拿行李了。」

「什麼？不怕被捉嗎？」

「宿舍有八百多人，不會被認出來啦。我回去拿一些隨身會用到的東西，不敢拿太多，怕引起注意。」

「薪資單沒拿嗎？」我知道他這樣謹慎的人，每個月的薪資單一定會留下來。

「沒有，沒想到。我在外面也不知道能待多久，不敢帶太多東西。留了一個行李袋請同事幫我保管，薪資單在行李袋裡面。」

「會不會丟掉了？」我想他已經被捕遣返了，朋友還會留著行李嗎？

「不知道。要麻煩你了。」

一直到他被捕時，護照剛好也快到期了。幸而未過期，他買了機票就可以走人，從被捉到遣返只費了四天，甚至不必送去收容所，也算是幸運。收容如同羈押，一進去就不知天日，任人宰割。阿勝能在四天內遣返回鄉，算走運。

●

原以為逃走比較好，有新的機會，有選擇的自由。但他在不景氣的時機越牆而出，卻見荒原莽莽，前行無路。

台籍朋友陳大哥介紹他到工地打零工，做一天休一天，休假就是只花錢不賺錢，他又兼了一份夜市搬貨、洗車的工作，論時計薪，體力極度耗損但收入不成比例。如此東兼西湊，多半時間都耗在找工作上，且每天外食的花費較之前多上許多，經濟反而更困窘。

牆內的無聊，到牆外成了焦躁。每個一無所獲的日子，都令他萬分難受。

阿勝開始自己到工業區應試、找工作，他的中文流利，且攜帶護照正本和影印的居留證，雇主們比較安心錄用。他第一份正職工作是電焊工廠，毛遂自薦，騙老闆他有燒電焊的經驗，說原雇用單位放無薪假，好心放他們出來找工作以度過景氣低迷期，勞健保無法移動，所以雇主不必為他加保。電焊老闆相信了嗎？不確定，但老闆看他故作鎮定地學著其他工人燒電焊的樣子，說一天六百元，他若要就明日起上工。他心裡快速盤算了一下，這薪水換算下來不到基本工資，想來還是看他是外籍的可欺。但他忍了下來，半個月後，老闆主動加薪至八百元一天。再下個月，就是一天一千元的本地人工資了。

這些小老闆都是黑手出身，累積了點資本就買二手的生產工具，聘僱工人接小額訂單，自營作業者多是頭家兼黑手，看得出現場那個工人實作多少，在技術工資上不至於太虧待人。阿勝頭一次被當作和台灣工人平起平坐的勞動者，對自己的技藝很有幾分自豪。

只是才沒兩個月，出了貨電焊老闆就要他不必再來了。

「景氣不好，沒有訂單不缺工了。」老闆遞了一支菸給他：「不好意思，你手腳很快又穩，以後有需要再找你來。」

「沒訂單你怎麼辦？」阿勝問，這老闆一點氣焰也沒有，都是做工的人。

「台灣待不下去也要待，再看看吧。」老闆那天的菸抽得特別多。

阿勝現在是真正的移工了，跟著營造工地四處遷徙，一度在台中工作四個月，又在台北火車站附近舊屋新蓋做了二個月。他好學又勤奮，不僅把手頭工作做足，還學習工頭管理分派工作的模式，注意其他工事的連結。雖是點工制，但老闆幾乎天天叫工，可見阿勝好用又實惠，有時收尾的工作甚至只派他一人就可以搞定，他積極把師傅的活都學了六七分像了，領的卻是一般工人的薪水，難怪老闆愛叫他。

相較之前在大南廠，長工時與重複性的勞動，日復一日，如今才像是真正生活在台灣了。工作不穩定，他花了不少冤枉時間謀職，但賺得的經驗卻是契約工人所得不到的。技術上，他學會燒電焊、綁鐵、泥水、焊接等事頭；生活上，他大開眼界，認識很多朋友，為求安全，他盡量和台灣人住在一起，生活在一起。他在大南廠幾個相熟的已離職台灣同事，有事會幫忙他，甚至主動借錢給他，他們知道他身分非法的祕密卻扮演他的後盾。有了社會支援網絡，他才得以在這個制度上對他並不友善的異鄉生存下去。

他自己買了電腦，用台灣朋友的名義租網路、辦手機，很快就習慣台北的生活。都市的便利他在河內就已知道，但台北簡直是個不夜城，半夜要出門消費，有超商有夜市，到哪裡都有計程車可以隨手招。他覺得出國後膽子大了，逃跑生涯也有許多學習，例如膽識，例如語言，例如獨立。他簡直不敢想，如果當年沒離開越南，他現在可能是個安穩的上班族了，根本是另一種人生！

他只怕警察，知道電腦一連線就查得出他的逃逸身分，為避免被捉，他徹底過著最守規矩的生活：騎車戴安全帽，走路不闖紅燈，不在外面喝酒，不去風月場所，遇到有人挑釁，鼻子摸摸就算了。除了缺少居留證，他們大概是全台灣最奉公守法的一群人吧？遠離警察才是逃跑移工的最大利益，他們卑微地照著最低限的規則走，不逾法不壞事，以求不受注目不引發緊張地苟活著。但非法身分的界定，就讓逃跑移工成為社會假想中的惡徒，出動上萬警力鋪天蓋地捉拿那根本不敢犯罪的人。

最後一份工作是阿勝自己應徵的。他向黃老闆毛遂自薦，說只要給他試做一天，老闆就會知道他的本事了。黃老闆說好。次日阿勝到工地，先從燒電焊做起，技術牢靠又扎實，下工時他什麼東西都歸位整理周到，黃老闆當場就開出一天一千八的工資。阿勝高興得幾乎要昏倒。黃老闆作人海派，收工後還會帶他一起去吃海產，工地有三十幾名工人，阿勝又會電焊又會鎖螺絲又會管人派工，沒多久黃老闆就讓他帶四五個工人一起做，儼然當個小領班。

「我是外籍的，你怎麼信得過？」阿勝唯有趁黃老闆吃消夜喝了點酒時，才敢發問。

「你肯學肯做，外籍又有什麼關係？工地上能做事最重要。」黃老闆又乾了杯紹興：「我少年時也去過沙烏地阿拉伯挖井，人在他鄉，辛苦啦。」

那辛苦，含納了關乎尊嚴或什麼更抽象的做人的道理。這也許是黃老闆把幾名小工交給阿勝帶的原因吧？以實質工作關係的調轉，肯定他的能力與奮力。

那段時間，阿勝幾乎天天有工做，一個月居然可以賺到五萬多元！眼看著就要存錢了，哪裡知道就出事了。

●

「如果我還在黃老闆那邊工作，現在我就是有錢人了。一天一千八！這是我在工廠時，夢都夢不到的事。」阿勝總這麼說。

那個薪資與尊嚴都得到滿足的工地，成為他對台灣最美好的記憶，也是逃亡中最大的亮點，令一切失落與毀壞都值得了。

二〇〇九年六月，阿勝二十七歲生日前夕，朋友們早說好要準備一桌菜餚為他慶生。小妹當時已來台工作半年多了，在宏達電。大學沒考到好學校，好強的她堅持要來台灣分攤哥哥的重擔。當時景氣稍有回轉，宏達電也是十二至十四小時的輪班，薪水雖然不錯，但她的身體有些吃不消，睡眠不足導致臉上長滿了痘子，交友工作的心情都大受影響。

生日前夕，阿勝帶了三萬元現金，向台灣朋友借機車載小妹出門，他想買一台筆記型電腦送給妹妹，聽說火車站再過去的光華商場，有比較多的選擇。這一帶對阿勝都不是陌生的地方，問題出在他以往是搭著老闆的貨車一起進城，不知道火車站前的忠孝西路竟是禁行機車。

路都沒有錯，方向都是對的，他與她騎著機車從中華路轉入忠孝西路快到館前路時，警察把他攔下來了：「駕照行照。」

警察！他直覺就要掉頭走，奇怪沒超速啊，沒闖紅燈啊，有戴安全帽啊，怎麼回事呢？那個警察應該是原住民吧？看起來膚色比他還要黑，還要像東南亞來的。他看了小妹一眼，責怪他似地笑道：「載女朋友出來玩哦？你好大膽，我就站在這裡，你也敢騎摩托車進來。」

「我……怎麼了？」他壓低聲音說。

「這裡禁行機車，你不知道嗎？」

他確實不知道，但放眼望去，還真沒有機車。他心跳如雷，努力鎮定說：「我第一次來台北，不知道……」

警察彷彿聽出點口音，詫異地多看他一眼：「你是哪裡人？」

「……」

「你，嗯，你不是大陸的……你是外籍的吧？給我看居留證。」

「……」

他慢慢掏出護照，警察拿出電腦連線的設備，他心想完了！不能查！他把錢包遞到警察眼前，快速說：「我是偷跑的，我家裡很辛苦，你不要捉我。我身上有三萬元都給你，你不要捉我。」

年輕的交警似乎嚇了一跳，被激發出什麼道德高位的自信自尊，說話也正氣大聲了起來：「不好意思，我們台灣和越南不一樣，你被逮捕了。」

「拜託……」阿勝都快哭出來了。他應該甩掉機車快速逃掉，但這是工地同事的車，他們都不知道他是逃跑移工，這樣會給人家惹麻煩。他的腦海閃過一千種可能，但他只知道重複說：

「我給你錢，我不會說出去，真的我有三萬元都給你……」

原住民警員不費吹灰之力就將阿勝以手銬鍊在車頭上，他出聲叫喚三步之遙的同事過來，示意他看住小妹不讓她乘機逃逸。但其實這是多慮了，小妹有合法居留證，她不需要逃。應該及早離去的阿勝，反而自投羅網了。

後來，原住民警員作證阿勝沒說謊、沒拒捕，紀錄也顯示他在台期間無一違法事項，加上他的有效護照，以及三萬元現金正好抵付逾期居留的罰鍰、購買機票，遣返於是四天內就成行了。

阿勝的二十七歲生日就在移民署台北收容中心度過。他交代妹妹處理退租退網路退手機退押金及行李代寄，他一個一個打電話給在台灣認識的朋友們：「我被捉了，要回越南了，拜拜！」

大部分的朋友這才知道他的逾期居留。最難啟齒的是怎麼對黃老闆說？阿勝知道老闆有意栽培他，放心他載貨、帶班，不料最後才知道是非法聘僱。

「你這個死囝仔！連我也被你騙了，你被捉我也會被罰錢你知不知道？」黃老闆大動肝火。

「不會。我不會說我在你那裡工作。你放心。」

「警察難道查不出來？被捉到要罰五十萬。你害死我了。」

「我不說他怎麼查？我說我到處流浪打零工，他們查不到啦。」

「死囝仔！」黃老闆說：「你會被關嗎？缺錢嗎？需要人去看你嗎？」

「以後我一定會來看你們。」阿勝在電話裡說：「下一次，我要合法來台灣觀光、做生意。」

斷了手又不是斷了心

二〇〇五年，黎氏絨在義務律師的協助下，和雇主達成庭外和解，總算要回家了。

法律扶助基金會成立一週年，阿絨穿上美麗輕柔的越南國服，嫩黃色的絲質窄袖長衫，內襯銀白色的寬腿拖地長褲，她代表受扶助對象，向當時的台灣總統陳水扁獻上一束鮮花，成為媒體焦點。

離台前，阿絨說想回越南攻讀法律，成為一名幫助弱勢的律師。法扶律師允諾長期挹助阿絨讀完大學，小麥則買了一台筆記型電腦相贈。

那時，我也默默期待她與小麥有好的發展吧？離別在即，小麥焦灼不安的心事我全知道，阿絨在想些什麼呢？她仍是若即若離，不拒絕也不主動，和小麥同車出遊卻彷彿心思浮移遠方。一天夜裡，我開車載她返回庇護中心，她幽幽提起越南男友來信，還是哭，說他至今沒向父母提起她，還一直說等她返鄉了就結婚，擾得她心神不寧。

「你們不是分手了嗎？」我問得謹慎。

「……我覺得沒希望沒結果，但沒有真的說好要分。」阿絨又流淚：「他說他還愛我，可是以後要怎麼辦？我的手都斷了回家要怎麼辦？」

我想起小麥苦惱的眼神，阿絨你這樣三心二意會害死人啊。

回國後，她向媽媽提起小麥，這個台灣男人很好，尊重她也喜歡她，若她願意結婚，就可以依配偶身分長居台灣，繼續在VMWBO工作，做有意義的事。在一般就業市場上，她的外籍身分與身體障礙都是缺點，但在社運組織中，這恰好成為她更貼近受庇護者的利基，社運工作與弱肉強食的競爭社會相逆而行，讓她重新找回生存的信心與對社會批判的力量。小麥支持也參與社會運動，彼此不會有衝突。也許，小麥竟是她留在台灣的一條出路？

「你愛他嗎？如果愛，就行；若不愛，不可以。」媽媽說得簡單有力。

她這才害羞起來，自知愧對小麥，心裡只想著自己，著實是不公道。此後數年，兩人仍保持聯絡，阿絨會主動去電詢問返台讀書的機會，也會傳簡訊問好，態度依然若即若離，小麥自是飽受折磨，勉強維持風度幫她探問訊息、確認狀況，只是婚事就不再提了。

回越南沒多久，阿絨就去男友家作客，一如所料，男友的父母對截去半掌的阿絨，打從心底無法接受。父母阻撓婚事，原就在意料之中，但那日作客，從頭到尾男友竟沒和她說上一句話，她在一個全面敵意、不友善的環境下默默吃完飯，回家時一路掉淚，心被徹底打碎。

這男人在父母面前如此怯懦，阿絨竟像是一廂情願要嫁給對方似的。那屈辱，深深淹沒了她。不愛的人擁有單方面的決定權。或者不是不愛了，而是沒敢對抗未知的壓力，他只是怯懦，怯懦到不敢承擔也不敢主動分手。

怯懦的人以沉默站了邊，阿絨卻不知所措，也不知道要放手，也許正是因為對自己對愛情太沒把握，更是要牢牢捉住曾有的承諾不肯放，騙自己那承諾還在，騙自己沒看見他以沉默說了另一個沒有她的決定。

她不放，他只有更殘忍。就在阿絨不知情的時候，男友陪同父親上門找了阿絨的爸爸談判。

「阿絨在台灣斷了手拿到多少賠償？」男友的父親開門見山就問，姿態是占上風的買家講價：「兩個人如果要結婚，這個賠償費都應該先攤開談清楚。畢竟未來是我們家的媳婦，手斷了對未來的生活也有影響。」

阿絨的父親沉重回應：「我有孩子，你也有孩子，若是你孩子被這樣看待，你作什麼感想？」

婚事於是不了了之。阿絨傷透了心，被評比、被挑三揀四、被論斤論兩算計，像她是個賠錢貨，要來探探還有什麼附加價值。更深的屈辱，是自己怎麼走到讓對方直接來傷害家人才知道要放。怎麼會這樣不死心、賴著不鬆手，明明對方早就表態了，只有自己看不懂，非要被徹底羞辱了才知道愛情——如果還有愛情，根本禁不起考驗。

她又何嘗不是捉住愛情如救生圈？只因為不敢面對可能孤獨的沉浮未來，緊捉住他的承諾給自己的安全感。他也許早就窒息卻不敢承認，他可能早就放棄卻佯作堅強，兩個軟弱的人互相傷害到底線全攤出來，才知真相殘酷。

「幸好沒嫁他。」我說。

「是啊，幸好。」阿絨笑了。

返越後阿絨努力考上河內大學的法律系就讀，VMWBO 轉介她到國際機構，正式進入反人口販運專案工作，月薪有三百五十美元，比高級工程師還要優渥，又不必加班，令人稱羨。

三十歲時，阿絨如願結婚了。

返國二年後，她在朋友的聚會中認識了現在的丈夫德成。交往半年多，她的卵巢長了腫瘤，手術切除單邊卵巢，德成特地請了半個月的假期陪伴、看護。就是那時候，那確知她未來生育孩子的機率較平常人低的情形下，他求婚了。

果然，男方家長反對。他小她一歲，他是共產黨員，他在公安部門工作，他年輕、前景看好。相對的，她少了一隻手，又少了一個卵巢，大學還沒念完，在台灣曾有反政府言論，簡直攤開可見的資歷全是缺點。

德成說，未來一起生活的是我與你，不是父母。

他還說，斷了手又不是斷了心，有什麼關係。

這話全來自阿絨事後的翻譯，聽來像首詩，她的心也真被安慰照顧到了。結不結婚都行，全然的悅納是她傷後多年渴求不可得。

父母還是反對，德成竟編了個謊，說阿絨懷孕了：「媽媽，我是公安，搞大了女孩肚子卻不結婚會被上級處罰，會失掉工作。」

德成從來不說謊，這話嚇壞了樸實的農民母親，既然孫子都有了，又怕兒子丟工作，婚事自然是擋不下來。籌備婚禮期間，阿絨倒真的懷孕了，始料未及的喜訊，她居然有機會當媽媽！簡直不可置信。婚紗照裡，阿絨化了大濃妝，兩個新人在攝影棚內拍了一系列柔焦相片，她的手和微隆的小腹很巧妙地隱藏在花朵、衣襟皺褶、蓬鬆袖邊下，看不見殘缺，也看不見圓滿。

兩椿喜事一起臨門，那是阿絨回國的三年後。

她愛小孩，斷了手第一個念頭就是：這樣，怎麼嫁人呢？怎麼養小孩呢？如今，喜從天降。雖然懷胎過程並不順利，安胎三個月，阿絨竟日躺在床上，天天打營養劑到失去感覺，一劑要二百元，她忍受著，她要生！她要有自己的小孩！婚姻與家庭從來都是她最大的夢想。

孩子在元旦出生了，新年新希望。剖腹生產，同一個腹部她曾切了部分皮膚補左掌，也曾開刀切除腫瘤，現在又開了一刀生子。這是她人生的重大突破，以為不能結婚，但結了；以為不能有小孩，但有了。生命把光明面全還給她了。

二〇一〇年初我來到河內，和阿絨約好下班後見面，她再騎機車載我返家。

十幾公里路程，她騎得很慢但很穩，防寒手套下左手有一半的陷落。我看著一一超車而過的車輛，問她為什麼不改裝機車手把，比較安全。她說其實還握得穩，就是心裡不踏實，不敢騎快。煙塵中她說這一帶是河內要發展的新中心，開大路建大樓，空氣愈來愈糟，但她不喜歡戴口罩，覺得呼吸困難。

她的家，在市郊的農村，大馬路轉進鄉村道路，車行五分鐘就到了，但阡陌田野間，牛群放牧，空氣清新，屋舍寧遠，既保有農村風光，又離都市的便利近。地價已在節節上升。

我們先在村子口的黃昏市場買了菜，抵達家門後，一起洗菜做飯。邊聊天邊做菜，她雙手並用，左掌做支點，右手靈活裹米紙做春捲，內包肉餡，一下鍋炸成金黃色，與我在府里時金燕做的爽口春捲大異其趣，別有滋味。水是地下水，拿來洗碗、沖馬桶，樓上的水塔接雨水，拿來做菜燒水喝。慢慢洗慢慢切慢慢煮，晚餐也就上桌了。

阿絨的家新舊夾陳，煮飯也是瓦斯、柴灶並置，一樓保留了傳統結構，二樓則分割成好幾個獨立房間，因應新生兒的到來，阿絨的房間裡有全新的冷氣，陽台有全新的洗衣機，這是村子裡少有的奢侈品。天氣熱時，孩子們全藉故要和未滿週歲的妹妹玩，擠進清爽沁涼的冷氣房來。

「我一隻手不方便，冬天換衣服怕小孩子著涼，要開一點暖氣。夏天怕熱當心她長痱子。」她略有害羞地說：「一台冷氣要一萬多元，一個月的薪水就沒了。」

阿絨的技工弟弟和公安丈夫，收入都不到她的一半。公婆一開始對她的殘缺有意見，但現在孫子生了，阿絨的收入又高，且婆媳未同住也減少衝突壓力，這都使得阿絨的家庭地位大大提升。

目前暫與父母同住，但父親還保留兩塊鄰近的土地要給阿絨及弟弟各蓋自己的房子。我說若不是父母提早準備了土地，現在城市周邊的土地應是不便宜了吧？她說不吃不喝一直賺錢也買不起了。嗯，真像台北。

●

進國際機構工作，英語是基本條件。阿絨身兼人口販運受害者及專案工作者的雙重角色，受到特別的禮遇，每週有三天由機構出資讓她補習英文，下午則體諒她要讀書可以提早三點走人。

整個機構都是各國來的計畫執行者，阿絨以自身的特殊經驗成為「被栽培的對象」，時有壓力，要更努力才行。我不知要替她高興還是感嘆。

「法律系畢業以後，希望可以到台灣念研究所。」阿絨說。

「現在的工作不好嗎？為什麼還要去台灣？」我想起她一再請小麥幫忙詢問學校的簡訊。

「國際機構是依計畫聘人，計畫結束了就沒了。現在是主任很照顧我，但主任如果離開了，就沒有人可以靠。我少了一隻手，要想得遠一點。」

她洗直了半長髮，穿白色短外套，模樣還是清秀，但多了些不同以往的憂思。同事們都忙著上網、寫報告，阿絨並不負責文書，電腦上多是調派偏鄉發傳單、作組訓的活動相片，並在國際會議上以受害人的角色發言（還是要依賴翻譯）。

「她們愈疼我，我愈有壓力。我一定要努力，以後她們走了，怕我也沒辦法留下來。」阿絨說。

在菁英環伺的國際組織工作，對阿絨來說，挫折不小。英文不會說，過去的經驗也沒得用，她擅長直接服務，在庇護中心時就已經是個好幫手。如今，反人口販運計畫為期四年，涵蓋泰國、柬埔寨、越南、寮國的跨區調查，阿絨的工作主要集中在北越與中國邊界山區的案例，調查報告寫著，北越部分女性、小孩被綁架，賣到中國山區沒生養男孩的家庭，或娶不到老婆的山區人家強迫結婚。行動計畫包含加強宣導，辦小型工作坊，訓練當地社工人員的警覺性等，但缺乏在地實務與結構性分析，看來不免有隔靴搔癢之感。

「在越南，這些工作都要與政府合作。」反人口販運計畫專員安娜說：「政府不想碰的，我們也接觸不到。」

安娜今年三十五歲，戴無框眼鏡，斯文優雅，說一口流利的英文，月薪約一千美元。她來自城市中產家庭，母親在醫院工作，父親是軍人，大學畢業後赴美國進修，拿到社工碩士學位。她的父親曾在八〇年代初被軍隊派至蘇聯工作三年，以償還國家戰時積欠的債務，相較之下，她對如今的勞工輸出政策有更高的評價。

「以前我爸爸好可憐，蘇聯這麼冷，軍人出國沒有厚大衣，還要先向政府借衣服穿，等回國以後再還。」她年輕的臉龐說著戰爭末期的記憶，憶苦思甜般連結到現今的轉變：「你看，現在都不一樣了。那些出國打工的人都穿著漂亮時髦的衣服回來了。他們賺錢是為自己，不必再交給國家了。人民為自己做事會更努力。」

她是受惠於經改的一代，說起過往雨季水患帶來疾病與糧災，缺水斷電嚴重影響生產，如今城市生活已獲得巨大改善，越南也從嚴重糧荒邁向糧食輸出大國，前途看好。

「但我聽到很多農民被徵收土地後，生活比以前還辛苦。」我無法忘懷在金燕臉書上看見那些農民哀傷的臉孔。

「這也是事實，所以政府要更努力發展經濟，才能有足夠的社會福利照顧這些弱勢者。」

「可是他們原本可以照顧自己，如今卻要國家照顧。」我想到阿絨的父母，距離這個冷氣房也不過二十公里遠：「經濟發展的同時，什麼都商品化了，物價變貴了，農村卻愈來愈窮。」

「嗯，城鄉發展不均是很大的問題。」安娜認真說著她相信的邏輯：「過去大家仰賴國家養，會造成人民懶惰、不進步，現在不能再這樣了，要努力、競爭、發揮潛力，才能跟上時代的腳步。」

「剝奪原有的公共性，把人民全推到資本主義的競技場，弱肉強食，人口販運不也是追求利潤的必然現象嗎？」

「所以我們才要加強起訴人口販子，保護受害人。」她轉頭看了一眼阿絨。

就我來看，阿絨的受害是政策造成的，若果可以轉換雇主，她又何需逃走？若不是逃走導致地下化生涯，她又如何會因為受傷而無以得到妥善醫療，甚至擴大感染而二度受害？這是台灣勞動政策的問題，是勞資關係，和人口販子實在很難扯上關係，又或者，若這是人口販運，台灣官方一整套移工政策就是販運元凶。

如今阿絨的工作裡，直接實作的訓練部分是她最喜歡的也最能上手的，但機會並不多，國際機構多以調查報告為主，且是英文書寫，那正是她最弱的一環，語言無以自主，在家鄉也如異鄉。

「你最大的壓力不是能力，是語言。」我說。

「是啊，剛開始都聽不懂，現在慢慢可以寫一些。她們都很厲害，我差很多。」

「學英文、寫報告，都是習慣了就會的事，慢慢來。你原本有別人沒有的經驗與認識，才是你特有而別人學不來的。」

「其實，」她垂下眼睛：「我知道。我知道她們都常常問我很多事，她們都不了解為什麼被害人會這樣那樣，她們寫過很多報告還是很難懂。」

她的優勢，並沒有讓她在工作上取得自信，阿絨在VMWBO習得的直接服務在這裡幾乎派不上用場，與她原具有的能力脫勾，還要焦慮怕趕不上知識分子的工作模式。雖然當初國際機構看上她的正是她的經歷。

多麼矛盾啊。安娜是個好心腸的女孩，她做完人口販運的計畫後，也許重返校園讀博士班，也許再往下一個國際專案計畫去，流動帶來更多的專案資歷，是履歷上的加分題。但阿絨不同，受害者的身分能用多久？生命轉了向，她的內在沒準備好，總是擔憂被識破了她的不適任、不合格。壓力與恐懼如雲罩日。

●

飯後我和阿絨與小孩在房裡玩，女兒圓眼睛、深眉毛，像爸爸，嬰幼兒的肥臉頰，紅撲撲也胖嘟嘟的，極可愛。阿絨懷胎不易，明顯很享受與孩子共處的時光，兩個人可以玩一晚上，電腦裡傳來英文版的童謠及輕音樂。

德成工作地點遠，暫住宿舍，等待遷調。每天晚上，她總把手機轉成擴音，讓女兒和爸爸咿咿唔唔對話，互相熟悉彼此的聲音。德成問阿絨可以去學開車嗎？學費要好幾千元，他的薪水不夠支付，但局裡又要他去學，只好來問老婆，老婆說不准就算了。阿絨說，就花錢去學吧，以後比較有升遷的機會。

「我老公說他在外面人家怕他，但他回家就怕我。」她看著每天要吸過母乳才肯入睡的孩子，心滿意足完全藏不住。

牆上掛著婚紗照，軍警月曆，還有一幅她與前台灣總統陳水扁的合影，那是法扶一週年的紀念照。正因為那張相片及剪報，阿絨返鄉後受到越南官方的高度警戒，還被地方公安局找去訊問。事後，有一篇不起眼的報導發表在官方報紙的地方版，說一名越南女工在台灣接受親美反共人士策動，回國從事反政府行動，組織還派給她一台筆記型電腦工作，並安排她至國際機構就職以掩護身分，連月薪多少都說中了，無需對號入座完全就是阿絨的故事。文末是女孩後悔做錯事愧對國家，主動向公安投案，宣誓效忠。

「越南政府太可怕了。」阿絨還是這樣說：「政府應該給人民安全，而不是什麼都要管。」德成知道她有特別檔案，私下曾問過她在台灣是否接觸反共組織？阿絨說她只是接受天主教團體的協助，度過人生很大的難關，在台灣抗議的也是台灣政府，從來不曾策動反越南官方的言論。她既然嫁了他，就會全心護衛兩人的家庭，這才是她最真實的生活。

她的社會地位明顯上升，也和台灣朋友慢慢斷了聯繫。金燕、阿海在海陽召集台灣返越工人聚會，阿絨藉故要帶小孩不去，以具體行動疏遠過往關係。她累積著個人條件，只盼望遠離政府的監控，保有自己的小小幸福。

「要先把自己照顧好，以後才能幫助其他人。現在不要惹太多事。」她輕輕拿走已然酣睡的女兒的奶嘴，淡淡地說。

次日我在日照陽台的暖晨中醒來，阿絨正在餵奶，睡眼惺忪中我接到阿清的來電，得知金燕被河內公安局捉去審問的消息。

新的一天，以及未來的十年，會什麼樣子呢？我看見翻天覆地的改變，轟然而至。

走得過的都不叫困難

「我下個月就可以拿到汽車駕照了。等你下次再來，我開車帶你去玩。」

四年前初遇，馮春勝剛買了生平第一輛摩托車，遙遙逆著風沙載我騎回河西給奶奶和媽媽和村人們看。我記得他半路停下車幫我買防沙平面眼鏡的體貼；我記得他沿途訴說那個小學這棵大樹與他成長的故事；我記得，那個企求成功但一無所有不改殷切熱望的年輕人。

現在是二〇一三年了，那輛記憶中新潮美麗的小紅龍呢？

「賣掉了，馬力太小，我現在換了一輛一五〇CC的，可以跑遠一點。」阿勝說，加強語氣：「以後想買汽車，可以載全家人出門。這是我下一步的夢想。」

我們約好一起吃飯，近午時分，他坐著朋友開的銀色轎車來旅館接人，還帶了妻子小麗及女兒同行，全家人都休閒打扮，像要到郊外野餐。銀色轎車的主人張大哥，在府里有個居家用品的展示店面，與建商合作，一叫貨就是數十上百戶的規模。張大哥是客戶，也是朋友，每月從八十公里外的府里進城一次，他每到河內洽商、採買新貨，就和阿勝一起相約吃飯。

府里我去過多回，金燕就住在那裡，張大哥聽我說起一名帶著孩子獨立開家具店的女人，看了我手機上的地址，隨即失笑：「金燕是我的鄰居啊，她很活躍，也很熱心，大家都認識她。」

「我看她的臉書，天天都好忙，根本沒時間做生意。」我也笑了。

餐廳位於文教區，附近是大學城，這是阿勝大學時代打工的地方，當年還是家路邊小咖啡廳，如今已然是鬧區裡極有規模的綜合式餐館，老闆娘和他熟如家人。阿勝熟練地從後車座拿出自備的兒童專用餐椅，入座後隨即打開 ipad 給女兒看卡通。女兒才十三個月大，從電子遊戲中練字母、學知識、練腕力，高科技解決了大人們育兒的煩憂，同時也以色彩繽紛及快速影像吸引了孩子入神。阿勝對女兒簡直愛不釋手，用餐時，他不時轉頭逗弄她，站起身抱她四處遊走各桌，忽上忽下舉著她驚駭又驚喜，樂此不疲。

這大抵是我來河內後，最豪華的一餐：烤牛小排、炸鮮魚、烤山豬肉、牛肉炒青筍、皇宮菜蟹膏湯……滿滿一桌菜色，正在力行產後減肥的小麗吃得少，張大哥與阿勝喝啤酒搭菜吃，最後幾乎餘了半桌熟食未曾動筷，阿勝倒是俐落地囑咐了全打包帶走。

「別浪費，回家可以熱了當晚餐。」他說：「台灣人也是這樣的。」

●

急速資本化、趁亂闖蕩的年代，似乎給了馮春勝一個翻身的機會。

不分城鄉，去舊布新的首要之務就是拆屋建房，到處都在大興土木、改頭換面。新富階級往都市集中，一再增擴的新興住商區，房地產看漲，相關周邊配備商品炙手可熱。阿勝掌握了跨國語言與經驗，瞄準方興未艾的居家裝潢市場，搶占進出口貿易的買賣。

四年前，我拿了蓋有阿勝手印的委託書及證件影本，返台後和阿勝的同事相約在大南廠的移工宿舍旁，拿到阿勝一疊疊收好總計二年八個月的薪資單，並和宿舍裡的越南勞工討論加班費及特休假的計算不符勞基法。

那個移工宿舍的籃球場，冬日陰鬱，晾著衣服總是一片灰黑。一直到春天來了，操場邊的苦楝樹都冒出粉紫花朵，衣服的樣式花色都繽紛了。阿勝的強迫儲蓄金約九萬餘元全數索回，由大南廠的人事經理直接匯款回越南給他。同時進行的加班費連署書卻未達足夠人數，移工們考慮再三，景氣已然回春，加班時數增多，縱然未依法計算，但只要再多拚一點，再多努力一些，就好了。

還是算了吧，萬一被工廠藉故提早解約怎麼辦？苦楝樹上滿滿的紫花，晾衣場上奼紫嫣紅好不繽紛，年輕的移工們剛輪完大夜班，鎖著眉頭又蠢蠢欲動又擔心害怕，畢竟來到大南廠都付出很高的代價。

一次又一次討論、爭執，春天還沒過，移工們還是決定算了。

放棄是弱勢工人的常態，因為代價無以承擔，因為過往挫敗經驗都在打擊信心。於是一退再退，不敢奢想可以共同撐出一點反抗的條件，更何況是短期居留的移工。相對的，我看見社會上的優勢者多半勇於挑戰，努力有成而更努力，積累加乘的自信與行動力，模塑了這個競爭導向的社會所需要的勤奮模樣，因為勤奮付出了，更認為所有成果都是自己努力來的，當之無愧。優勝劣敗，弱肉強食，一切更是理所當然。

苦楝花隨開隨落，枝頭如有紫雲，地面遍是污濘。擔憂與害怕是放棄的基調，人太少不敢爭，爭了怕後果承擔不起。我們踩過花屍，趕在大南廠下一班輪值開始前，匆匆散會。

就在大南廠移工們決定放棄追討不足額的加班費時，千里外的阿勝正開始了他返鄉後的第一份工作。他終究沒去賣房子，倒是投入蓋房子的行列。中國來的建築業老闆，面談時就看中阿勝流利的中文、在地人的便利，一般大學畢業生月薪約六千元，阿勝則從八千元起薪，擔任老闆的隨行翻譯，也四處找尋新的投資標的。

「我沒什麼學歷卻能拿這個薪水，算是不錯了，吃飯睡覺都在這個老闆家，不是和一般工人一起吃哦。」阿勝挺起胸，多了點說明：「我也很努力，老闆要什麼東西我都可以立刻幫他找到，外地人要小心什麼，我也會幫老闆注意。」

這是他在台灣逃亡期間養成的習慣，做事做人都很周到，用做到最好的態度來拚下一次的機會。永遠不穩定的下一次。

也就在那時候，他大概就摸清楚了這個水漲船高的房地產業，並非無條件暢通，對他這樣缺乏資本的人來說，恐怕終究是高風險的危崖。他不是買空賣空的賭徒，要能扎實掌握在手上的才能安心。大學好友仗著家有祖產，可以投資自蓋房子，一本萬利，阿勝看得清楚，自己若只能零售或抽佣，滿街都是房仲服務員，他恐怕也沒能脫穎而出。錢滾錢才是資本倍數增長的硬道理。

「我本錢太少，只能做自己能做的。」實事求是的阿勝，及早認清了這個事實，沒讓自己耽溺在快速賺錢的幻想中太久。

四個月後，他毫無留戀地辭職了。那筆台灣匯來的遲來的強迫儲蓄金，成為阿勝最及時的一點依靠。他想做生意，以他在海外來去的經驗，比較兩地價差，進出口的利潤也許是他可以走的一條路。

在大小商場晃蕩月餘，阿勝獲得第二份工作，依賴的還是他的華語能力及在地優勢。老闆是溫州商人，在市場買手錶使用電算機殺價未果，阿勝及時翻譯議價，最後以超低折扣幫忙溫州人買了一批手錶。溫州商人是中國崛起浪潮的冒險家，勇於出海跨界做買賣。北越開放速度較南越晚，市場初開，尚未飽和，溫州老闆此次前來試探開拓新市場、建立買賣據點，像阿勝這樣靈活且有雙語能力的在地人，可遇不可求。對阿勝來說，他也正在尋求進出口相關實務與知識，這工作簡直像是量身打造的建教合作。

溫州老闆專門進口門鎖，這和建築業倒是又相關了，一間間房子都在蓋，相關配備倒未必齊全，老闆從中國批大量的鍍金門鎖來賣，銷路還不錯，全靠業務員打開市場、論件抽成。阿勝可以直接與董事長溝通，兼行政職，每天還要負責驗收業務員的布點及成交報告。這些業務員多是大學畢業生，先透過網路分配不同區域拓展業務，再來就各憑本事拜訪商家、開發新客戶、參加商展等。

這些苦工夫：勤跑、賣笑、耐心承受挫折，就是業務員的基本能耐。勞力打拚的新市場，賺錢的還是老闆，業務看似做多賺多，實則只分配到利潤的極小部分。阿勝主動安排自己跟著跑業務，鍛鍊開拓市場的能力，也直接拜訪商家。學管理，學業務，學市場，學進出口，算是上了完整的一課。唯有貨源自中國來，這部分他還欠缺經驗。

半年後，阿勝告訴老闆他想自己出來創業，開始自己試著跑邊界尋找新貨品，而溫州老闆則成為他在商場上請益的對象。

●

北越進廣州，長途客運睡一覺就抵達了。

阿勝有語言能力、有跨國經驗，獨自一人就到廣州市場找機會。他像早期帶著一只〇〇七手提包就上路的台灣貿易商，在他鄉異地東張西望，尋找時興熱銷的產品。他分析，手機手錶都好賣，但利潤有限；新潮服飾折扣最好，但他不在行；評來比去，還是門鎖最合算，利潤高，市場大，且他的經驗全能派上用品，越南到處都在蓋房子，每戶家庭都需要鎖。溫州老闆做的是平價鎖，阿勝評估自己一個人做，能賣的量有限，唯有朝高單價的高級精美鎖做市場定位，單幹戶才划得來。

廣州是大工廠，也是大商場，他邊看邊學，問訂價標準，問品質差異，問年限，問價差，第三次去就開始買一箱樣品回來試市場的反應。第五次進廣州，他就直接找上位於廣州佛山的製鎖工廠，和廠商簽訂代理開發越南市場的合約，不必經過中間商，直接從工廠進貨，獲利高，對方給的折扣也好，越南是個新市場，對廠商來說能賣多少都是賺。

就這樣，他前前後後進出邊界多次，找合適的批發商場，邊走邊玩，一次停留一週，來回車票和吃住約台幣一萬二，批好貨返鄉等賺夠了旅費再出發。這段獨自出入邊界、跑單幫的生活，持續了一年多。收入時緊時鬆，不受僱於人，也沒能力聘人，多半還是花錢學經驗。

「那時候常常要倒賠，人家才肯寄賣。我身上也沒錢，根本沒辦法周轉。」阿勝總算透露點艱辛。

批貨就是買斷，回國後再一家店一家店推銷，若要求寄賣還要先送貨給店家試用，賠錢也得做。雖然沒有固定收入，也不見得貨都賣得出去，但他轉個口氣——事實上，他總是太快轉口氣、轉心情，像是停留在壞情緒或挫折太久，就會沾上霉運似的。這也許是他的生存之道，也許是如今安定了再回首，什麼挫折都是小事。

他很快地切換成正面能量機制：「反正都是學習，碰到困難就想辦法解決啊，解決了就學到新東西了呀。」

偷渡的運費比打稅便宜，但進出海關總免不了賄賂費用，這全算在固定成本裡。跑單幫賣鎖，有百分之二十至二十五的利潤，算很不錯了。旅費、設點的周邊支出高，真正存不了多少錢，但阿勝賺足了經驗、摸清了市場，也有了長久經營的打算。

他拿著佛山製鎖工廠的合約，主動向打網球時認識的兩位進出口貿易前輩尋求合作。聽來有點像是掛牌營運，阿勝借公司的招牌及資金進口佛山的鎖，由他負責拓點賣掉庫存，利潤四六分。阿勝只有四成所得，但有更多的資金進更多的貨，單價拉低，更有市場競爭力。公司負擔資金及庫存，沒有增加人事成本，卻多了一項業務收入。各有所得。

「我不是向他們拿薪水，而是合作，業務是我自己開發出來的。」

阿勝一整年的跑單幫經驗，已經累積了足夠的客層，合作是擴大以公司的規模來模擬他日後自行創業的想像。就這樣合作了二年，直到阿勝累積了一百萬台幣的創業資本，才在三個月前終止合作。

「總算可以開始做我自己的公司了。」他幾乎是喟嘆。這個夢想，花了阿勝快五年的時間。

●

阿勝中輟時還有位大學女友，到台灣後相隔兩地，打電話寫信都是奢侈的聯絡，半年後就慢慢分手了。

「我到台灣第二年，她就結婚了。」他淡淡地說，沒有埋怨，意料之中，冒險必有的損失。在台灣四年，戀愛自然是有的，但風雨飄搖不定，沒敢給承諾。

「我知道我只能來台灣賭一次，逃走了也不知道什麼時候才能回家，不可以擔誤女生的時間，晚了就嫁不掉。所以我們在一起時都說好只有現在，未來不知道。」

返鄉以來，他也陸續交往了幾個女孩，最長賞味期都不超過六個月。四年前，阿勝讓我看過相片上已談及婚嫁的女孩，早已是過眼雲煙，他的工作不穩定，情感也難能長久。

「很多大學畢業生都賺得沒我多，我也算是厲害的人，所以女生會喜歡我。但交往沒多久就覺得沒辦法再繼續，我太忙了女生會抱怨，要人說好話，好累唷。一直到遇到這個老婆，才覺得找到了，她也是很多人追求的女生，但遇到我也是覺得找到了。」阿勝說得神采飛揚：「這就是有緣分。」

緣分。越南語也有這個說法嗎？

有啊，就是遇到了就對了。

開始跑單幫後，阿勝在鬧區環劍湖附近租了一間小倉庫，每日進進出出，衝勁十足。岳父當時就在隔壁開河粉店，常邀他來家裡唱卡拉OK，一老一少喝茶。小麗才十九歲，在大學念觀光系，課餘時間常到父親店裡幫忙洗碗、招呼客人，她舉止大方，面如盤月，笑起來有可愛的梨渦，討人喜歡。

交往二個月，阿勝帶小麗回河西見媽媽。小麗懂事、孝順、體貼，又會照顧人，一點也沒有城市女孩的嬌氣，媽媽和奶奶都要他好好把握。阿勝常跑中國批貨，小麗不同於之前的女孩會抱怨他沒空陪伴，反而常留簡訊關心他太瘦了，晚餐別忘了吃，要他別太累。

「很多九〇年後出生的女生，都很幼稚，說話亂七八糟。但小麗不會，她很會為別人想，是她家裡教得好。」

小麗是他的真命天女，碰對人了就全力以赴，結婚、生子、創業全在一年內緊鑼密鼓達陣。人生似乎來到高點，眼前簡直沒有什麼困難，又或者，困難全是邁向成功的必經險阻。走得過的都不叫困難，叫考驗。

現在，阿勝剛租了一間辦公室，在小麗娘家鄰近的巷弄間，生活機能便利，又安靜便宜。每天下班回家，從公司租處回家不過五分鐘車程，住家一樓是岳父母的河粉店，岳父母就住在二三樓，四樓則是他與小麗及女兒一家三口的窩。既省下房租，女兒又可以就近有岳父母照顧，這是目前最有利的安排。

辦公室裡有兩輛漂亮嶄新的腳踏車。每天晚餐後，孩子交給岳父母，他與小麗一起到河堤騎車健身、逛街散心，有規畫、有品味、有秩序的、中產階級的健康人生。

「小麗看得遠，才看得上我。」阿勝說，不無幾分感傷：「我是農村來的孩子，卻能夠娶到城市的小姐，還在河內有自己的公司，真的已經很滿意了。」

●

鐵門拉起，左邊就是個小土地公神龕，這是所有越南做生意人家不可或缺的擺設，保佑地力與財力，留住錢財與保平安。旁邊就是保險櫃，就近託給神明照管，但其實裡面沒放多少錢，頂多是一些零散的外幣，重要的反而是護照、證件、存摺。

牆上掛著西式複製油畫，現代風格的會客桌椅，桌上擺著中國瓷器茶具組，小巧雅致。玻璃展示櫃內貨品樣式還不多，裡間倒堆積了一箱箱的存貨，邊賣邊整理就序。氣派的辦公桌上，醒目放著小麗懷抱女兒的沙龍照，像是激勵阿勝的強心針，一切動力的來源。

筆記型電腦鎮日開機，無線上網，散落桌面有好幾本管理學的書，以及手抄筆記。我翻了一下，真的全畫了重點，作了註釋，密密麻麻。

他的強項是中文，但不夠好，沒能讀和寫，於是他買書自習、上課補強，鍛鍊自己要有能耐看懂中文合約書，一切不求人。資料櫃裡全是書，管理、貿易、會計、稅制、市場、字典……。他有實務經驗，但需要更多知識配備，於是週末日還花錢補習企業管理的課程，同學們多是大公司派出經理級人士的在職進修，他自視是班上最認真上課的學員。補習費不便宜，十幾堂課就要二萬元，是一般大學畢業生二個月的薪水了。他的大學沒念完，總擔心漏掉了什麼關鍵性的學習，深怕不如人。雖然學院裡的知識遠不如實作，但藉著補習班整理過的知識，節省自己大海撈針的力氣，他還是覺得划算。附加價值是，就近認識不同行業的經理們，在台灣稱之為

「拓展人脈」。

他說自己摸熟了一個地方，會戀舊、惜情：「我現在有能力住比較好的賓館，但每次去廣州還是住第一次去的那間，和老闆也熟，打個電話就會派車來接。」

大學同學多數人的薪水現在都比不上阿勝了。他當初羨慕村子裡蓋新屋的鄰居，爾今相較下，農村生意人要凌晨就起床殺雞備料，透早到河內買賣，午後再筋疲力盡回到農村，終究是太辛苦的營生。

「我現在回農村也可以蓋得比他們的房子還大，但不必要了。」阿勝說。

「想蓋比別人大的房子是為了炫耀嗎？想贏過誰呢？」我問。

「不知道，可能是想讓媽媽有面子吧。」他想了想，再想了想：「但從你認識我到現在，我想我已經很不一樣了。」

「不一樣的是什麼呢？」

「沒那麼急了。媽媽和奶奶現在過得很好，偶爾來城裡玩玩就回家，我也不必蓋房子什麼的。以後在河內能夠買下自己的房子，才比較實在。」

「很困難嗎？」我想起台北望屋興嘆的青年就業者。

「很難。但現在不景氣，河內的房價下跌，也許還可以努力。」

「你總是那麼努力，這倒是一直沒變的。」

「現在還不夠好，還要再努力。」他笑著說，不以為苦。

他說月中要到廣州參加商展，但既然我來了，可以不去，陪我到處走走。當年那一筆儲蓄金如及時雨，他惦記在心：「那個錢，現在看沒什麼。但當時對我很大、很重要，幫了我很大的忙。」

他誠懇相待，熱切展示如今擁有的一切，像是還我一個未被辜負的交代。他過著堪稱安穩的生活，凡事有規畫，交遊廣闊就算非有目的，但廣結善緣日後也許用得到。他坦白直率，熱心助人，未必是飽懷心計，但確實每一步都有算計。

「家庭」是他永遠優先的關鍵字。對這個中輟生來說，在變革的時代，搶占資源、奮力打拚以翻轉世襲的窮困，追求一個都會中美好家庭的上升夢想。

●

晚餐阿勝的丈母娘為我下了一碗爽口的河粉，豐富多料。

沿著河粉店邊側的鐵板樓梯登上四樓，是阿勝與小麗的三口之家。雙人彈簧床直接放在碎花的塑膠地面，無以免俗地加框放大的婚紗照掛在牆頭，小衛浴小廚房都顯得新穎卻克難，看來是新婚後岳家特地為他們頂樓加蓋的小套房。

二年前我在台灣收到阿勝寄來婚禮的相片，新人以西裝白紗現身城市大飯店，又搭租來的賓士車轉進農村，窄廳牆上貼滿紅色喜幛，阿勝牽著穿傳統紅色長衫的新娘向媽媽跪拜。再一年，他的臉書上全是女兒的相片了。現在，我看著拼貼童話人物的粉色牆面，正是女兒生活照的主要場景。

厚重的窗簾鎮日垂掛，屋內就是個都會小家庭，液晶電視、光碟放映機、電動遊樂器都是必備品。電視櫃的後面，阿勝拿出一整箱的網球，這是消耗品，一次一箱買較划算。他是農家子弟，見不得奢侈浮華，但都市的運動不便宜，只能在周邊耗材節省支出。每週三個早晨，阿勝會向健身中心的網球場報到，一個月要價一萬元台幣的會員費，不是一般受薪階級負擔得起。

這個健身經濟學，當然是經過利害評估的選擇。

網球是時尚的上流階層健身遊戲，能付得起這個運動價碼的人，都是潛在的客戶群。北越不時興酒店社交，網球場一如台灣的高爾夫球場，都是階級界線分明的運動項目，是業務拓展的社交圈。

「有能力去打網球的都是有錢人，我每週去打三次，認識很多人，也學到很多東西，如何投資如何管理。」他健談也好動，打網球既可健身又可以認識大老闆，與前輩們聊天也多所受益，投資報酬合算。

投資及投機，都在這個運動場上聽得不少內線消息。情資與情報紛飛，這個有錢人的封閉社交圈，錢滾錢如此快速有效，阿勝像是窮小子闖進大觀園，大開眼界。雖則聽多了不免心動，所幸他沒迷了心賭大的。他手上的錢有限，一點一滴累積著都打算投入創業，沒敢拿去玩股票。一年來也看盡了小資本被不景氣一吹就破產，那些真正有錢的人放了風聲，氣定神閒繼續來打球，股票低盪時還進場掃了些低價股票放著養大。而那些，像他一樣資本有限的人，大起又大落後，就再沒來打球了。

幸而阿勝不貪心，不躁進，不一步玩進有錢人的圈子。那個農家小子的心性跟住他，及時拉住他要珍惜眼前，一步一步走。

「若不是這樣一點一點累積，我現在也不能開公司，不能討到好老婆，不能天天去打網球，不能在城市有個安定生活。」阿勝開了窗，讓秋風吹散一整天緊閉的悶氣，轉身看著我：「越南有句話說，比上不足比下有餘，我們有這樣的生活，也算是很舒服了。」

窗外是夜街的喧譁沸騰，只見燈火不見星光。

打過仗的老人家看了會哭

這間咖啡店有點新潮，有點古意，竹桌竹椅頗有造型，來來去去的多半是本地人，對外敞開大門，讓風吹進來，細沙灰塵也沒少過。

座上客皆面朝街頭，桌上多有瓜子或早點，嗑瓜子看來是河內的全民運動，一杯涼茶，或加冰混奶的咖啡，一盤瓜子，路邊一整排都是人。手忙口忙，無事也忙。

路是彎的，樹是老的，小包車、公車、三輪車（觀光客坐前座，街景一覽無遺的那種）、二輪載貨推車、摩托車絡繹不絕，挑著長扁擔賣菜或甜點的小販也不少。遠遠那頭走過來一名中年男人，手上拎著兩雙拖鞋一個空布袋沿路向每個客人示意，多半的人搖頭或揮手，他耐著性子再詢問，不急躁也不沮喪，那是習慣了被拒絕的表情。終於有個穿花襯衫的年輕人招了手，男人趕緊趨近、彎腰，幫年輕人脫了皮鞋放進布袋裡，奉上拖鞋替換。男人撤退到路邊一株老榕樹下，就坐在突勃的樹根處，從腰袋裡掏出鞋油和拭布，原來他是代客上油清潔的擦鞋員。

我現在才看懂了。不必蹲在客人腳跟前，以一雙便鞋替代，皮鞋直接倒掛在手指上擦、抹、清，真聰明啊。兩雙拖鞋意指可以同時接兩個客人，退到樹下安靜專注做好他的工作，在客人喝茶聊天的空檔中，皮鞋也擦淨、油光閃閃回籠了。一次服務叫價十五元。

灰塵漫溢，風起沙揚，看來這生意還做得下去，也挺及時。

「為什麼台灣現在沒有擦鞋童了呢？」我想起早期台灣電影的火車站場景，那時車次少，漫長候車期間總有穿西服的男人坐下伸長了腿看報紙，把腳放在鞋童前的小凳上。

「台灣很多大樓都有清潔鞋子的墊子，所以不太需要。」阿勝說，他才剛從健身房打了兩小時網球，穿著米白色的短褲、球鞋，額頭冒著細汗。

「而且，台灣的灰塵沒這麼多。」剛騎摩托車來，共進早餐的新朋友阿明說，他穿了一雙尖頂黑皮鞋，看來是費心上過油的。

「你的鞋子每天都擦這麼亮嗎？」我忍不住好奇。

「一定要啊，我開的是觀光巴士，站出來就代表越南，一定要清潔漂亮才行。」阿明說話字斟句酌，十足是禮賓司。

「今天不開車嗎？」

「傍晚才輪班，要帶中國客去買東西。」

「因為你能說中文，所以專接中國客？」

「我是司機，又不是導遊。」阿明搖搖頭：「有時我會假裝聽不懂，免得累死了。」

我們坐在古樹遮天的觀光老街，喝咖啡、看街景、嗑瓜子。那擦鞋員默默接了幾筆生意，到對街成排的五金批發商店繞了一圈又踱回來。原先老榕樹根的位置，已坐了另一人，正在上油。他不疾不徐，在我左手邊的空桌前放下拖鞋與布袋，揚手叫了一杯涼茶。

街頭有風，擦鞋員坐在略有塵沙的竹椅上，也嗑起瓜子來了。

●

阿明比阿勝還早一年到大南廠工作，兩人同樣來自河西，地緣親近感在異地格外強烈。正當阿勝苦於無薪假時，阿明早已約滿返鄉，原本和仲介說定了會再回籠重簽新約，但金融風暴一來，很多台灣工人失業，既定的工作合約紛紛中途喊停。阿勝逃走了，阿明則滯留家鄉。留著就留著吧，以為不過是重新接續原有的發展，但條件有限的人從來不是時代浪尖的弄潮兒，只能在海水沖刷過的灘頭每次都重來地撿拾碎貝。

高中讀完，阿明就離開河西了。他在河內的專技學院念了二年電子科，畢業後找到一份電器維修的工作，在城市邊緣不上不下地賴活著，出國是他謹慎考慮下快速累積第一桶金的機會，墊高一點都市競爭的條件。到台灣工作三年後，存的錢扣掉貸款，還是不上不下，回頭才意識到斷裂帶來的不是積累，而是空洞。他身上原有的技能未能跟上民生電器的日新月異，舊有的知識不管用了，新的消費潮又帶來壞掉直接汰新的生活習慣，他原本賴以為生的電視電扇修理業，似乎已被潮流遠遠丟在身後。

沒有積累，一次次的徒勞無功，恐怕才是窮人奮鬥的真相。站在浪潮洗刷後的長灘，來路前途俱皆抹去，出國返鄉的阿明只能一切就地重來。

白天，阿明從事電腦裝修的低技術工作，晚上到夜校上二年制的會計課程。這二年的半工半讀沒帶來新的機會，倒是帶來姻緣。他去應徵會計工作，認識職場前輩，最後沒得到工作，卻娶了大學會計系畢業又有多年實務經驗的女孩為妻。

「學電子，學會計，學中文，學開車，你好努力學習啊。」我說。

「對啊，有空就學，以後有機會就可以用得上。」阿明謙遜地笑了。

他的中文說得謹慎、完整，看得懂一些字，發音也標準。很難想像他只在台灣待了三年，更難想像回越南六年多了疏於練習還這樣好。

觀光巴士主要做外國人生意，車次與客人都由公司安排，一趟出車時數不定，若載去買東西就要等比較久。他的薪水，每月依載客量、里程數及候車時間計算，比起工廠勞務，薪水好上許多；比起他老婆的專業工資，又差了一截。

阿明的工作，要能懂一點英文作簡單的溝通，或甚至比手畫腳跟著地圖跑，也就很夠用了。中文不過是他個人私藏的另一專長，不是應徵的加分題。這家觀光巴士公司旗下三十餘位司機，只有他一人懂中文，但這並不影響排班。對收入更無差別。

有時候，心情高亢或疲憊的時候，他主動以中文和客人搭腔，反而帶來額外的工作負擔。來自台灣或中國的觀光客，知道司機懂中文，多半就纏著東問西問，像是要從專業導遊外取得第二資訊以作比較，又像是免費多了一個諮詢對象，連買東西都要拉著他陪同翻譯。

「真的很煩，本來他們下車購物我可以在車上睡一下，但他們知道我懂中文以後，就會一直來要我幫忙。」

久了，他就知道要假裝聽不懂，搖頭說不會。

二〇一三年十月四日，越南前副理武元甲（Võ Nguyên Giáp）過世，享年一〇二歲。所有的媒體都大篇幅報導這位越共大將軍的死訊，象徵一整個革命世代的終結。環劍湖附近的觀光商圈反應最敏捷，沒兩天就在大量複製的胡志明肖像T恤旁，也成排掛起武元甲肖像的衣帽與海報了。綠色系的軍帽特別多。

出殯當日，官方電視台全程直播國葬，很多人家與商家都同步收看。那一日，首都河內封閉沿線二十餘條街道，長達七十多公里的路程，百姓爭相送行，許多老人沿途流淚相送，倒不是被安排的。

網路上有無數武元甲的戰績。他從學生時期就參與反法國殖民運動，之後投身武裝革命，是世界級的軍事將領，以打敗法國軍隊的奠邊府大捷一戰成名，之後出入叢林、沼澤、地道，一連串對抗強國的勝仗奠定了他在第三世界民族獨立運動中的地位，實現越共反帝、反殖民的主張。

「革命軍人真的很了不起！」阿明是軍人之後，說起歷史特別有感情。對那一代的革命戰士，人民心懷感激。國家是他們浴血抗戰，從殖民者、侵略者手中搶回來的，贏得舉世追崇，甚至鼓舞了全世界弱小民族對抗帝國主義的武裝解放運動。武元甲是上一代開國戰士中活得最久，橫跨越共獨立建國、南北越統一、經濟改革等動盪歷史的革命元老，二十年前他退休時，還來不及跟上經改後快速暴增的腐敗貪污，更令人民尊敬緬懷。

革命者成為統治者，當經濟體從共產轉向資本時，金權結合衍生繁殖的就是官僚貪污。敗壞的速度，與市場化的速度不相上下。阿明的父親當初也算高級軍官，至今領有固定退休俸，對曾經出生入死的昔日袍澤多有抱怨。

阿明用簡單的說法比喻：「做大官要想到人民的生活，但他們都只想到自己，他們的家裡房子愈蓋愈大，人民都住矮矮的房子。」

「武元甲沒有貪污嗎？沒住豪宅嗎？」我看著電視直播的人潮，以及身邊專注看電視的人們真誠的敬意。

「他一生都住國家提供的房子，沒有把錢放到自己的口袋。人民都很感謝他。」阿明說。功大官大卻清廉自持，正因為稀有而獲得尊敬。革命早就過去了，黨國幹部都變成有錢人。以前加入共產黨是很大的榮耀，成為黨員要經過社區推薦及層層審核，現在年輕人都不想加入了。阿明的父親是軍人、是黨員，他卻對執政黨嗤之以鼻。

「你沒想過要當公務員嗎？」我想依他謹慎的個性，服公職應該也曾是生涯選項之一吧：「要進政府做事，一定要入黨嗎？」

「要升大官才需要入黨。」他笑著搖頭。

「當公務人員的考試很難考，」整個早上都忙著打手機交代業務的阿勝，轉頭加入話題：「除非你有親戚在當官，否則連公安都當不上。」

公安也是特權階級，薪水不高，但肥水不少，多半來自行賄。在越南，最明顯可見的是與人民日常生活緊密聯繫的地方公安、交通公安，公然行賄已然眾所周知，人們口頭上天天罵，也還是天天忍受。

「公安向人民拿錢。從最高的官到最小的官，都會吃錢，從上到下都一樣，難怪我們國家沒發展。」阿明說著，火氣真的來了。

他們自幼成長的農村裡，有很多上過戰場的退伍軍人，解甲歸田後以為解放的太平日子就要來到，臨老卻目睹無以想像的劇烈變動，政治腐敗與貧富差距擴大同樣令人傷心。他們流血打拚過，為革命真誠犧牲過，不是要換得這樣的混亂與貪婪。

「打過仗的老人家看了會哭。可是他們只有喝酒時才哭，平常也不會說什麼。講了也沒用。」阿明說。

出國多了個參照的視框，阿明堅持唯有開放多黨制，國家才可能從制衡中求進步。

「越南就一個政黨，所以不會改變。」阿明說：「還是台灣比較好，可以罵總統，有民主。」

我說民主還沒實現啊，人民沒力量，再多不同顏色的政黨也只是愈長愈像，背後全是財團老闆的意志在治理國家。一人一票成為被迫在兩個爛蘋果選一個，選上的人還罷免不了，民意代表由僕人變主子，假民主之名，金錢與權力還是緊密結合。

「對啊，我離開台灣時，陳水扁被捉去關了。現在，馬英九也被罵個半死。選來選去都沒有一個好的。」阿勝快速接了話。

歷史條件殊異，他山之石幾乎無以拷貝、複製，改革的進程，既要貼近現實，又要當心莫輕易掉入眼前可見的短期利益而誤為目標，唯有一步步在地實踐與實驗。我們都沉默下來，看著電視同步播出的革命者喪禮。

若父親沒有遽逝，阿勝如今會是什麼樣子呢？

「應該不會去台灣，可能成為一個上班族，在城市裡找個有專業的工作，平平安安做一個領薪水的人。」阿勝想也不想地反射性回應。

這個問題，他應該問過自己無數遍了。他向來活得用力，有計畫。雖說處處有歧途，但他總也不懈重擬規畫。

「剛開始做，還是小小的就好，不要太鋪張，免得被人說話。」

整個辦公室目前簡單清爽，規模不大，不景氣的時機創業，買氣也許稍降，要聘僱業務倒是方便多了。昨日才上網求才，今天就有近三十人來應徵。

「業務工作就是做多少算多少，很公平。我的資本不多，找大家一起當老闆，我也會努力跑業務，老闆和工人一起做。」阿勝說。

這話倒不是順口說說，他確實努力招攬那些去過台灣的返鄉越勞，一起來拚事業。阿勝有個股份有限公司的想像，光靠自己不夠，要找那些出國後略有積蓄的人，擴大資本與事業版圖。他私心覺得，出國歷練過的人，冒險精神及企圖心都強一些，且經過高壓磨練剝削過的身體，終究比較習於資本主義規訓下的紀律與忍耐。

阿明就被他鼓勵一起參與創業。阿明的父親領有軍官等級的退休俸，幾乎等同他的月薪，平日無需他的奉養，他到台灣打拚三年按月寄回家的錢，都由母親幫他存著，分毫未動。

「他去台灣賺的錢都在銀行裡睡覺啦。」阿勝笑他不知投資利用：「錢存著不動，只會愈變愈小愈沒用。」

「這錢，買不起河內的房子，只能先存著。」阿明苦笑。他婚後最大夢想就是購屋，老婆是主管級的專業會計人員，月薪一萬二，觀光巴士的司機月薪也有八千元，都算是城市裡還不錯的收入了，但要在物價年年高漲的河內購屋安居，恐怕終是個無以實現的夢。

「每個人都說要生活慢慢好，但我開車永遠錢不夠，要自己做生意才可以過好生活。」阿明說。

「做生意也有失敗的風險啊。」我小聲說。

「做什麼都會失敗。」阿明很實際地評估：「先和阿勝一起跑業務，能做了再投資，不然我什麼時候才能買房子？」

司機工作時間彈性，一天三個班次，要找其他兼職也不容易，跑業務反而最適合兼著做。他行事向來小心謹慎，司機正職不能辭，跑業務沒有底薪，只能算邊做邊學。他不好高騖遠，只求在快速運轉的城市中安身立命。

「他不必辭掉工作，要慢慢轉，開車的薪水存著以後再來投資。」阿勝說：「我們都沒什麼本錢，只能一點一點做。投資要多看多想，不能太冒險。」

有了自己的事業，挫折與困難都可預期，只要克服就是。

「我現在回鄉，雖然已是有一點成就的人，但不會不下田的。」阿勝捲起衣袖，宣誓般又說了一次：「我從來沒忘記，自己是農村來的孩子。」

農村是他的基底，催促著他奮力融入城市，望向遠方。

如今，馮家三兄妹全在河內市了，那個小時候長途跋涉來看燈會、軍容遊行的地方，那個隱隱含光的想望。

去台灣玩

舊城區也是觀光區，古樹、老街、酒吧、燒烤、廉價仿冒品、五金批發店……西方遊客與扛擔小販來來去去，路口永遠停駐多輛載客摩托車，及蹲坐喝涼茶或閒聊的年輕司機。

我與阿勝、阿明嗑完瓜子、喝完咖啡，跨上機車就穿越半個市區，到城西和阿絨共進午餐。城西的新商圈，街道拉開四線道，路上的行人們衣著體面些、步履倉促些，電梯樓層高聳些，銀行、辦公大樓林立，一樓的商家店面都隔了玻璃窗門。我們循著地址找到黎氏絨工作的國際機構，鄰近巷子裡的機車位已然爆滿，午餐的人潮就要湧出，我忙急電阿絨下樓，引導阿勝、阿明將機車駛入國際機構租下的一整層樓專用停車位。

這個老字號的國際機構即將撤離越南，預計在農曆年前結清所有工作項目。阿絨還是一樣纖秀輕盈，微捲的黃褐髮，淡灰色的絲質襯衫下套橘色窄裙，足蹬半高跟鞋，儼然一名自信幹練的白領上班族。

走進全敞式的辦公室，牆角已堆疊打包裝箱的資料，隱隱有些急促感，又有些無事放鬆的氛圍。今年，幾個相關計畫都要停掉了。為什麼？基金會有不同的想像與布局，決定撤掉河內辦公室，二〇一四年轉往曼谷設點。

這幾個月就是收尾的工作了。阿絨作為在地的資深工作者（啊，竟已經六年了），已經被轉介至另一個新進駐的國際基金會工作，薪水還是一樣以美金計，還是相關的中南半島弱勢婦女調查，女性、孩童、農村總能牽動西方關注的眼光。國際基金會的工作項目多來自資料收整、研究分析，不進入組織與在地連結的想像，然而我總是對這種拉高式的分析報告中，提高警覺，擔心被太多格式化的套裝分析與簡化論述所蒙蔽，看不見人的真實樣貌與生活脈絡。偏偏這些西方基金會的報告，決定了主流世界如何認識這些議題與人的關聯。

阿絨的中文退步不少，英文倒是熟練自如了。當年那個勤補英文猶兀自焦慮苦惱的女孩，如今在聊天時，不時主動轉換語言頻道，逕自以流利的英語溝通。而我則一再回以中文、越文的拼裝句型，好讓阿勝與阿明得以同步進入對話，不致淪為失語的局外人。

我們聚集到阿絨的電腦前看相片，睽別四年來，她如願又生了個兒子，老公也調回城內工作，一家四口在父母舊居鄰近蓋了房子，擁有自己的家園。她原本不敢夢想的幸福，竟然一一實現，且超乎預期。她大方分享家庭合照、工作活動剪影、出國會議相片……相片檔案拉回九年前，跳出阿絨與當時的台灣總統陳水扁的合影。

「咦？你怎麼和貪污犯合照？」阿勝湊近螢幕，忍不住調侃：「你知道陳水扁現在坐牢了嗎？」

「和我沒關係啦。」阿絨輕輕地笑了。

他們兩人到台灣工作的時序完全錯開，一出一入。阿絨離開台灣時，陳水扁如日中天又贏得新一屆總統選舉，紅衫軍尚未走上街頭；阿勝來到台灣時，則全程目睹政治獻金弊案一一掀開，總統卸任後成為階下囚。

這張合影如今看來十分諷刺。那束代表受害人獻給總統的花，使阿絨飽受越南政府監看，但也間接使她獲得國際機構的工作機會，改變了她的一生。

●

前往城西的途中，同樣停在紅燈待轉車道的一名機車騎士被公安攔下。阿明轉頭對後座的我說：「你看，公安又在賺錢了。」

意指街頭公然索賄。在街頭一旦被穿著土黃色制服的交通公安攔下，違規罰款都是現場繳交，沒有收據，每個人都合理懷疑這筆錢有極高比例進了私人口袋。現場討價還價，直接表明以賄款代替罰款的，也幾乎是越南人的共通經驗。

「當場沒錢交怎麼辦？」我問。

「那就罰你最貴的，超速什麼的，回家再去交錢。」阿明說：「他們也會看人，向你要二百元，罰單只開一百，他賺一半，你少罰一點，當場給錢可以講價，也比較快。」

「台灣警察就不敢直接收錢。」阿勝是真的有經驗，他沒忘記當年供出三萬元企圖行賄未果的沮喪，但還是義正辭嚴：「就算我當時被捉了，還是覺得警察要這樣才對。」

我忍不住想起，年幼時曾有一名鄰家大哥到家中向我父母訴苦，他因家貧進入警察學校就讀，剛畢業就職時，多次痛苦於警局集體收賄的同儕壓力，紅包對象從攤販、酒家、黑道到工廠應有盡有，上至局長下至菜鳥警員都分了紅，簡直是每月的固定津貼。年輕正直的大哥曾經困擾失眠，恐懼難安……爾今不知他到哪裡去了？習慣了？離開了？口是心非忍耐著？環境改變了嗎？根據「國際透明組織」（Transparency International）公布二〇一三年全球貪腐趨勢指數，台灣人民行賄以取得公共服務的比例高達百分之三十六，亞洲排行第二，貪污指數比越南還多出六個百分比！

公安離人民的日常生活太接近，貪污、索賄的金額就算不大，但歷歷可數，切身可感。眼前阿絨的丈夫德成就是一名公安，阿勝和阿明一聽我介紹就挑高了眉，忍不住有意見。

「公安的薪水那麼低，房子卻蓋得很漂亮，錢都從人民來。」阿明說。

「我老公是管監獄的公安啦。」阿絨忙撇清：「現在政府推動清廉，監獄裡都不敢收紅包。」

「人民最討厭的是管交通的公安，天天在馬路上都可能遇到。」阿勝說：「管監獄的比較沒感覺，我們一般人又不會去坐牢。」

「送紅包要做什麼？」我問得外行：「又不能把犯人放出來。」

「可以幫忙犯人在獄中比較不被欺侮，不被其他人打。」阿絨解釋：「但現在真的沒有了，政府會查，捉到就完蛋了。」

德成的薪水遠不如她，但她也知道公安身分終究帶來一些便利。有一回，他們相載回家因為趕時間而超速，半途被公安攔下，德成拿出工作證，攔人的公安隨即揮揮手放行了。自己人好辦事，有錯不罰，包庇與貪污原就是同脈孿生。

德成讀書時就已申請入黨，他品學兼優，又熱心助人，還未當上公安就已成為黨員，這是莫大榮耀。阿絨就說自己「沒資格申請」加入越南共產黨，像是參選模範生似的，可見審核門檻不低，光是申請就需要工作及鄰里間都核定無誤、值得推薦才行。我持續遇到一些越共老黨員，特別是經歷過戰爭的人，都對於這個身分由衷驕傲。叢林作戰時，越共除了軍事射擊的操練，日常生活與群眾的道義往來，借鹽借物都要還，思想與文化課程也沒少，在那個克己利他、高度自尊自重的年代，成為共產黨員就是獲得組織的肯認。如今的入黨則有較強的功利性質，有些人為求升遷而入黨，眾所周知的潛規則是：公營機構的主管或人事都得是黨員才有機會。

和阿絨交往初期，德成就閱讀過她在公安部的個人檔案。阿絨是黑名單、身障者，年齡還不小，從擇偶條件來看，她樣樣不合格。但德成卻不顧父母反對、無畏上級壓力，卯盡全力就是要娶她。

這份得來不易的婚姻，對阿絨來說，更深層的意義是一種毀譽不計的愛悅與接納，其珍貴簡直得以撫平所有的創傷，令她從被棄的恐懼中活回來。她從來沒有忘記，前男友父母羞辱她及家人的往事，沒忘記大難來時各自飛的背叛，像是她不值得爭取。

「德成是我的陽光，我現在很幸福。」阿絨先用英文說，再轉以中文又說了一遍。她輕輕笑說：「德成也應該多學學英文，以後可以出國看看。你相信嗎？他到現在連飛機都沒有坐過欸，實在很可惜。」

事實上，沒坐過飛機的人很多啊，但阿絨的眼界自是不同了。她的臉書上，不時貼出在泰國、印尼、馬來西亞、日本等地開會的相片，她操著流利的英語，在國際會議中報告越南邊界的人口販運、女性受暴問題，她批判跨國犯罪，立場清晰，舉止優雅，帶著數據與圖片，分析越南的人口販運案多在鄉間深山貧窮邊界處，孩童被綁架進入中國摘除器官等驚人案例。而她似乎已然是另一個世界的人。

「你看，我去年還去香港開會，離台灣好近哦。」阿絨指著螢幕上的相片，說：「如果你們邀請我去發表反人口販運的報告，我們機構會出機票費，我就可以去台灣玩，去看看老朋友了。真的很想念大家。」

返鄉八年多，阿絨從一個人口販運受害人，竭盡心力追趕英文好、學歷佳的同事，成為反人口販運計畫的執行專員；她歷經失戀與創傷，終於獲得美好的婚姻與家庭，有房有子有未來，趨吉避凶過著堪稱中上的平順生活。

「你的電話還被監聽嗎？」我提起金燕、阿海、阿清被監聽，以及被公安部找去約談的騷擾。

「早就沒有了。」她皺著眉頭：「可是到現在，德成每年還要寫報告給長官，確定我根本沒做什麼顛覆政府的事。」

「這會影響到他的工作嗎？」

「還好。我沒有再和VMWBO或法扶的人聯絡，也很少和去台灣工作的人接觸。」她微笑地看著阿勝和阿明，有點不好意思地說：「不過已經這麼多年了，現在應該是沒關係了。」

我只能靜默以對。難怪金燕總說阿絨好忙，很難聯絡；難怪小麥說多年未再收到阿絨的簡訊，不知她法律系畢業了沒。原來是她有意識地斷絕往來，怕惹麻煩，也怕德成為難。被監視的恐懼，被指控的擔憂，她只能奮力演好清白順從的好國民，以維護她得來不易的幸福。

●

整棟國際機構大樓，超過半數的越南員工負擔比較基層的餐廳、合作社、行政等工作，唯有阿絨的辦公室匯聚了來自世界各地的專案執行者，人員流動不定，薪水較高，交談以英文為主。

面對阿絨這樣穿著正式、操流利英語、從容不迫的同鄉人，我注意到阿勝與阿明的格格不入，他們說話的口氣多了幾分謹慎，應對的姿態也多了點自持。那是階級距離，穿著簡便的他們，聽不懂英文笑話而無法做出合宜回應的他們，渾身都不自在。像初次照面就被比了下去。

這裡像是跨國租借地，來自高人一等的優勢種族占地為王，本地人誤闖入境，不諳英文就如目盲耳聾，武功盡失。

中餐時間，越南人自然坐了二三桌，氣氛熱絡。置身於活潑的年輕商售員、中年廚師、學生模樣的會務人員之中，阿勝與阿明才恢復了原本自信的風采，侃侃而談。他們熱絡地加入越文對話，相互介紹與詢問溝通，兼且不時轉頭幫我翻譯成中文，這樣雙語能力與社會經驗的自在表述，才讓他們從失語的困境中重獲信心。阿勝的能言善道至此才又發揮魅力，逗弄整桌人都笑了。而阿明載送觀光客的經驗，也成功捕獲注目與追問。

從不戰而敗，到順利扳回主場優勢，就在二小時之間。賓主盡歡。

直到離開城西，阿勝才鬆了口氣：「今天算是開了眼界，那裡很像聯合國。」

「在那裡工作的薪水好嗎？」阿明問得務實。

「阿絨的月薪是七百美元。」

「哇！」阿勝總算被刺到了：「比我的薪水還要高！看來以後我也要多學學英文了。」

河內的客運站車來人往，無時無刻不是人潮洶湧。機車司機搶載客搶得凶，多半是一窩蜂全擠在車門口，再來是人盯人、眼盯眼、一路追隨不離不棄，我每每總在那殷切的眼神與友善的微笑中，恍惚以為應是舊識無誤。幸而阿勝、阿明陪著我等候前往太原的車，像有了護衛而不再有突襲式的拉客。

「下龍灣你去過了嗎？漂亮嗎？」阿明問，他開的是市區內的觀光巴士，不曾出城遠遊。

「很漂亮，世界奇景。確實令人難忘。」

「這麼好玩的地方，我們很多越南人都還沒去過，沒錢去。」阿勝說。

「嗯，旅館裡好多旅遊行程都是針對觀光客設計……」

我想著那些偕伴長途旅行的年輕背包客，看似勇敢冒險，自主決定旅程，但其實多是在數個套裝行程間作選擇：吃海鮮看奇景、健行至遠山梯田、美麗的少數民族與民俗風情……年輕旅者們不斷移動與相逢，享受貨幣價差擴大的便利消費力，和當地人的生活幾乎是兩個平行世界。這種短期遷移的自助旅行，多半不是「進入當地社會」，而在「結識全球好友」吧，山水古蹟也只是背景陪襯。

「我們工作太忙，都沒時間去玩。」阿明許願般平靜地說：「等以後，等以後賺大錢了再去玩。」

「我不用等賺大錢，等公司上軌道，每年都要辦員工旅遊，去下龍灣，去沙巴，去胡志明市。」阿勝豪氣萬千地規畫未來：「你等我，我一定會去台灣玩，去觀光去看朋友。」

渴求更好的生活，驅動人們奮力向前，但個別條件的差異、整體結構的局限，總擋在前途難以翻越。資源有限的人，向遠方啟程時，總不免顧此失彼，無能穩贏不輸。遷移，未必帶來向上流動的機會，可能只是擋住一時不再往下掉。未來不可知，明天一直來。

第五章　此去路迢遙

路只能自己走出來

我的行李箱裡有一小塊治筋骨的草藥，重量與形狀都宛如一塊香皂，外以層層草紙包妥，又捆縛重重透明膠帶。

那是給阿仁的。

粉紅色的蚊帳尚未收攏，小雪拉著我在客廳的木床上坐下，稍稍壓到了蚊帳一角，她也宛若未覺。儘管一旁忙進忙出的媽媽和老公文凱根本聽不懂中文，小雪還是壓低了聲量，好似呢喃，像在做什麼不該做的事，隱抑的、不能聲張的一點情懷，過了海就該封口。

「這是他的電話號碼，」她拿起我的手機按下熟悉無需思考的連串數字，叮囑我：「阿仁住萬華，可以叫他去找你拿。」

「這是藥嗎？」我拈拈重量，聞不出氣味，猜想是熬煮後濃縮加壓的什麼傳統草藥吧？又也許是一塊削切過的動物骨頭或陳年樹根。

「嗯，這個很有效，台灣買不到。」小雪應該是準備好些天了，直到我離去的清晨才慎重交託：「他天天工作很辛苦，腰痠背痛很久了，沒有健保卡也不敢去看病。你拿給他，要他記得買一點排骨熬湯煮來吃。」

文凱走過來邀我去吃飯，靦腆真誠的笑容。他昨日聽說我愛吃玉米，天未亮就到田裡摘了好大一袋白水煮熟了還熱騰騰冒著煙呢。

我朗聲用越南語謝謝他，那一小包草藥默默滑進口袋深處。

●

從河內搭客運巴士要二、三小時的車程抵達太原車站，再轉搭一個小時的公車到鎮上，從鎮上騎摩托車進入農村，在農田與荒林之間穿梭，經過小學、中學、衛生所，遠遠看見有個雜貨鋪了，泥土路上有騎腳踏車的中學生，和嬉鬧赤腳的孩童，小雪家也就快到了。

因為偏遠，沒有緊鄰相依的情形，各戶人家都有一定的距離，屋子不大，院子及雜作的土地倒是不小。

譚玉雪的父母在她八歲時就離婚了。那個年代，一名農婦竟主動提出和外遇的老公離婚，獨立種田養大兩名稚子，可想見的流言蜚語，可預期的經濟困窘，不可計數的污名與嘲弄……，就知道這女子多麼剛烈，何等好強！我看著小雪的母親，終年劬勞卻依然強勁俐落的身形，瘦削但筆挺的體態，她忙進忙出一刻不得閒，在家中掌有至高的實權。家裡事，她說了算，就算小雪的弟弟都結婚生子了，媽媽的管教威嚴仍不受動搖，她生起氣來當眾就直接掌摑、斥責兒子不受教，而未滿二十歲的兒媳婦，只能抱著啼哭的新生兒驚懼地躲進房內。

當年小雪的父親貪杯、外遇，這事在鄉村裡本屬尋常，哪家的男人沒有搞三捻七的事呢？

誰不在農忙後偷閒喝上一杯呢？但小雪的媽媽委屈不得，她決定離婚簡直是把男人逕自趕出村子，她什麼都不要不求，只堅決留下孩子由她獨力照料養大。

男人後來聽說在遙遠的和平省另組家庭，從來，從來不曾回來探望過孩子。長久缺席的父親，不再有人提起。

小雪長得像媽媽，但豐腴些，也活潑些。她穿卡通圖案的合身T恤，直筒牛仔褲，身形俏麗敏捷，垂肩直髮、齊眉瀏海、脂粉未施，笑起來眼睛如彎月。在台灣時，很多人猜她是大學生，遠比她實際年齡少十歲。

小雪更像媽媽的是剛毅的個性，不服輸，肯拚命。

孤兒寡母，田地小，屋子也小，沒什麼積蓄，但在村子裡抬頭挺胸做人。媽媽是堅毅不求人的女性，長女小雪自幼就跟著學會一身技藝，放學後養豬、餵雞、煮食、打掃、洗衣全是基本工，農收時期，小雪忙完家裡的收成，假日裡也到鄰近田地幫忙收割、打工賺錢。有時農忙缺人手，小雪乾脆從學校裡請假終日在田裡工作，反正村子裡請假的學童也不只她一個。

「我十二歲就開始賺錢了，手腳不會比大人慢哦。」小雪至今猶然自豪：「我是小孩子，大人拿一百元，我拿六十元就好，所以大家都喜歡叫我去。」

一九八二年出生的譚玉雪，國中畢業就開始正式工作了。

她聰明、勤快，一如母親。學校課業不難，但家裡還有年差八歲的弟弟要照養、就學，她對待弟弟就像是母親的分身，管教他，也為他籌謀一切。媽媽待她宛如左右手，是個共商家計的對象。小雪到海外工作多年，媽媽在農村種田持家，兩個女人一起把這個家撐起來，買地、照料小孩，把弟弟扶養成人，為他娶了親，也為他備了出國賺錢的路。

她倔強、果決，也像母親。村子裡追求她的人不少，認真交往一、二年的也有。文凱家住在村子的那一頭，田地與房宅都比小雪家大得多，他是家中老么，從小被照顧妥貼沒什麼挫折，個子不高不壯，性格溫和客氣，凡事不爭不搶。也許是文凱身上的從容不迫吧？還是什麼較接近輕鬆的生命樣態？總之，那恰好是小雪奮力強毅的生命經歷中，因罕有放鬆而深受吸引的質地。

兩個人才交往三個月，她十九歲，就決定嫁他了。現在回想，也可能是因著文凱的媽媽嫌小雪家窮反對兩人交往，年輕的文凱於是求婚以鑑誠心，一身傲骨的小雪，怎容得未來婆婆如此評比作踐？就這樣更被激怒而匆匆定了婚嫁也未可知。

婚後和婆婆同居，小雪受盡委屈，家事農事她都一把抓，就是被看輕的感受令人輾轉難眠。一直到生了老大，她和文凱才搬出婆家，獨立住到鄰近的老屋。老屋雖是文凱家產，但殘破待修，田地都是婆婆的，做什麼都要向老人家伸手。文凱樂天輕鬆，胸無大志，農村裡有地有米餓不死人，但孩子未來什麼都要用錢，小雪不能不為將來打算。

決定出國打工前，小雪帶著老公和女兒搬回娘家，襁褓中的孩子由阿嬤照顧，文凱留在家中幫忙搬重、下田。小雪就如深冬無糧外出探路的獵人，承諾帶回全家溫飽，隻身步入茫茫大雪中，看不見任何前行的足跡，路只能自己走出來。

二〇〇四年，小雪籌了一千美金的仲介費，就飛到馬來西亞工作了，一去三年。她在鄉間的華人工廠工作，大眾交通不方便，一個女人單獨外出也怕出事，人人都說治安不好，半路被殺了也沒人知曉，她於是拚了命加班，放假日全拿來補眠，沒學會任何外語，對馬來西亞一無所知，日後也不願再重返。三年間，她匯了總計十五萬元回家，這是她想都沒想過的好大一筆錢，託媽媽把家門前一小塊地買回來。這是當年媽媽離婚後為了養小孩而賣掉的土地，小雪總算買回來了。

返家，還是窮。這三年像做了一場夢，筋疲力竭，大雪紛飛，連她掙扎走過的痕跡都被厚冰掩埋不見了。怎麼還是冬天呢？這裡那裡的家用全張大了嘴嗷嗷待哺，弟弟還在念國中，家門前的荒地尚待整理只能臨時粗放種些玉米，貧窮仍是如影隨形。

什麼都沒有改變，就從現在改變。她年輕，有了經驗也有了膽識，在家中停留一年，生了老二，新的責任又來。她無以得閒，決定再次出國，到台灣。

這一去，又是四年。

●

初見譚玉雪，二〇一三年秋天的早晨，冷清的中正機場，移民署押著八名越勞搭最早的一班航機遣返回國。小雪主動伸出右臂熱情擁抱我的肩頭，眼眶泛紅說：「啊，姊姊！」像是我們相識已久，確實她已從一同收容的黎翠英處聽聞我已久，一言難盡，未語淚先流。那情感與眼淚都很真實，相映如鏡。

她的左手與翠英的右手以白鐵手銬緊緊鍊住，在兩人手腕交錯處，披掛著一件黑色的針織薄外套以稍作遮掩。雖然也根本沒人多看她們一眼。

敏感到我的注視，小雪的神情顯現無奈，想解釋又覺費神的踟躕，像被罰站但實在不甘心的孩子，拿鞋尖不斷頂著石子地只是為了頂住一腳踢開世界的衝動。

「那手銬，上飛機前就會拿掉了，再等一下。」我對她和翠英說：「沒出關、沒上飛機前，移民署擔心你們又逃走了。」

「怎麼可能再逃？」翠英悄聲嘟囔：「我現在只想趕快回家！」

事實上，為防止再度潛逃，被收容的人多半不會知道自己何時搭機返家，臨走當天才被告知要離開，匆忙中很多東西都不及打包只能丟棄，衣物也唯有塞成一團捲了就走。

翠英好可惜地怨嘆：「我還有幾件毛衣很漂亮的，實在時間不夠整理。」

小雪則瀟灑得多：「剩下的衣服全送給室友，只怕她們要走時也來不及拿。」話鋒一轉，她還是不滿就嗆聲：「就算是對待犯人也不應該這樣！」

八名移工在登機截止的最後一刻才被送上飛機，總算重獲自由身，護照、錢包、手機都拿在手上，成為普普通通的乘客，他們的神情看來都有幾分恍惚，不可置信。倉皇離去，只能臨時囑咐收容所室友代打電話回家通知，也不知道抵達時會不會有人相迎，又或者，有的家人可能就在機場守上一整天，不確知何時才會等到人，也無處可問。與小雪一同遣返的還有同村的表弟宗源，兩家人一起到河內接機，聲勢浩大——也許是太隆重了，小雪與宗源各捧了一束鮮花，簡直像從階下囚一瞬間變身得獎人，不知該哭還是笑。

回家從來就不是容易的事。

小雪的家一如其他農家，占地大，又種菜種香蕉又養雞養鴨養豬，但房子確是我此次來北越所見最陳舊的農舍。硬土斑駁的地面，未鋪石板磁磚，主屋僅留一張床和一套桌椅，地面鋪上一張舊草蓆用餐，空間就局促難以挪動了，吃飯時文凱就坐在門檻上，一隻腳跨坐在門外。

屋子老舊，但去年底弟弟結婚，還是從大廳左側勉強隔了間不到一坪大的獨立空間充作新房，難怪客廳的空間異常狹窄，原來是被切掉了三分之一。一般的農村人家，多在新人娶嫁時一併去舊布新，為喜事重整房子，但實在這場婚禮辦得倉皇，只能拼貼式在破舊的房子表面浮個喜氣得過且過，不敢動用到幫弟弟準備出國的費用。

小雪出國四年間，弟弟高中畢業了。家裡人期待弟弟也到台灣工作，連他的仲介費都準備好了，兩姊弟一起掙錢，翻身才有望。不料弟弟的女友懷孕，出國暫緩，喜事先辦。這場意料之外的婚禮，家中再無餘錢，只能匆促在大廳牆上草草貼上粉彩紙糊的龍鳳圖騰，還有數十個紅色剪紙的漢文囍字，凌亂貼出一個大心型，就算是布置成迎親的規模了。稀薄的白色水泥漆也許還是婚禮前才特地刷上的，十足表面功夫，一年後已是殘缺脫落，新房裡則全貼上粉紅印花的壁報紙，以遮掩原本黃土外翻的老牆。

寒傖的婚禮。貧窮具體反映在屋內的泥土地，以及屋外的傳統茅坑，就算是辦喜事都沒錢整修。文凱和兒子搬到廚房老灶那頭，另以鐵皮和紅磚加蓋了兩個房間，一間住人，一間煮食，風從長廊逕自穿過。就這樣過了一個寒冷的冬天，如今，下一個冷冬又要再來。

弟弟長得秀氣，頭髮挑染沾水抓成略有暴衝街頭小子的模樣；弟妹粉嫩精緻，娃娃臉上有圓眼睛小梨渦，一對儷人。可惜兩人都年幼不擅理家，終日打掃裡外兼叨念不休的還是強勢的媽媽。今晚我和小雪同床，媽媽借住阿姨家，三個月大的孩子半夜發燒啼哭，年輕父母在房裡手忙腳亂哄騙無效，透早天一亮，小雪就起身把孩子抱了來，在蚊帳外走動撫哄至孩子沉睡了才一起躺下補眠。

●

小雪到台灣的選項其實不多，越南家庭看護工從二〇〇五年起遭台灣政府凍結多年，廠工仲介費高且多限定三十歲以下，她只能申請到養護中心照顧老人。

養護中心在嘉義，每天固定輪值就要十二小時，交接班起碼花掉一小時，匆忙回到頂樓的移工宿舍梳洗後，身體難以從緊繃的狀態立即放鬆入睡，中心主任會按週發送安眠藥，說之前的移工也都吃了才能好睡，睡飽了次日才有充足體力以應付一整天的工作。兩名移工共用一張床，反正休息時間完全錯開，八張床上倒是睡了十六個人，醒了就再投入工作，同床的兩個人幾乎不曾打過照面。

完全沒有生活與休閒的固定勞動，宛如生產線。滴答滴答，每一個時間刻度都指向一個必完成的照護動作，老人的洗浴、餵藥、用餐都在有限時間內快速打發，一個個無以悉心撫慰的衰老的身體。照顧者與被照顧者全在生產線上。

最終，每個月薪水扣掉仲介費、勞健保費及借款，八個月下來才存不到四萬元，比在馬來西亞還不如！小雪愈算愈心慌，仲介費還不完，超載的照護勞動，安眠藥愈吃愈重，過去八個月來，已陸續逃走七名移工……。

「如果再來一次，我就不會跑了。」小雪說：「我會去檢舉老闆！」

當時，她的中文不夠好，語言有限，生活如受桎梏。如果多一些自救的管道，她才不要躲躲藏藏過日子。

小雪的第一份非法工作在內湖捷運站附近的電梯大樓內，照顧兩個不足四歲的孩子，月薪二萬五千元，但要月扣四千元仲介費。小雪懂得照顧人，又愛乾淨，家裡的打掃與孩子照料都讓雇主滿意。

但三個月後小雪就請辭了。太累了。

早打定主意要全年無休的小雪，累什麼？

「大兒子很壞，我不喜歡。他爸媽寵他，寵壞了，如果是我兒子我早就打屁股了，但是他家裡有監視器，我不敢打，連罵都不敢罵。」她理直氣壯指責：「小孩子這樣寵不行，長大會出問題。」

年輕創業的雇主夫婦開了一家貿易公司，打扮體面、洽商談生意，兩個孩子恰是小雪離家時的兒女年紀，她照顧時多有移情作用，用心餵飽孩子，整理家務，玩耍陪伴，入夜後洗得香噴噴，哄他們入睡。尤其是五個月大的小兒子，與她特別投緣，大兒子則調皮得多，才三歲多就很會指使人、折騰人。

導火線在一天夜裡十二點多，小兒子已沉沉入睡，父母才帶著大兒子回家，小雪忙起身幫孩子洗澡準備就寢。他邊洗邊玩邊鬧，水濺得小雪一身溼，精力充沛玩得不肯停，一直鬧到半夜一點多還不願出浴缸。小雪累壞了只好去央老闆娘出面。

老闆娘穿著溫暖乾爽的睡衣到浴室門前，輕笑著開口哄孩子：「哎呀寶貝還想游泳對不對？

媽媽陪你玩好了，阿姨不喜歡你……」

這話惹惱小雪了。她盡心盡力照顧兩個孩子，但老闆娘話中帶刺，刺得她自尊心刮了一道痕，當下沒能說出口，忍了兩天才正式請辭。老闆娘留她，誘之以調薪，說可以騙仲介小雪離職了再私下聘她回來，好讓她實領二萬五千元，不必扣仲介費。但小雪不要不肯不願意。她頭腦清楚，這四千元本來就是她的錢，老闆娘什麼代價都不付，但騙了仲介以後小雪日後可能會被算帳、檢舉，她何必擔心受怕在這裡演雙簧？

捨不得的，是那個小寶貝，小雪心中完全投射了自己對兒子的情感。她每天貼身照顧他，看見他的改變與成長，初生兒真奇妙，真正是睡了一覺就大了一吋，她不曾如此全心全力照顧過自己的孩子，覺得那孩子太可愛了，像天使一樣，手機裡全是他的相片，最美好的紀念。沒料到真正離開的那天，小雪原本喜孜孜打開手機要給老闆娘看裡面的相片，這才發現不知何時全被刪掉，包括那些，她好珍愛的睡著如天使的撲紅著臉的淘氣面容。

「怎麼，怎麼……不見了？」她又氣又疑，不知道要做什麼反應才好。什麼時候，到底什麼時候，誰趁她不注意把手機拿去了呢？除了這次，還有其他次嗎？

那妝容精緻的老闆娘只淡淡說：「反正以後也不會再碰面了，留這個做什麼。我們是做生意的人，孩子被綁架了怎麼辦？還是不要留下相片，免得以後有什麼事還怪到你頭上。」

嚥下怒氣，小雪離開那個有美麗中庭的電梯豪宅。雇主家中一時手忙腳亂，小孩子不適應新的看護，吵吵鬧鬧生活大亂，這些帳，全算到小雪身上。怪她忘恩負義，怪她不識相，咒她下一個工作才知道慘。最後一個月的薪水，老闆娘拖拖拉拉不給，小雪請仲介催討也無效。這是欺侮逃跑移工的老招式，算準他們不敢討，不敢現身，沒有管道，只要拖著，一天過一天，總會不了了之。

半年後，小雪還不肯放手，終究自己直接打電話給老闆娘了。她那時的中文進步很多，總算可以把無處宣洩的怒氣化作清楚的表述。

「這是我的薪水，」小雪一字字說：「如果你再不還，我知道你家的住址，我會通知警察。」

隔天，仲介就把積欠工資全拿來了。

若小雪工作是非法的，雇主也是非法聘僱，兩個人都會受到處罰，很難說誰比較怕公權力。更何況，現在雇主家必然也還聘僱新的逃跑移工。小雪首度自力救濟從豪宅討回積欠多時的薪水，體悟到身分再如何卑微、危險，都不能放棄應有的權利。

那些有錢人，對不可掌握的未知變數都嚇死了。

換工與助工

窗外是樹影，陽光透過紗窗打在牆上，一格格慢速下移。

每個村子裡都有這樣的土黃色二層樓公安所，庭院裡有老樹，有時村民大會堂也蓋在一起，形成地方的政治中心。太平無事時期，公安所涼風習習，漫長午後一整排長廊的辦公間，每間都有個小茶几擺著成套茶組，洽公的、申訴的、調解的人，就坐在木椅上邊喝茶邊爭執或認錯。

一大清早，地方公安託鄰居上門傳話，說小雪家來了個外國人，要先帶護照去登記臨時居留。鄉下地方，來個陌生人立即人人側目，瞞不住，說是登記也沒什麼強制性，但不登記又怕後患無窮。小雪對我很是抱歉，我倒是經驗豐富，不以為意。戶口登記制，說實話是照章行事的多，隨著人口遷移的頻繁，多半也只能做做樣子，看見了就登記，沒看見又誰管得著？這個國家看似有嚴格的控制，但民間常有罷工，生氣勃勃。城鄉遷徙頻仍，恐怕人民蘊生的自發力量還是遠超過想像罷。

吃過飯我們騎車去公安所，小雪直接找上公安所鄧主任，他長得方臉濃眉醬紅膚色，看來是個飲酒過量好說話的人。鄧主任見面先攀關係，說他老婆也曾到台灣打工，公安要求外國人登記只是個形式，也為了保護我的安全，免得農村裡出了什麼事沒個線索好追查。

他拿了我的護照請辦事小弟到二樓影印，一等就是半小時，時間在這裡也如陽光西射牆面的速度，迤邐蹉跎。

「小雪回來一個月了吧，去台灣很久了哦？」鄧主任親切招呼。

「我是逃走被送回來的，」小雪說得直接：「若要再去台灣，可以用弟妹的護照嗎？」

「你這次去有留指紋吧？就算用別人的護照也會被查出來。」

「我真的沒賺到什麼錢，一定還要再出去工作。」小雪掏心掏肺，簡直像與鄧主任共商大計：「可能要換個名字才能出國了。」

「現在規定變多了，不容易換名字，費用高，去了又會被查到。」鄧主任搖頭再搖頭，起身踱了二步，還是搖頭。

小地方，官民都是舊識，過往很可能也常合作換證，給求生路的小民一點方便。如今出國管道愈趨嚴格，要跨越國界的重重壁壘，若不是以身試法就是付出更高昂的代價。以保護為名的管制，捆綁的正是最弱勢的人。

「地方公安還好，別得罪他們就好，有時還會幫忙很多。」小雪私下說：「最壞的還是道路公安，如果不立刻給錢就要扣押車子。但錢交給他也不知道會不會交給國家，很討厭。」

醫院裡也多要送紅包才行得通。小雪說起兒子小時候睪丸痛送醫，若要及早獲得治療，得先送禮物、飲料，否則開刀或治療都遲遲輪不到他。學校裡，送老師禮物或紅包也是常有的事，不送就擔心害慘孩子。沒關係就會有關係。

在台灣，行之有年的醫院紅包文化，在健保實施後似已絕跡，但無形的金錢勒索則被更大的醫療商品化取代了；至於教育體制的送禮文化，恐怕也只是以家長委員會形成更龐大的有效干涉，動輒萬元起跳的會費已優先排除沒有錢的家長。資本主義下的政治關係直接被金錢取代，我親身經歷的故事也不少，和小雪的談話就不時圍繞在兩地不同的制度之惡。

「台灣政府也貪污，我知道。可是我們又能夠怎麼辦呢？」小雪的結論總是：「我現在辛苦一點，就是為了給小孩子好的未來。」

看到水淹上來了，每個人莫不是忙於墊高自身位階免遭滅頂，隨人顧性命。但若終究得面對這水將漫溢淹沒眾人家園，只有百分之一的人獨占保命的高嶺呢？貧富兩極化已然代代世襲，個別人的努力攀爬無法讓下一代免於集體崩壞，眼前拚死墊多墊少的微弱地基也不敵洪流衝擊……也許我們終將看見彼此，側身相互牽引拉拔，穿越地域與種族的邊界，形成有力的橫向集結，改變水流的引道，尋求集體的出水口罷。我總是這樣想。

●

非法身分的滋味是什麼？

被人隨便編派罪過，受人欺負賴帳，忍氣吞聲不敢聲張，小雪知道都知道，但她向來憑自己的本事掙錢，哪裡受得了無理壓榨的排頭？她於是花了五千元買了份不堪一擊的外籍配偶居留證，逃不過警方查察，但騙騙一般雇主倒還有模有樣。

假證件來源還是仲介，許多仲介都是雙頭蛇，一頭拿合法引進移工的服務費，另一頭是地下非法逃離的引薦與抽成，兩邊都有賺頭，都有清楚的市場需求，廉價移工散在各地，修補台灣殘缺不全的長期照護及夕陽工業。

使用假證件，小雪陸續做過幾份臨時填補空窗期的看護工作，等中文練得流利了，她就不再透過仲介找工作。居留證上的名字是梁秀月，來自南越芹苴，與台灣老公住在土城，老公開計程車，秀月工作貼補家用，就像許多配南配偶一樣拚命，什麼雜工都做。小雪化身為小月自行應徵，在日本料理店做鰻魚飯、燒肉飯，切菜炸肉煮飯，也洗碗打掃清理，朝十晚十，月休二日。她那時還不懂外場，不會訂菜、算帳、用收銀機，但整個快餐流程已然摸得通透，中文也愈發流暢。

一年後，日式料理店生意不好關門了。小雪很快地在同一棟百貨公司的美食街又應徵了一家韓式餐廳，她手腳伶俐，反應又快，心思聰敏還會節省出餐流程，主動幫雇主省錢，第二個月起她甚至可以兼做外場招呼客人。

內場控管出入，她精打細算，料要叫多少，冷凍庫的剩料要如何打點，全歸她打理；外場順暢為主，她注意流程，調派人手，安撫久等的客人，機伶討喜。有時店長不在就交由她全權管理，薪水也主動幫她調至三萬二千元。

偶爾公休，小雪總去找同村來台的遠房阿姨。阿姨是村子裡的海外打工模範生，在台灣工作八年，家裡蓋了豪華出色的新屋，兩個兒子也接連到台灣工作。阿姨在台北市大安區照顧一名智障姊姊長達八年，年逾四十的姊姊一輩子停格在兒童時期，任性吵鬧，只要她心神略有浮動就全家雞犬不寧。阿姨照顧姊姊的日常生活，承接她的無理取鬧，也鎮住她的任性妄為，總算撐住了這個家庭最脆弱的一角，贏得雇主全家人的信賴與依賴。

小雪年輕活潑，人又勤快，姊姊病情嚴重由阿姨陪同住院時，雇主就請小雪暫時在家中幫忙打掃，依鐘點計費，甚至曾請她代班長達一個月，好讓阿姨返鄉過年。

智障姊姊年紀愈大愈任性，她的心智凍結在童時，但身體衰老了，鮮少運動的結果是身體愈發不聽使喚，她受苦於身體的不便與不適，又沒有理解與表達的方法，於是以更大的任性抒發情緒。有時，姊姊才剛上過廁所又喊：「媽媽，我要尿尿。」得不到適時的回應，就吵鬧摔東西。半夜尤其嚴重，睡不著就要擾人安寧，不讓照顧的人入睡。小雪代班一個月，瘦了二公斤，這才知道阿姨操勞八年的難為與辛苦。

在韓式料理店工作期間，小雪早出晚歸，只就近到中正紀念堂散過幾次步，靠在藍色的宮廷牆、金黃色的音樂廳前廊，拍了許多漂亮悠閒的相片寄回家。每個月的花費，大抵上就是房租和電話費，有時店裡剩下的食材，大家都會留給小雪打包帶走，充作次日的早餐、晚歸的消夜。共同租屋的越南勞工都是逃跑在外，偶有空閒也少有外出，聚集著小賭，賭多了也有薪水賠光的，但小雪簡直是清教徒，錢全部存下來，一次也不敢賭。怕贏了控制不住，更怕輸了再無回頭路。

●

十月秋收。北越的太原農村裡，有親朋好友換工、助工的習慣。

我們總計有十餘人，女人們人手一把彎月形鐮刀從田的這頭各自分列進場，熟練地邊聊天邊彎腰割稻：左手握稻稈，右手揮鐮刀，幾次來回後左手已握滿了稻穗，隨即以腳踩平收割過的近身幾束禿頭稻稈，將已收成的稻穗一束束平放，成一小堆。空出左手再前進。每個女人行過的稻田，七橫八豎都是一落落稻穗躺平在稻田間。文遠和小雪弟弟則負責將一落落割下平置的稻穗堆收攏好，堆集了約及膝的一大綑時再綁實了，用一根兩頭削尖的扁擔二側各懸掛一綑，這才扛上肩頭運到田邊已鋪妥的紅白藍相間的塑膠帆布上，那是今日的收成。

下田前，小雪丟給我黑雨鞋和藍色卡其服，左手戴手套，右手拿鐮刀，今日天氣好，陰涼無日頭炙曬，做起事來方便多了。

鐮刀之輕巧好用，我在北寧農村早就實作過一回了。那是水稻田，泥沼地令人舉步維艱，額頭滴落的汗水泰半是為了拔鞋出泥而流的。

太原是旱田，阡陌間奔跑都不成問題，不怕足陷澤地，我大喜過望。學著大家膝頭站直、彎腰超過九十度握穩了稻稈一刀砍下割穗，我立時發現這姿勢極累人，猜想是扭曲腰背以遷就腳程，已然迫近拾穗婦人的艱辛。難怪農村老婦多有嚴重駝背，應是長年彎腰勞作所致。

勞動方法如嘗百草，總要試過了才知道是否合用。我決定告別腰痠背疼，不求快速，把背重新挺直了，直接跪下來割稻。如此，人身正好與稻齊，手勢運力都輕鬆許多，腰脊也才挺得直，出力不大，唯膝蓋磨出厚厚泥沙。

小雪回頭看了一眼，頗有惋惜：「你這樣新買的褲子都髒了！」

我失聲笑了出來，分明一下田全身都不免沾混著泥巴了還擔心膝頭吃土？既是只擔心我的新褲子髒了不好洗，可見跪下來問題不大。我一時信心大增，一步一跪手不停工。

大家都轉過頭來看我跪著割稻，吃吃笑。沒人阻止我。

不消多久，我就知道這樣不行。這鉤鐮又靈巧又索利，往內運力砍下若無彎腰弓身所撐出游刃有餘的弧度，就是把我的腰腹直接挺到刀鋒口，跪著割稻遲早會刺傷自己。看來彎腰拾穗之姿歷經千百年，還是有勞動積累的智慧，不單只是求快。終究我得心甘情願立起身、再彎下腰，一步一握一切，偷懶不得。

大家又紛紛轉身笑了，看我浪子回頭，甘心受教。

彎月鉤刀一次可以盤進好幾束稻稈，再以左手一把握緊了，右手快速下刀，力道要做足才能一次切齊，角度要略斜往下才不致切到自己。太貪心盤進過量稻稈手握不足，必有部分彈回，得回頭補割，更費力耗時；握太少了又稍嫌瑣碎，不必要的動作白花力氣。速度要連成一氣才不會散落不全，揮刀力氣要快要準，不必用蠻力但也偷懶不得，力氣沒到位就是回頭補割未竟全功的漏遺，這是新手才會犯的錯。總之就是得來來回回實作，拿捏熟練了才知道自己的能耐，絲毫投機不得。

半個多小時後，小雪說：「我阿姨說你的速度愈來愈好了哦。」

我心中不由得升起一絲榮譽感來，像是總算被認了證。

前後左右、錯落勞動的農婦們，說話宏亮中氣十足，準確地把聲音傳到遠遠那端的人，像唱歌一樣。她們邊聊天，邊俐落收拾了稻穗，從容自信。小雪邀我合唱一首〈月亮代表我的心〉，大家安靜做著事聽著歌，曲音方歇就有人又哼了另一首越南民歌，俏皮可愛，零零落落有人跟著唱，有人又大聲聊起天。

我知道小雪在台灣每日工作操勞，何以有機會學唱〈月亮代表我的心〉？她說是被關在移民署收容所五個月期間，同室的中國偷渡客教她的，說在大陸沿海工作的台灣客人都很愛唱。那些等待遣返出境的中國女人都很美、很苗條、很年輕，有的在酒店工作，有的沒來多久就後悔了自首了，她們都說，你在收容所待了五個月怎麼過啊？小雪說，就，一天一天過。

「這首歌好溫柔，心情不好時唱了會比較快樂。」往事歷歷，小雪輕聲說：「她們現在不知道怎麼了？」

三個小時過去了。回頭望去，一塊塊理了平頭的稻田振奮人心，勞動成果扎實可見。

最末一畦稻田的雜草較多，莫非是農人偷懶？小雪說是糯米田，不好照顧，雜草都開花了搶走不少養分。北越的糯米清甜可口，單吃或夾著些許肉鬆捏成飯糰都行，嚼勁與口感俱佳。我心裡默默向雙腳所踏的田地道謝，感謝這土地與好米餵養我此次旅程飽食得力。左手一把捉起雜草與糯米稈，右手運勁刀起下切，俐落斬首。

割稻近尾聲，遠處已完工的農婦直起身來得閒張望，有人說著笑著什麼，小雪即時大聲翻譯：「她們都說，你割稻子好認真，台灣人原來也能吃苦啊。我婆婆要你明年還要再來割稻哦。」婦人們都停手等著看我回應，我揮汗做出疲憊不堪的表情，勞改未成尚待努力啊。大家都笑了起來。

天欲雨，今日來不及用機器將稻穗與稻稈分離，只能暫先包在帆布中收攏田邊。大家紛紛走到婆婆的屋前休息，脫下雨鞋與作業服、斗笠，婆婆端出茶水與香蕉給大家分食。

離去的時候，每個人手上若不是拿了二條絲瓜，就是一串芭蕉，或是冬瓜與紅果，人人有分。我拎了一把青菜，坐上機車抱住小雪的腰，啊，真的餓了。

心裡有個人

出國打拚，晨昏都是工時，戀愛太是奢侈。在韓式料理店工作穩當後，小雪遇到阿仁。阿仁也有婚姻和兩個孩子，老婆聽來就是個認命守本分的人，在家鄉扶養孩子、伺候公婆、照料農地，要離婚是不可能的事。小雪和阿仁從一開始就有默契，這感情只能在台灣，離開了就沒有了。

在西南店，小雪幾乎已是個小主管了，老闆也放心把管理人事交給她。小雪個性海派、俠義，有工作機會立即大膽進用越南同鄉，朋友推薦了阿仁來面試，一樣是逃跑身分，一樣持有假證件，小雪有把握這樣的人會珍惜工作機會，配合度高，同鄉人也可能好溝通，不會看不起她。阿仁做事沉穩，慢條斯理，脾氣好。小雪偏是個急性子，她初掌大權，不顧非議聘用同鄉，他卻做什麼都慢半拍，中文也說不好，連個「抹布」都支吾半天才知道他要什麼。廚房裡節奏飛快，哪裡容得起一切從頭教啊？小雪更是心浮氣躁，像是一盤好棋就全壞在他身上，所有的情緒都毫不掩飾傾倒而出。她不是仗勢凌弱的人，反而更接近一種「恨鐵不成鋼」的情緒，恨不得阿仁伶俐些證明越南人能幹，證明老闆重用她不是沒有道理。

愛恨分明的小雪，天天看見阿仁就要上火。討厭他動作慢，討厭他不懂得看臉色，被挨了刮還來問她要不要喝水。討厭他一近身開口就是越南語，輕聲細語說得這樣體己，像這小廚房就他們兩人親近。

「走開！我在忙。」她總故意用中文回應他，有意拉開距離。我們不同國。

阿仁速度慢，但做事牢靠。小雪的直截了當傷不了他，工作上她強勢能幹，他也就一切聽她指揮，再怎麼累，也還能耐心說著讓人平靜的話語。他的慢，成為一種穩定的力量。這些，都是小雪後來才意識到的。

●

我和小雪一見如故，她熱情大方，坦率明朗，情緒全寫在臉上，我也藏不住，初識已然熟稔。太原是我此行最偏遠的一站，原本不在計畫中，但我答允了去探望小雪，因此繞道北上，延後回台灣的行程。

每天夜裡，我們躺在床上繼續白天未竟的話題，小雪總說著阿仁的事。兩人在他鄉異地彼此照顧安慰，以為是有期限的愛情，不料回了家還是惦念難忘。手機簡訊多來自阿仁的日日問候，她擔心被文凱看見，總隨身帶著，但這樣偷偷摸摸，實在不是小雪的行事風格，難受。

貪心了，想要更長久的未來。貪心了，就受苦了。

文凱做人隨和大方，農閒時也不免和鄰居們喝酒、賭博，花錢如流水。小雪自我苛刻，在海外什麼錢都捨不得花，錢往家裡寄卻存不下來，心裡總有委屈，想起來就氣急敗壞。但媽媽對文凱倒是多所維護，想來也是這些年來，小雪不在家的這些年，多虧家裡有個女婿幫忙。持平來說，文凱照顧小孩極有耐心，對錢也不計較。阿姨家中有事，他讓媽媽拿了小雪的存款去救急；弟弟學中文要錢，媽媽說未來到台灣賺了再還，他也說沒關係；家裡要辦喜事，他主動蓋了廚房及邊間的鐵皮屋，二話不說就帶著小孩搬過去，把主屋讓給新人住。

這樣一個女婿、姊夫、父親，家裡人都喜歡他。

「他是很好的人，媽媽弟弟都說他好，這樣，我怎麼跟他離婚？」小雪一古腦把白天沒能說的焦慮，全在入睡前傾吐：「阿仁一直叫我再去台灣，說他等我，我不知道怎麼辦才好。」

「阿仁也要離婚嗎？」

「……………………」

回家才一個月，她多次迴避和文凱上床，家裡人多，要躲掉獨處的機會不難，但總這樣逃避也怕文凱起疑心，畢竟是久別重逢。她在台灣凡事刻苦耐勞，哪裡都沒去玩，被捉到收容所時，吃飯自費，她想著台幣一百元可以讓太原的家人們飽餐一頓了，捨不得花，接連二週每天只吃一個便當，至今仍飽受胃疾之苦。

「有的人還買飲料喝，我都沒有，常常沒吃飽，不敢吃。結果回來看到文凱這樣浪費錢！」

她心裡有了人，不免覺得文凱處處不順眼。文凱可能也略有感覺罷？小雪多所挑剔，他有時就賭氣出門和朋友喝酒、打撞球，酩酊遲歸。小雪看這個不掙錢的老公流連在外，沒能體會或不願體會文凱也可能有的挫折，只知自己愈看他愈難受。

「他太懶散了，以為我們在台灣很好賺錢，他沒有自己出去賺過錢，不知道有多辛苦。」

她知道兩個人的經驗值相距過大，無以溝通共感，高牆難能跨越。

●

該怎麼描述小雪在台灣的工作全盛期呢？

西南店幾乎全權交託給她，她果決明快，做事牢靠，前後場的流程沒人比她清楚，廚房什麼東西都是她來分派、負責。韓國料理店生意好，分店一家一家開，老闆器重她，但終究需要一名店長來統整管理，畢竟小雪是外國人，又不會讀寫中文，只能當個沒名分的得力助手。

餐廳人事調整，老闆派一名遠房親戚來西南店坐鎮，自己另闢城中店，來的時間也少了。新店長頭一次見面就知道這個地盤上竟是一名越南籍女性最受重用，但既然一切工作都上了軌道，他也討好地笑稱：「小月忙不過來，我也會下來幫忙。」

事實上，餐廳哪有不忙的道理？

之前四個人手也就撐住營運，多一個店長就算不做事應該也不會差到哪裡去，不料這店長根本是個名士派，只能交際應酬，完全不是做事的料，對廚房不懂也無心懂。客人多了他只知叫貨，像隨時都要斷炊似地要保持食材豐滿才放得下心。預先多叫貨原也無妨，但青菜、牛肉、豆腐也不先盤點，現場缺什麼就叫，食材一批批來了全堆在冰櫃旁，未經清理分類歸納，廚房只有更亂，毫無章法。表面上看起來人人有事忙，有進有出很是熱鬧風光，但打烊時卻清出堆積如山的廢料及未經冰鎮而腐爛敗壞的食材。

忍了一週，小雪決定奪權。她心平氣和地對店長下了指令：「這樣太浪費了，以後叫貨全聽我的。」

店長倒也樂得輕鬆，轉身就說：「也好，我都被這些瑣事綁死了，沒辦法去開發新客源，想新點子。以後這些廚房的事就全交給你了，太忙我再來接手。」

這話一出口就墊高自己的發言位置，把做事的人一腳踩過去。

小雪知道，但習慣了在台灣就是這樣的處境，作決策的高位輪不到你，論功行賞也排不上。很多移工都知道這個位階次序的潛規則，乖乖聽話做好分內的事，不強出頭即可。但小雪重義氣，老闆待她不薄，才來沒多久就調薪到和台灣人幾乎沒太大差距，這份心意她謹記在心，有恩必報；且她是農家女，看不慣食物這樣浪費無用。

下午休息時間，小雪沒睡，她把雜亂的冰凍庫全部清理一遍，塞在最裡面放最久的食材，拿到最外層順手可拿之處，把新叫的貨放到最下層。如此，快過期的食材在流理台上堆滿了，她請其他員工幫忙歸類、分裝，生產流程重新排定，訂貨一定要清楚記錄時間及數量，每天清點。那個禮拜的營業額一樣，叫貨量卻少了一半。這樣幫老闆省錢，她知道自己任勞任怨又好用，奪權與勞動都理直氣壯。

店長說要開發新客源，大半個月下來毫無進展，有時人潮來了他居然轉身到外面抽菸，一去就一個鐘頭後才瀟灑轉回。老闆來時見一切井然有序，也不覺有異，店長自誇業績有成長，人力調度合宜，眼下看來不需要新徵人手，老闆只管放心去開新店。他志得意滿的模樣恰好犯了小雪的大忌，她最痛恨不勞而獲的人，看不慣這人只占位子不做事。但她難道去向老闆告狀嗎？畢竟她是外人，很多話說不清，也不敢說，只能生悶氣。

一天臨晚十時都快要打烊了，廚房已開始冷鍋善後，店長居然在前場迎接客人入座點餐。憋了一天悶氣，又累又忙的小雪一下子爆發了，她摞下話：「這麼晚了你沒看到廚房都洗鍋了嗎？還接客人，誰來忙？」

「哎唷晚一點點下班嘛，做生意不能沒有彈性，要看得遠，寧可多服務，客人才會再上門。」店長又是一派輕鬆。

小雪正氣他輕鬆閒適，恨恨說：「你今天做了多少事？你說會幫忙什麼忙都沒幫！」重新暖爐，把最後一份餐點打理好，客人離去後，小雪對店長說了重話：「你不死我也不會死。我明天要休假！」

從不請假的小雪，就這樣休了一整天的假，關掉手機在家裡睡覺。可想而知廚房會亂成什麼樣子。不干她的事！

次日上班，店長說：「你做到月底就不必來了。」

「不必等到月底，我現在就走！」小雪連背包也沒放下，立即轉身走人。

她不是合法移工，不必怕老闆秋後算帳，她可以離職，可以另覓工作，犯不著看人臉色、受人威脅。果然，老闆來央求小雪消氣回去上班。她好用又能幹，雇用她是物超所值，她知道。但她的極限是聽不得冷嘲熱諷，受不得被當下人看待。

「我可以做事，也可以吃苦，但店長什麼事都不做，講話還這麼難聽，我沒辦法再和他一起工作。」小雪坦白說。

她沒什麼籌碼，老闆怎麼可能為了她得罪一名店長？店長是本地人，是老闆的親戚，千絲萬縷的關係很長久。小雪只有自己的尊嚴，一次把話講到底，大不了辭職走人。她使用逃跑才換來轉換工作的自由，不必再忍氣吞聲。

老闆將她調到城中店，與店長分開工作，眼不見為淨。小雪一樣勤奮，中秋節西南店的同事邀她回來吃烤肉，她說：「不要，除非店長跪下來求我！」

老闆就不只一次公開說：「小月很能幹，但你千萬不要得罪她，她很凶。」她知道她靠著自己比其他人更努力的「會做事」，才換來一點點職場上的尊嚴。但這還是因為老闆正逢開新店，極需熟手照應，若是太平時期，恐怕她也是那個被犧牲的人。會做點事，沒那麼了不起，一旦有人頂得上了，她還是會被替換掉。但小雪需要這個尊嚴，證明自己在異地還能抬頭挺胸做人。

●

整個紛擾鬱悶的纏鬥過程中，給小雪最大支撐力量的，竟是原本被她嫌手腳不夠快捷的阿仁。什麼時候開始，兩人的關係有了轉機？如何一點一滴滲透浸潤地發生變化？也許是心煩氣躁的下午，也許是打烊後的廚房裡，她終於對他說越南語的時候？家鄉話令人放鬆，不必太花心思挑字眼，隨便說著這個時節家鄉的稻田該收割了，媽媽年紀大了不知忙不忙得過來，抬頭看到一雙專注的眼睛，倒映著廚房剛刷洗過白鐵製的流理台上反射的青光，像搖晃的月色浮在田邊溪圳，一閃一滅。

也許是這個，也許是那個，她也說不上來。是因為寂寞嗎？她習慣了一切都是自己掙來的，一切都要靠自己撐下去，她習慣了再大的苦也要自己度過。再怎麼生氣，她也不委屈自己的身體。她能吃能睡，知道身體才是勞動者最重要的依靠，什麼環境都不能倒。

從小雪掉頭離開西南店的那日起，阿仁每天打電話關心她，不勸說不安慰不作無謂試探。他就是那麼自然地與她聊天說笑，像是每天還見面似的，問她吃飯了沒有？問她今天過得好嗎？告訴她店長如何手忙腳亂，廚房如何失去重心一再延遲出餐。問她城中店還能適應嗎？工作人員好相處嗎？好久不見了很想念。

想念她。他說得這樣自然，她簡直為自己的心跳加速感到害羞，像是無端會錯意了。但他是真的想念她，想見她。她也是。

阿仁長她四歲，和文凱同齡，兩人個性都溫和，只不過阿仁經海外工作磨練得更沉穩更能吃苦，也更能貼近小雪的心。他懂得異鄉人的孤獨與苦楚，懂得任何委屈都沒能向家人訴說，只能在海外各自嚥下。

有阿仁在，她似乎放心了些。覺得被理解，有點力量再往前。有些深夜，他與她各自從不同的餐廳結束工作，到阿仁住處聊聊天，一起看電視，在燈滅後探索彼此的身體，慰藉自己的辛勞與寂寞。他們各自在遠方有家庭，身體與情感的相互探索像走在懸崖邊，有點緊張有點刺激，又因為沒有未來而更加珍惜。小雪從來不曾和一個人有這樣深重複雜的關係，她不肯搬去與阿仁同居，怕同鄉人終究有流言，兩人作伴，她只要求彼此不准在對方面前傳簡訊或打電話給自己的伴侶，就當作，夫與妻都不存在。

眼前只有這個人，碰得到抱得到，可以吵可以聊，人世險惡，此時此地只有你。只有在台灣。

返鄉一個月，正值農忙，小雪一頭栽入家務農務，未來還是渺茫無蹤。阿仁還是日日來電，這習慣自交往初始至今，沒有改變過。（何時會改變？）

她只覺得每天在家都格格不入，挑著文凱的缺點一一列數，說來說去終歸是沒出去賺錢的人不知在外賺錢的辛苦。她想著要再出走遠方去掙錢，這段婚姻於她只有牽絆而無實質作用，但才剛回來就鬧離婚也不太厚道。媽媽當年是保守農村的離婚先驅者，如今倒勸她莫要離異，文凱沒有對不起她，女人離婚若沒引發同情，只會萬劫不復。

很多人都說錢不要給老公，會去找女人。但文凱沒有，他就是小酒小賭，太平時期不覺得難忍，如今挑眼了就怎樣都刺目。

小學五年級的女兒，模樣長得像小雪，性情也是個小俠女，剛烈正直，是父親的捍衛者。她什麼都幫爸爸說話，軟弱的父親喝醉了酒回來，她第一個衝去打洗臉水，有時不惜忤逆母親。

「我去馬來西亞，去台灣賺錢，給她買腳踏車、付學費，但她一直是爸爸和阿嬤照顧長大，對我不親近。我和文凱吵架，她就不理我了。」小雪說來總有些許懊惱，補救不及的親情。

晨起，女兒拿著梳子、鏡子和髮帶過來，坐在木床上讓媽媽幫她綁馬尾，再自行騎腳踏車上學去。她原本習慣自己梳洗，自己綁頭，但媽媽回家後，她發展出一套儀式般的親密互動，專屬於母女的獨處時光。

「她在說她愛你。」我默默觀察小女孩的心思。

「我問過她，如果我和爸爸離婚，她說她一定跟著爸爸。」

「因為她不要你們離婚。」

相較於少女的幽微心思，小兒子就在行動上跟前跟後很黏小雪了。這個在他襁褓中就離去的母親，之前只出現在手機裡的溫言軟語，如今成為實體在眼前、在生活裡，擁抱他的身體這樣溫暖，親吻他的氣息這樣芬芳，他著迷地跟著小雪亦步亦趨，也成為小雪返鄉以來最大的安慰。

「阿仁說可以幫我出一半的仲介費，要我再買個假護照回台灣。」小雪的計畫一日數變。

「公安所不是說了，現在假護照很難辦。而且太危險了。」我提醒她。

「我也可以先辦離婚，用假結婚的名義去台灣工作。」

「你有逃跑紀錄而且曾被判刑，恐怕很難通過婚姻面談。而且假結婚要付更多錢，不划算。」

未來如此分歧難料，她每個決定都不好下，真令人輾轉難眠。

是不是該給文凱一個機會？

「我想，真回不了台灣，我就去澳門或廣州工作，帶老公一起去。這樣他才會了解我工作的辛苦。」小雪呢喃般低語：「不知道，我們兩個能不能同甘共苦，過一輩子。」

這是她入睡前最後一個想頭。天亮時，世界還會是一樣嗎？

空洞的感覺像醒不來的噩夢

打從逃跑那日起，小雪時時刻刻都面對被捉的危機。她不曾心存僥倖過，減少外出，生活圈限縮在極少數熟人間。但風險總是劈頭就來。

阿姨在台灣合法工作八年，帶動了村子裡出國打工的人前仆後繼，大兒子宗源花了三千美元仲介費，以讀書留學的名義來到台灣，原想半工半讀，媽媽也幫他找到市場洗碗的工作。來台後，宗源拖到學費繳交的最後期限，昂貴的學費抵掉兼職工資，幾乎沒有剩餘，半工半讀的投資看來並不划算。既有媽媽保護，宗源乾脆離開學校，成為市場的全職洗碗工，無證件的地下人口。

餐飲業人手流動快，台灣的年輕人嫌工時太長待不久，小雪資深、說話有分量，之前推薦阿仁到西南店也有口碑，於是更鼓勵表弟宗源辭去洗碗工，同來城中店一起工作一起租屋，相互有個照應。

不料宗源才來一個月，警察就上門臨檢了。

說是臨檢，也一定是遭人妒恨才被檢舉的吧。每個被查到的逃跑者都這樣說。小雪已經很小心了，連老闆都以為她是婚姻移民，怎麼終究還是被捉到了呢？後來，有的台灣同事說，可能是生意太好，小雪太能幹，別的商家故意找碴也不一定。

警察來的時候，小雪身穿掛著員工名牌的制服，要躲要藏要騙是來找朋友玩都無可抵賴。一團混亂中小雪原想奪門趁隙溜走，應該是來得及吧？門口還沒被占住呢，她長得像台灣人，不開口也沒人會懷疑她，就神色自若地溜走就好了吧？但她沒有。她只想到宗源，若她逃走了宗源怎麼辦？

她倒退進了廚房，急促告知：「警察來了，快走！」

廚房沒有後門，要逃就只能從前門脫身，但警力已占據外場。宗源刷白了臉竟仍把一盤蛋炒完才動身。

事後一說到這個場景，小雪就止不住笑：「他還在炒蛋！時間都來不及了還炒蛋。」

宗源也有話要說：「警察已經叫大家不要動了，我要走出去就說是送菜給客人外帶，這樣比較自然。」

但等到宗源捧著一盤炒蛋走出去時，警察已盤守不給出入：「你要去哪裡？」

「客人外帶。」宗源壓低聲音，只怕被聽出口音。

「不准動。統統留下來檢查。」

這場景小雪不是沒想過。每一個逃跑移工都在內心演練過千百遍，也有不少前輩教導過，萬一被警察捉到了，要如何減少損失？

要鎮定，不能洩漏工作事實，那會害了雇主，兩方都會受到處罰，還要作證耗時費日。最理想最標準的答案是：「我一直在找工作，找不到，借住朋友家。」哪個朋友家？不能說，居處一旦曝光，房東還好，那借證件給你簽約的人就倒楣了，那與你同住（總有一二個室友）就倒楣了。賴著不說不會怎樣，威脅一定有，利誘更多，例如警察哄你供出一個雇主或同伴或住處就可以免掉罰款，甚至有檢舉獎金。但小雪知道做人的道理，她不出賣。

此時此刻，就在店裡被逮到了，她身上的制服及名牌都逃不掉、騙不了。老闆重用她，卻要受到處罰了！冒用假身分，要招供嗎？這會為她帶來偽造文書的罪狀。逃走會受到行政處分，把逾期居留的罰款繳清就是，偽造文書可是刑事罪！擺在小雪眼前的困擾是：老闆不知道她的居留證是假的，若因不知情而聘用非法移工，可能會少些處分；若明知非法而聘僱，罰金就是十五萬元起跳，且他還一次雇用兩名逃跑移工！

小雪和宗源雙雙落網，承認買假證件求職。老闆拿出小雪與宗源面試時繳交的居留證影本，因不知情而酌減罰金。她與宗源因偽照文書被檢察官提起公訴，成為在台灣有案底的人，未來無法再申請來台工作。這樣也好，小雪又是氣惱又是寬心，至少不是自己安全了但宗源被捉，那她以後如何面對阿姨？

來台灣四年了，也該是回家的時候了，她腦袋裡閃過阿仁的笑容，眼裡的光一閃一滅。

●

宗源的個子不高，睫毛又黑又長，眼神深沉有誠意，不輕浮；頭髮兩側削平，僅留垂掛到眉宇間的瀏海，正是時下流行的美男造型，陰柔又耍酷。他高中畢業後，就在農村裡開貨車。技術工人的薪資還行，但山路危險，每天八小時工作後，同事們多相偕飲酒，放鬆緊繃的神經，這樣一來，錢花得快，沒什麼儲蓄，身心耗損又大。

當年媽媽出國工作，宗源還在念國中。他是家裡的老大，放學回家要煮菜做飯，照顧弟妹。「小時候很希望媽媽早點回家，但是沒辦法。她說要賺錢，為了小孩子。」宗源的中文不流暢，想來是一直蹲在市場洗碗，甚少與人交談的緣故。

就這個村子來說，宗源家的農地大、田產多、新房子蓋得比別人大，前院停了一台割稻機，甚至還有一個小魚塭。怎麼看，都是個殷實小有積蓄的人家。也或許，正因為媽媽出國工作，才得以買機器出租，才得以挖魚池獲利，才得以蓋豪華新屋。留在家鄉的人，要撐得住，也要能存下錢，宗源的父親一個人扶養三個孩子，還要忙所有田事。

「爸爸好可憐，很辛苦，一個人種很多田，我看了會哭。」宗源紅著臉說：「幸好現在種田用農藥不必一直拔草。」

「很多台灣年輕人也回鄉下種田，不用農藥，食物比較健康。」我謹慎地挑著字眼說：「台北這樣的大城市，房子很貴，工作很累，很多人想要回鄉下過不一樣的生活。」

「台灣種田比較輕鬆，有機器，不會苦。」宗源在他的經驗脈絡裡，說著同輩人脫離農村的共同想望：「越南的農人很辛苦，爸爸媽媽都不要我們種田。」

客廳牆上都是媽媽寄回家護貝過的放大相片。媽媽每年回家一週，三兄妹因此有了比同學更高檔的玩具與文具，櫃子裡也多是日月潭、阿里山遊玩的紀念品，讓他們家成為農村裡的時髦家庭。

宗源的妹妹面容白皙秀緻，在鎮上最時尚的美容院工作，洗頭化妝燙髮，兼作水晶指甲，店裡一併出租新娘禮服。我和小雪到鎮上買東西，順道去探望妹妹時，她正在幫新娘子描唇型、上髮捲，很專業地說現在流行自然式裸妝，拍照要看不出粉彩才算很厲害，但鄉下地方還是要求紅唇粉腮才喜氣。年輕的新娘子聽了直笑，問我這樣化妝會很土嗎？

居然也有我裁定流行指標的一天！

小雪倒是二話不說就發揮服務業精神，立即幫腔說粉底和眉型都很自然，新娘子年輕漂亮怎麼化都好看，不要過度妝扮得太老氣就好，台灣女人都喜歡打扮得很年輕、很自然。我於是又成為台灣女性代表。

屋子外敞，小孩們好奇來看「外國人」，拉拉扯扯擠著進門又擠著出去，風捲葉落，一屋殘痕。他們脖子上都掛有銀鍊子，白亮扁平的紋路，保平安，也保健康。

宗源的脖子上也有一條銀鍊，跟隨著他去台灣工作、被捕、返鄉。現在，他看著孩子們的背影，有感而發：「我想結婚，想要有小孩子。但結婚要花錢，所以去台灣工作。」

出國時已交往年餘的女友，上個月另嫁他人。宗源沒存到錢，想著未來可以去日本或韓國，但仲介費太高，太難排；或者他可以到利比亞蓋房子，但薪水低，又怕氣候風土不習慣；他和小雪去台簽證不同，逾期居留的罰則也不一樣，再過一年就可以重新申請回台。

「以前的朋友都結婚有小孩了，我很羨慕。」宗源說。

「你賺的錢都不必給家裡，全部存給自己，他們也很羨慕你。」小雪說。

「如果這一年在越南交到女朋友，結婚了，我就不去台灣了。」停了一會兒，像個連環扣，他又繞回原點：「可是沒有錢，交不到女朋友，沒錢結婚。不知道要怎麼辦？」

宗源安靜看著院子裡鋪滿地的金黃色穀子，久久開了口還是說：「不知道要怎麼辦？」

●

移民署的台北臨時收容所在地下室，數坪大的空間，人多時翻身都有問題，人少時空盪盪就四五人低聲交談。

這裡只是臨時轉運站，人來人往，住沒幾天就被分送到各地收容所；也有幸運的，證件、罰款等都準備妥當了，直接從這裡送往機場，最是減少耗時拖磨。地下室空氣完全沒對流，每個被捉進來的人都還停留在驚慌失措中，個個都忙著打電話，哭泣的、沮喪的、憤怒的，人與人之間交談也少，萍水相逢又何必花力氣。印象中只有男生房那邊一個泰國營建工，悠然看書如老僧入定，不平常心又如何？在這裡，個人完全作不了主。

也許是因為有刑案在身，小雪和宗源在台北收容所住得特別久，十七天，餐餐要自費。每日三餐，替代役會幫大家代訂便當，小雪捨不得花錢，早餐省下熬到中餐買了七十元的便當，主菜只吃一半，另一半留著晚餐配用十元的白飯，如此一天的開銷可以控制在一百元內。

宗源就在隔壁的男生房，透過包著白色透氣厚膠的欄杆問她：「你怎麼吃這麼少？不餓嗎？」

「可以啦，中午吃很多了。」

十七天餓肚子帶來的副作用，是經常性的胃痛。小雪體魄強健，但長時間沒吃飽又沒吃好，睡不安穩又焦慮難安，之後被送入宜蘭收容所，大鍋飯吃的都是舊米，菜色也粗，陳舊的纖維嚼不爛，像是煮來磨牙似的。這樣的粗菜硬飯接續磨著她已然發炎的胃壁，一吃數月，胃痛於是成為痼疾。

那是她從台灣帶回家最明顯的印記，胃痛不時來襲，有時才剛吃飽了也痛，有時餓得胃酸上漲就痛，這時小雪總要趕緊吃點熱食，熱食一下肚，胃壁得到一點撫慰，似乎症狀就減輕許多。像一張空洞的嘴，餓過頭了，不一定吃得下，但總不得飽足，空洞的感覺像醒不來的噩夢。

●

宜蘭收容所，原是專收大陸偷渡客的靖廬，許多不合理的規定因循留下。雙層大通鋪，兩個人對腳睡，夜間上廁所不能沖水，漫漫白日，被收容人沒事做，在狹擠的空間裡來來去去，或坐或站，無聊至極也不能躺下來，只有在規定午睡時間才能躺平。每週三次放封，到籃球場走動半小時就要回寢室。打電話成為最重要的事，早、午、晚各有開放通訊時間，但是話機有限，不一定排得上。

無聊長日，被收容人有時打牌，但不准賭錢。不准賭，還是暗暗賭了，否則還有什麼刺激與樂趣？有的人發呆終日，有的人哭哭啼啼沒完沒了，每個人都有心事，何時離開完全是未知數。有的人一直生著病，心裡和身體都一團糟。

總算，在收容所吃飯不必自掏腰包了。每天早上都有麵包和稀飯，午餐晚餐也是熱食，不過肉多油膩且味鹹，飯粒太硬，青菜多梗，所有的菜都煮得熟爛，失去食材原有的氣味與色澤。烹調的不用心不在意，無非是反映著食客的未受重視，集體性的輕忽。被收容者全是有口難言的外邦人，離開這裡多半就再也沒機會返回，只是暫時容留，犯了錯（但不是犯罪）的人又有什麼好抱怨？

電視是唯一的消遣，但不准被收容人自由選台，無聊的節目重複的看。收容所的工作人員有些來自移民署，有些是替代役，不論官階，被收容人一律尊稱為「長官」。對長官說話要有禮貌。

「長官，請問一下，可以轉到第六十二台嗎？」小雪說。

眼睛從眼鏡下方抬起，看看她，撇撇嘴：「還有別人要看呀。」

「這些都看過了，可以轉台嗎？」

「每天轉轉轉，你以為在家裡哦。」沒說完的話是：這裡是什麼地方？你以為你還可以這麼自由嗎？

另一名工作人員輕輕皺了眉，欲語還休。小雪知道她，她很客氣，對她們說話保持著做人的禮貌與尊重，說話有分寸。但這樣的警官也不能太明顯幫她們，否則旁邊的人會說話：「你這樣我們怎麼管理？她們都很精明啦，你愈好心她們愈爬到你頭上。」

小雪私下抱怨：「他們這樣對待人，講話沒禮貌，態度沒禮貌，家裡都不教的嗎？」

「快回家了，忍一下就過去了。」室友阿芳說。

「我們沒犯罪，他們憑什麼這樣？」

偏偏小雪身不由己，什麼事都得求長官幫忙。偶爾出聲提出要求，很少得到正面回應，反而招致更多的刁難，殺雞儆猴。她住了四個月，人來人去看多了，知道很多人吞忍下來，反正一輩子最好不會再來，又何苦給自己惹麻煩？其他人多半一個多月就轉出去了，或遣返、或釋放、或入監坐牢、或被認定為人口販運受害者而轉出安置。

沒想到，她和宗源居然有其他的選項。

●

有時中央移民署會派員來探視、審查，收容所的長官就會挑選部分乖乖牌當樣板接受問話，大抵上都被詢問吃得如何？住得如何？工作人員對待如何？每每聽說這樣的問話被一律以「很好，沒有問題。」回應，小雪就覺得喪失了一次鳴鼓喊冤的機會。

「你怎麼這麼傻，不照實說我們都吃硬飯爛菜？我們不說誰知道？也許以後會改善，說了就說了，誰敢對我們怎麼樣？」小雪忍不住抱怨。

「怎麼樣？我就是不知道會怎麼樣，怎麼敢亂說話？」阿芳小聲說：「萬一被刁難多關了一個月，你要救我嗎？反正我們遲早會離開，不要管這些事了。」

「他們太壞了！如果是我去，我一定什麼都講出來！」

「哦。」阿芳看著她，像看著一隻落難小狗在雨夜暗巷裡哀嚎。

阿芳在養護中心遭到管理人員性侵而逃出，流離失所二個月後就被捉了，到了收容所後，警方、檢方輪番問話，最後認定那一間養護中心的六名移工全是人口販運受害者，原來遭受性侵的不只她一人。阿芳原本已作好回家的打算，但忽然被認定為受害者後，原先的逃逸身分就變得曖昧不明。

那正是台灣剛開始實施「人口販運防治法」沒幾年，各地的移民署專勤大隊及警察局都有一定的人口販運定案需求，所有的基層員警都上過課，熟讀「人口販運受害人鑑定程序」，不時比對著是否要把捉到的逃跑移工定性為「受害人」。一旦被鑑定為受害人，就該送庇護而非收容，要受到保護而非監禁，可能要上法庭指認加害者，也可以外出找工作，不受業別與配額限制。

加害人是誰？阿芳完全沒概念，是那個明知老闆違法還一直叫她忍耐的仲介嗎？是那個凶巴巴強迫她們在一小時內幫二十個老人洗澡又擦乾換衣的主任嗎？還是養護中心的老闆，當衛生署來檢查時，要她們把七八個老人及病床都塞進倉庫以合乎適量護病比的要求？她在養護中心的經歷，幾乎都違反勞基法，但官方似乎沒打算幫她追討加班費，或以勞動法令懲罰雇主，多次問訊都圍繞在性侵案，好像那才是最重要的事。

受害人只能安置，不能收容。阿芳後天就要離開收容所了，工作不難找，小雪介紹她去韓式料理店工作，在電話裡向老闆再三保證阿芳可以合法工作。老闆被罰了錢後，還到台北收容所探望她與宗源，並拿了二萬元給她，這是她最後一個月未結清的薪水。老闆沒有把被處罰的損失賴到小雪身上，一碼歸一碼，不占落難的人的便宜。

阿芳即將獲得短暫的自由，這也許是她被挑選去接受問話的主要原因。她知道這不是告狀的時候，誰會願意因為一點勇氣而失去賺錢工作的機會？她知道小雪熱血熱情，但她輕輕握了她的手，要她保持聯絡，彼此珍重。

小雪還會留多久，誰也不知道。她是落水狗，自保都沒法子了，還想吠火車。

自由了

打從我第一天來到這個農村，晚餐後小雪總領我到對門的雜貨鋪洗澡，這是村子裡的有錢人家，二層樓的屋內，熱水器、瓦斯爐、蓮蓬頭一俱應全。年輕的老闆娘可愛俏皮，大眼睛眨個不停，白牙閃閃笑聲不斷。我說中文時她分明聽不懂但表情反應比任何人都快、都激烈，大笑大驚全踩在對的話題上，簡直讓我覺得她才是全場最理解我的人。

雜貨鋪兼營縫紉，吊了幾件訂做的洋裝童衣，也兼賣全包式的防曬外套，以及農村尋常可見的深藍或土黃粗布工作服。每天早晨，雜貨鋪門口的塑膠椅上一整列全是八十歲以上的老婦人們，她們有的身形佝僂，有的意氣昂揚，不約而同全穿上鬱藍、烏紫的短衣，深色寬口褲，有的手持蒲扇，有的扶住一支枴杖，她們的黑牙紅齒毫無掩攔地笑開口，個個都在嚼檳榔。

不到三十歲的老闆娘，就周旋在老婦人間，不時奉茶、搭腔、拆一盒甜點，逗弄老婦人們開心。老婦人摸我的頭髮，泡茶給我喝，因為我一口咬下未添加石灰的檳榔而快意大笑。她們已無需在家料理三餐，也不必帶孫子哄小孩，她們辛苦一輩子，臨老享受無事閒聊的清晨聚會，直至午餐時間到了才四散返家。一天又一天，自由自在。

午餐後，小雪洗衣，我騎腳踏車四處遊走，特地去找阿美。

阿美才從台灣返家一年多，下田、養豬、帶孫子，還要照料九十歲的公公，忙得頗有興頭，家裡整理得乾淨整齊。即便在農村，阿美每天還是習慣化點薄妝，抿點唇色，輕描細眉，眼線是在台灣繡過的，整個人極有精神。她的身材豐腴，穿著講究，不見得材質特出，就是花色搭配得特別搶眼，到她家後才看見一台老舊縫紉機，原來年輕時她也做過裁縫。難怪。

孩子都大了，阿美才決定到台灣當看護。工作地點在苗栗山區，照顧九十七歲的阿公，以及九十五歲的失智阿嬤。鄉下生活單純，阿公阿嬤不時到廟裡走動、唱歌，阿美跟著去照顧，索性就在廟旁的空地上養雞，還曾經獲得農會的金雞特等獎，獎金六千元！她大方地將獎金轉交給阿公，榮耀至今留在她壓箱底的一紙中文獎狀，還有當月農會的刊物上，笑吟吟的阿美穿著華麗的越南國服，接受里長頒獎，和同樣隆重打扮的阿公阿嬤合影。

「台灣的生活，其實和越南差不多，我很習慣，不會比在家裡累，又有錢賺。」阿美照顧兩名近百歲的老人，一做六年，若不是去年兒子要娶親，她原想續約工作。

從台灣帶回來的紀念品，如今都還放在行李箱裡。她翻出一份越南文的《四方報》，指著一首小詩：「你看，這是我寫的。」

「你寫詩？寫什麼？」

「山上很無聊，看別人寫，我也寫。阿公常罵人，很難聽，寫一寫，心情比較好。」她得意地指出作者名下的手機號碼：「寫了會有人打電話給我。」

「打給你說什麼呢？」

「說很感動啊，看了會哭啊，很想認識我啊。說他們自己的故事。」

「你怎麼說？」

「我就開導他們，互相打電話安慰，很多朋友一直都沒見過面。」

越南文原本有聲無字，吟唱的詩歌在藝術形式中具壓倒性優勢，常見老人家順手便寫出七字、五字詩文，我在台灣的《四方報》上也不時看見越南勞工發表對仗整齊的詩句。阿美小學畢業就去學裁縫了，平常甚少用筆，也不常閱讀。來到台灣後，山上見不到同鄉，每月出刊一次的越語《四方報》看了又看，所有的詩文圖畫都像在說她，心事一一被碰撞，便也生出寫作的欲望。

陸陸續續，阿美在《四方報》發表了五首詩，寫心情，寫思鄉，寫生活，也寫她養的雞。因詩作的發表交了不少慕名而來的朋友，彼此鼓勵，也交換寫作心得。

「打電話還會討論寫作哦？」我詫異不已。

「會啊，這一期你寫什麼主題，我覺得不錯，就自己也寫一篇，有時候也會給對方意見，覺得怎麼表現比較好。這樣寫起來比較開心，知道有人在看、在關心。」

「回家了還寫詩嗎？」

「沒空寫了。回家要忙，事情很多。」阿美難得顯現一絲落寞。

我看著她離開台灣前最後發表的一首詩，題名「自由了」。自由了，不必再受阿公不合理的責罵；自由了，不必再到處找不見人影的阿嬤；自由了，不必每天守在山上不能放假；自由了，不必再忍受家人不在身邊的寂寞；自由了，我要回家了。

「有時候會想到在台灣的朋友，不知道他們自由了沒有？」阿美慢慢訴說心情時，話語常帶詩意：「現在我寫詩給誰看呢？」

●

因為偽造文書的公訴罪，小雪和宗源在收容所整整待了四個月。那時候，沒有人，包括小雪和宗源，沒有人料到，阿芳離開後不久，他們竟也離開收容所，回到台北了。是台北，不是河內。

同期被捉到的逃跑移工都遣返了，只有小雪、宗源走不了，收容形同羈押，等待傳喚出庭與判決，漫漫無期，日復一日。

八月溽暑，法院總算判刑了：三個月。

刑期三個月，可抵收容期，事實上收容已超過刑期了，所以不能再收容。他們兩個受刑人忽然被宣判已服刑完畢，不能再關了。不能關，去哪裡？判定服刑後立即遣返的公文還沒下來，移民署只能依法放走他們（然後再因查無居留證，被警察逮捕回籠？）。

走出收容所，移民署官員特地交代，小雪和宗源沒有合法身分，不得工作，雖免除收容但需與警方保持聯繫，若更換居留地點也要有所交代。行李、手機、錢都回到他們身上，天上掉下來的自由。

自由拿來做什麼用？當然是賺錢！

小雪和宗源立即到阿姨家大吃一頓，新鮮的生菜、汆燙沾醬的青菜、乾煎至無油膩的魚與雞、酸菜湯，小雪這才覺得自己的胃重新暖回來了，可以重新注入新的能量……且慢！沒這麼快，胃又痛了。

她向阿芳求救，拿了健保卡敢緊就醫去。果然，醫生沒認出她與阿芳的模樣不同，兩人年齡相近，都是長直髮，說著越南腔的中文，掛號過關了就沒問題了。小雪驗出胃潰瘍，長期發炎，醫生給了消炎藥。她又換了一家診所，再換來另一包消炎藥。隔天再換一家，累積消炎藥以防再犯。

宗源重回市場洗碗，陰溼的市場深處，不露臉的洗碗工還是比較安全。小雪恢復自由身，到城中店向老闆及老同事們一一道歉、敘舊，感謝大家過去二年來的善待，再另行在市場找了份洗菜的工作。和阿仁還是電話聯繫多，見面時間少，兩人都忙於工作，在台灣的日子，多拖過一天能工作都算賺到。

到底為什麼被放出來？以後還會再被關嗎？這自由的期限有多久？沒人說得明白。

來台時，仲介幫小雪在玉山銀行開戶，養護中心的薪水都直接匯到帳戶裡。逃走後，小雪不敢再去領錢，怕被捉，但如今都已經被捉了再放出來，她決定把錢全領出來。戶頭裡還有八千多元，再怎麼說也是辛苦錢。她拿了印章和存摺排隊，心中忐忑不安，怕銀行監視器會照出她的非法身分。這種玻璃光潔的商業大廈，不知為什麼她逃走後就不敢走近，像是太昂貴豪華就是與政府沆瀣一氣，一眼就可以照見她的卑微不堪。黑工就該在黑暗中。但這是她的錢，不管身分合法非法，錢是她掙來的，總不能就被銀行沒收。

關在收容所時，長官曾說有事可以委託他們代辦，小雪也曾拿出銀行存摺和印章請託長官代辦，擔心遣返後就什麼都來不及，但長官說小雪身上的錢已足夠繳清罰款及買機票，錢夠用了就無需再提款。原來，長官代辦不是為了服務被收容者，只是為了討足罰款，畢竟被收容者沒錢支付，就只能一天天滯留，雙方都痛苦。

很多這樣的瑣碎小事，長官們給臉色不給代辦，你是一點辦法也沒有。權利與權力，向來只專屬那些有錢、有簽證，可以自由穿越國界的人。現在，既然上天給她機會離台前還能自由行動，那就自己來討。她鼓起勇氣跨進玉山銀行，用中文寫下譚玉雪的戶名，要求結清帳戶。

「這個戶頭三年沒有出入帳，已經凍結了，是暫停戶，要帶證件才能動用。」行員面無表情地說。

「我是本人，這是我的存摺，我的印章，我的錢。」小雪說。她只氣自己的中文不夠好，什麼暫停戶，她根本聽不懂，只能吶吶追問：「為什麼凍結？還有八千元。」

還有八千元，我就要被遣返了，未來不會再來台灣。她說不出口。

「超過一年沒有動過的戶頭就是暫停戶，這是銀行的規定。就算是本人來領，也要出示證件才行。」

證件偏是小雪的要害，幾乎聽了就要落荒而逃。但她已經在這裡了，再不濟就是再被捉一次，反正也已經被捉了，若不是收容所長官不願幫她代辦，她也不會站在這裡。反正也沒退路了，銀行裡有她的八千元，八千元欸，她挨餓十七天捨不得多買一個七十元的便當，怎麼可以放棄八千元！

「我是本人。」勇敢的小雪再說一次，那些被迫吃安眠藥入睡以備次日再打起精神工作十四小時的緊繃記憶，都回來了。她的聲音堅定無懼：「這是我的錢，我在養護中心工作很辛苦賺來的。」

行員有點訝異地抬起頭，說：「你有居留證嗎？」

「我來台灣從來沒拿到居留證。」小雪恨聲道。一次也沒有，仲介從來沒給過居留證。沒休假，要居留證也沒用。

「那有護照嗎？」

小雪掏出護照影本，很破爛了，離開越南前阿姨提醒她一定要先影印一份收好。果然人一到台灣，仲介就沒收她的護照了。這是僅有的證件影本，她翻到有相片的那一頁：「這就是我。」她的聲音發抖了，這護照是過期的，如果銀行像警方一樣有連線，一輸入她的護照號碼就知道她是逃跑移工。但反正就是再被捉，她豁出去了。

「要正本。」行員說。她也許大學才剛畢業沒幾年，穿著白襯衫和短裙，手臂纏著有油墨漬痕的袖套，青春的顏面略顯疑惑，她看著小雪：「而且，護照過期了，不是有效證件。你有合法的證件嗎？」

一槍斃命。合法非法就是小雪的死穴，她張口結舌。旁邊的行員也轉過頭來看她，人人都在懷疑她，她的臉上像是寫著我有罪。

「真的很抱歉，你要拿合法證件才有用。」

「哦，哦，」小雪又退縮了。這個退縮，是異鄉人的本能，是逃亡者的戒律。有人逼上來了，退一步，再退一步。

這裡不是廚房，這裡是銀行，所有的語彙她都聽不懂，一切的規矩都像在外太空。她有存摺，有印章，銀行裡有她存的錢，但她只能一退再退，退出那個光鮮明亮的櫃台。兵敗如山倒。

●

街坊鄰居們都知道小雪家來了個台灣客人。我的蹩腳越語因為師承來自南越的婚姻移民，屢屢在北越受挫，被視為不夠文雅不夠標準的發音。但在農村裡，這一點用力溝通的誠意，已足以支撐我隻身打通關，走到哪裡都會遇到善意與好奇的招呼聲，重複練習簡易對話，且為了幾個好不容易猜中的比手畫腳而賓主盡歡。

太陽下山前，宗源與表姊夫合力從魚塘中捕撈一尾奇大無比的草魚，熟練宰殺，去腥切塊，在魚腹裡塞滿香菜與竹筍熬煮大鍋湯。表姊夫去過中國沿海工作兩年，說中文有濃厚的捲舌音，現在換老婆去中國打工了，家事及照料小孩就全落在他身上。在越南，男生下廚是慣常的事。這兩個年輕男孩揮鏟切煮都很熟練，他們從容不迫，談笑用兵。一道道苦瓜炒肉、乾煎雞肉、米紙春捲、生菜鮮蝦、草魚筍湯……起鍋即分倒二碗，兩個大鋁盤裝滿了便併置上菜。坐在草蓆首尾的客人都能輕鬆夾到每一樣菜，放眼繽紛，氣味豐饒。

茶與水菸，是家家戶戶待客必備。但年輕人都不太抽水菸了，宗源說太麻煩，且不時髦，只有農民還在抽。

晚餐時，宗源父親的朋友們輪番上門。他們呼嚕呼嚕點燃水菸，猛吸一口，水聲尖銳拍滾，悠悠吐出煙霧，像在練肺活量。長竹筒的水菸傳到我手上，我有樣學樣，一口氣還沒吸足，水壓也還沒吱聲尖叫，已是威力驚人，全身都像被火熅了一遍，臉發燙頭發昏，心跳加速，我咳得嘔心瀝血。真嗆。

這嗆與咳，是水菸入門款，冬天暖身，夏天醒腦，有醉意。長輩們滿意地笑著對我豎起大拇指，宗源爸爸領著我走到通風口蹲坐，再燃火，呼出長長一口煙，再將竹筒傳遞給我。再一次嗆與咳。

一群六十多歲的男人合唱軍歌，一首接一首，竟是纏綿清甜，與台灣雄壯威武的軍歌大相逕庭，像訴說著家鄉情人的身影，描繪著戰後和平的田野，人與人之間相互親愛的可能。越南話鼻音重，傳統歌曲陰柔居多，不料連軍歌也如此可愛近人，我於是又乾了一杯四十度的米酒，酒香溫潤。

這些父執輩都上過戰場，說起歷史特別帶勁：「我們糧食很差，武器很爛，但越南軍人有頭腦有勇氣，打敗了法國、中國、美國，換來越南人民的自由！」

昨日之戰，已是永不復返的歷史。現在，年輕的越南勞工到全世界打工，飽受奴役。資本與生產全球化的戰爭，不聞硝煙，不見血腥，但傷亡無數，看不到盡頭。越南早期開放輸出勞務時，特別優惠戰事有功的家庭，將名額優先給了軍人之後，如今連國營仲介公司都大舉股份化、私有化了，只要有錢就可以買一個海外打拚的希望。革命與征戰的往事如梭如織，退役男人們又幽幽唱起歌來，歌聲無比溫柔。

宗源爸爸到門外採摘未烘焙的青綠老茶葉煮水，再加入冰塊鎮成涼茶，說喝了可以立時解酒。前院花雕鐵柵門旁，有一株大樹長滿了紅紅綠綠的小果子，一叢叢如小花開得繽紛熱鬧。小雪說那果子酸甜有味，是鄉下孩童們嘴饞時的最佳野食，她身手矯健，是村子裡一等一的摘果子好手。說著說著小雪縱身上樹，伸長了手斜向天邊，摘了一串紅果子給我。

晚風如水，酒意如潮，我與小雪在月光下踉蹌浮游，一顆又一顆青澀酸甜的果子入口，醒腦清心，一步步也就走到家了。

珍珠奶茶

小吃店的越南老闆娘嫁來台灣十幾年了，人面廣，心腸熱，她幫小雪介紹了一份論天計酬的洗菜工，又介紹一名公車司機建國與她認識。

司機建國在市場等小雪下工，等到晚上十點多，陪著疲憊不堪的她慢慢走路回家，路上買了兩杯珍珠奶茶。

「越南沒有這樣濃濃的、甜甜的，又加很多粉圓，好好喝啊。」小雪說。

隔一週，建國約她吃飯，飯後又叫了珍珠奶茶。他是老實人，三十六歲，工作穩定，每個月有六萬多元的收入，在三重有個老房子，與寡母同住，還沒討過老婆。他交往之初就表明了有結婚的打算，攤開自己的履歷如徵婚，不卑不亢。他說小雪中文好，人漂亮，活潑開朗，若兩個人合得來，她可以考慮嫁來台灣。

對小雪這樣的短期移工來說，以婚姻取得長期移民的身分，是建國所能提供最大的優勢，他知道。

小雪不是沒想過。她在收容所關了四個月，左思右想都是下一步。她有逃跑紀錄，又有案底，短期內要再來台灣，假結婚恐怕會是最可行的選項。在台灣，她的語言通了，環境熟了，依她的能耐不愁找不到工作。當然，還有阿仁。阿仁一直叮囑她若真被遣返了一定要再回來，他甚至願意幫忙出一半的仲介費。他們兩人各有經濟負擔，她從來不花他的錢，可是一時逼到生離死別的緊要關頭，才知道原來這麼捨不得。

假結婚風險高，負擔也重，但有個相對穩定的未來，不必來來去去，只要四年後入了籍，就不必躲躲藏藏。婚姻移民，確實吸引小雪。但這樣好嗎？她活潑地答應建國的約會，活潑地和他用餐閒聊喝珍珠奶茶，活潑地讓兩人的談話洋溢著愉悅氛圍，活潑地讓他送到巷口再禮貌道別。建國想要什麼很清楚，但小雪沒說自己另外有家庭，沒敢說，也沒敢騙，建國不問她就維持一份曖昧，心裡盤算著這個曖昧帶來的利益她要不要接住。

建國這麼認真，可以接受假結婚嗎？她問不出口。他是真想結婚，甚至約了小雪下次到家中坐坐，好讓媽媽認識她，擺明了是看看未來的媳婦。

但第三次約會來不及約成，小雪又回到宜蘭收容所了。建國這才知道她原來是逃跑移工，當然還有更多他一直不知道的。

●

阿仁也不知道建國的存在。但阿仁聽說有個朋友愛上一個辦假結婚來台打工的越南女孩，後來，女孩拿到身分證也順利離了婚，恢復單身後再與朋友結婚，好讓他申請依親來台，長相廝守。這樣的故事，默默在越南移工圈中流傳。似乎是一點期待，一點擔憂，一點類似希望的曙光。有未來，有工作，有長久打算，還有愛情。雖然從來沒有人證實這個故事的真偽。太美好了簡直像童話一樣。

「你喜歡建國嗎？」我直接問小雪。

「我喜歡去台灣工作賺錢。」

「但建國真的喜歡你。」

「他很老實。我跟他，沒有緣分啦。」

「你有一點點喜歡他嗎？」

「有一點。我的朋友和台灣人來往，他們都很快就想要上床，好像越南女生很隨便。但建國不會，他送我回家，我說到巷口就好，他也很尊重我。」

「他到現在還是不知道你有老公了？」

「對啊，我這樣對人家不好。他是好人，我不可以騙他，這樣太欺負人了。如果他是不好的人，我就可以騙他了。」小雪嘆了口氣，自棄地說：「不如就拿錢給仲介辦假結婚就好了。」

我說起幾個假結婚的例子，風險太高，且代價高昂，實在不划算。

「可是我沒有別的路了，我想去台灣。」小雪咬咬唇，還是說出口了：「阿仁在等我。」

「若要假結婚，就一定要先離婚了。」我說，儘量避著視線不敢滑向屋外的文凱，他正在幫女兒修理落鏈的腳踏車。

「我知道。我有在想。」

「你真的想離開文凱嗎？」

她倒是坦蕩，望向文凱又看看女兒：「想。但我如果現在和他離婚，他也很可憐，什麼都沒有。他又沒有做錯什麼事。」

「小孩子怎麼辦？」

「兒子會跟我，女兒一定跟爸爸。可是我不要兩個小孩分開，太可憐了。」

她舉棋不定，反反覆覆，怎麼想都是她愧對所有人。

●

離開收容所一個月又二十天，算是平白賺到，但終歸是要還。移民署長官打電話給小雪，客氣有禮，說是新護照辦好了，請她和宗源回去拿。隻字不提遣返的事。

「不要去！」宗源說：「一定又會被捉回去。」

「若要關我們又何必放我們出來？不是說三個月刑期已經抵掉了嗎？我們只要說沒有工作，不被捉到工作就好了。」小雪嘟嘟囔囔。

「台灣人也有不錯的，移民署都幫你們辦好新護照了，就去拿吧。」宗源的媽媽邊張羅午餐邊出主意。

「我也不想躲躲藏藏了，去拿護照吧！」小雪想著玉山銀行要的有效證件就是這個吧，八千多塊欸。

「不然你去，先看狀況再決定。」宗源說。他總是忍不住想到大弟，大弟書讀得不好，人倒是又高又帥，高中一畢業就率先跑去台灣工作，三年廠工約滿後已請爸爸買下村口一塊地。宗源才來台灣一年多，還沒存到錢，若是此時被遣返，還要負債。別人怎麼看？家人怎麼看？

「不行，我們兩個是同一案，要一起去他才會給護照啦。」小雪當機立斷：「看你就是這樣，上次要你快跑不跑，現在要你去拿證件又怕東怕西。」

「上次那樣，我跑得了嗎？你自己有時間怎麼不跑？」宗源也火大了。

「我跑了你被捉，我還有臉見阿姨嗎？」

走就走，怕什麼？兩個人作伴，最糟也只是回家。吃完豐盛的早餐，世界也似乎友善了些，一路也見過很多很好心的台灣人啊。他們特地請了一天假去宜蘭，行李也沒拿，阿姨還特別燉了一鍋肉，說等他們回來一起晚餐。

「沒事啦沒事啦。」阿姨總是樂觀，不樂觀如何天天面對走不出腦內迴圈的老孩子？智障姊姊在一旁晃來晃去，喃喃自語，也學著阿姨的越南語重複說：「沒事啦沒事啦！」

自由真是很不一樣啊，自由令全身的感官都打開了。之前被送進宜蘭收容所時根本無心注意周遭環境，每次放封也只在窄小的籃球場走來走去，四周都是高牆。此次搭車重返，才知道原來宜蘭收容所的兩側是青翠稻田，夏天的雲朵如此潔白，藍天這樣壯麗，盛夏的鄉間有蟬聲繞耳，空氣中有清香，是野薑花。小雪想著等一下就拿到護照了，自由的身分令人激動、雀躍，什麼都不一樣了。她想喝珍珠奶茶。

結果被騙了。

護照沒拿到，兩個人又被關進收容所，等待遣返作業。移民署總算收到法院判定小雪與宗源服刑後立即遣返的公文了。

到現在，小雪還是笑自己笨，不該自投羅網，不該去拿證件。我說宗源是對的，該留一個活口在外觀望。但這全是事後諸葛，沒料到的事永遠擋在前途，未必好轉，也不見得更糟。條件不足的人，總在意外的風沙中打轉、繞行、找出路，灰頭土臉，苦中作樂，還是要前進。

次日早晨，小雪排隊打電話，麻煩阿姨和阿仁代送行李。這事不難，逃跑在外，她向來備妥了一只行李箱，裡面是證件帳本梳洗衣物等必需用品，以便隨時出事了可以拿了就走。下午又去排隊，打給建國，告訴他自己的逃跑身分，很快就要遣返了。

建國靜默一下，說明天沒輪班，去看她。

小雪忙問了收容所的電話，要他了解一下會面方式，別白跑一趟。

司機建國隔天就自己開車到宜蘭收容所，結果所方不開放臨時會面。他一時進退兩難，待在車內等待，等下午輪到小雪打電話都快三點了。

「我在外面，收容所外面。」

「什麼？你已經來宜蘭了？」

「對啊，找好久，開車開很遠，不好問路。」

「可以見面嗎？」

「不行。我帶了珍珠奶茶。」

啊，他記得。小雪說：「沒有人跟我說有人送珍珠奶茶給我。」

「他們說食物不能送進去，要見面時當場喝掉。」

「我不是給你電話了嗎？怎麼不先打電話問問看。」

「我不知道怎麼說，想先來了再說。」

語言從來不只是外國人的問題，也是階級弱勢的問題。問不到重點，沒有與官僚行政周旋的能耐與信心，於是建國開了三小時的車才尋路找到。卻也不得其門而入，坐困愁城。次日，司機建國又來了，又帶著珍珠奶茶，還是徒勞無功。

小雪想這個人是真心的了，他急著趕在她回國前確認兩個人有沒有發展可能，再來就要等著排特休假時去越南娶她了。

直到小雪離開台灣，不管是出於有意還是無意，她一直沒讓建國知道她早已結婚了。到底算騙了他嗎？她隱隱不想放棄這個機會。建國會是機會嗎？他們相處得不錯，結婚也不一定是欺騙，也許建國媽媽也會喜歡她。她在台灣取得長期身分，可以寄錢回家養小孩，反正她長年在外，家人也習慣了，而且台灣還有阿仁……如果她付錢給建國，建國會收嗎？可是建國不是要假結婚，他要真結婚，他要的不是她要的，怎麼辦呢？

離開，這事就不必想、不必辦了。她再也沒有和建國聯絡。

浮木

小雪空手返鄉，文凱捧一束包著玻璃紙的玫瑰，和孩子們在機場等了一上午接她回家。那花，她捨不得丟，晾乾後倒掛在前廊，不過秋涼多雨，枯黃的花束看來萎靡可憐，風華已逝。

去年，文凱和小雪的弟弟也曾共赴南越開礦，又累又危險，一個月收入六千元，爆破入坑都是提著脖子不要命的工作，苦撐了三個月還是打包回家了。媽媽說，男人有家有小孩，還是別賣命。她問過文凱要不要去台灣，他不要，覺得人生地不熟，風險更勝礦坑。

「他被寵壞了，不會想，不知道我在馬來西亞在台灣有多苦，捨不得花錢，捨不得休息，錢全存給家裡。只看到我拿錢回家，不知道我要賺這些錢多麼不容易。」

每個海外打工的人，都有這一層心酸。渴望一種貼近的理解，那種不言可喻的、相濡以沫的、有淚卻不曾真正流下的，人在異地的徬徨與掙扎。這個認識的落差，無以言傳，難以交流，唯有親身經歷。

「朋友說我如果再出國，老公就管不住了，會有別的女人。說真的，如果他真有女人，我會給她錢送他走，祝福他們。我比較沒有壓力。」

這話當然半是氣話，半是讓自己好過。如果文凱要離婚，這離婚的罪過就不必由小雪來扛。她已經為家裡扛了太多責任，不想連分手的責任也吃下，這甚且可能一舉抵銷她所有的付出。

「大家都覺得出國很好，賺比較多的錢，但真正出國的辛苦他們看不到。」小雪天天都在計畫未來：「宗源的表哥問我要不要去中國，很多人都去過了。如果要去，文凱也應該一起去，他待在鄉下沒什麼機會。」

太原到廣州，搭車四個小時就到了。偷渡邊境的費用不高，一人約一萬多元就可以含車資到入境接送全包。但風險高，甚至可能付出性命代價而無人聞問。中國沿海的工廠，薪水年年漲，如今已與台灣相去不遠，只是偷渡後要承擔沒有醫療保險的風險，工作要自己找，宿舍要自己租。人心險惡，有的人一去經年卻是白忙一場。

去中國，意味著和阿仁再沒有未來。去中國，勢必拉著文凱同行，兩個人一起賺錢比較快，彼此有個照料也有助於平等相待，重新開始。

晨起晾衣服時，那束乾燥褪色的玫瑰仍在簷下守候，小雪輕輕拍掉青霉的塵灰，用紅色橡皮筋再綁實一點。也許，兩個人的關係還值得努力。除非她不要這個家。

●

每個人都有每個人的辛苦。小雪總這麼說。

宜蘭收容所的女生間住了三、四十人，多是印尼籍的，這和目前在台灣各國籍的移工比例相符。小雪的中文好，和誰都能搭上話，但收容所內仍多是同一母語的人聚成一團。

每個人身上的現金最多只留二千元，但是金錢的作用也不大，無處消費。收容所不同於監獄，假設每個人都只是暫時居留，所以未設福利社。洗髮精、沐浴乳、衛生棉、牙膏牙刷沒有了，甚至沒得買，只能向人討用，但大家都不夠，請朋友送來的交通費用又太高昂。偶爾，菲律賓駐台辦事處會來探望菲勞，列清單幫大家購買什物，有的菲勞會好心幫忙不同國籍的室友代購。越南辦事處不曾來過，小雪的長髮及髒衣物都用同一塊肥皂洗滌。

來自北寧農村的翠英，到台灣整整九年，不曾離開南投，為了雇主挽留而自願被通報逃跑，直至兒子要結婚了才北上找我陪同自首，等待遣返。小雪二度重返收容所，就睡在翠英旁邊。收容所的飯菜極糟，秀氣的翠英幾乎每餐都食不下嚥，勉強配湯吃到半飽就放棄了，所內也沒福利社可以另打牙祭。小雪原是在餐廳工作的人，對食材與烹調都有一定的講究，但她很實際，眼前就快回家了，沒有搞壞身體的本錢，吃飽了才有精神規畫未來。

「你這樣不行，回到家身體都垮了怎麼辦？」小雪總是熱心。

「實在吃不下。在越南，這麼老的地瓜葉根本沒有人會採來吃。」翠英說。

「要去排隊打電話嗎？」

「昨天打過了。」

翠英的消極、退縮常令小雪大惑不解。她們兩人都四年沒回家了，一個逃走後躲警察四處謀生，一個根本囚禁在原有工作領域，也許就因此長成截然不同的樣子。小雪在馬來西亞多是單打獨鬥，在台灣逃走後要學會自行求職、租屋，就此磨練出一身據理力爭的能耐與膽識；翠英不曾離開南投，賴以為生的本領就是聽話與服從，並以乖順忍耐取得雇主一家人的信任。

逃跑移工多半要將生活與人際關係降至最低限度，以免自曝身分。很多在海外移工圈可能出現的複雜網絡，相依相存又互妒互忌的同鄉人心結，都離小雪很遙遠。倒是淪落到收容所，最壞的都已經發生了，再沒什麼好擔心。再糟也就是這樣。漫長無事的白天與黑夜，小雪總是義憤填膺，翠英多半忍辱認分，兩個人都不賭，家庭恆常是她們話題的核心。得知翠英還沒回到家，兒子已因吸毒入獄，小雪趕忙掏出身上僅存的一千元，聊表心意。總有更慘的人，不為人知的辛苦。

這是那個一天只吃一個便當的小雪，俠義熱心腸。但熱心腸還是抵不過胃疾。厄運總也陰魂不散，接踵而至，窮困者命定的循環災難，前一個缺漏沒條件補，下一個崩塌緊接而來。

小雪憂心回越南後沒有健保，看病不方便又不便宜，特地請阿芳把之前診所開的消炎藥、止痛藥送至收容所——這當然是一個治標不治本的暫時抵擋，無以長期安養療癒，只求盡速消炎止痛。治本需要客觀的社會條件，她沒有；窮人的短視從來不是抽象理念，而是具體在洪流來襲時僅能攀附眼前可見的任何一根浮木，撐多久算多久。

「藥不能送進去。」長官把阿芳送來的浮木擋在門外。

「可是，我的胃很痛。」小雪都快哭了。

「胃痛，可以申請出去看醫生。」

「這也是醫生開的藥，我上個禮拜才吃，沒吃完，請朋友特地送來。」

「不行，藥不能送。有病再另外看醫生。」

「看病要花錢嗎？我沒有健保卡。」

「要自費。」長官查看電腦資料，理所當然：「你還有一萬多元寄放在這裡，可以直接扣。」

「這些藥都已經開了，我可以先收下來，等回越南再吃嗎？」

「不行。」

一再協商無效，還是不死心再協商，這幾乎是小雪在收容所內重複不懈的行動。翠英大開眼界，原來人在他鄉，人在低處，也可以站到逆來順受的對立面，做出不一樣的回應。

臨時收容，日夜相處，前程未知，都是萍水相逢，返鄉後各自有什麼際遇也未可知，此時的落難都不脫結構因素，彼此間的關聯反而有了共同感，什麼個人私事都有了公共性。此時的生命既是只餘等待，小雪多花了點力氣，抗拒不義而重複無效卻不改其志，像她不只是她自己，隱隱約約有個「以後的人不可以這樣被對待」在支撐她。

那大約是收容所對她的公共意識的啟蒙罷，不再只是一個人。

一個悶熱的下午，電視播放已重播多次的連續劇，有位長官主動拿起遙控器，竟調到六十二台。原本百無聊賴的人紛紛抬起頭盯著螢幕看，那一刻，所有人都同時想到小雪。

●

一夜雨聲，鐵皮屋敲打樂聲勢浩大，已是雨季的尾聲。

清晨雨未歇，文凱就到門前的荒地採收青鮮玉米，水煮過再用粗布燜熟，不必加鹽就清甜可口，粒粒分明；糯米糰是他特地涉水繞到村口小攤買來的，熱騰騰包在厚紙板裡，一掀開晶瑩黏密，米香四溢。

玉米和糯米，都令我由衷著迷，有豐收氣息的家常糧作，放涼久置也別有風味，適足以陪伴旅人上路遠行。

今日我要離去。

小雪媽媽拿出一罐茶葉相贈，以前太原種茶的農民不少，但現在都被台灣商人收購山地，整地種植大規模的茶園，製茶技術又好，鄉下人的粗茶無法競爭，漸漸也就少人種了。我不肯收這些捲好曬好烘好可以賣錢的茶葉，倒是惦念不忘那些老梗粗生的青茶，直接沸水浸泡就可以解酒，十分新鮮有趣。媽媽聞言即披了雨衣出門去採，路邊溼漉漉摘了好大一袋，我只能開箱硬塞進已然沉重緊繃的行李。長途跋涉，每一站都塞進各式信物，一點心意與珍重。

小雪把我拉到一旁，給了一塊包紮妥當、形如肥皂的治筋骨草藥，囑咐轉交阿仁。燙人的禮物。隨後，宗源與小雪弟弟各騎一輛摩托車載我及沉重行李箱到鎮上等公車進太原市，再轉搭長途巴士回河內。

天雨，公車地板溼滑，頭戴草綠軍帽的車掌一聽我是外國人，又拉著行李箱，他毅然決然在突起的引擎蓋鋪上一條乾毛巾，在滿車子拉桿站立的乘客中，公開賜我座位。這可是個直接面對全車乘客的廣角視野特別座啊，盛情難卻，我忙拉了一名瘦削的老農共同坐下，博得全車欣慰的眼神。

全視野看著窗景從兩側快速倒退，車箱內有眼線畫得精緻、粉底打得通透的年輕上班族，全程戴耳機搖頭晃腦的青少年，拉著吊環喃喃默背英文單字的學生，更多是扛著麻布袋、穿著雨鞋一身泥濘的大叔。會與我四目交接而不閃躲的，多是小孩與老人，相互好奇探看。

宗源穿了低腰垮褲，挑染新潮的髮型與流行打扮，在公車上獨樹一格。他低聲用中文問我：

「你看你旁邊，坐第一個位置的女生，漂亮嗎？」

我側頭假作看風景，溜了一圈，那女孩白淨如瓷，眉色如墨，眼妝塗了過厚的睫毛膏黏住捲翹的假睫毛，淺色唇蜜熠然生輝。她看來不過二十出頭，檸檬黃的棉質長衣，黑色窄管長褲，褐色短馬靴濺了一圈溼泥。臉上有那種美女慣於接受矚目的矜持，及漠不在乎。

「漂亮。不化妝可能更漂亮。」我真心作評。

「我想要她做我的女朋友。」

「好啊，」我笑出聲來：「怎麼做？」

「我不敢。我沒錢。」他天真地用有限的中文說：「我想談戀愛。」

好不容易稻子都收割妥當，宗源既是送我搭車，也是陪小雪弟弟到仲介公司辦出國手續。兩個大男生像難得進城的鄉下孩子，穿上最時尚的衣服，要順便去太原市逛街、玩電動、找朋友，預計傍晚才返家。

他們兩人貼心地送我上了回河內的車才揮手離去，但我顯然是上了一輛野雞車，外表光鮮嶄新，入內卻是菸味瀰漫。我坐定後，車掌開口索費竟較我在車站內買的票還便宜一半，我吶吶遞出車票他也不以為意地收下，想來是另有銷票管道。接著，這車一路繞行如觀光列車，沿途經過學校、鬧區、電影院、百貨公司，樓房都不高，雨天裡街上開出花色紛呈的傘，有的傘收束了移動至車門，就又上了一名乘客。大巴士拉客至坐滿了才直駛省道，我看看時間，竟在市區裡牛步蹉跎了一個多小時才正式上路。全車無人抱怨。我看著窗玻璃流淌不止的雨水，從後背包掏出玉米和糯米，並注意到全車的人都帶了不同氣味的糧食，還有人用塑膠袋捧著河粉大聲喝湯。

雨勢愈趨強勁，中途停在省道旁的臨時休息站，乘客們下車抽菸、活動筋骨、上廁所花了二十分鐘才甘心再上路。磕磕蹭蹭了五個多小時的車程（天哪可以從基隆開到屏東了），進了河內竟未如預期抵達總站，而是停在另一處近郊小站（可能是怕公安捉吧？），全程逆來順受、似是習以為常的乘客們，這才紛紛叫囂了起來。只見司機和車掌一臉無所謂，逕自拉開車腹的置物空間不作解釋，老老少少的乘客們邊吵嚷還是紛紛下車拿行李。真沒料到原來大巴士內塞了大簍小籃的各式行李簡直像魔術箱，不到數分鐘，不可思議每個人身上得以揹掛這麼多包袱而仍健步如飛，吵著吵著也就星散趕路。（這麼趕時間，怎麼一路被耽擱都不吭聲呢？）

我順著人潮搶搭開往環劍湖的公車，下車的站牌旁就是去年才開張的ＬＶ旗艦店，建築體奢華氣派至我原以為是大使館，占據整條街廓金光流淌，至少有四對新人同時間都在門口、迴廊、櫥窗、長鏡前取景拍攝婚紗照。露肩長尾白紗禮服最搶眼，搭配白西裝紅領結的新郎，合該是宮廷裡走出來的一對公主王子；也有拍廣告的美麗模特兒，梳著冷豔的高髮髻，暗紫色擠出深乳溝的貼身短禮服，足蹬紅色細跟高跟鞋。

這裡完全是異次元，沒有平日慣見躲公安的小販，沒有嗑瓜子喝涼茶暫時歇腳的矮板凳。我驚異莫名地走過光可鑑人的長廊，轉角有好幾名穿著筆挺英式軍官制服的守衛，一再一再哈腰開門，吞吐人進人出。這裡簡直像皇宮而不是百貨公司，我甚至要深吸一口氣，才撐得起一種泰然自若來逛街的氣勢，鼓起勇氣迎向守衛的屈膝恭迎。

富麗堂皇的名牌精品專櫃，人流稀少，店員遠比逛街的人多。電扶梯帶我緩緩上升，回首俯視可見一名年輕的少婦悠閒推著嬰兒車，正在挑選Burberry新款薄外衣，全世界大都會一模一樣的規格擺飾，高樓內空調合宜，燈光精巧，分不出日或夜。屋外還下著雨。走出旗艦店，我拖著行李箱快步疾走，一腳便踩進市井小民的泥濘裡。

●

二〇一三年十月底，連續三天的傾盆大雨，街道多有積水。

我是鄉下人進城，行李箱已然超重五公斤，只能束手就擒。美麗的越航地勤人員盯著我，唇角不易察覺地綻放一朵笑意，默默暗示我莫再聲張……竟就如此輕易放水了。像是她知道，沉重的袋子裡無非是些不值錢但心意深厚的糯米、花生、綠豆、青茶、草藥。

沿途多聽聞越南公務員貪污索賄的事，總算在出海關時親身遇上了。我的越南簽證並未直接蓋在護照上，而是另以單張註記夾帶，如今因雨受潮而略有破損，兩名綠制服的海關人員誇張地拎起檢視，誇張地皺眉搖頭：「哦，這要重新製作一張，這樣看不清楚。」

「簽證和相片都很清楚啊，日期註記在這裡。」我冷靜地陳述事實。

「要重作一張，一百元美金。」

「一百美元！簽證沒問題啊。」我很大聲喊起來，故意讓所有人聽見。但除了幾名外國旅客轉過頭來，其他海關人員都聞聲不動。

「這是規定，一百美元。」

「我不付，我沒錢。」我掏出簽證影本：「我有影印，可以叫主管來。」

我很堅定，但不強硬，心中不無惶恐預作最壞的打算。之前聽說過各種遭海關藉事扣留的經驗，外國人無故被捉去關幾天也是常有的事。而我的簽證已是最後一天，禁不起拖延。

「好吧，我會幫你，」個子較高的那位說，故作親暱地：「只有你。」

我有點困惑，有點裝傻：「真的嗎？謝謝。」拿回護照，像是確定要通關了。

另一名人員這時開口了：「他幫了你，你要請他喝杯咖啡。」

「咖啡？在這裡嗎？這裡可以叫咖啡嗎？」我徹底裝傻、裝天真了。

他再說一次buy杯咖啡，口氣輕鬆，表情複雜。兩名海關人員都很無恥地看著我，揚著我那張破爛的簽證。

我掏出錢包，這是真的，我身上只餘折合台幣六十元的越南紙鈔，買杯路邊咖啡是可以的，在機場恐怕只能當小費。我認真地、大聲地就地講價：「這是我所有的錢了，拿去吧。我可以幫你叫杯咖啡，但不夠的錢你要自己付。」

他兩人同時揮揮手叫我過關。

這麼習以為常的索賄，凡事都要用錢才買得通，難怪平民百姓深痛惡絕。我來自貪腐金額動輒以億計的台灣，現在已經少有街頭公然行賄了，但包庇送紅包的事仍層出不窮，最重要的是，真正的鉅款交易在看不見的地方進行，包著政治獻金的合法外衣，交換無窮的私人利益。每一個法案的通過，每一個優惠減稅的政策，都是執政者與財團間反向的公然賄賂。百分之一的人拿走百分之九十九的人的財富，並壟斷所有政治權力。

我平安走出海關，沒有慶幸，沒有咒罵，我多麼希望資本與政權的行賄與交換可以像買杯咖啡這麼清晰可見，人民還可以多少提高一點警覺，高聲叫嚷以揭露惡行、阻止擴散，就算只有在某些堪稱走運的時刻。

開花的樹

從越南回來，我的行李裡滿滿都是代寄、代辦、代打電話事宜，阿絨託寄給士林表姊的傳統藥材、阿蓮女兒轉給台南男友的感冒藥、阿問給遠赴新竹工作的兒子的咖啡和信件、翠英給雇主的土產……林林總總，總計有九份待郵寄或面交的包裹，數封手寫信，以及待打的電話十餘通。

說什麼？無非是他與她匆忙遠離，遺留在台灣來不及告別卻牢牢記掛的善意與情誼。

小雪的護照和存摺、印章都交給我了，她在玉山銀行還有八千多元的存款，因為缺少合法護照而討不回來，因為身分不明而全部棄權。這錢被吞了就是銀行平白賺去，可想而知之前有多少人被無故吞吃，強凌弱至令人髮指的地步。是可忍孰不可忍，我忙要她寫份委託書，證件全給我，回台灣就討錢去。

果然，櫃台行員一查小雪的帳戶就說：「這是暫停戶。」

「我知道，她的護照在這裡，存摺印章都在，這是帳戶當事人給我的委託書，以及我的身分證。」我一樣樣擺上櫃台，如呈堂證物。

「要本人來辦。」

「本人回越南了，全權委託我。你還需要什麼證明？」

年輕的行員一時失了分寸，回頭討救兵。很快地，中年女經理出面了：「需要帳戶本人的簽名才可以領錢哦。」

「她兩個多月前就親自來過了，你們不給領。現在她被遣返了，怎麼來簽名？」

「上次是她沒帶證件，不能解凍。」女經理態度客氣：「這次有證件了，但還是需要她本人簽名。」

「怎麼簽？為了領八千元要先花二萬元買機票來台灣嗎？」

「不然就等她下次來台，再來領錢。規定一定要本人親自簽名。」

「那是你們的問題。你們作業有需求自己去找移民署。」我愈說愈火，聲音也大了起來，對金融資本的新仇舊恨一次上湧，暫停戶的規定幾乎是金融業的通例，大銀行自訂的行政程序就可以任意坑殺小民。

我衡量局勢，迅速在心裡模擬做個撒野的刁民，胡亂打攪銀行作業，就是要搗亂，管他什麼招。我退後一步，華麗轉身，用全銀行都聽得到的聲音，一字一句說：「這是譚玉雪的錢，八千元的私人帳戶，是她辛苦工作賺來的。譚玉雪全權委託我代為領錢，有委託書也有存摺、印章和護照，玉山銀行若不准提領就是意圖侵占！」

人們紛紛轉頭來看，有人皺眉，有人興味盎然，有人從報紙裡抬頭摘掉老花眼鏡。女經理略一沉吟，明快指出妥協之路：「你等一等，我們再看看能怎麼幫助她。你要結清還是提領就好？」

「能結清我就一次結清，不能結清就留個一百元在戶頭無所謂。」

「結清戶頭需要到原開戶銀行，你要跑一趟嘉義分行……。」

這我想過了，只要能領錢，其他都是小事：「就在這裡解決，你能處理到什麼程度都行。」

行員收下證件，接受經理指示要承辦了。等待只費時五分鐘，小雪在台灣的帳戶結清，她存進去的一分一毫全部都放進銀行專用的牛皮紙袋裡，以客為尊地恭敬交到我手裡。

●

自始至終，我都沒見到阿仁。阿芳來找我拿回健保卡，順便把草藥也帶走了，不知阿仁熬煮了沒？有效嗎？

一天過一天，小雪回家半年多了，阿仁還是常有簡訊，但昨日恍如一夢，往事愈走愈遠，都快看不見了。過完舊曆年，她就要啟程遠行，台灣已經從選項裡刪除，前塵消散如煙。

二〇一四年春暖花開時分，我接到小雪來電。

「我到中國了。」

「文凱也去了嗎？」

「嗯，他不想，但我覺得一定要。」

「現在好嗎？」

「工作就是這麼累，薪水還可以，這裡交通費很便宜，吃飯也便宜，也許可以存下一點錢。」

「文凱還適應嗎？」

「他要學會照顧自己，我不能一直幫他，找工作也只能各找各的。他本來在家裡太好過了，出來受苦才知道我的苦。」

「工作穩定嗎？」

「很多人以為我是內地來的，我長得很像吧？」她咯咯笑起來：「我說我是廣西來的，也有人相信。」

「你的胃痛怎麼樣了？」我追問，心心念念。

「一樣啊，痛了就吃止痛藥。這裡的食物太油了，吃不慣。又不能不吃。」小雪開朗的聲音說著悲傷的觀察：「中國工人都知道哪裡可以買便宜的止痛藥，大家都吃，好可憐。」

她的手機號碼已更新半個多月了，沒通知阿仁，簡訊無以為繼。分開這麼久了，他也許有其他的女友了吧？這是她管不了的事。他曾經給予她很大的安慰與支持，一輩子不會忘記。異鄉漂泊，只能彼此珍重，活下去。

「你記得宗源家門口的那棵果樹嗎？」小雪像孩子般雀躍。

「酸酸甜甜的紅果子綠果子？」

「嗯，廣州也有。工廠後面有一整排，現在都開花了。好漂亮。」

灰黯的廠房後側，也許在圍牆外也許長在牆內，一棵棵開花的樹高過黑牆，向天空伸展。可預見秋天時必有果實纍纍，紅綠滿枝，雖然那滋味酸澀，但貧窮孩子們仍是癡心妄想，冀望無窮。我看見，小雪縱身一躍，無所畏懼地奮力攀爬上樹，花滿枝頭，搖搖欲墜。

後記

回家總是艱難。

書中主角們遷移來去橫跨十五年，這期間我先後參與工傷協會、台灣國際勞工協會、人民火大行動聯盟等組織工作，與他們或遠或近地遭逢，並數度遠赴越南，見證他們因離散而震盪的社會關係、接踵而至的經濟壓力。原鄉早已不是離去時的家園：農村裡競相賣田建屋、村子口的聯外道路鋪上柏油、城裡百貨消費光華奪目、通貨膨脹的速度數年宛若隔代……飛速變動的內外夾擊，前途永遠懸在鋼索搏鬥中。

兩次較長時間的停駐越南，分別獲得教育部及國藝會的經費挹注。使用公共資源，只能多行苦工，多走多看多聽多想多做多寫，深恐不足，但總有不足。旅程中新朋舊友好似撞球般相互牽引，這一站農村搭了便車就到下一個市鎮，分歧纏繞的路徑，抵達之處多在預期之外；一溪奔流多川漫溢，總有無以為繼，或是迴流難捨的，似乎也都在意料之中。河內老街區廉價的青年旅館於是成為我暫存行李、輾轉復返的中途之家，總在陌生室友轉瞬更替的問候與告別聲中，終日足不出戶，埋首凌亂的筆記與錄音檔，來不及地寫下那些慘憺或強悍的身世片段。

真實人生，終有顧忌，書中人物全採化名，部分背景略作拼貼，以保護他們不欲公開的傷痕。紀實與虛構的界線，在現實需求的面前，微不足道。從來，「弱勢」就不是本質性的，指涉的無非是社會處境，是扭曲的制度致令來台移工身陷弱勢處境，飽受剝削、無以發聲。我但願我記錄了他們生命中某些真實的時刻，並依他們所願意的模樣再現。

解嚴後台灣社會運動的衝撞與積累，是生產本書的重要基礎，有賴前輩、同行者、參與者的共同協作，撐出一點社會討論的空間。國際遷移的政經背景、邊界控管的政策推逆，都是不可迴避的時代座標，新北市圖書館的連線借閱提供了大量補課的資源，讓我在公園附近的小圖書館內，方便取得遠從萬里、三峽借調而來的東南亞史、南北越文史論述、及越戰小說，此外，網路搜尋多是簡體字版的越南經改現況及越共史，也在知識及認識上給了我很大的啟發。

凝視異鄉，照見的無非是自己的偏見與局限。「回家」主客異位，人物多、時序雜，書寫時不免戰戰兢兢，多次大幅刪修，打散重來。草稿初成，感謝花力氣閱讀給予意見的朋友：李易昆、柯逸民、吳錦明、阮神父、珠珠、玉菁、榮隆、惠玲、德莎、玉珍、鳳雯、睿恬、文軒、俊酉、競中，定稿前中越文俱佳的漪文為人物及器具一一正名，也讓我放心不少。閱讀一如書寫，都有相映如鏡的鑑視作用，眾人協力，長保清澄之眼，直視混濁人世。

獻給仍致力於讓世界更好的同志們。

二〇一四年農曆八月十五日中秋節

INK PUBLISHING 文學叢書 415

回家

作　　者　顧玉玲
總 編 輯　初安民
責任編輯　宋敏菁
美術編輯　黃昶憲
校　　對　吳美滿　顧玉玲　宋敏菁

發 行 人　張書銘
出　　版　INK 印刻文學生活雜誌出版有限公司
新北市中和區建一路249號8樓
電話：02-22281626
傳真：02-22281598
e-mail：ink.book@msa.hinet.net
網　　址　舒讀網http：//www.sudu.cc

法律顧問　巨鼎博達法律事務所
施竣中律師
總 經 銷　成陽出版股份有限公司
電　　話　03-3589000（代表號）
傳　　真　03-3556521
郵政劃撥　19000691　成陽出版股份有限公司
印　　刷　海王印刷事業股份有限公司

港澳總經銷　泛華發行代理有限公司
地　　址　香港新界將軍澳工業邨駿昌街7號2樓
電　　話　852-27982220
傳　　真　852-27965471
網　　址　www.gccd.com.hk

出版日期　2014年 9 月　初版
2017年 3 月 30 日　初版四刷
ISBN　978-986-5823-90-0

定　價　420元

本書獲 財團法人|國家文化藝術|基金會 創作補助

國家圖書館出版品預行編目資料

回家／顧玉玲 著；
--初版, --新北市中和區：INK印刻文學,
2014.9　面；14.8×21公分.（文學叢書；415）
ISBN　978-986-5823-90-0（平裝）

857.63　103014672